月《ダイ》神《アナ》の浅き夢

柴田よしき

目次

装画　石井みき

処　刑

静香は、自分が今目にしているものが現実に存在していることを信じられなかった。それは、あまりにもグロテスクで、ホラー映画に出て来るつくりものの怪物のようだ。だがつくりものにしては、哀《かな》しいほど鮮やかで、そして静かでもあった。

「宮島」

高須義久の声がして、静香はまだ停止してしまった思考のまま、上司の顔を見た。

「大丈夫か」

静香は頷《うなず》いた。だが頭を動かした途端、猛烈な吐き気に襲われた。

「吐いて来い」

高須はそれだけ言って、静香に背中を向けた。

静香は走った。走って、集まり始めた野次馬の目が届かない植え込みの中に飛び込み、吐いた。

ギャーッ

すさまじい悲鳴が聞こえて来た。

静香はハンカチで口を拭《ぬぐ》い、悲鳴のした方に目をこらした。張られたロープの前に立ちふさがる制服警官が野次馬の目から死体を隠す為に張った青いビニールシートの幕をくぐって、ひとりの女が泣き叫びながら駆け寄って来る。静香は反射的に飛び出し、その女のからだを抱き留めた。

「いやぁっ、離して、離してぇぇぇっ」

女は静香のからだを拳《こぶし》で殴りつけた。静香は痛みに耐え、女のからだを自分の腕の中に抱いた。


女が静かになった。

静香の肩越しにその女が、それを見てしまったのがわかった。

やがて、女のからだから力が抜けた。

重さが腕にどっしりとかかる。

「救急車を！」

静香が制服警官に向かって叫んだ。

気絶した女が制服警官に抱きかかえられて、ビニールシートの幕の外へと連れ去られた。

「バカヤロウッ」

主任の水野警部補が幕の手前に立っている制服警官に怒鳴った。

「なんで中に入れたんだ！」

「申し訳ありません」制服警官は敬礼して言った。「阻止したのですが、振り切られまして」

「ガイシャの家族なのか」

「は、婚約者であると申しております」

「残酷なことしたな」静香のそばに立っていた同僚の高野巡査部長が呟《つぶや》いた。「せめて縫合してから会わせてやれば良かったものを」

「縫合ったって」糸井巡査が掠《かす》れた声で言った。「大変ですよ、これじゃ」

静香は、もう一度深呼吸してその死体を見た。

不意に、ジャズの悲しいメロディが静香の頭の中に流れ出した。

奇妙な果実《ストレンジ・フルーツ》。

リンチによって処刑された黒人の死体が、木の枝からぶら下がって静かに揺れている……その歌。

それは、本当に果実のように下がっていた。

手足のない、男の肉体。

首にかけられた太いロープは、風もないのに、なぜか微《かす》かに揺れていた。

うなだれた首。奇妙なほど清潔そうな裸の胸。

その胸から腹部へと続く平らな筋肉の流れを、いきなり断ち切る、赤い傷口。


静香はその傷口を凝視した。

切り取られた性器は、いったいどこにあるのだろう？

静香には、手足が無いことよりももっと、そこにあるべきものがないことが、不思議に思えた。

その赤い傷口が、この信じがたいほど残虐な処刑をおこなった死刑執行人が誰であるか、自分に告げているような気がした。


静香の目尻《めじり》から涙がこぼれた。

言葉を交わしたことも、名前さえも知らなかった、だが同じ目的を持って毎日を過ごしていたはずのその同僚の最期が、あまりにも、悲しく、痛かった。

1

「あなたらしくないわね」

緑子《りこ》は、電話の向こうにいる義久の耳に優しく囁《ささや》いた。

「そんな弱音、あなたの口から聞きたくないな」

「緑子にしか言えないさ」

義久は、疲れの滲《にじ》む声で笑った。

「緑子の前では、俺《おれ》はもう、一切かっこつけなくていいもんな。俺の最低の部分、おまえは知ってるから」

「忘れさせてくれないのね」緑子は、優しい声のままで言った。「あなた、いつまであのこと、言い続けるつもりなの？　あなたに必要なのはね……新しい、恋よ。ねえ……あなたもう、そんなに若くないのよ。目を開いて見てご覧なさいよ。この世の中には、優しくて可愛《かわい》い女の子がいっぱいいるんだから」

「冷たいんだな、緑子」

「冷たい……？」

「そうだ……おまえは冷たいよ。おまえは今、幸せなんだろ。幸せだから……俺の電話も迷惑なんだろ」

義久らしくない。

緑子は、不安になった。

こんな義久は、初めてだ。


「ねえ」緑子は声を低めた。「会って話さない？」

「いいよ」義久は言った。「今はおまえの顔、見たくないんだ。俺……何するかわかんないぜ、おまえに会ったら。緑子」

義久の声が揺れた。涙が混じって、揺れた。

「辞めたいよ……俺、デカ、辞めたい」

「そんな……ねえ……」

「怖いんだよ！」

義久は叫ぶように言った。

「怖いんだよ……俺。怖いよ。俺だって、怖いんだ。もうたくさんだ……今月に入ってもう二人目なんだぜ……耐えられないよ。何も見つからないんだ……何も、共通点が見つからない。殺《や》られたのはみんなデカ、それだけなんだ！　あれは……悪意だ。俺達デカに対する憎悪だ。それ以外の何でもない。俺だって……俺だって殺られるかも知れない。俺は嫌だ……嫌だよ、緑子。あんな死に方だけは……嫌だ」


「大丈夫よ」

緑子は、受話器を通して耳に染み通る義久の啜《すす》り泣きを受け止めるように、そっと言った。

「あなたは、殺されたりしない。絶対。あなたは強いもの。強くて、素晴らしく頭が良くて、勇気もあるもの。あなたは誰にも負けない……負けないわ」

吸り泣きの底から、義久が言った。

「抱きたい」

「おまえを他の男になんか、渡すんじゃなかった。今すぐそこに行って……安藤さん殺してでも、おまえを抱きたい」

緑子は黙っていた。何をどう答えても、義久を傷つける。

「ごめん」やがて、義久は呟くように言った。「ごめん……俺、今、普通じゃない。まともじゃないよ」

「気にしないで」

緑子は、明るく言った。

「何も、気にしないで。心配しないで……大丈夫、大丈夫よ。きっと、あなたは勝つわ。これまでいつだって勝って来たんだもの、ね。だから……」

「ごめん」義久はようやく、少ししっかりした声を出した。「もう大丈夫だ」

「あの、あたし、今から行こうか……？」

「いや。平気だ、ひとりで。悪かった……こんな時間に電話したりして」

「そんなことはいいの。いいけど……」

「大丈夫。もう落ち着いたから。また連絡するよ」

「ねえ、ちょっと待って……」

「いいんだ、おやすみ」

「あ」

電話は切れた。

緑子は、手にした受話器を置かずにしばらく眺めていた。


「高須か」

突然声がして、緑子は振り返った。明彦が緑子を見ていた。

「あ……お帰りなさい」

「ただいま」明彦は緑子のそばに寄った。「今の電話、高須だろ」

緑子は頷いた。

「参ってるみたいなの……あんな彼、初めて」

明彦は上着を脱いだ。緑子はそれを受け取りながらまた電話を見つめた。

「何だか……心配」

「行ってあげたら」明彦はネクタイをゆるめ、ソファに座った。「緑子、様子を見て来てやれよ」

「でも、いいって……彼、プライド高いから、参ってるとこ見られたくないと思う。でも……

仕事であんなふうになったことって、なかったわよね、彼」

「無理もないさ」

明彦は大きくひとつ溜息《ためいき》をついた。

「ゆうべの被害者で五人目、刑事ばかり、それもあんな残虐な殺し方だ……高須じゃなくたって、怖いよ」

「ほんとに共通点って、刑事ってことだけなの？」

「はっきりと言えることはね」

「ご飯は？」

「食って来た。ビール飲みたいな」

緑子は冷蔵庫を開けてビールを取り出し、グラスと一緒に明彦に手渡した。明彦は手酌が好きだった。緑子も自分のグラスを持って明彦の向かい側に座った。

「だが警視庁の刑事だという以外には、五人の接点は見つかっていない。五人とも任官年度も警察学校の卒業年度も違うし、同じ所轄に勤務していたこともないんだ。仕事上で彼等が協力していた事実もない。ただし、年齢の幅は狭い。被害者のうち最年少が二十五歳、最年長が三十四歳だ。そして全員が、男で、独身」

「独身……」

「そうだ。しかし恋人や婚約者がいた者はいるし、内密に女性と同棲《どうせい》生活をおくっていた者もひとりいた」

「身体的特徴も共通項ってないの？」

「うん……ないというわけじゃない。まず身長については、みんな百八十前後の長身。しかしこれは、警察官としては大して珍しいことでもないよな。何しろ百七十ないと警官にはなれないわけだから。体重はかなり差があって、体格で分ければ俺や高須みたいな横幅の薄いタイプもいるし、柔道で無差別級に出るようなのもいて、あまり共通しているとは思えない。ただ……」

「ただ？」

「これは客観的に特徴と言えるかどうか判断に迷うところではあるんだが……被害者はみんな、美男子なんだ。高須が脅えるのも、わかるだろ？」

緑子は、グラスのビールを一口飲んで頷いた。

確かに高須義久は、精悍《せいかん》な美貌《びぼう》の持ち主だった。その上、独身。年齢的にも五人の被害者と近い。

「ともかく、殺し方が前例がないほど残酷だ。被害者は首にロープをかけて木の枝に吊るされているが、死因は窒息でも頸骨《けいこつ》骨折でもなく、いずれも失血死か失血性のショック死。両肩と太股《ふともも》の付け根の切断面、それに性器を切断した断面には生活反応がある。つまり、生きたまま手足と性器を切断され、そのまま放置されて死亡していることになる。しかも切断した手足と性器は死体が吊るされていた付近に放置されていた」

緑子は飲みかけのグラスをテーブルに置いた。軽い吐き気がした。

「救いと言えば、被害者はいずれもクロロフォルムをかがされていた痕跡《こんせき》がある、つまり麻酔をかけられて手術されたってわけだな。そのまま麻酔から醒《さ》める前に失血死しているから、苦痛はなかっただろう」

「切断した凶器は断定されたの？」

「ほぼ断定されたと言っていいと思う。切断面にはいずれも、ノコギリのようなもので切断されたような組織の乱れがあるらしい」

「ノコギリ……」

「うん。だが普通のノコギリで手動で切断したにしては、切断面の凹凸や細胞の潰《つぶ》れが少なく切断の段差が細かく多い。つまり、非常に細かく早くノコギリの刃を動かしていると考えられる。つまり、電動式のノコギリを使用したと推定される」

「電気ノコギリか。普通の家庭には置いてないわね」

「そうでもないよ。最近は郊外のホームセンターでそうした大工道具が簡単に入手出来るからね。凶器が電ノコだとすれば、女性や或《あ》るいはまだ非力な若年者でも、短時間に犯行が可能だ」

「性器が切断された上に被害者がみな独身で美男子だとすると……性的犯罪である可能性もあるわけね」

「ないとは言えない。だが、単純な通り魔的殺人ではもちろん、ない。制服警官ならともかく、私服の人間を刑事だと見分けることは、行きずりの関係では難しいだろうからね。犯人は警察内部の情報にもある程度通じていると思っていいだろうな」

「中心の動機はやっぱり……警察への憎悪？」

「警察というより、ずばり、刑事に対する憎悪だろう、おそらく」

「でも制服警官は常に銃を携帯しているから、ターゲットにしにくかったってことは？」

「もし犯人の憎悪が警察全体に向けられたものだとしたらだ、犯人にとって危険性が少ないという点だけで考えれば、刑事よりもたとえば、経理課の人間とか俺達みたいな管理職とか、狙《ねら》い易い的は他にもたくさんあったろう。婦警でも良かっただろうしな。それなのに犯人ははっきりと、男性でしかも現場で働くような年齢の刑事に的を絞っているんだよ……高須だけじゃなく、年齢的に該当しそうな刑事はみんな、同じ様な恐怖を抱いているだろう。緑子のところにもいるだろう、該当しそうな者は」

「いるわ」緑子は、自分といつもコンビを組んでくれている小野寺の顔を思い浮かべた。「でも、辰巳《たつみ》はまだそんなにパニックしていないけれど。実際に辰巳の管轄で事件が起これば、みんな脅えて大変でしょうね……義久さん、辛《つら》いわね」

「本庁はもう、みんな浮き足立っているよ。俺のところからも数名、本庁に応援に回すことにした。明日は本庁で合同会議だ」

「事件が水曜日に起こっていたことで新聞が騒いでいたみたいだけど」

「うん、最初の三つの事件は、発見は翌日になったにしても、水曜日の夜に起こった。だから水曜日の殺人鬼なんて騒がれた。でも四件目は今月三日の文化の日、つまり月曜日に発生したし、最後の事件で被害者が死んだのは木曜日の深夜、いや金曜日の早朝に近い時刻だ。曜日の問題はあまり考えなくてもいいように思う」

「逆に言えば、ひとつ手がかりが減っちゃったわけね」

「そうだ。まったく、とんでもないヤマだな、これは。しかし俺の方は他にも問題を抱えてるからなぁ。正直言って、捜査員をひとりでも本庁にとられるのは痛いよ」

「やっぱり……抗争になりそうなの？　一部の週刊誌で渋谷《しぶや》戦争なんて書かれてるけど」

「山東会がどう出るかだな。奴等《やつら》が東京進出を新宿からではなく渋谷から始めるとしたら、春日《かすが》組と組んで昇竜会と対立する覚悟なのは間違いない。山東会の松山、あの男がはたして、春日の諏訪《すわ》なんかと組む気があるのかないのか……」

　明彦は立ち上がった。

「達彦、何時に寝た？」

「九時半。寝際にお話を三つも読まされて、声が嗄《か》れちゃった。ねえ」

「何？」

「ベビーシッターのことなんだけど」

「ああ……緑子がいいと思うなら、頼んだらいいよ。いつまでも菜々ちゃんに甘えてるわけにはいかないしな」

「菜々子はむくれてるわ」緑子は笑った。「あの子、達彦と一緒にいる時がいちばん幸せだなんて言うのよ。お姉ちゃんは意地悪だって。達彦の世話をベビーシッターなんかに任せてあたしから取り上げるのねって、電話で大騒ぎ」

「でもそろそろ、菜々ちゃん自身もお母さんになることを考えないとな」

「あそこも結婚して丸三年ですものね。まだ新婚の葉子だってもうじきだっていうのに」

「葉子ちゃん、順調なの？」

「安定期に入ってるから。長尾さん、捜査課に配属になるらしいわ、いよいよ。もう刑事研修も終えて辞令待ちですって。葉子は嬉《うれ》しそうだけど……」

「君は心配？」

「そりゃそうよ。やっぱり危険は大きいもの。正直に言えばあたし……達彦を警官にしたいとは思わない。自分の愛してる者には危険な場所にいて欲しくないって思うのは、自然なことよ。だから菜々子が普通のサラリーマンと結婚した時はホッとしたのよ。でも葉子は……やっぱり警官とお見合なんかして」

「やっぱりって？」

緑子は明彦を見て肩を竦《すく》めた。

「葉子はファザコンなの。父のことが大好きで。だから憧《あこが》れてたのね、ずっと、警察官に。長尾さん、いい人だけど……ちょっと不安なのよ」

「どうして」

「うん……長尾さんって、正義感が強すぎるような感じなの。何て言えばいいのかな……ブレーキの利きにくいタイプ」

「熱血型ってやつか」

「好青年なのは間違いないんだけど……何かあった時、自分からいちばん危険な役割を買って出るタイプなのよ。あたし、それが心配で」

明彦は笑いながら、緑子の頭を抱いた。

「現にここに刑事が二人いて、二人ともくたばらずに何とか生きてるんだ……心配したってしょうがないさ。長尾くんだって、赤ん坊が生まれれば保身ってことも覚えるようになる。家族が出来れば男は変わるよ……それよりね、緑子」

「……はい？」

「来月の初めくらい、どうだろうな」

緑子は明彦の胸に甘えるように額を押しつけた。

「……本当に、行くの？」

「当たり前だろう。本当ならもっと早く、君のお父さんにはご挨拶《あいさつ》しなくちゃいけなかったんだ。達彦が生まれる前にね……こんなに時間が経ってしまって、申し訳ないと思ってる。だけど、入籍するって決めた以上は、長野に行くのは早い方がいい」

「父は……あなたのこと、恨んでるわ」

「当然だよ」

明彦は緑子の髪を愛《いとお》しげにかき回した。

「当然だ……俺とのことがなければ、緑子は今頃……」

「出世なんかしてないわよ、どうせ」

緑子は笑いながら明彦の胸を指先で突いた。

「不倫がバレて新宿に厄介払いされて、未婚の母になって今度は下町に飛ばされて……だけど結局、あたしは同期の中では出世してる方なのよ、これでも。女でノンキャリアで特殊技能もなくて……こんなところよ、所詮《しょせん》。それでも父は……あなたのこと憎んでる。だけど父が本当に憎いのは、あたしよ。上司と不倫なんかして自分に恥をかかせた、娘のあたし」

「そんなこと、言うんじゃない」

明彦は叱《しか》るように緑子の頭においた手に力を込めた。

「お父さんは緑子のこと、愛してるんだ。だから緑子を傷つけた俺を憎むのは当然なんだよ。俺はお父さんの前に土下座して謝る。それで許して貰《もら》えるなんて思ってないが、せめて達彦のことだけでも、孫だと認めて貰えるように」

「あたしの産んだ子でも、やっぱり可愛いかしら、孫って」

「緑子の産んだ子だから可愛いんだよ……お母さんなんか毎月のように達彦にいろんなもの送ってくれるじゃないか。あれだってきっと、お父さんが送ってやれって言ってるに違いない」

「父は……あなたのこと、殴るかも知れない」

緑子は顔をあげ、明彦の顎《あご》を両手の掌《てのひら》で挟んだ。

「そしたらあたし、また父のこと、嫌いになりそう」

明彦は目を細めるように微笑《ほほえ》み、緑子の唇に柔らかなキスをした。


「お風呂《ふろ》、少し冷めちゃったかも」

緑子は、このまま甘い時間をじゃれていたいと思う気持ちを押さえて言った。明彦は疲れている。荒れた肌と充血した白目が、痛々しかった。早く休ませてあげないと。

だが明彦は、いたずらっぽく笑った。

「一緒に入ろうよ」

「バカ」緑子は明彦の手を押しのけた。「そんな歳《とし》じゃないわよ」

「なんで？　歳は関係ないだろ。俺達、夫婦なんだから……他人がどう思おうと、関係ないよ」

俺達、夫婦なんだから。

そうだった。

緑子はまたあらためて、そのことを思い出した。不自然な通い同棲にきりをつけて半年。明彦の元の妻、琴美が死んですでに一年近くが経つ。もうじき三歳になる達彦と三人、世間並みの家族として暮らすことにも慣れて来た。

緑子は今、幸せだった。

この幸福な生活を失いたくはない。

戦うことも、なぎ倒すことも、傷つけることも、傷つけられることも、もう、したくない。

手帳も手錠も銃も、今のあたしには必要ない。


何もかもが、遠い過去だった。

警察官であることだけが人生の総《すべ》てだった父親に、生まれなかった男の子の代わりに鍛えられ、竹刀《しない》で殴られ続けた幼い頃。

そんな父に反発するだけの自分を見出せずに期待通りに警官になり、やがて刑事という職業に魅入られて夢中だったあの頃。

そして高須義久との出逢《であ》い。恋愛未満の、ふわふわと気持ちの良かった日々。

それから……あの雨の夜。

それまで厳しく頼もしい上司に過ぎなかった明彦が、自分の前で涙を見せ、そして自分を女として求めた、あの夜。

暗転した義久との関係。

琴美の憎悪。それから……明彦が自分に背中を向けた朝。義久の裏切り。

ボロ雑巾《ぞうきん》のようになって新宿に出署した日。

過去になった。すべて。

新宿で出逢った、永遠のひと、麻里《まり》。

自分を解放してくれた、あの優しかった慎二。

死と……破滅。

そして、授かったいのち。

それでも続いていた、戦いの日々。

山内。

山内……

緑子は、背中を這《は》いのぼった密《ひそ》かな恐怖を払い落とすように、身をよじった。

警官を辞めてしまえばいいんだ。そうすれば、あの男と戦う必要ももう、なくなるから。

身勝手だけど……それはわかっているけれど。でも、今のこの生活は、失うにはあまりに心地よい。こんな幸福な時間があるなんて……こんなに、穏やかな生活があるなんて。

明彦はいつの間にか緑子のそばを離れて、浴室に入っていた。緑子はそっと、脱衣場のドアを開けた。半裸になっていた明彦が、にっこりした。

「入る？」

「背中、流してあげるだけ」

「それは殺生ってもんだ」

明彦が緑子の袖《そで》を掴《つか》んで引き寄せた。

「俺達、新婚なんだぜ」

「それにしては何だか、擦れてるわね、二人とも」

「俺は擦れてなんかいないよ。純情そのものだ……やっと、やっと手に入れたんだもんな。長い回り道したけど、やっと」

長い回り道。

ほんとに、そうだ。あたし……長い、曲がりくねった道をずっと歩いていて……いつの間にか迷子になっているのに気付いていなかった。

やっと、見付けた。あたしの幸せ。あたしの夢。

あたしの、愛。


明彦の裸の胸に頬《ほお》をつけると、いつ嗅《か》いでも懐かしい匂《にお》いが緑子の鼻腔《びこう》に満ちて、緑子の心をゆっくりと溶かしていく。

緑子は唇でその、ひんやりした肌を確かめた。


おまえは冷たいよ。おまえは今、幸せなんだろ。幸せだから……


電話の向こうで啜り泣いていた義久の声が、耳に甦《よみがえ》った。

義久はひとりで、この夜を過ごしている。

あまりにも残虐に処刑された仲間の、無惨に破壊された肉体の残骸《ざんがい》から漂う血の匂いを忘れられずに、ひとりぼっちでこの夜に耐えている。

おびえている。


そして、あたしは警官を辞めようとしている。

この甘くおだやかな幸福の中に永遠に逃げ込もうとしている。

夜が明けたら、義久は顔を洗い、ネクタイを締め、髭《ひげ》をそって登庁しなくてはならない。どんなに怖くても、どんなに辛くても、彼には震えることは許されない。部下達が彼の指示を待ち、幹部達は彼に期待する。そして彼は、冷静でいることを求められる。血と肉の塊になって木の枝からぶら下げられた惨殺死体を目の前にしても、彼は吐くことすら許しては貰えないのだ。

それなのにあたしは……

「行ってやれよ」

不意に、明彦が緑子の顎《あご》をあげて言った。

「高須のところ。心配なんだろ？」

どうしてわかるのだろう。明彦にはどうして、自分が今、義久のことを考えていたのがわかったのだろう。

だが緑子は、頭を横に振った。

「あたしをそんなに信じないで」

緑子は小声で、額を明彦の胸にぶつけながら囁《ささや》いた。

「あたし……だらしない女だから。しっかり捕まえていてくれないと……知らないわよ」

明彦の腕が緑子の背中に回り、そして激しい力で緑子のからだは抱きしめられた。

それはまるで、苦痛を与えようとしてくわえられた暴力のように、緑子の背骨を軋《きし》ませた。

息が止まる。苦しさで涙が滲《にじ》む。

切ないまでに性急に、明彦は緑子の着ていたブラウスの打合せを左右に開いた。ボタンが弾《はじ》けて飛んで、脱衣場の床に転がった。


あの遠い雨の夜と同じ情熱が、緑子のからだの上で、小さな嵐《あらし》になって暴れていた。

2

『……そんなわけで、何とか健康でやっています。ここを出たら真っ先に君に謝りに行くつもりでいます。君には本当に、迷惑をかけました。安藤さんにも自分が心から謝っていたと伝えて下さい。安藤さんのお立場では、自分がのこのこ顔を出してもご迷惑になるだけだと思いますので、直接お会いすることは遠慮させていただきます。

それから、ひとつだけお願いがあります。自分の出所に関しては、正式に日取りが決まってもご連絡はいたしません。君だけではなく、誰にも連絡はしないつもりでおります。ですからもし日取りについて耳にすることがありましても、そっとしておいていただければと思います。出所後は元の事務所に戻る予定でおりますので、落ち着きましたら必ずこちらからご連絡差し上げます。

いつも、手紙をありがとう。君が幸せな結婚生活をおくっていると知ることは、自分のここでの生活の中でいちばんの楽しみであります。

そうそう、高須からも手紙が来ています。詳細は書いてありませんが、どうやら大変な事件が起こっているようですね。文面から、彼がとても悩んでいるように感じ取れました。今の自分には彼に何か言葉をかけてやる資格などはありませんが、彼にかけてしまった迷惑の何分の一かでも、自分に出来ることで償えるのであれば何でもするつもりでおります。

綺麗《きれい》になったからだで君に逢える日を楽しみにしています。

君も、どうかお元気で。

麻生』

村上緑子殿

緑子は、その手紙を一度胸に押し当ててから封筒に戻した。

温かい、大きな字。誠実な言葉。

なぜだろう。麻生からの手紙を読むといつも、お腹の底がほんわりと気持ちよくなって来る。書いてある内容と言えば、単調な懲役生活の中にある小さな変化、例えば運動場の端に植えられている寒桜の蕾《つぼみ》が膨らんだとか、食事の時に出た生卵を割ったら有精卵だったのでひよこの出来損ないが入っていたとか、同房の男が因数分解を教えてくれと言うので教えたが自分も忘れていて困ったとか、そんな他愛もない出来事についてばかりなのに。

麻生は、塀の中での暮らしの辛さについては一言も書いて来なかった。自分が山内のような人間を庇《かば》う為に犯罪を犯してしまったことについても、後悔も言い訳も愚痴も何一つ、書いてはくれなかった。

書いて欲しいのに、と思う。

後悔している、ここを出たらもうあんな男のことは忘れる、と書いてあればと、願う。

だが麻生は書いて来ない。彼は、後悔していない。いや、あんな形でしか山内を守れなかったことについては後悔していても、結果としてその為に刑務所に入ったことは後悔していないのだ。

緑子は、封筒を机の引き出しにしまって溜息《ためいき》を漏らした。

麻生が指定暴力団東日本連合会春日組の若頭《わかがしら》である山内を庇って昇竜会の鉄砲玉を自分の銃で狙撃《そげき》したあの事件について、真相を知っている者は今のところ緑子しかいなかった。誰しもがあの事件は、麻生が春日組のお抱え探偵として金で雇われ、山内のボディガードを請け負っていた結果だと思っている。

それは麻生龍太郎という人間にとっては侮辱であると緑子には思えた。麻生は決して、ヤクザに金で雇われて動くような男ではない。だが……真実を緑子の口から誰かに告げることは、出来なかった。麻生は供述でも裁判での証言でも、そのことには一言も触れていない。山内も何も言わなかった。二人はまるで示し合わせたかのように、二人の関係そのものについては完《かん》璧《ぺき》に黙秘を通した。

二人が望まないのであれば、それを言う権利は緑子にはなかった。

麻生はもうじき、こちらの世界に帰って来る。そしてきっとまた、山内と逢うのだろう。それが自分を破滅させると知っていても、麻生は躊躇《ためら》わないだろう、もう。

ごめんなさい、麻生さん。

あたし……もう……やめたいの。追いかけること、怒鳴ること、銃を向けること、殴ること、傷つけること、そして、捕まえること。

総てを忘れて、温かい時間の中で歳をとりたい。愛する夫と子供の為に夕飯を作って待つ生活の中に埋もれて、少しずつ女であることをやめてゆきたい。


「村上さん」

呼ばれて緑子は、我に返った。

「内線。本庁からです」


「もしもし……村上さんですか」

緑子はその声を知っていた。

「あの……宮島さん？」

「はい。お久しぶりです」

「そうね、久しぶり。元気だった？」

緑子はほんの挨拶《あいさつ》のつもりでそう訊《き》いただけだった。だが宮島静香は刺《とげ》のある口調で答えた。

「元気な振りは、しています。子供じゃありませんから」

静香はまだ、自分を許していないのだと、緑子は思った。

目の前で麻生の手に手錠をはめた緑子のことを、憎んでいる。

だが他にどうすれば良かった？　麻生は現行犯だった。しかも、銃で人を怪我《けが》させたのだ。緊急逮捕はどうしても必要だった。手錠をはめるよう指示したのは麻生自身なのだ。だが静香は何も知らない。静香の位置からでは、麻生が緑子に何を言ったか聞き取ることは出来なかった。静香は緑子が、何の躊躇いもなく麻生を逮捕し、麻生のことを気が狂うほど慕っていた静香の目の前を、手錠をはめられた姿で歩かせたと思っている。

それは多分、理屈じゃない。頭では静香も、緑子のとった行動が適切だったことは理解している。だが感情が緑子を許せないのだろう。


「それで……ご用件は」

緑子は感情を込めずに言った。静香の憎悪を受けるいわれは自分にはないと思う。思うが、その気持ちは痛いほどわかった。

「高須係長からの伝言です。村上さん、今、担当されている継続中の捜査がありますか」

「特にないけれど」

「そうですか。実は、高須係長が村上さんを捜査本部に推薦したいそうなんです。ですが本庁から正式に要請が出てしまってからでは断ることが出来なくなるでしょうから、もし今現在継続中の捜査があってこちらの捜査本部に加わることを希望されないようでしたら、今の内にそうおっしゃっていただきたいと」

「あの、捜査本部って……」

「連続警察官殺害死体遺棄損壊事件の合同捜査本部のことです、勿論《もちろん》」

緑子は深呼吸するように肩でひとつ息をした。

来月の初め……あと二週間したら明彦と長野に行く。そして明彦が父に詫《わ》びて……父はきっと、何も耳に入っていない振りをして……それでもあたし達を許して……あたし達は入籍する。それからあたしは、辞表を出して……待ち望んだ静かな幸福の中に……

おまえは、冷たい。

義久の声が耳の中に響いた。

「わかりました」

緑子は低く言った。

「ご推薦はありがたくお受けしたいと、高須係長にお伝え下さい。わたしの力で何か、お役に立てば、と」

「嬉《うれ》しいですわ」静香の声は冷えていた。「村上さんが刑事としていかに優秀か、あの事件で知りましたから、わたし。そばで勉強させていただけるなら、光栄です」

耳元で素気なく電話は切れた。緑子は、のろのろと受話器を戻して、両手で顔を覆った。今更どうして、あの針のむしろに座りに行く？ 断れば良かったのだ。義久は、あたしが断るチャンスをくれた。逃げてもいいぜと、機会を与えた。だが義久は知っている。あたしが逃げないだろうことを。

高須班の中には元の安藤班にいた刑事も数名いた。広い捜一の刑事部屋には、あの時の緑子を知っている者が大勢いる。あの朝……緑子のことを売春婦だと罵《ののし》った者も、それを聞きながら軽蔑《けいべつ》の眼差しを緑子に向けていた者も。

なぜ義久はこんな仕打ちをするのだろう。

彼は勘づいているのだ、きっと。あたしがこの仕事を辞めようとしていることを。

最後の最後に、見せてみろと、義久は言っている。おまえの力の、総てを。

そうだ。これはあたしにとって、最後の事件になる。

＊

翌日、緑子は合同捜査本部付を正式に任命された。

3

「先輩！　村上さんっ！」

大声で呼ばれて振り返ると、新宿署の坂上が両手を頭の上で振っていた。緑子は笑いながら走り出した。

「バンちゃん！」

停まろうとしたが停まりきれずに、緑子は坂上の腕に飛び込むような形でからだをぶつけた。

「バンちゃんも、来たんだ」

「やっぱり係長、じゃなかった村上さんも呼ばれたんですね。俺、絶対会えると思ってた。だから志願したんですよ、俺」

「良かった。辰巳《たつみ》からはあたしひとりだから、チーム組んでくれるひとがいなかったらどうしようなんて思ってたのよ」

「村上さんとなら誰だって組みたがりますよ。勝率いいもんなぁ」

「そうでもないと思うわ」緑子は言って、目の前にそびえる巨大なビルをゆっくりと見上げた。

「あたしはここ、追い出されたんだもん、一度」

「あの若い奴《やつ》、連れて来なかったんですね」

「小野寺くん？　うん……要請なかったしね」

本当は小野寺と捜査本部に参加出来たらと思ったこともあった。緑子の上司も小野寺を推薦してくれると言っていた。だが緑子はそれを断った。

小野寺は独身で二十七歳、長身、そしてなかなかのハンサムだった。今度の事件には、出来れば関わらせたくない。あの義久でさえ、あれほどのショックを受けているのだ。純朴な小野寺には耐えられないかも知れない。

「とんでもなくエゲツないらしいですね、マルタ」

坂上が歩きながら声を低めた。

「変質者なのは間違いないですよね」

「それはまあ、まともじゃないには違いないでしょうけど……でも随分と不自然よね」

「不自然って、不自然なのは当たり前じゃないですか、変質者のやることなんだから」

「違うの、そんな意味じゃない。この事件では、犯人は極めてきっちりした論理性を持って行動しているわ。被害者はいずれも刑事、しかも管轄は警視庁のみ、そして男、独身、第一線で捜査活動をする年齢。それから……ルックスがいい。長身でハンサムなのよ、いずれも。このことから、犯人はターゲットを選択する際のかなり正確なデータを持っていることが想像出来る」

緑子は坂上の腕をとって自分の方へ引き寄せた。

「更に、犯人は、ターゲットの生活様式についてもかなり詳しく知っていたと思われる。いい？　最初の犯行がおこなわれたのは先月の十六日、五件目の犯行は四日前。その間、たったの五週間。犯人はおおまかに言って一週間にひとりの割でこの処刑を執行していることになる。被害者はまがりなりにもプロの刑事なのよ、武道の心得もあるし、普通の人よりは警戒心だって強かったはず。そんな人間を殺すのに、これは随分なハイペースだと思わない？　考えられることは、犯人はずっと以前から周到に準備し、ターゲットの生活様式や非番のサイクル、行動半径までも調べ上げていたか或《ある》いは……被害者と個人的に親しかったか」

「そんな！　だってガイシャ同士は何の接点もないと」

「ガイシャ同士に接点がないからといって、ホシとガイシャに個別の接点がないことの証明にはならないわ。ホシを中心点とした円周上にそれぞれのガイシャがいたと想像してみて」

「円周上ですか」

「そう。犯人は自分にしかわからないある理由でもって、気の毒なあたし達の仲間に処刑の判決を下した。そしてそれらの死刑囚について、正確なデータを集めた。その集め方が第一の問題点。警察情報を何らかの方法で入手したのは確実としても、個人の生活情報をどこで、どうやって手に入れたのか。長時間かけて調査した可能性も勿論あるけれど、それよりも、ホシがガイシャに対してそれぞれアプローチして個人的に親しくなっていた可能性だって無視は出来ない」

「つまり、無差別殺人ではないと」

「少なくとも誰彼構わず銃を乱射するのとは性質が明らかに違う。それとこれは直感なんだけど、メッセージがとても個人的というか……社会的ではない」

「メッセージ？」

「ええ。普通こうした異常心理によると見られる連続殺人の場合、回を重ねるごとに少しずつアピール度が高くなって行くものよ。元々犯人の心の中には、そうした殺人を行うことへの独自の正当性があって、その正当性を他人、つまり社会に認めさせたいという強い願望があるのが普通。だから騒がれることで犯人は興奮し、より強く自己主張をするようになる。例えば犯行声明のようなものを出してみたり、現場に新しいメッセージを残すようになったり。でも今回の場合、五件の犯罪はある意味でとても淡々と行われていて、マスコミや警察がどれだけ騒ごうとまったく気にしていないようにあたしには感じられるのよ……」

「それって、ホシは異常者じゃないって意味ですか」

緑子は頭を横に振った。

「この殺人自体は間違いなく異常。だけどね……正常と異常を分ける境目って、実はすごく曖《あい》昧《まい》なものよ。本当はどんな人間の心の中にも、異常犯罪に繋《つな》がる闇《やみ》は、あるんだと思う」


緑子は、あの遠い日の山中湖を思い出した。


「いずれにしても」

緑子は坂上の腕を軽く摑《つか》み、自分の腕を絡ませて掌を握り合わせた。

「バンちゃんのこと、頼りにしてる。あたしのこと、守ってね」

「係……じゃない、村上さん、俺、結構心臓ドキドキしてますよ、今。こんな大きなヤマ入るの、初めてですからね、俺」

「大丈夫よ。バンちゃんは優秀だもの、桜田門なんかに負けないって……ほら、行こう」

＊

エレベーターの前で待っている時、緑子は背後に高須義久が立ったのに気付いた。緑子は振り返り、軽く頭を下げた。

「ご推薦いただき感謝しています、高須係長」

緑子の横で、坂上がじっと義久を見ている。ずっと以前新宿署で本庁の七係と坂上達が殴り合いの大喧嘩《おおげんか》になったことがあり、その時七係と同行していた義久がとばっちりで坂上に殴りかかられ、逆に坂上をのしてしまったのを、坂上は覚えていたらしい。

坂上がむくれた顔をした。義久はちらっと坂上を見て、それから無視した。

「村上」義久が前を向いたまま言った。「会議の前に話があるんだが」

「はい」

「じゃ、食堂で」

坂上が緑子の腕を掴んだ。緑子は坂上の後ろに下がり、心配いらないわよ、と小声で囁いた。

捜査会議が開かれる会議室に坂上と自分の資料を残して、緑子は食堂に行った。

義久はカレーの皿の前に座っていた。

「飯は？」

「済ませて来ました」

緑子は義久の前の皿を見た。半分しか食べていないのに、もうスプーンがトレイの上に置かれている。

「食べないと駄目よ。持たないわ」

「うん」義久は、子供のように頷《うなず》いた。「わかってるんだけどな……俺も、結構だらしないな」

「気にしないで、気にしちゃ駄目。誰だって同じよ。あたし達、ロボットじゃないんだもの」

「ごめん」

「何が？」

「あんな時間に電話して……非常識だったな、俺」

「いいのよ、遅いほうが」緑子は笑顔を作った。「遅いほうがいいの。達彦が寝ちゃった後のほうが、ゆっくり話せるもの。そういうこと、あまり気にしないで。迷惑だと思ったらあたし、ちゃんと言うから」

「でもやっぱり、良くないよな」

「良くないって？」

「良くないよ……おまえ、もう、人妻だもんな」

「いやね」緑子は笑った。「変な言い方、人妻だなんて」

「その通りだろ」

「そりゃそうだけど……何だか、嫌い、そういうの。安藤と暮らしててもあたしはあたし。誰と電話で話そうと、いいじゃない、別に」

「緑子」義久はカレーのスプーンでカツンとトレイを叩《たた》いた。「安藤さんの気持ちも考えないとな。俺が夜中に電話なんかして、不愉快にならないわけ、ないぜ」

「わかっちゃったら、許さないとならないじゃないの……あ、これ、味変わってないね。新宿の方がまし」

緑子は義久の手からスプーンを取り上げて、残っていたカレーを一口すくった。

「わかりたくないもの」

「そうだよ。緑子、おまえ、いつまで経っても男がわかってないな」

「……そうなのかな」

「許さないのか……俺のことも」

緑子は顔を上げた。今日の義久は、なんだかとても悲しそうな顔をしていると、緑子は思った。

「許さないよ」緑子は言って、スプーンを置いた。「そう言ったはず、ずっと前に。だけどもう……呑《の》み込んだから」

「呑み込んだ？」

「そう」緑子は頷いた。「呑み込んだの、あなたのこと。ごっくんって、お腹に入れました。それで駄目なの？　どうしても、あたしに許すって言わせたい？　ねえ……あなた、やっぱり少しおかしい。どうして今になってそんなに、こだわるの？」

「許して貰いたいんだよ……死ぬ前に、さ」

「やめてよ！」

緑子はスプーンを摑んで、義久に向かって投げた。義久の胸に当たったスプーンが弾けてトレイの上で大きな音をたてた。

「やめて。何バカなこと言ってるのよ。ちょっと……ちょっと、しっかりしてください、高須警部。そんなことでどうするのよ。あなたがどうして死なないとならないの？　もう……そんなこと言うの、絶対やめて」

鼻の奥が痛くなって、涙を堪《こら》える為に緑子は唇を嚙《か》んだ。義久が……あの高須義久がいったい、どうしたというのだろう？　いくら連続猟奇殺人の被害者と自分とが条件的に合致していると言ったって、こんなにおびえるなんておかしい。こんなの、あの自信に溢《あふ》れ、プライド高かった義久らしくない。らしく、なさ過ぎる！

緑子は、鼻を啜りながら義久の顔をもう一度見た。

義久は微笑《ほほえ》んでいた。


「疲れているんだ」義久は呟《つぶや》いた。「それだけだよ……それだけだ。ごめん、わずらわせて」

義久は立ち上がった。

「わずらわしくなんてない」

緑子は座ったままで義久を睨《にら》んだ。

「そんな言い方って……ずるい」

「君が捜査本部に加わってくれて良かった」

義久は食べ残しの載ったトレイを持ち上げた。

「君がそばにいてくれるだけで、気持ちが落ち着く。昔みたいに……俺達が仲良しだった頃みたいに、一緒に狩をしよう。今度の森は……とても暗くて、深そうだけどね」

「あなたの命令で動くわ」緑子は立ち上がらずに言った。「昔みたいに……あなたの言いつけどおりに」

義久はゆっくり頭を横に振った。

「それはだめだよ、緑子。おまえはもう……一人で獲物が狩れるハンターなんだから。俺は兵隊が欲しくてわざわざおまえを呼んだんじゃない。本当ならおまえには、俺と同じところから部下を指揮していてもいい力がある。緑子」

「……はい？」

「これをチャンスだと思え」

「チャンス？」

「そうだ。おまえはここに戻って来るんだ。いつまでも子育てを言い訳にしてぬくぬくと巣穴に潜っているなんて卑怯《ひきょう》だぜ。ここには今でもまだ、おまえが上司と寝て出世したと思ってる奴等がたくさんいる。俺がそう言い触らしたんだもんな。おまえ、俺を許さないんだろ？　許さないなら、汚名を返上して見せろ。そして堂々とここに戻るんだ……いいな」

緑子は動かなかった。動かずに、去って行く義久の背中を見つめていた。

あたしはここに……戻りたいのだろうか。

緑子は、ゆっくりと食堂の中を見回した。知った顔がひとり……ふたり。だがほとんどは、知らない人ばかりだ。懐かしさはあまり感じなかった。ここよりも、新宿の方がずっと恋しい。新宿に戻って来いと言われれば、素直に頷けるだろう。だけど……

緑子は立ち上がった。捜査会議の開始まであと十分。

心が重かった。仕事が嫌なのではない。だが、漠然と、怖かった。

今度の森は暗くて深い。

義久の言葉は当たっているだろう。そう……多分、この事件はとてつもなく……暗くて、深い。

迷子にならずに出られるのだろうか。

あたし。

4

坂上が切符を買うのに手間取っている間、緑子は壁に寄り掛かって目を閉じ、頭の中で捜査資料を復習していた。

緑子と坂上に割り当てられた聞き込みは、四件目の被害者・蓼科《たてしな》昌宏の事件当日の足取り。

だがこれまでの捜査で、蓼科が当日の午後七時に住んでいるアパートの近くの定食屋で夕飯を摂《と》ったところまでは確認がとれていた。蓼科は品川《しながわ》署に勤務していた生活安全課刑事で享年二十九歳、階級は巡査部長。変わり果てた姿で発見されたのは午後十一時半少し過ぎ。現在までの捜査で判明した限りでは、蓼科巡査部長が生きている姿を最後に目撃されたのは、午後七時四十分過ぎ、定食屋から自宅アパートまでの間にあるパチンコ店の入口で、ガラス越しに中を覗《のぞ》き込んでいるところだった。たまたまそのパチンコ店に入ろうとしていた蓼科と同じアパートに住む男性が見ていたのである。それから死体で発見されるまで、蓼科がどこで何をしていたのかは何もわかっていない。だが事件発生から三週間が過ぎている。蓼科の当日の足取りについての聞き込み捜査も、既に徹底的に行われた後である。普通のやり方で漫然と聞き込みを繰り返しても、おそらく大した収穫は得られないだろう。方法は村上に任せる、と義久は緑子に言い渡した。つまり、頭をつかって突破口を見つけろ、ということだ。

坂上と緑子が、地下鉄を乗り継いで西大島《にしおおじま》の駅から地上に出た時、時刻は既に三時を回っていた。始めに蓼科の存在が確認されている定食屋に寄ってもう一度話を聞くつもりでいたのに、昼食時間帯を過ぎていた為店は閉まっていた。ガラス戸に触れてみたが、施錠されている。等価交換方式で建てられたのだろうか、定食屋はマンションの一階になっていて、上にはワンルームらしい小さなベランダが積み重なって見えていた。

「午後五時より開店、ってなってますね」坂上がドアの貼《は》り紙を読んだ。「どうします？　裏に住まいがあるんですかね」

「うん……五時ならあと二時間ね。仕込みがあるだろうから、もう一時間もしたら店の人が来るんじゃないかしら。後で寄った方が効率がよさそうね」

「じゃ、次は?」

「パチンコ屋さん」

「でも蓼科はパチンコ屋の中に入ったわけじゃないみたいですよ」

「いいのよ。ガイシャがやった通りのこと、してみたいの」


蓼科昌宏がガラス戸越しに中を覗き込んでいたパチンコ屋は、何の変哲もない下町のパチンコ店だった。やたらと派手な電飾はさすがに真昼のせいか点《つ》けていないが、自動ドアがせわしなく開け閉めされ、そのたびに騒々しい玉の音と有線放送のBGMが通りに漏れて来る。

ガラス張りだが中はほとんど見えない。手書きのポップや印刷されたポスターがいっぱいに貼られ、うまく目隠しになっていた。

「中、入ってみますか」

「うん……」緑子は数秒迷って、首を横に振った。「いいわ。蓼科は中に入らなかった。ということは、彼の目的は外に立っているだけで果たせた可能性があるってことでしょ」

「単に気が変わっただけじゃないですかね。食後の一打ちして行こうと思ったけど、小遣いが乏しいのでやめたとか」

「そうかも知れない。だけど、このパチンコ店での聞き込み報告を読んだでしょ、蓼科はこれまでに一度も店員に顔を憶《おぼ》えられていない。店員も、それから常連客の何人かに聞いても、誰も蓼科がパチンコしてるとこを見ていないのよ。いくら客の数が多くたって、もし彼が常連だったら必ず店員に憶えがあるはず」

「しかし常連じゃなくて、ほんの一度か二度打ったことがあっただけかも知れない。先輩、やけにこだわりますね、蓼科の行動に」

「他にこだわるものが見つからないでしょ、今のとこ」

緑子は坂上の肩を軽く叩いた。

「あたし達、落ち穂拾いやらされてるんだから、足元に注意しないとね。さてと、バンちゃん、あなた身長、どのくらいある？」

「一八二です」

「蓼科昌宏が確か」緑子は手帳を開いた。「一七九。バンちゃん、三センチ分だけ膝《ひざ》曲げてちょうだい」

坂上は言われた通りに少しだけかがんだ。

「そのまま、この店の前を端から端まで移動して。それで、目に見えるもの全部教えて」

「目に見えるって……」

「無理しないで目に入るもの全部ってことよ。店内が見えるなら何番台の辺りか、それ以外には何が見えるか。トイレの入口とか景品台とか、何でもいいわ」

「わ、歩き難《にく》いなぁ」

「我慢して」

坂上は顔をしかめながら、僅《わず》かに膝を曲げた状態で横に移動した。

「店内はほとんど見えないですね、このポスターとか邪魔で。えっと、顔を近づければ打ってる人の頭が見えます。台は……台の番号は読めないいや」

「バンちゃん、視力は良かったわよね」

「一・五ありますよ、両目とも。景品台は角度が悪くて見えないです。トイレも……どこにあるかわかんないなぁ」

「他には」

「人の頭ばっかりですよ。あ、それと、両替機と玉を買う機械。ゴミ箱。煙草と飲み物の自販機。あれ、傘立てがあるな……うーん、それだけだなぁ」

「打ってる人の顔はわかる？」

「わかる人もいますよ、手前の方に座ってる客だと顔を近づければ」

緑子は坂上の言葉をメモし終えて、肩を竦《すく》めた。

「それでおしまい？」

「そうスねぇ」

「蓼科が何を見ていたか、あなた、見当ついた？」

「先輩はつきました？」

緑子は笑った。

「全然」

「ですよね。俺もさっぱりわかんないいや」

「まあいいわ」緑子は手帳を閉じた。「じゃ、次。蓼科がここに立っているのを目撃した、同じアパートの住人、田中敏也」

「アポ取ります？　平日の昼間じゃ無駄足になるかも知れませんよ」

「こういう時は必ず、突然お邪魔するもんよ」


蓼科昌宏がひとりで住んでいたアパートは、アパートとは言っても外観はマンション風の、まだ新築の独身者用ハイツだった。蓼科は半年前まで独身寮で暮らしていて、巡査部長に昇進したのをきっかけにここに引っ越して来たのだ。

蓼科には恋人がいた。彼は多分、好きな女性と自由に逢《あ》うことが出来るように、独身寮を出たのだろう。昇進して、恋人がいた、ハンサムな男。生きている時の蓼科とは仕事で一緒になったことはおろか面識すらなかったが、緑子には幸福と自信で輝くようだった若い男の姿が想像出来た。

同じ人生の終わりでも、あんな姿は残酷過ぎる。


田中敏也は幸い、自宅にいた。遊園地に勤務しているとかで、週末出勤する代わりに火曜と木曜が休みらしい。

「まだ犯人の目安、ついてないんですか」

田中は愛想良く訊《き》いた。緑子達が黙って頷《うなず》いても、別段怖がっている素振りもない。

当然かも知れない。

最初の死体が発見された時は、被害者がたまたま警察官であって、他のどんな立場の人間であっても殺されたかも知れない、という恐怖が社会にはあった。だがひとり、またひとりと被害者が総《すべ》て警察官であるという事実がはっきりして来ると、警官以外の一般市民はあからさまに安堵《あんど》するようになっていく。大丈夫、狙《ねら》われてるのはおまわりだけだから……

「気の毒でしたよね、ほんと」

田中がドアの内側に招いてくれたので、緑子と坂上は狭い玄関に立った。

「僕は蓼科さんとはあんまり話もしたことはなかったんですけどね。刑事さんだとも知りませんでした。朝、ゴミを出しに行った時に数回挨拶したくらいかな」

「それでも、あの夜は彼がパチンコ店を覗き込んでいるのに気づかれたわけですね」

「ええ。その時僕もパチンコしようとしていたんです。あ、この話、前に来た刑事さんにも話したんですけど」

「もう一度話していただけませんか。何度も同じことを話させてしまって恐縮なんですが」

「いいですよ、えっと、どうせ大した話じゃないんだけど。僕、時々あのパチンコ屋に行くんですよ。そんなに出る店でもないからやっても大抵はスッちゃうんですけどね、外で晩飯食ってそのまま部屋に戻るのもつまんないなぁとか思った時に行くんです。あの夜もそうでした。僕、地下鉄の駅の近くのカレー屋で飯食って、それからぶらぶらとパチンコ屋に向かいました」

「時刻は」緑子が手帳をめくった。「午後七時四十分頃、でいいですね?」

「多分そのくらいです。カレー屋でNHKの七時のニュースを半まで見てて、それから勘定払って外に出て、ゆっくり歩くと大体そんなもんじゃないですか」

「それで、店の前にいる蓼科さんに気付いた」

「そうです。彼とパチンコ屋で遭ったことはなかったんで、あれ、あの人もやるんだなって思ったもんですから」

「声はかけなかった？」

「ええ」田中はちょっと照れたように頭に手をやった。「一瞬、かけようかなぁとも思ったんですけどね。でも同じアパートに住んでるってだけで、特に親しくしてたわけでもないですからね。だけど無視して店に入るわけにもいかないですから、ちょっと頭ぐらい下げようかなって近づいて行ったら、彼が店から離れて公園の方に歩いて行っちゃったんですよ」

「それじゃ、蓼科さんは田中さんに気付いていなかった？」

「だと思いますね。気が付いていて挨拶しないような人じゃなかったですから」

「店の中を見ていた蓼科さんは、どんな様子だったんでしょう。何かに驚いているとか、何かが気になっているといった感じはありました？」

「うーん、そのことも何度も訊かれましたけど」田中は緑子の顔と坂上の顔を交互に見て、躊《ため》躇《ら》うように唇を舐《な》めた。

　緑子はすかさず、半歩前に出た。

「何か気付いたんですか？」

「いや……どう言ったらいいのかな」

「何でもいいんです、どんな些細《ささい》なことでも。すごく小さなことが事件の突破口になることはよくあることなんですよ、田中さん」

「はあ。僕……すみません、悪気はなかったんです」

「え？」

緑子と坂上は顔を素早く見合わせた。

「田中さん……もしかしたら、前に捜査員に話したことが、何か間違っていたとか？」

「いや、間違っていたってほどのもんじゃないんですけど。あれから僕も何度かあの夜のことを思い出して考えてみたんですけどね……僕、前に来た刑事さん達には、蓼科さんがパチンコ屋を覗き込んでいたって話したと思うんですけど」

「確かに、報告ではそうなっていますね」

「嘘《うそ》をつくつもりはなかったんです、あの時はほんとにそう思っていたから。でもよく思い出してみると、ちょっと変なんですよ」

「変？」

「ええ……蓼科さん、パチンコ店のガラスの壁に顔をくっつけていたわけじゃないんです。むしろ、少し離れて立っていた」

「意味がよくわからないんですが」坂上が訊き返した。「それ、蓼科さんがパチンコ屋以外のものを見ていたってことですか」

「いや、見ていたのはパチンコ屋だったと思います、間違いなく。彼、顔をガラスに向けてましたから。でも中を見ようとしていたというのとは違うような気がするんですよ……なんか、ただ見ていたって感じだった」

「……何を？」

「だから……パチンコ屋を」

坂上が緑子を見て微《かす》かに首を傾《かし》げた。緑子にも、田中が何を言おうとしているのかよくわからなかった。ただ、蓼科が、さっき坂上が再現したように顔をガラスに近づけて店内を覗いていたのではないということだけは、確かなようだ。

「すみません、何かわけわかんないこと言っちゃって」

「いいえ」緑子は優しく微笑んだ。「大切なことなのかも知れません。もう一度、あの店の前まで行って確認してみますね。で、もうひとつ大切なことなんですが。蓼科さんはパチンコ店を離れて、公園の方に向かったとおっしゃいましたよね。これは、報告書にあった西大島児童公園で間違いないですか」

「あ、あの公園、そういう名前なんですか。ええ、あっちの方に歩いて行ったんです。でもどこに行ったかまでは……」

「勿論《もちろん》、方向だけわかれば充分です。もう一点、これは確認ですけど、あなたが目撃された蓼科さんの服装ですが」緑子は手帳のメモを慎重に読んだ。「ブルージーンズに白っぽいトレーナー、青いスニーカー、で間違いないですか」

「そうだったと思いますよ。そんなに注意して見ていたわけじゃないんで、少しは間違ってるかも知れないですけど」

「わかりました……ありがとうございました。何度もうるさくお尋ねして申し訳ないんですけれど、事情が事情ですからどうか」

「わかってますよ」田中は頷いた。「殺人鬼が野放しになってるなんて、僕等だって気味が悪いですからね。僕で答えられることだったら何でも訊いて下さい」


礼を言って田中の部屋を出ると、緑子と坂上はどちらから言い出すでもなく、足早にパチンコ店の前まで戻っていた。

「あいつ、何が言いたかったんでしょうね」

「さあ。ともかくもう一度実験ね。バンちゃん、三センチかがんでガラスから二メートル離れて立ってみて」

坂上は言われた通りの位置に膝《ひざ》をかがめて立った。

「何が見える?」

「パチンコ屋」

緑子は笑いながら、坂上の横に立った。そして前方を見つめた。二分ほどで、緑子は確信した。

「バンちゃん」緑子は坂上の腕に自分の腕を絡めた。「耳貸して」

坂上が耳を緑子の口元に寄せた。緑子は囁いた。

「あたし達、ラッキーね。これで本庁組に一歩、リードかもよ」

「どうしてです?」

「わからない? 蓼科昌宏が見ていたもの」

緑子は指さした。

「店の中じゃなくて、彼は店そのものを見ていた。なぜ？　将来はお金貯めてパチンコ屋を持ちたいなんて思ったから？　違うわ。彼は店の中を見ていたんじゃなくて、店の外側を見ていたのよ。そのガラスを見ていたの……ガラスに貼ってある、いろんな紙を」

5

「これで全部ですか」

坂上は丸めたポスターの束を抱えた。

「すみません、拝見させていただきます」

ほとんどが新型台の宣伝だった。メーカーから配布されたポスター四枚、店が用意した手書きのポップが十一枚。

「こうしたものは毎月、替えるんですか」

「メーカーさんから来るものは、来た都度貼り替えてます」

店長だと名乗った男が言った。

「手書きは毎週貼り替えますよ、うちの場合。新しい機種が入ってるみたいに思わせた方がお客の入りがいいですから」

「でもそんなにたびたび台は替わらないんでしょ」

「台替えの時は新装開店を打つんです。前日に休んで、新装開店日は夕方からオープンします。

常連は知ってますからポップに惑わされたりはしないですけどね、たまにしか来ないお客さんもフリの客もいますから……それにしても刑事さん、うちのポスターとあの刑事さん殺しと何か関係があるんですか」

「まだわかりません。ちょっと確認させていただくだけですから」


「これは？」

緑子は、台の宣伝ではない数枚のポスターの一枚を手に取った。

「変造カード使用禁止のポスターです。業界で作ったもんですね。その下のは未成年者に覚醒《かくせい》剤《ざい》を禁止させるやつ、あれ、それってお宅達警察が作ってるんじゃないんですか」

「これは公共広告機構のものですね。警察が作ってるものも勿論ありますけど。あら、これは可愛いわね」

「山崎留菜《るな》ですね」店長は少し目を細めた。「業界のイメージガールになったんですよ、この春から」

白いミニスカートと赤いセーターというチアガール風の姿をした健康そうなアイドルが、にっこり笑いながらポーズをきめている横に、短いコピーが付いている。

『ふれあって、パチンコが好き』

「この子、未成年じゃないの？」

「春に二十歳《はたち》になったんですよ。それで起用されたんでしょ」

「あの日に貼ってあったのはこれだけですか」

「全部じゃないですよ。どれとどれが貼ってあったかって言われても、記録をとってるわけじゃないですから。ただ、半年くらいはとっておくことにしてるもんで、先月はそれだけ貼ったってわかってるだけですが。あ、ただ、こまめに貼り替えるのはポップだけですから、ポスターはみんな貼ってあったはずです」

「わかりました……バンちゃん、どう？」

坂上は、眺めていたポップから目を上げて首を横に振った。

「台の宣伝関係じゃないですよ、きっと」

「じゃやっぱり、この三枚ね。申し訳ありませんけど、この三枚、お借りして行っても宜《よろ》しいでしょうか」

「差し上げますよ」店長は愛想笑いをした。「そんなもんでよければ、みんな持って行って下さい。どうせ半年したら捨てちゃうだけですから。別に剝《は》がしたらすぐ捨てても構わないんですけどね、ずっと前の店長の時代から習慣になってるもんで」

＊

「変造カードに覚醒剤。生活安全課、つまり防犯デカならどっちも興味惹《ひ》かれますよね、確かに」

坂上は小脇《こわき》に抱えたポスターをぽんと叩いた。

「突破口かと思ったんだけどなぁ」

「手がかりにはならない？」

「そりゃだって……要するに職業意識で見ていただけなわけでしょ、変造カードと覚醒剤のポスターを。そのあとあんな死に方したのとは無関係なんじゃないかなぁ」

「無関係とはまだ言い切れないでしょう。でも確かに……思ったほどは大きなお土産じゃないわね、このポスター」

「この山崎留菜のは俺、貰っちゃってもいいかな」

「ファンなの？」

「結構」坂上は照れ笑いした。「あ、もしかしたら蓼科昌宏も山崎留菜のファンだったかも知れないですね」

「それだけってこともあるわね……あーあ、リードしたと思ったけど、そううまくは行かないもんね。ま、いっか。それじゃ次。そろそろ五時になるんじゃない？」

　マンションの一階にある定食屋『かつら』は、ようやく表に暖簾《のれん》を下げて営業態勢に入っていた。だが、緑子達が中に入るとまだ客は誰もいなかった。

「ねえ、バンちゃん、お腹空《す》かない？」

「空いてないこともないですけど」

「じゃ、お夕飯すませちゃいましょ、ここで。これから忙しくなる時にタダで話を聞いたら悪いし、それにここ、おいしそう」

　かつらの店内の壁にはびっしりと定食や麺《めん》類のメニューが貼られている。

緑子は煮魚の定食を頼み、坂上はトンカツ定食ときつねうどんを注文した。店員が水のグラスを置きに戻った時、緑子はメモを一枚、手渡した。

「これ、ここのご主人かおかみさんに渡して下さい」

二人の注文した料理とほぼ同時に、体格のいい中年の女性が姿を現した。女性はひどくおどおどした様子で緑子のそばに立った。

「これ、拝見したんですけど」

女性は手に、緑子の書いたメモを握っていた。

「すみません、お忙しい時間に。食事させていただこうと思って寄ったんですけど、ついでにほんの少しだけお話をお聞かせいただけたら、有り難いんですが」

「そりゃもう、あたしでわかることでしたら」女性は緑子の隣の椅子《いす》をひいて座った。「あたしがこの店の主人です。ですけど、前に来た刑事さんにもう知ってることはすっかりしゃべったつもりでいるんですが……何か、あたしの言ったことが嘘だったとかそうゆう……」

「いいえ」緑子は慌てて笑顔になった。「そういうことじゃ全然、ないんです。ただ、こうした仕事はしつこく繰り返して同じところを捜査している内に、ちょっとしたことがきっかけで解決したりするんですよ……あの、お行儀悪くて申し訳ないんですけど、これいただきながらお話伺ってもいいですか。あんまりおいしそうなんで、冷めてしまったらもったいないと思って」

緑子の作戦は功を奏したようだった。かつらの女主人は、自分の店の料理を金を払って食べてくれる刑事にかなり好感を抱いたらしい。

「あらまあ、気が付かなくて。今、お茶いれます」

「いいんです、自分達でしますから」

緑子が目配せするより早く、坂上がテーブルの上のポットから湯呑《ゆの》みに茶を注ぎ始めた。女主人はその様子を、面白がっているような顔で見ていた。男と女の刑事がいて、女の方が上役らしいという状況が、物珍しいのだろう。

「うちのカレイの煮付けはちょっと自慢なんですよ」女主人は、緑子が箸《はし》を口に運ぶのを目を細めて見守った。「ね、全然生臭くないでしょう」

「おいしいです」

緑子は本心から褒めた。実際、とても美味《おい》しかった。緑子には煮魚をこれほどすっきりと仕上げる自信がない。

「下町の食べものもバカに出来ないでしょう?」

「あたしも、所轄は辰巳なんですよ」

「あれ、そうなんですか。前に来た人達はあの、ほら皇居のとこにある警視庁に勤めているって言ってましたけど」

「事件が大きくなっちゃいましたから、東京中から応援に駆り出されてるんです。こっちの坂上は、新宿から来てます」

「そうですか」女主人は大袈裟《おおげさ》に頷いた。「ほんとにねぇ、なんて物騒な世の中なのかしらねぇ。刑事さんばかり何人も殺されるなんて。あたしらの為に一所懸命働いてくれてる人達をねぇ。嫌な話だ、ほんと」

「蓼科さんはここによくいらしてたんですってね」

「そうなんですよ。あの人はこの春にこっちの方に越して来てから、ほんとにちょくちょくいらしてくれてたんですよ。そうねぇ、週に三回は来てたんじゃないかしら」

「よくお話なんかされたんですか？」

「いいえ、あたしらと何かしゃべるってことはほとんどなかったですよ。お会計の時にレジのとこで、ごちそうさまって言ってくれましたけどね、いつも。礼儀正しい人だなと思ってました」

「それじゃ、彼が警察官だということは」

「全然。だけどね、どんな仕事してる人なんだろうねー、なんて噂《うわさ》は、よくしてましたけどね、あたしら」

「どうしてです？」

坂上が口にものを頰《ほお》ばったままで訊いた。緑子は、口の端にキャベツの千切りが貼り付いてることを仕草で教えてやった。

「どうして、蓼科さんの噂話なんてよくしたんですか」

「そりゃ、ねぇ」女主人は緑子に目配せするような素振りをして、クスクス笑った。「そりゃ……あの人、目立ったもんですから」

「目立った？」

「ええ。女の刑事さんならわかりますよね」

緑子は微笑んだ。

「蓼科さん、男前だったから」

「そうなんですよ」女主人は身を乗り出すように言った。「いい男でしたよ。ほら、俳優のなんて言ったかしら、不倫で離婚した」

「真田《さなだ》広之」

「そう、あの人の若い時みたいな顔でしょ。それで背はすごく高いし、がっちりして肩幅はあるし。芸能人にしちゃからだが大きいと思ったけど、でも絶対スポーツ関係だと思ってましたね」

「どうして?」

「だって、ものすごく食べるんですもん。いっつも定食一人前で大ライスにして、それにうどんとかラーメンとか焼きそば付けてたんですよ。普通のサラリーマンじゃあんなに毎回食べられないですよ」

坂上は箸を動かすのを止めてチラッと緑子を見た。坂上も定食に大ライスとうどんを頼んで、しかももう食べ終わろうとしている。

女主人は坂上の顔を見て笑った。

「やっぱり若い刑事さんはよく食べるんですねぇ。蓼科さんが殺されたってテレビで知った時ね、あたしらみんな、刑事さんだったってわかって納得したんですよ。それにしてもねぇ、あんな大きな人を殺すなんて、犯人は恐《こわ》い奴だわね」

緑子は、高須義久の前に置かれていたカレーの皿を思い出した。

義久も大食いな男だった。いつも、緑子の倍は食べていた。一日中歩き回り、歩く用事のない時には道場で竹刀《しない》を振り、ジョギングも毎朝、週に一度はジムに通って何時間も泳いでいた義久。警部に昇進してデスクワークが多くなったにしても、からだを動かすことを怠ったりはしなかったろう。そして、そうした運動量を補う分だけたくさん食べる。それが蓼科や坂上、義久のようなタイプの男達の生理なのだ。

その義久が、今は食堂のカレー一皿、平らげることが出来ない。

緑子は、不意に悲しくなった。

なんだか、義久が本当に死んでしまうような不安に襲われた。

「ごちそうさまでした」緑子は箸を置いた。「それじゃもう少し質問させて下さい。あの晩は蓼科さん、七時過ぎに来て半頃に出て行った、その点は間違いないですね?」

「間違いないですよ、あ、そのことだったら、あたしじゃなくてみどりちゃんがよく憶《おぼ》えてるから、ちょっと呼びますね」

女主人は立ち上がって、調理場の方に消えた。

「バンちゃん、口のまわり、ソースだらけ」

緑子はテーブルの紙ナプキンをとって手を伸ばして坂上の口を拭《ふ》いた。

「旨《うま》かったですね」

「ほんとね。あたし、自信なくなっちゃう。こういう家庭のお総菜って、なかなかうまく作れないのよ」

「先輩が作ってくれるんなら俺、まずくても喜んで食べますよ。今度ご馳走《ちそう》して下さい」

「いいわよ……安藤と一緒に、食べる？」

「……遠慮しときます。刑事部長なんかと飯食ったら喉《のど》につかえちまう。安藤さんがいない時電話して下さい。俺、間男《まおとこ》って一度やってみたかったんです」

「馬鹿者」

緑子がテーブルの下で坂上の向こう臑《ずね》を蹴飛《けと》ばした時、調理場から三十前くらいの小太りの女性が現れた。

「篠崎《しのざき》みどりです」女性は就職の面接にでも来たように硬くなって頭を下げた。「あの……おかみさんから刑事さんにお話しするようにって言われたんですけど」

「ありがとう、ここに座って下さい」

緑子が椅子をひいてやると、篠崎みどりはおずおずと腰を下ろした。

「もう何度も訊かれて飽き飽きしてると思うんですけど」

「いいえ」

「あの晩のことね、蓼科さんがこのお店に来てから出て行くまでのことで、何でも思い出せることを全部教えて欲しいんです。一度話したことでもいいから、考えつく限り総《すべ》て」

「はい」

みどりは何度か唇を舐《な》めて、それから話し出した。

「えっと、蓼科さんはあの日、七時過ぎに来ました」

「どうして時刻をはっきり憶えてるのかしら？」

「丁度、ニュースが始まったんです、あれで」みどりはテレビを指さした。「そしたら、その時いた他のお客さんがあたしに、チャンネル変えてくれって言って、でもほら、ニュース見たいお客さんだっているじゃないですか、だから訊いたんです、チャンネル変えてもいいでしょうか、って」

「蓼科さんに？」

「はい、あの人、いつも結構ニュースを真剣に見てたように思ったもんで」

「蓼科さんは、何と？」

「僕は構いません」

「と言ったのね」

「はい。それでチャンネルを変えたんです。でもそしたらあの人、全然テレビの方を見なくなっちゃったんで、ああ悪いことしたかなって思ったんですけどね……関係ないですね、こんなの」

「いいのよ、何がどう関係しているかわからないんですもの、何でもいいから続けて下さい」

「はい、えっと、それから蓼科さんは鯖《さば》の味噌煮定食とイカ焼きそばを注文しました。ご飯はいつものように大で、お味噌汁《みそしる》の代わりにトン汁にして」

緑子はまた軽く、坂上と目配せを交わした。

「あの、篠崎さん。つまらないことを訊くんですけど、蓼科さんが注文したメニューまでずいぶん正確に覚えてるんですね。やっぱり、お仕事柄？」

「あ、いいえ、いいえ……その、あの、事件の後何度も同じ事を訊かれたもので……」

篠崎みどりは緑子が面食らったほど頬を赤く染めて下を向いた。その様子で、緑子には事情が呑み込めた。彼女は、店の常連客だった蓼科昌宏に、密《ひそ》かで純情な好意を抱いていたのだ。多分、蓼科が店に来ると気を利かしたおかみさんがみどりに注文をとりに行かせ、彼女もそれを楽しみにしていたに違いない。

そんな彼女の、ささやかで健気《けなげ》な思いまでもがあれほど残酷な最後を迎えたことを思うと、緑子の胸に新たな怒りが湧《わ》いて来た。

どんな人間にも、そうしたささやかな日常がある。蓼科昌宏にも、他の四人の被害者達にも。そしてそうした日常の中で、篠崎みどりのように、彼等に様々な愛を注いでいた人達がいる。彼等のあの理不尽な死は、そんな周囲の人達に言い様のない苦しみと悲しみを与えたのだ。

犯人の刑事や警察に対する憎悪にどれほどの正当性があろうとも、あんなことは許されない。決して。

緑子はみどりの腕にそっと自分の手をのせ、力づけるようにゆすった。

「ありがとう、篠崎さん。あなたがそんな細かなことまで覚えていてくれたおかげで、きっと何か見つかると思うわ。ううん、見つけましょう。蓼科さんをあんな目に遭わせた犯人を探し出して、罪を償わせる為に。それで、あの夜も蓼科さんは食欲があって、注文したものを総て食べたのね？」

「漬物以外は」みどりは下を向いたままで言った。「あの人はお漬物があまり好きではなかったみたいで、残すことが多かったです」

緑子は手帳を開き、捜査会議で発表された蓼科昌宏の司法解剖所見のメモを見た。胃の中からは夕飯の未消化分とみられる多量の残留物が検出されている。蓼科昌宏がこの店で夕飯を摂った時刻が七時から七時半と特定されているので、消化の具合からの死亡推定時刻は午後十時前後とされていた。これは、遺体発見時刻から死後経過時間を遡《さかのぼ》って得られた死亡推定時刻、午後九時から十時、という数字と一致する。

「それで、食べ終わると蓼科さんはすぐにお店を出て行った？」

「あ、はい……いいえ、あの、いつもそうなんですけど、お茶を一杯、飲んでいました。いつも、食事の後はお茶を飲みながら、新聞を少しだけ読まれるんです。混んでいて他のお客さんが待っているような時は別でしたけど」

「その新聞というのは、あれね？」

緑子は、レジの横の台の上に置いてある、漫画雑誌や週刊誌、新聞などを目で示した。篠崎みどりは頷いた。だがすぐに、首を横に振った。

「あ、でも」

篠崎みどりは、一瞬どうしようか迷ったような表情をつくった。緑子はもう一度篠崎みどりの腕に手をおいて少し力を込めた。

「なに？　何でもいいのよ、どんな小さなことでも」

篠崎みどりは下を向いたまま呟いた。

「あの夜は新聞じゃなくって、白い紙でした」

「白い紙？　それは……たとえば、手紙みたいなもの？」

「あの……わかりません。ただポケットから白い紙を取り出して、お茶を飲みながら眺めていたことしか……」

「そのことは、これまでに他の捜査員に話した？」

「はい」

「捜査員は何て？」

「……別にその……あたしには何も」


おかしい。緑子は思った。

事件の直前に被害者の蓼科昌宏が手紙を読んでいたとしたら、それは重大な手がかりのはずだ。だが捜査会議でも合同捜査本部で配られた資料でも、そのことについて触れている箇所はなかった。それでは、その問題の白い紙は手紙などではなかったのか。だがだとしたらいったい、それは何だったのだ？　事件との繋《つな》がりを捜査員の判断で無視してしまえるようなものだったのか……？


「そう……そしてお茶を飲み終わると、蓼科さんはその白い紙をポケットにまたしまって、店を出た」

「……はい」

篠崎みどりの声は消え入るように小さくなっていた。緑子は不自然さを強く感じながらも、無理に押せばみどりは永久に口をつぐんでしまうだろうと思った。みどりは純朴な女性らしい。

それだけにおそらく、頑固だ。

緑子は大きく頷くと、その笑顔がみどりに信頼感を与えてくれるようにと祈りながら微笑《ほほえ》んだ。

「どうもありがとう。いろいろと参考になりました」

「あ」みどりは顔をあげた。「何もお役に立てなくて」

「そんなことはないわ。食事の内容とかあの夜の蓼科さんの食欲とか、とても役に立つ情報だと思うわ。それに……蓼科さんが読んでいた手紙のことも」

緑子はわざと、手紙、と言ってみた。みどりの瞳に明らかな動揺が見えた。

緑子は坂上に目配せすると立ち上がった。

奥の調理場から様子を窺《うかが》っていたらしいさっきのおかみさんが慌てて出て来た。

緑子は丁重に礼を言い、受け取らないと言い張るおかみさんの手に食事の代金をきっちり握らせて店を出た。


「今度こそ」緑子は、横に歩く坂上に囁《ささや》いた。「当たり籤《くじ》ひいたわよ、きっと」

「あの女が何か隠してるってことですか」

「バンちゃんはどう感じた？」

「いや」坂上は自信なさそうに首を傾《かし》げた。「確かにどこかおどおどしてましたけども……あいうタイプの人間って、警察に何か訊かれたりしたら何もうしろめたいことがなくてもおどおどするじゃないですか」

「でもね、彼女、警察に質問されるの初めてじゃないのよ。もう何度も同じことを訊かれて、多分、同じことを答えてるはず。それなのにあの動揺の仕方は……バンちゃん、ちょっと隠れて待ってみよう」

緑子は坂上の袖を引っ張り、定食屋から少し離れた路地に曲がった。

「あの女が追って来るんですか？」

「来ないと思う？　賭《か》けようか？」

「いいっスよ。じゃ千円」

「お金はダメ。財布出したら現行犯逮捕するわよ」

「じゃ、来なかったら安藤さんの留守に食事に呼んで下さい」

「いいわ。でも来たら……安藤と一緒にあたしの手料理食べるのよ。いい？　ついでに達彦と遊んでやってちょうだい。うちの子、おうまさんごっこが大好きなの……あ」

緑子は顎を軽く突き出した。

「ほら勝った」

ふたりの目の前を、篠崎みどりが小走りに通り過ぎた。坂上が舌打ちした。緑子は路地から出て、みどりの背中に呼びかけた。

「篠崎さん」

みどりが振り返った。

「あ、あ、あの」

「丁度よかった」緑子はまた微笑んだ。「あなたに質問することをひとつ忘れていたんです。

お時間をいただけるなら、コーヒーでもいかがですか?」

突破口

1

「ごめんなさい」

篠崎みどりは泣き声になっていた。

緑子《りこ》は、ドーナツとコーヒーの載った盆を彼女の前に置いた。

「やっぱりおいしい食事の後はデザートが欲しくなるわよね」

「女性って腹一杯でもそういうものは食べられるんですね」

辛党の坂上は、粉砂糖のかかったドーナツを世にも珍しい物でも見るように見ている。

「入るところが違うのよ、甘いものは。ねぇ」

緑子は篠崎みどりに笑いかけて、自分からドーナツに手を伸ばした。

ドーナツショップの店内は、学校帰りの高校生か中学生くらいの女の子達で満員状態だった。

甲高い笑い声や熱中した喋《しゃべ》り声で、耳が痛いほど賑《にぎ》やかだ。

だがそうした喧噪《けんそう》が、今は具合がいい。あまり静かな場所では、篠崎みどりの緊張がほぐれない。

緑子は急がず、ドーナツを口に運んで、おいしい、甘い、を連発した。それにつられるように、みどりもやっとドーナツに手を伸ばし、一口嚙《か》んで小さな溜息《ためいき》を吐いた。甘い食べ物は人の心を落ち着かせる。

「ごめんなさい」

みどりはもう一度言って、頭を下げた。

「あたし、嘘を吐《つ》きました」

「そうじゃないでしょう」緑子は声の調子を変えずに言った。「何か忘れていたことを思い出した、それだけよ、ね。今話してくれれば何も問題はないわ」

「最初は……ちゃんと話すつもりだったんです。初めの刑事さんに訊《き》かれた時に。でも……」

「何か、失礼なことを言ってしまったのね、捜査員が」

「失礼だなんて、そんな……」

篠崎みどりは下を向いたまま首を横に振った。だが緑子にはとっくに見当がついていた。

「あなたが蓼科さんの注文したメニューをあまり詳しく憶《おぼ》えていたことで、何か言われた、そうでしょう？」

篠崎みどりは答えなかった。それでも、図星だと緑子にはわかった。

確かに、ただの客の注文をあれだけ正確に憶えていたことには、緑子自身驚いたくらいだから、最初に彼女に質問した刑事が不審に思ったとしても仕方がない。そして彼女が間違いないと主張したとしたら、その刑事はまずこう考える……この女は、蓼科昌宏《たてしな》に気があったんじゃないか？　そう、緑子も同じように考えた。そしてその想像は、間違いではないだろう。

しかしそのことを匂《にお》わせるのは、絶対のタブーだったのだ。

篠崎みどりは、決して男性にちやほやされ慣れているタイプの女性ではない。それだけに、自分が誰かに惹《ひ》かれていることを悟られるのは彼女にとって、極めて恥ずかしいことだったに違いない。その繊細な彼女のプライドを、最初の捜査員は恐らくそれと気付かずに傷つけた。例えば……冗談めかして、あんた蓼科さんに興味あったんじゃない？　などと言ったとしたら……


「……失礼なんてことは、なかったです」

篠崎みどりはもう一度言った。

「でも……でも変な風に誤解されたらどうしようと思ってしまって。それに……蓼科さんが何を食べたか以外には詳しくは訊かれなかったし……」

「もういいのよ。今ちゃんと話してくれさえすれば。あなたが思い出してくれたことは、蓼科さんが食後に読んでいた手紙のこと、そうでしょう？」

「はい」篠崎みどりは頷《うなず》いた。「蓼科さんが食後に白い紙を取り出して読んでいたことを、あたし、前に来た刑事さん達には話していませんでした……でもいつか、話した方がいいんじゃないかと思っていて……きっかけがなくて……あたしが蓼科さんのことばかり見ていたみたいに思われるのが……」

「その白い紙、もしかしたらあなた……持っているんじゃない？」

　隣の坂上が息だけで驚きを表現した。篠崎みどりも顔をあげて目を見開いた。だが緑子は、何でもない、というように笑顔で言った。

「別におかしくはないわ……だって蓼科さんがお店に忘れ物して行って、店員さんのあなたがそれを預かっていたとしても、不自然ではないもの」

　みどりの顔に、見る間に安堵《あんど》の色が広がった。彼女は、事件に関わるかも知れない物を隠していたことで罪に問われることを恐れていたのだ。

「あ、あの……これです」

　彼女は、ジーンズのポケットから皺《しわ》だらけの紙を取り出した。

「あの時、蓼科さんが帰られてからお盆を片づけようとして、これがあるのに気付いて……」

　その紙は明らかに、一度ねじって丸められているものだった。皺の入り方が極端だ。状況は簡単に想像出来た。蓼科昌宏は食後の茶を啜《すす》りながらその紙を読んでいた。そしてそれを篠崎みどりは見ていた。蓼科昌宏は茶を啜り終えると、その紙をひねって丸めて、盆の隅においた。勿論《もちろん》、店員に捨ててくれ、という意味だ。定食屋の店内には普通、紙屑籠《かみくずかご》など置いていない。

　だが篠崎みどりは、それを捨てなかった……それは手紙に見えた。篠崎みどりは、そのプライドとは裏腹に、蓼科昌宏についてもっと知りたいと思う気持ちで飢えていた。常連客とはいえ、ろくに言葉も交わしたことはない。どこに勤めてどんな仕事をしている人なのかもわからない。

　だが脈絡もなくそれを訊く勇気など彼女にはない。

　蓼科昌宏の読んでいた手紙。

それは明らかに捨てられたものだ。もし大切な手紙であれば、蓼科昌宏は決して、そんな形でそれを捨てたりはしなかったろう。だとしたら……ちょっと読むぐらい……

緑子はただ頷いて、その皺だらけの紙を手に取った。

『むーんらいと会員の皆様
お待たせいたしました。来月一日、新曲「間違えないで、ダーリン」が発売されます。
会員の皆様には、会員予約特典として留菜《るな》の限定ポスターを差し上げますので、下記の会員購入予約書を切り取り、必要事項を書き込まれた上で、お近くの販売店にご予約下さいね。この予約書がないとポスターが貰えませんので注意してね。
それでは、留菜の新曲、楽しみにしていてください。またね。

山崎留菜』

山崎留菜オフィシャルファンクラブ
「むーんらいと」会員の皆様へ

印刷された味気ない文字の最後の、山崎留菜、という部分だけが手書きになっている。だがよく見ればそれも、手書き文字を印刷してあるだけだった。

緑子は黙って、その紙を坂上に渡した。

これでさっきのポスターの謎《なぞ》も一気に解けてしまったわけだ。

坂上も読みながら、拍子抜けしたような顔になっていた。

「蓼科さんは、山崎留菜さんのファンクラブに入ってらしたんですね」

坂上が紙を畳んで、手帳の間に挟みながら言った。

「ちょっと意外だけど」緑子は篠崎みどりに笑顔を向けた。「警察官だってそういうこと、あってもいいわよね」

「本当にごめんなさい……でも、事件とは関係ないし……勝手に手紙を読んだなんて言えなくて」

「そうね、確かに事件とは無関係だと思います。でも、そういうことを判断するのは、出来ればわたし達に任せて貰えると嬉《うれ》しいわ。それにこの手紙は蓼科さんが捨てたものなんだから、あなたが拾って持っていたとしても、何も問題なんかないのよ。全然気にしないで。捨てたものを拾ったら、それは拾った人のものになるんだし。だから今はこの手紙はあなたのものなの。これ、預からせて貰ってもいいですよね？」

篠崎みどりは心から安堵した顔になって頷いた。


店に戻る篠崎みどりの背中を見送ってから、緑子は坂上と連れだって地下鉄の駅に向かった。

坂上は物足りないといった顔のままだった。

「あの女が何か隠してるってわかった時は期待したんだけどなぁ。そんなに簡単に、落ち穂拾いで収穫どっさり、ってわけには行かないですね、やっぱり」

「あらどうして？　大きな獲物、拾ったじゃないの、あたし達」

「そうですか？」

「多分、そうだと思うわよ……バンちゃん、本部に戻ったらまず今度のヤマのガイシャの中で、山崎留菜のファンクラブに入っているか、山崎留菜のファンだと周囲に言っていた者がいないかどうか、調べるの」

坂上は歩みを止めて緑子の顔を見た。

「……そうか」

「まだ確実じゃない」緑子は頭を小さく振った。「だけど共通点がまったく見つかっていない以上、これだってひとつの可能性。少なくともそれまでの捜査報告の中で、蓼科昌宏が山崎留菜のファンだったことはどこにも報告されていない。だとしたらこれは、立派な新事実よ……バンちゃん、本部に戻る前にもうひとり、会って行こう」

緑子は手帳を出し、目指す相手の住所を確認した。

「地下鉄で三つ目。近くて助かったわ」

＊

蓼科昌宏のフィアンセだった清水由岐《ゆき》が両親と住んでいる家は、下町の商店街の中にあった。小さいながらも繁盛しているらしい手作りケーキの店だった。夕飯の買い物時には少し遅かったが、それでも店内は客で混み合っている。緑子は迷惑をかけないよう出直そうと店を出掛けた。だが入れ替わりに入って来た若い女性の姿に思わず目をとめた。

青白い頬《ほお》がげっそりとこけ、白目は充血して瞳には光がない。髪の艶《つや》もなくパサパサして見えるのは、まともな食事をしていないからだろうと見当がつく。清水由岐の顔写真を見たわけでもないのに、その女性が彼女だということはすぐにわかった。

裏口のない店舗兼用住宅では、店を通って自宅に入るしかないのだろう。清水由岐は、客に顔を見られないよう横を向いたまま店の奥に消えた。だが、順番待ちで並んでいた数名の主婦達は、悲劇の主人公の後ろ姿を黙って見送ってはくれない。誰ともなく「気の毒にねぇ」「ほんとに」と言葉が交わされ始める。

緑子の胸に、遠い日の痛みが甦《よみがえ》った。

蓼科昌宏が死んでまだやっと三週間。愛する者を永遠に失った者の苦しみが癒《い》えるには到底、時間が足りていない。


緑子は深呼吸した。そして、店の奥へと進んだ。

同情など緑子にして貰っても、今の清水由岐にとっては何の役にも立たないだろう。本当に彼女の為になりたいと思うなら、時間を無駄にせずに蓼科昌宏をあんな酷《ひど》い目に遭わせた者を追いつめることだ。

緑子が、客の応対をしていた女店員のひとりに小声で事情を話すと、女店員は弾《はじ》かれたように店の奥へと消えた。そしてすぐに、白いコック帽をかぶった五十代らしい女性が現れて、丁寧に頭を下げた。

緑子と坂上は、店の奥の階段から二階の住居へと案内された。

「こんなお忙しい時間に申し訳ありません」

緑子は勧められたソファに腰を下ろす前に深く腰を折った。

「どうしても、至急確認したいことが出来まして」

「今、由岐が参りますので」

清水由岐の母親らしい女性は、緑子と坂上の前に紅茶の茶碗《ちゃわん》を置いた。

「ですがあの、由岐はまだその……」

「大丈夫です」緑子は言った。「お嬢様のお気持ちは理解しているつもりでおります。簡単なことをひとつ、確認させていただくだけですから」

「ようやく、先週から会社の方には通い始めてくれたのですが」

由岐の母親は、深く溜息を漏らした。

「刑事さんの前で今更こんな愚痴を言っても仕方ないのですけれど……本当にどうして……蓼科さんとお付き合いを始めたと紹介された時に、よりによって刑事さんだなどとは、わたくしも主人も正直言って驚きました。いえ、ご立派なお仕事であることは重々承知しております。ですが……わたくし共も人の親ですから……出来れば娘には、危険の少ない仕事をしている男性と一緒になって欲しかったんです。でも……それでも由岐が本当に蓼科さんを好いているとわかりまして、ようやく主人も結婚を認めようと言い出した矢先……」

「失礼ですが、ご主人は、今日は……？」

「病院に行っております。あの事件のあとすぐに軽い心筋梗塞《こうそく》を起こしまして……大したことはなかったのですが、十日ほど入院しまして、退院してからも週に一度、通院するようになってしまいました。健康だけが自慢の人でしたのに……それでも、由岐の受けたショックに比べれば……」

由岐の母親は涙声になった。

「……むご過ぎますよねぇ……いったい、なんだってあんなこと……」

ドアが開いて、清水由岐が入って来た。

先程着ていた通勤用の服をトレーナーとジーンズに着替えていたので、いくらか若々しさを取り戻してはいたが、それでも、緑子の正面に座った由岐の顔色はあまりに悪く、その瞳はあまりに悲しげだった。

「突然ごめんなさいね」

緑子は座ったままままた頭を下げた。坂上も同様にした。清水由岐は、小さく頷いた。

「かまいません」

由岐の声は、低く掠《かす》れていた。

「なんでも訊いて下さい……それであの人の仇討《かたきう》ちの役に立つのなら」

由岐の声の奥に、暗く深い憎しみがあった。

最愛の男をあれほどむごい姿にされて、この女性の心には激しい憎悪が芽生えたのだ。

蓼科昌宏をあんな姿にした犯人は、自分がそうした憎悪をこの世に誕生させた事実に気付いているのだろうか。

「つまらないことのように思われるかも知れないのですが、ひとつ確認しておきたいことがあるんです。あの……蓼科さんは、歌手の山崎留菜さんのファンだったかどうか、ご存じですか？」

由岐は少しの間、質問の意外さに啞然《あぜん》としたのか黙って緑子の顔を見つめていた。だがやがて、皮肉にも思えるような微《かす》かな微笑《ほほえ》みを血の気のない唇に浮かべた。

「ほんとに、つまらないことですね。そんなことがあの人を殺した犯人を逮捕することに、何か役に立つんですか？　それとも、あなた方はあの人の生前の素行でも調査していらっしゃるの？」

「由岐」母親がたしなめるように声を出した。

緑子は母親の方に安心させるように微笑んでから、由岐の顔を見据えた。

「何がどう役に立つのか、今の段階ではまだわかりません。隠しても仕方ないことなので正直に言いますが、蓼科昌宏さんを殺害した犯人に結びつく有力な手がかりは、まだほとんどない状態なんです。ですから逆に、どんなつまらないことであっても、今はおろそかに出来ません。わたし達はあくまで、蓼科昌宏さんの殺害事件の捜査員としてここに来ています。そして、蓼科さんが山崎留菜のファンだったのかどうか、本気で知りたいと思っているんです」

「……ごめんなさい」

由岐は反抗的とさえ思えた鋭い眼差しを和らげた。

「あたし……まだ普通じゃないんです。なんだか何もかも……悪い夢のようで。事件の報道がワイドショーなどで流されるたびに、無神経な言葉のひとつひとつがあの人を汚しているように感じて」

「気にしないで下さい。軽々しくわかりますとは言えないですけど……でも、理解しているつもりです」

「ありがとうございます……山崎留菜ですか……いいえ、彼は山崎留菜のファンではなかったと思います」

　由岐の言葉に、坂上が目を見開いた。緑子も思わず坂上の顔を見た。

「それは、確かですか？」

「確かかと言われても……彼があたしに隠していた可能性がないとは言えませんから。でも、隠さなくてはならない理由もありませんよね。彼は、どんなアイドルが気に入っているとか、どんな音楽が好きかとか、そういったことはいつもあたしに話してくれていました。あたしの憶えている限り、山崎留菜の名前が出たことは一度もなかったと思うんですけど……彼が好きだと言っていたタレントさんは、飯島直子とか……ともさかりえとか……音楽は洋楽の方を好んでいましたし」

「あの、それじゃ、むーんらいとという名前のファンクラブの話が出たことは？」

「むーんらいと……知りません。聞いたことはないと思います」

「蓼科さんがその、むーんらいとというファンクラブに入会していたという事実があるんですが」

「……彼がですか？……本当に？」

「はい」

「……信じられないわ。そんな話、彼から一度も出たことはありませんでした」

「そうですか……わかりました」

緑子は立ち上がった。

「突然お邪魔してしまって、本当にすみませんでした。今日のところは、とりあえずその件だけ伺いたかったものですから」

坂上も立ち上がって頭を下げた。清水母娘《おやこ》は、刑事達の質問が本当にそれだけだということに驚いた様子で、戸惑いながら立ち上がった。

「またお邪魔することがあるかも知れません。その時はよろしく」

坂上が言うと、由岐が思いがけずはっきりとした口調で言った。

「何度でもいらして下さい。そして、何でも訊いて下さい。あたしに出来ることがあれば、言いつけて……何でもします、あたし。だから……だからお願いです。必ず犯人を逮捕して……死刑にして下さい」

由岐の母親がハッと音を立てて息を呑《の》んだ。坂上も鼻の穴を広げて瞬《まばた》きした。

緑子は高鳴った心臓を押さえつけて、ゆっくりと言った。

「犯人は逮捕します。必ず。ですが、わたし達に出来ることは、そこまでです」

緑子は腰を折って、深く頭を下げた。

今はそれ以外に、何も出来なかった。

2

「どうなってるんですかね」

坂上が首を捻《ひね》った。

「大したファンでもないのに、ファンクラブなんて入るもんなのかな。それともやっぱり、本命は恋人には隠していたとか」

「アイドルタレントの話をして焼き餅《もち》をやくような人じゃないでしょ、由岐さん。意志の強い、しっかりした女性だわ」

「でもドキッとしましたよ……死刑にしてくれなんて」

「そう言った人に出遭ったのは初めてじゃないわ」

緑子は憂鬱《ゆううつ》になって頭を振った。

「本庁にいた頃にはね、なんだかんだと、被害者の家族と顔を付き合わせることが多かったから……みんな、頭ではわかっているのよ。犯人が死刑になったって、殺された人が戻ってくるわけではないことが。でも……愛する者を理不尽に奪われた人の気持ちなんて、そんなきれいごとじゃ片づかない。復讐《ふくしゅう》してやりたいと思って当たり前だわ……だけど……だけど……復讐で心が癒《いや》されるとは、あたしには思えない。由岐さんも、今はどうしようもないでしょうけれど……」

「忘れて新しい男を見つけるしかないってことですか」

「そんな、簡単なことではないけれど」

緑子は力無く微笑んだ。

「忘れろって言われて忘れられるわけないけれど。でも、そんな彼女を丸ごと包み込んでくれる人に一日でも早くめぐり逢えるよう、祈ってあげたい……こんな優等生な言い方しか出来ないのが、悲しいわね」


「俺《おれ》、猛然と腹立って来ましたよ。いや、今までだって腹は立ってたけど、よりいっそう。今度のヤマ、ホシは絶対、俺達で挙げたいですね」

「誰が挙げたっていいわよ。ともかく、絶対に挙げる。それが第一。それにしても……やっぱり奇妙ね。篠崎みどりがくれた手紙には封筒がなかったから、蓼科昌宏に宛《あ》てられたものだったかどうかはわからない。もしむーんらいとからの新曲の案内状が他の誰かに宛てたものだったとしたら、蓼科が山崎留菜のファンではなかったという事実と矛盾しなくなる。でも、あんな内容の手紙、他人が読んだって何の役にも立たないものね」

「むーんらいとに問い合わせましょう。蓼科が会員だったかどうかはすぐわかるはずです」

「そうね。そして、他の四人の被害者が会員だったかどうかも。だけどバンちゃん、その前に高須警部に報告」

坂上は呆《あき》れた顔で緑子を見た。

「本気ですか、先輩。抜けるかも知れないのに」

「バンちゃん」

緑子は静かに言った。

「あたし達はゲームをしてるわけじゃない。これは仕事よ。それだけは忘れないで」

＊

緑子と坂上のひいたカードは最強とまでは行かなかったが、とりあえず今の段階では、他の捜査員が出して見せたカードよりも存在感があった。

五人の被害者の内、山崎留菜のファンクラブ『むーんらいと』の会員だった者が三名いたのである。捜査本部が摑《つか》んでいる被害者五人を結びつけるいくつかの共通点の中で、そのことだけが新事実と呼べるものだった。

だが五人全員に該当していたわけではない以上、単なる偶然の領域を完全に出たとは言い切れない。

しかし、突破口になるかも知れないという認識では、緑子と高須義久との意見は一致していた。

「むーんらいとの窓口になっている、オフィス中嶋の営業時間は午前九時からだそうです」

緑子は、捜査員達が次々と戻って来ては高須に報告をするのをじっと待ってから、最後に言った。

「わたしと坂上のふたりは、明日の朝は、そこから始めさせて下さい」

「もちろん」義久はニヤッとした。「他の誰かに行かせたらボウヤに憎まれるじゃないか」

「坂上はボウヤじゃありません。彼は優秀ですよ、あなたが考えているよりはずっと」

「でもパンチはまだまだだったな」

「憶えてたの」

「忘れてたまるか。俺はあの時おまえを庇《かば》ったのに、ジュクの奴等《やつら》に殴られたんだからな……

緑子、新宿に戻りたいのか、おまえ」

「そうね」緑子は肩を竦《すく》めた。「ここに戻って来るよりは、新宿が懐かしい」


「それにしても、その定食屋の店員、なんだって他の奴には嘘吐《うそつ》いたんだろう」

「嘘を吐いたってわけでもないと思うわ。蓼科昌宏が食事のあとお茶を飲みながら何を読んでいたのかまで、訊《き》かれなかったから言わなかったってことでしょう」

「隠してたんだぜ、蓼科の読んでいた手紙を持っていること」

「そのことで篠崎みどりを責めないで」

「責めたりはしないけどな、結局は協力してくれたわけだから。しかし……」

「あのね」

緑子は他に捜査員が周囲にいないのを確認してから、机に頬《ほお》づえをついた。

「あたしにも経験、あるのよ」

「経験？」

「うん……あたしね、父に鍛えられて育って……中学生の頃は、からだもゴッゴッで日焼けして一年中真っ黒で、髪の毛もいつも短く切りっぱなしで……渾名《あだな》、ゴリコってつけられてたの」

「ゴリコ」義久は笑い出した。「そりゃすごい。ゴリラみたいだったのか」

「違うわよ」緑子は手近のボールペンを義久にぶつけた。「グリコのマークあるでしょ、ほら、男の人が万歳して走ってる。あの男の絵みたいに、筋肉がモリモリしてたから……初潮も遅かったの。十五まで来なかった」

「生々しいね」

「大切なことよ、十五歳の女の子にとっては、とても。どんなに父が男だと思って育てたって、あたしはやっぱり女の子だったんだもの。そうしたことの全部が、本当はとても辛《つら》かった。平気だよって笑っていたって、悲しかったのよ。そんなあたしがね、密《ひそ》かに憧《あこが》れてる男の子がいたの。隣のクラスだったんだけど、そうね、丁度あなたみたいなタイプ。成績も良くてスポーツも出来て、それに何より、すごくハンサムだった。だから女の子が憧れるのは別に不思議なことじゃない。だけど……だけどあたし、自分がそんな男の子に憧れてるってことがものすごく恥ずかしくて……誰かに知られたら生きていられないって本気で思っていた」

「……コンプレックス」

「そうね……もしあたしが、人並みに女の子らしい女の子で、そんなに美人ではなくてもとりあえず男の子から大切にして貰えるような立場でいたら、ハンサムな男の子に憧れてもあんなに自己嫌悪したりはしなかったと思う。だけどあの頃のあたしは、誰かに、あんなブスのくせにあいつに惚《ほ》れてるなんて身の程知らずだって言われるのが何より恐《こわ》かったの。恐くて恐くて……だけど面白いことに、そうやって心を隠そうとすればするほど、態度に現れてしまうものなのよね。あたしの片思いも、いつの間にかクラスメートの噂になってしまって。そしてそういう時って必ず、ひどく残酷ないたずらをする奴っているわけ。クラスの女の子達の中で、あたしのことあまり好いてなかった人達がいたのね。あたし、誰かにおべんちゃらつかうの好きじゃなかったから」

「女王様になびかなかったんだな。で、女王様の取り巻きの怒りを買った」

「そういうこと。誰かがその男の子に、あたしの名前でラブレター書いたのよ。そしてそれを、わざと廊下に落としておいた……次の日にはもう、あたしはみんなの笑い者になってた」

「筆跡鑑定すれば良かったんだ」

「ほんとに」

緑子は義久と顔を見合わせて笑った。

「だけど笑われたことよりもずっとショックだったのはね、それからしばらくの間、その男の子が明らかにあたしを避けたことだった。廊下で擦れ違うと、はっきりとからだをよける。目が合わないように露骨にそっぽを向く」

「その野郎をここに連れて来て今のおまえを見せてやりたいな」

「無駄よ。誰かを傷つけたことって、すぐ忘れてしまうものでしょ。傷つけられたことはいつまでも忘れないのにね。ともかく……あの時のこと思い出すと、今でも悲しくなるくらい、あたしには辛い経験だった。だからわかるの。篠崎みどりが、蓼科昌宏に惹かれていたことを誰にも知られたくないと思っていたことが。蓼科が捨てた手紙をわざわざ拾って大切に持っていたなんてことを知られて、アカの他人の刑事なんかに笑われたくないと思いつめた気持ちが」

「俺の部下にはデリカシーを教えないとならないってことだな」

「別に、あたしだから話してくれたわけじゃないわ。篠崎みどりは善良な女性よ。警察に隠し事をしているってこと、ずっと悩んで苦しんでいたのよ。たまたま暫《しばら》くぶりにあたし達が行って、彼女の決心がついたってことでしょう」

「そういう運が、おまえにはあるのさ」

義久は緑子の顔を見据えた。

「それがおまえの才能なんだよ。緑子……だからおまえは、デカ辞めたらだめなんだ」

「あたし……辞めたいって顔、してる？」

義久は答えなかった。答えないまま、捜査資料の束に視線を逃がした。

「とにかく、五人の被害者の内三人までがこの、山崎留菜ってタレントのファンクラブに入ってたってのは、ただの偶然じゃない」

義久は声の調子を変えて頷いた。

「明日の捜査会議では、このことで一騒ぎ起こるな」

「あたしと坂上は、朝からオフィス中嶋に行きますから」

「うん。おまえ達が会議に出ると、やっかみもあっていろいろ面倒だ。明日は出なくていい」

「あなたも大変ね。今度のヤマは本庁の班だけで四つも専任してるなんて……ライバルが多くて」

「いろいろあってな。闘争心を燃やすのは悪いことじゃないが、足の引っ張り合いをしたんじゃ本末転倒だ。調整が難しいよ」

「五係って、八係と争ってるらしいじゃない。山背《やませ》警部のとこと」

「俺と山背さんとじゃキャリアが違う。あの人にはまだまだ、勝てないよ。山背さんは何しろ……天才って呼ばれた人と十年組んでいたんだから」

義久の表情が曇った。緑子は何も言わなかった。この場所で、麻生の話をするのは辛かった。

「あたし、そろそろ帰らないと」

緑子は立ち上がった。

「あ」義久は時計を見た。「気が付かないで悪かった。もうこんな時間か。子供さん、大丈夫?」

「昨日から田舎の母が来てくれてるの。今度のヤマは大きいから、安藤もあたしも達彦にかまってやれなくなるでしょう」

「わざわざ呼んだの……なんか悪かったな……俺の我儘《わがまま》で、緑子を……」

「そういうのやめて。家のことは、あなたに心配して貰うことじゃないわ。あなたはあたしの能力を買ってくれた、そうでしょう?」

「勿論《もちろん》だ」

「だったら、他の捜査員と同じように扱ってちょうだい。それで家の方が成り立たなくなった時には……あたしと安藤で考えて……どうするか決めるわ。それじゃ、お疲れさまでした、警部」

「うん……お疲れ」

緑子が部屋を出る時に、宮島静香が他の捜査員と戻って来た。

緑子は黙礼した。

宮島静香は頭を下げなかった。もうひとりの捜査員も緑子よりは階級が下の男だったが、緑子を無視した。


この部屋はまだ、あたしを認めていない。

彼等は汚い噂のある女など、どれほど階級が上でも上司だなどとは認めないのだ。

緑子は構わなかった。そんなことは何でもない。

新宿も辰巳《たつみ》も、緑子を受け入れてくれた。

それで充分だ。

会議に出ても緑子の意見など誰も求めない。たとえ発言したとしても、攻撃されるか嘲笑《ちょうしょう》されるだけだろう。だがそんなことも、どうってことはない。事件の捜査は会議など出なくても出来るのだから。

だが。

そうやって馬鹿にされ蔑《さげす》まれている女と結婚しようとしている明彦のことを思うと、緑子は憂鬱《ゆううつ》になった。

明彦の出世が自分の為に妨げられることになったら、どうすればいいのだろう。

勿論、明彦にとっても身から出たサビだ。重荷を背負わなければならない責任は、彼にもある。それでも、現実にこうやって自分が拒絶されている事実と向き合うと、緑子には自信がなくなる。それでもあたしを愛して、と明彦に言い続ける自信が。


情けなくなった。

緑子は思う。

あたしは、随分と臆病《おくびょう》になった。

新宿にいた頃の、あの強さはどこに行ってしまったのだろう。あの自信は。あの思い切りは。

結局、人並みの幸せ、普通の結婚生活を求め始めた時から、あたしは逃げることを選び出したのだ。

傷つかないように……失わないように逃げることを。

3

明彦と新しい生活を始めたマンションは、前にいた部屋とは外観だけでも比べものにならないほど立派だった。明彦の収入は、それだけ多かった。

達彦の為には良いことだということはわかっている。より整った環境、より快適な暮らし。達彦には、父親の力でそうした幸福を得る権利がある。

だが緑子は、その仰々しいほどハイセンスなマンションホールに立つ度に、達彦と暮らしていた辰巳の2DKが懐かしくなる。

あの頃も、明彦は足繁く通ってくれ、数日おきに泊まって行った。だがそれでもやはり、彼はお客だった。あの空間は、緑子と達彦だけのものだった。緑子の給料から家賃が払われ、緑子が苦労してバーゲンを漁《あさ》って揃《そろ》えた家具が並んでいたあの部屋。

今は、ほとんどのものを明彦の力が揃えて緑子と達彦に与えてくれている。勿論、明彦はそんなことを恩に着せたりはしないし、緑子の好みで好きなものを揃えなさいと言ってくれた。だがそれでも、その分不相応な建物の豪華さの中にいると、自分が庇護《ひご》される立場になっていることが身に染みた。


緑子は、マンションの前の駐車場からゆっくりと歩きながら、片手に下げている袋をそっと持ち上げてみた。

達彦の大好きな、駅前のパン屋のクリームパン。

明日の朝は、達彦の朝御飯にこのパンを出そう。朝から甘いものなんて、歯に悪いっておかあさんに怒られるかしら？　でも、達彦の嬉《うれ》しそうな笑顔が見たい。

その笑顔だけは、誰のおかげでもなく、あたしのこの手で、守りたい。

緑子は気付かなかった。

緑子が通り過ぎようとした時に、駐車していた大型のベンツの後部ドアが、ゆっくりと開いた。

「あっ」

腕を摑《つか》まれてからだが引きずられてようやく、緑子は事態に気付いた。大声をあげようとした寸前に、男の掌で口を塞《ふさ》がれた。

ううう

緑子はもがいて抵抗した。だが車の後部座席に引きずり込まれるのを防ぐことは出来なかった。摑まれている腕が痺《しび》れて来るほどの腕力。そして……この匂《にお》い！

白檀《びゃくだん》に似た男性用化粧品の……

車のドアが閉まった。

「暴れんじゃねぇよ、狭いんだからよ」

忘れたことのない声が聞こえた。

いつも人をからかっているような、冷たい笑いを含んだ、その声。

「久しぶりだな、ハニー。おまえが全然逢《あ》いに来てくれないから、俺の方から来てやったんだぜ」

口に押しあてられていた掌が下がった。

ルームライトも点《つ》いていない暗がりの中に、外の街灯の光でかろうじて照らされた顔が見えた。

「な……なんの、用よ」

緑子は座席に押しつけられていたからだをずり上げながら、掠《かす》れる声を絞り出した。

「なんの用、ってこたねぇだろう」

山内はクックッと笑った。

「おまえの方が俺に、宣戦布告したんじゃなかったのかよ。俺はおまえがおフダ持って俺をブチ込みに来るのを、今日か明日かって楽しみに待ってたんだぜ、ハニー。それなのに半年も放ったらかしだ。俺の方が我慢出来なくておまえにブチ込みたくなっちまったぜ」

「刑務所に入りたいなら自首すりゃいいでしょう」

「何の罪で？」

「何でもあんたの好きなものでよ。その気になればあんたなんか、年金貰える歳《とし》まで三食付きでいられるわよ、塀の中でね」

「そいつはありがたい」

山内は冷たく笑った。

「不景気が長引いてな、食い詰めたらどうしようかって考えてたとこなんだ。だけどムショはやだな。何がイヤだって、頭丸めさせられるのがなぁ、ありゃまったくセンスがねぇよな。俺が入りたいのはあんな無粋なとこじゃねぇな。取りあえず」山内の手が服の上から緑子の左胸を摑んだ。「おまえん中だな」

緑子ははずみをつけて前屈《まえかが》みになり、山内の手の甲に思いきり咬《か》みついた。

「イテェッ」山内は笑顔のままだった。「もう得意技かよ。女って奴はなんだって、すぐ咬みつくんだ……ハニー、痛いぜ、やめてくれ。やめないとな」

重い衝撃が緑子の下腹に落ちた。

息がとまり、緑子の顎《あご》から力が抜けた。

「ほら、こうなる」

胃が破けたかと思うほどの激痛が、ゆっくりと這《は》いあがった。緑子はまた座席にずり落ち、からだを縮めた。

「礼儀正しく話し合おうぜ……あれ、見事な歯形だ。おまえ、歯並びがいいなぁ。この歯並びは大切にしねぇとな。歯の治療ってのは高くつくからよ。もう一度やったら、ここについたみたいな痕《あと》が二度とつかないように、全部叩《たた》き折るぜ」

山内が緑子の目の前に、血が滴る手の甲をかざした。

「血がとまらない。舐《な》めてよ、ママ」

緑子の唇に、手の甲が押しつけられた。

「舐めろよ」

髪の毛が摑まれた。激しくゆすぶられて、痛みで眩暈《めまい》がする。

緑子は舌を出した。口の中に残っていた血と混じって、新しい金臭さが広がる。

「唾液《だえき》には殺菌成分があるんだ」

山内が緑子の頭皮を長い指で摑み、ゆっくりと動かした。

「ママの舌は気持ちいいな……残念だな、ハニー、もう少し時間があったら別のもんも舐めて貰《もら》いたいとこだったぜ。でも今夜はヤボ用があってな」

山内が頭を摑んでいた指の力をゆるめた。

緑子は、思わず安堵《あんど》の溜息《ためいき》を漏らした。

「なんだ」山内の下卑《げび》た笑いが耳に刺さる。「おまえ、期待してたのかよ」

「早く……用件を言って」

「ガキが待ってるのか。でも今夜はおまえのお袋が来てんだろ、孫の面倒ぐらいゆっくりみさせてやるのが親孝行ってもんだぜ」

緑子は目を見開いた。

母が家にいることまで、この男は調べてある……

「そんな顔するなって。愛する女のことなら何でも知りたくなるのが人情ってもんだ。しかしおまえも出世したじゃねえの。前のウサギ小屋から考えたら、こいつはなかなかのシロモノだ。人の亭主を寝取ってその女房を狂い死にさせて、まんまとこんなとこに収まるんだからな、おまえは本当に、カタギにしとくのがもったいない女だ……もっとも、デカはカタギとは言わねぇか」

山内は笑いながら煙草を取り出してくわえた。

緑子の背中に戦慄《せんりつ》が走った。耳のうしろに今でも微《かす》かに残る火傷《やけど》の痕が、急にヒリヒリと痛み出した気がする。

「何を脅えてんだよ」山内が、煙草に火を点ける。「おまえ、俺がそんなにワンパターンだと思ってんのか。いいか、俺はお前等にな、痕跡《こんせき》を残さずに人を泣かせる方法はたくさん教わってんだぜ。煙草なんてのはいちばんまずいやり方だ、何しろ、痕が残っちまったら訴えられた時にごまかしにくいもんな。カタギが相手なら骨が折れるまで殴るのもやばい。おまえも知ってるだろ、阪神が優勝した時に酔っぱらいを殴ったデカが裁判で負けて、殴ってねぇって証言したお仲間も偽証罪で訴えられた。お前等にしてみたら、そのデカはただ運が悪かっただけ、ってことになるんだろうがな、なにしろ」

山内はくわえていた煙草を車の窓ガラスで潰《つぶ》すと緑子の上着のポケットに吸殻をねじ込み、かわりにさしてあったボールペンを抜き取った。

「この国で拷問なんて時代遅れのものはもう存在しないはずなんだ」

緑子の右手の指が山内の指にからめ取られ、中指と人差し指の間にボールペンが差し込まれた。緑子は指に力を入れて逃れようとしたが、山内の長い指が、緑子の四本の指を包むように摑んだ。

圧迫が加わった。中指と人差し指の間に、我慢出来ない類《たぐい》の痛みが走る。

緑子は細い悲鳴をあげた。

「これは拷問なんかじゃない」

山内は楽しそうに言った。

「それが証拠にな、俺はデカにこれを教えて貰ったんだぜ。デカが法律違反するなんてそんなこと、あり得ないもんなぁ……なんだ、今日は泣かないんだな。前に言ったろう、俺はおまえの泣き顔が大好きなんだ……泣けよ、ほら、泣け。泣けったら」

痛みは耐え難いものに膨れ上がっていた。緑子は叫びながら頭を振った。涙を堪《こら》える余裕などはなかった。痛みが激し過ぎて涙が出て来ない。次第に、意識が遠く頼りなくなっていく。

「おっと」

不意に、右手の先にあった痛みの渦がほどけた。

「気絶されたんじゃ面白くないもんな。ま、今夜のとこはお遊びはここまでだ。俺も結構痛い思いをさせて貰ったから、おあいこってことで手を打とうぜ」

ボールペンが緑子のポケットに戻された。

「じゃ、本題だ。今夜はおまえにひとつ、頼み事がある。おまえ、宮島って本庁の女デカ、知ってるだろう」

痛みの余韻で朦朧《もうろう》としていた意識が、冷水を浴びせられたように緊張した。

緑子は、じっと暗がりの中の山内の顔を見つめた。

「知ってるんだろ？」

山内が緑子の頭をゆすった。

「おまえが龍太郎パクった時に、病院の玄関で喚《わめ》いていた女だ。チャカのオリンピック候補だったとかいう、エリートらしいな。おまえ達が今大騒ぎしてる、例のデカのチンポちょんぎるお茶目な殺人鬼の捜査本部にいるんだろう？　おまえと一緒に」

「あ」緑子は、呼吸を整えてから言った。「あんたに何の関係があるのよ、彼女」

「俺は別に関係したいとは思ってねぇよ」

山内は眉《まゆ》を片方だけあげて、困惑しているような顔になった。

「ったく、俺の方が聞きたいぜ、あのスケが俺に何の関係があんだってな。あのアマ、マル暴でもねえのに俺のことをいろいろと嗅《か》ぎまわってやがる」

「あんたのことを……嗅ぎまわる？」

「そうだ。俺個人のことをだ。組のことじゃねぇ。俺の昔の同級生なんかに会ってるらしい。俺の行きつけの店にも来やがった。あのアマ、少しアタマがイカレてるぜ。二丁目のメンズオンリーのバーにまでのこのこ現れて、俺とヤッたことのある奴を探してたんだとさ……あのアマは連続デカ殺しの捜査やってんだろ？　まさか俺が容疑者になってるわけじゃあるまい？」

「そんなこと、あんたに言えるわけないじゃない」

「言わなくてもいい。おまえの顔にそうじゃねぇって書いてあるぜ。おまえもたまげたらしいな。あの女、可愛《かわい》い顔してるが度胸の方はクソが付いてるぜ。その点は買ってやってもいいがな、今が俺達にとってどんな時か、おまえだって亭主から聞いてるだろ？」

山内が若頭《わかがしら》を務める東日本連合会春日《かすが》組は、以前から敵対関係にあった昇竜会や神崎組との小競《こぜ》り合《あ》いに加えて、広島を本拠地に全国制覇を狙《ねら》う広域暴力団・山東会が東京進出を狙って春日組の利権にちょっかいを出しているという状況におかれ、お飾りだけで能力のない組長の諏訪《すわ》に代わって、この山内が必死の舵《かじ》取りをしていると話には聞いている。

山内の困惑は本物らしい。連続警察官殺害事件の捜査にあたっているはずの捜査一課の女刑事が、単独で自分個人のことを探っているという状況は、確かに気味の悪いものなのだろう。

緑子自身も、宮島静香が何を考えているのかさっぱりわからなかった。ただひとつ確実なことは、静香が麻生の為にそうした行動をとっているということだ。

だが……静香はあまりに無謀だ。

彼女は、この山内という男の恐ろしさを知らないのだ。彼女は多分、勘違いしている。この男のどちらかと言えば可愛らしいとさえ言える優しげな面差しや、暴力団員には見えない服装、身のこなし、そして何より、あの麻生がこの男を誰よりも大切に思っているという事実、それらのことが、静香に、この男の危険性に対する判断を鈍らせているのだ。

麻生が愛しているのは正真正銘の悪魔なのだという事実を、静香は知らない。

「あのアマにおまえからよく言っておいて貰いたい」

山内は、長い指先で緑子の髪を弄《もてあそ》びながら言った。

「これ以上、俺をわずらわせないでくれってな……いいか、俺はいつだって、刑事さんの仕事には協力することにしてるんだ。もし俺に訊きたいことがあるんなら、いつでも行ってやるからちゃんと桜田門に呼んでくれ。だが仕事でもねぇのに、ウンコ蠅《ばえ》みてぇに俺の周りでぶんぶんされたんじゃ、俺もはたき落とさざるを得ない、だろ？　手帳とワッパ持ってるからって何やっても安全だなんて思ってるなら、それが大きな間違いだってことを先輩のおまえから教えてやってくれよ、な。手が後ろに回らないようにメスデカひとり叩き潰す方法なんて、いくらでもあんだからな」

山内が不意に、緑子を腕の中にすっぽりと抱いた。

耳元で、囁《ささや》く。

「おまえなら耐えられたことでも、あのお嬢さんじゃ耐えられない……そういうことも、あるしなぁ……もっとも俺は、ああいうのはタイプじゃねえけどな。でもな……俺んとこの連中には、あんなのが大好きってのも多いと思うんだ。何か間違いがあってからじゃあ、遅い。そうだろう？」

「やめて」緑子は抱かれたまま言った。「あの子には……彼女には手を出さないで」

「俺は出したくなんてないんだ。わかってくれよ、ハニー。面倒なことは俺だってしたくない。何でもないことだ、あの女に、俺のことはもう考えるなって言ってやってくれ。俺は少なくとも、連続デカ殺しとは関係ねぇからな」

山内は緑子の耳元で笑い出した。

「だってそうだろうが、なんだってイキのいい食べ頃の野郎ばっかり、あんなもったいない殺し方せにゃならん？　チンポ切り落としちまったら、楽しくも何ともねぇもんなぁ、せっかくの男のからだをよ」

緑子は笑い続けている山内の胸を突き飛ばしてのけた。

「用がそれだけなら、もう帰して」

「冷たいなぁ、ハニー。俺とおまえは他人ってわけじゃないんだぜ、もう」

緑子は車のドアに手をかけた。山内は邪魔しなかった。緑子は外に転がり出て、ドアを思いきり蹴飛ばした。

窓がスルスルと開いて、中から山内が片手を出してからかうように振った。

「じゃ、頼んだぜ。またな」

ベンツが走り出した。緑子が後部座席で痛めつけられている間、ぴくりとも動かなかった運転席の男の横顔がチラッと見えた。長髪の、からだの大きな男だった。

緑子は、足元に転がっていた小枝を掴んで去って行くベンツめがけて投げつけた。

ベンツの去った駐車場に、白い買い物袋が落ちていた。

達彦の為に買った、クリームパン。

緑子は走り寄った。そして、袋の中に手を入れ、こわごわパンを取り出した。

パンは潰れていた。

車に引きずり込まれる時に地面に落ちた袋を、暴れているうちに踏みつけてしまったのだろう。


緑子は泣き出した。


せっかく買ったのに。

達彦の喜ぶ顔が見たくて……買ったのに。

悔しさと、虚しさが同時に襲って来て、涙が止まらなくなった。


あの男はあたしの幸福を破壊する。

あたしと達彦との、ささやかな幸せを、こんな風に踏み潰そうとする！

いったい、あの男はあたしの人生にとっての、何なのだ？

あの男がこうしてあたしを虐《いじ》め続けるつもりなら、いつかは……あの男を……殺さなくては。

明彦に知られる前に。

あいつに汚されたことを、知られる前に……


緑子は戦慄《せんりつ》した。

自分が今、本気で人を殺したいと思った事実に、激しく動揺した。

緑子は走ってマンションに駆け込み、玄関ホールにあるゲスト用トイレに飛び込んだ。潰れたパンの入った袋をごみ箱に押し込み、洗面台で勢いよく水を出してバシャバシャと顔を洗った。そして、ハンカチで念入りに拭《ふ》くと、最低限の化粧直しをして、薄く口紅もひいた。乱れた髪をとかし、皺《しわ》になったシャツや上着をひっぱる。

それから、鏡に向かって深呼吸した。


鏡の中に、いつもの自分がいた。

女であり、妻であり、母である自分。

警官である自分。

人を殺すことなど、決して考えない自分。

緑子は、もう一度深く息を吐くと、トイレを出てオートロックの暗証番号を押し、自分の住む部屋に向かって開いたガラス戸の中へと踏み込んだ。

4

「あの人、まだなのね」

台所で何か作っていた母が、緑子の声に振り向いた。

「あらお帰り。安藤さんなら少し前に電話があったわよ。今夜は徹夜になるかも知れないって。お夜食か何か、届けなくていいの？」

「照れるわよ、そんなことしたらあの人。タッちゃんは？」

「うん、さっき寝たばかり。少しメソメソ、してたねぇ」

「この頃、割に暇だったんで、ベタベタしてたから」

緑子は潰れたクリームパンを思い出してまた悲しくなった。

「急にあたしが忙しくなって、淋《さび》しがってるのね」

「そろそろものがよくわかって来るし、難しくなるかも知れないよ。緑子、どうして菜々子にタッちゃんの面倒みなくていいなんて、言ったの？　ベビーシッターなんて他人じゃないの、叔母《おば》さんの方がタッちゃんにとっていいと思うよ」

「菜々子、母さんに言いつけたんだ」

「ここに来たわよ、夕方」

母はダイニングキッチンのテーブルに座った。

「お姉ちゃんが意地悪するって、むくれてたよ。菜々子はタッちゃんの面倒みるのが楽しくてしょうがないのよ、ほら、武雄さん、出張ばっかりだからさ」

「意地悪じゃない」

緑子も母の前に座った。

「いろいろ考えたんだけど……ねぇ母さん、菜々子、逃げてるんだと思わない？」

「……逃げてる？」

「うん……菜々子と武雄さんは夫婦仲、悪くないわよね。それで菜々子はすごく子供を欲しがっていた……なのに、もう結婚して随分になるのに」

「子供は授かりものだから」

「そうなんだけど、でも、菜々子は欲しがってるのよ。自然のままでもいい、出来ても出来なくてもっていうのとは違う、あの子は欲しくて欲しくてたまらないの。それなのに出来ない。だったら本当は……そろそろちゃんと、医者に行って確認しないといけない頃なんじゃないかって」

「だけど武雄さん、出張が多いんだもの、出来難《にく》いのはしょうがないわよ」

「それだけじゃない」

緑子は、テーブルの上に用意されている急須に茶の葉を少し入れ、ポットの湯を注いだ。

「菜々子はね、自分が不妊症じゃないかって疑ってるの。あたしには、わかるのよ。母さん、何か心当たり、ある？」

「心当たりって言われても……菜々子は健康だわよ、子供の時だって不妊症になるような病気とか怪我《けが》なんかしたことないし」

「だったら、どうして確かめるのを避けてるのかしら」

「そりゃ、武雄さんに対する遠慮だってあるだろう？　もし菜々子に原因がないってわかってしまったら、今度は武雄さんに検査を受けて貰わないとならないわけだし……」

「そうか」

緑子は湯気の立つ茶碗を母の前に置いた。

「そのこと、気にしてるのかな……でもね母さん、菜々子のこと考えると、いずれはっきりさせないといけない問題だって気がするのよ。菜々子、無理してるけど、相当焦ってる。子供が欲しいって思い詰めると、女ってどんどん自分を追いつめてしまうでしょう？　あの子が達彦に対して執着するのも、その裏返しだって感じるの」

「緑子がそう感じるならそうなのかも知れないね。近い内に母さん、菜々子とゆっくり、話し合ってみる。それよりね、緑子」

「なに？」

「松本に来るの、いつにする？」

緑子は母の顔を見た。母は微笑んだ。

「安藤さんがおっしゃってくれたのよ。緑子が暇になったら、お父さんに挨拶《あいさつ》させていただきたいって……緑子、お父さんね、ほんとはあんた達が来てくれるの、心待ちにしてるんだよ」

緑子はゆっくりと茶を啜《すす》った。それから、頷《うなず》いた。

「ありがとう」

「あたしじゃなくて、お父さんにそう言ってあげてちょうだい……言いづらいだろうけど」

かったあたしも、悪かったと思ってる」

「お父さんの気持ち、わかってくれるでしょう？　そりゃお父さん、緑子には厳し過ぎたし、緑子の人生を自分の好きに出来るなんて考えたあの人も悪い。それをやめさせることが出来なかったあたしも、悪かったと思ってる」

「母さん、もう」

「いいのよ、聞きなさい。母さんもお父さんも、緑子に対してすまなかったって、思ってるの。そう話し合ったのよ、何度も。だけどね……厳しく育てただけに、お父さんは緑子のこと、堅い子だって信じていた。世間がいくら不倫ブームだとか言ったって、まさかあんたが……ショックだったのよ。安藤さんのことも、憎かった。お父さんだけじゃなくてあたしだって、憎らしかった。あんないい家柄の奥様がいて、責任のある立場で、しかもあんたの上司だったのに……男の身勝手で結婚前の娘を傷物にされた親の気持ちは、口でどう説明しても割り切れるものじゃない。でも今はね、安藤さんが緑子のこと、本気で大事に思ってくれていることがわかったし……何より、あの人は達彦にとって、この世でたったひとりの父親だからね。安藤さんが男の責任を果たすと言ってくれてる以上、あたしもお父さんも、過去のことは忘れて、素直におめでとうって言ってあげたいのよ……あんたに」

緑子はもう一度、母の顔を見た。

母が、こんな風に緑子に対してはっきりとものを言うのは、初めてだと思った。

母は緑子の父に対してはいつも従順な妻であり、父の教育に口を挟むことはほとんどなかった。ただ一度、父が小学生の緑子の顔を竹刀《しない》で殴った時だけは、父に対して烈火のごとく怒った。女の子の顔を親が傷つけてどうする、と。

その時、緑子は無性に悲しかったのを憶えている。その悲しさを明確に理由付けすることは出来なかったが、緑子にとって重要なものが「顔」だけであると母が言ったように、緑子には感じられたのだ。緑子は殴られたくなかった。自分を殴る父が嫌いだった。だから、顔以外のところを殴った時も、母に怒って欲しかった。それ以来、緑子は母に対しても、心に壁をつくってしまったように感じている。そんな緑子に対しては、母もまた、どこか距離のある接し方をするようになって行った。

だが達彦が生まれる時、母は変わった。

いや、変わったのは緑子自身だったのかも知れない。

緑子には、漠然とであるが、母が「わかる」ようになった。その感覚は、達彦の成長と共に強まっている。

緑子は、子供の時からほとんどしたことがないのに、今では母を頼るようになっている。


「今度の事件のカタが付いたら、二人で松本に行きます」

緑子は言った。

「緑子」

母は囁くように訊いた。

「あんた……警察辞めるつもりがあるの？」

緑子は黙っていた。

「母さんは……賛成よ。緑子……正直に言うとね、母さん、緑子には刑事を辞めて貰いたい。働くななんて言わないけど、緑子、母さん、心配なのよ。あんたは一度、死にはぐってるでしょう。母さん、もう嫌なの。あの時みたいな気持ち、もう味わいたくない。緑子……母さんもう、歳《とし》なのよ」

緑子はあらためて母の、白くなった生え際や皺の寄った首筋を見つめた。

母の言葉が、胸に痛かった。

＊　＊　＊

翌朝、達彦を保育園に送ってから、緑子は六本木に向かった。

オフィス中嶋は六本木の交差点を防衛庁の方向に五分ほど歩いた、真新しい雑居ビルの中にあった。緑子は待ち合わせていた坂上とふたりで、エレベーターで三階に上がった。

思ったより小さな事務所で、ドアを開けると部屋全体が簡単に見渡せた。坂上が手帳を出すと、若い女性が事務机から立ち上がって二人の前に立った。

坂上は簡単に用件を説明した。若い女性は目を丸くしていた。

「あ、あの、そういうことでしたら、中嶋が参りませんと、その」

「中嶋さんという方がここの代表ですね」

「はい。あの、いつも午後にならないとここへは……」

「大変に申し訳ないのですが、出来たらあなたから中嶋さんにご連絡いただいて、少し早めにこちらにおいでいただけないですかね。いや勿論《もちろん》、ご用事があって無理なようでしたら、また日を改めますが」

若い女性は頷くと、慌てて机に戻って受話器をとった。

彼女が中嶋を呼び出している間に、緑子は事務所の中をゆっくりと見回した。

ここに来るまでは、緑子も坂上も、オフィス中嶋を芸能プロダクションか何かだと思っていた。山崎留菜は大手のプロダクションに所属しているが、ファンクラブの業務だけ下請けに回しているのだろうと想像していたのだ。だがどうやら、ここは芸能プロというわけではないらしい。イベント企画事務所のようだ。

部屋の壁には様々なポスターが乱雑に貼《は》られているが、内容は実にバラエティに富んでいた。犬のファッションショーや宇宙食の試食大会、草野球のオールスター試合、デビュー前の新人タレントの卵達を集めた水着コンテスト……その中に混じって、山崎留菜ファンクラブ『むーんらいと』主催のカラオケ大会のポスターもちゃんとあった。地域予選を勝ち抜いたファンが決戦大会で山崎留菜の持ち歌を競うという企画で、優勝者は来年の山崎留菜のカレンダー撮影を一日だけ見学出来るらしい。山崎留菜のファンはやはり男性が多いのだろう。彼等がカラオケで女の子のアイドルソングを熱唱している風景を想像して、緑子は笑いを噛《か》み殺した。そんな他愛のない企画をすることからも、山崎留菜というタレントは、近頃ではむしろ珍しい正統派アイドルの路線を行っていることがわかる。

た。


「中嶋はすぐ来るそうです」

若い女性はホッとしたような顔で坂上に言った。

「そうですか、助かります。それでは、中嶋さんがいらっしゃる前に少し、調べさせていただきたいことがあるんですが。ゆうべこちらからお電話さしあげて検索して貰った結果、当方が照会した五人の方の中で三人の方が『むーんらいと』の会員であるとわかったんですがね、他の二名も会員である可能性がないかどうか、もう一度確かめて貰えませんか」

若い女性は頷いて、奥の席でパソコンの打ち込みをしていた、もうひとりの女性を手招きした。

「泉ちゃん、お願い」

泉と呼ばれた女性が立ち上がった。

緑子は思わず、泉の顔を見つめた。坂上も気付いて瞬《まばた》きした。

アイドルタレントの卵なのだろうか。泉と呼ばれた女の子は、とびきり人目を惹《ひ》く容姿をしていた。今まで応対してくれていた女性も割合に可愛らしい人なのだが、そばに来た泉と並ぶと、まるきり影が薄くなる。

大きくアーモンドの形に開かれた瞳と、それを縁取る長く濃い睫毛《まつげ》。小振りな鼻筋、少し薄く大きめだが、口角がきりっとあがった活動的な口元、そして陶器のように滑らかな肌……緑子はもう一度驚いた。泉は、化粧もしていない素顔なのだ。

「むーんらいとの会員の検索をして欲しいんですって。えっと、名前は……」

坂上は用意して来たレポート用紙を手渡した。

「この五名です。星印の付いているのはゆうべ調べて貰って会員であるとわかった方です」

泉が黙ったまま手を伸ばし、レポート用紙を摑《つか》んだ。そしてそのまま、何も言わずにパソコンのところに戻ってしまった。

天は二物を与えず、ということかな。

緑子は思わず苦笑いした。

泉は素晴らしく綺麗《きれい》な子だが、愛想というものがまるでない。

暫《しばら》く、緑子も坂上も黙ったまま、部屋の奥でパソコンを打つ泉を眺めていた。他にすることもなかったのだ。応対してくれていた女性は、あまり気の利くタイプではないようで、自分の名前も名乗らず、緑子達に椅子を勧めるでもなく、手持ちぶさたな顔をして坂上の前に立っている。

やがて泉が立ち上がり、坂上が手渡した紙を無造作に突き出した。

「ありません」

泉はそれだけ言った。そのあまりの愛想のなさに、美貌《びぼう》に見とれていた坂上もムッとした顔になった。

「ないって、他の二人は会員データに入っていないという意味ですね？」

泉は頷いただけで、坂上の次の質問を待つそぶりも見せずに部屋の奥に引っ込んでしまった。

「新規会員か何かで、まだデータが打ち込まれていないという可能性は？」

坂上が怒鳴るように泉に向かって訊いたが、答えたのは目の前の女性だった。

「会員申し込み書は毎日、打ち込むんです。昨日までの分で未入力のものがあるとしたら、今泉ちゃんが打ち込んでるものだけだと思います」

「念のため、それも調べて貰えませんか」

彼女は頷くと、泉のそばに行き、何枚かの紙を泉から渡されてめくった。

「ないですね」

彼女はその場で、首を横に振った。

緑子は別に落胆はしなかった。勿論、五人ともがむーんらいとの会員であれば、それで事件が大きく前進したことは間違いない。だがそんなに簡単には行かないものだ。五人中三人という数だって、確率からしたら相当なものである。今頃は、本庁の会議室はちょっとした騒ぎになっているだろう。

「もし良かったら、この三人の方が会員申し込みをした時の用紙を見せて貰えないでしょうか」

緑子は言ってみた。若い女性は、困ったような顔つきになった。

「あの、そうしたことは中嶋の許可を貰いませんと……」

「そうですか、それでは後でいいです」

緑子があっさり引き下がったので、彼女は安堵《あんど》したようだった。まあ無理もない。会員の個人データはプライバシーであり、いくら相手が警察でも、それを簡単に見せてしまうようでは留守番は務まらない。

「中嶋さんは何時頃?」

坂上が訊いた。

「自宅が近いですから、三十分で来ると申しておりました」

その言葉が終わらない内に、ドアが開いた。

入って来たのは、四十代ぐらいの、派手な服装をした女性だった。中嶋敏江、と書かれた名刺を、迷わずに緑子に差し出して笑顔になった。

「お待たせして申し訳ありませんでした。私がお話を伺わせていただきます」

緑子は、中嶋敏江が一筋縄ではいかない相手だと、直感で悟った。男と女の刑事がいて、口もきかない内に女の方を上官だと見抜くその洞察力は、あなどれない。

中嶋がようやく緑子と坂上に椅子を勧め、さっきから応対していた女性に茶の用意を言いつけた。緑子が、おかまいなく、と言いかけるのを制して、中嶋は小声になった。

「気の利かない子ですみません。まだお茶もお出ししていないんですからねぇ、まったく。でもあの子、佐藤さんはまだましな方なんですよ、最近のアルバイトの中では」

「アルバイトさんなんですか」

「ええ。でもあの子は短大を出ているんです。フリーターっていうのかしら、ちゃんと就職もしないで、気の向いた時にアルバイトして、お金が出来ると海外旅行」

中嶋は、あけすけに笑った。

「それで人生渡って行けるんだから、女って得ですわよね。まあ、そんなやり方で摑める幸福なんて、たかが知れてますけどね……あ、そうそう、佐藤さん！」

中嶋は自分の椅子に戻っていた佐藤に呼びかけた。

「忘れない内に言っておくわ。そろそろクリスマスパーティの案内、発送しないとならないから、メーカーさんに電話してプリンタを直しに来て貰ってね」

中嶋は部屋の隅に置いてあるOA機器類を手で示して、緑子に向かって眉をしかめて見せた。

「最近の機械って、本当によく壊れると思いません？　売り込む時だけはすごく調子のいいこと言って。あのプリンタ、夏に買ったばかりなのにもう壊れてしまったんですよ。封筒に貼る宛名《あてな》のシールが打ち出せなくなっちゃったの。冗談じゃないわ、いちいち宛名を手書きするんじゃ、また余計なアルバイトを雇わないとならない。でもねぇ、今はもう、何でもかんでも機械でしょう？　宛名書きのアルバイトなんて、よほど時給が高くないと集まらないのよ。パソコンなんて普及したって、あまりいいことってないわね」

「奥にいる事務員さんは、パソコンにお詳しいみたいですね」

「ああ」中嶋は、部屋の奥の、泉と呼ばれていた女性の方をちらっと見た。「大川さん？　ええ、あの子もアルバイトなんですけど、パソコンが出来るので助かるわ。もっとも、あの子は……ねえ、どう思います？　あの子、結構人目を惹く顔をしていると思いません？」

中嶋はここで、さりげなく坂上に視線を移した。

「お綺麗ですね」

坂上は照れたように言った。

「なかなかのものだと思うの。その気があるなら事務所を紹介するって誘ったんですけどね、何しろ本人がすこぉし、ね」

中嶋はさらに声を低めた。

「ちょっと変わった子でしょう？　あんな風だから、他に勤め口がみつからなくて、ちょっと知り合いに頼まれて使っているんですけどね……もったいないけど、あんなに口べたじゃ芸能界はやっぱり無理でしょうね」

「さっき、むーんらいとの会員について少し調べていただきました」

「ああ、そうそう」中嶋は、嫌な話題にいよいよ入るのか、といった表情を一瞬だけ見せて、後はまた愛想良く笑った。「そのことでしたわね。ええっと……で、その、例の恐い事件の被害者がみんなむーんらいとの会員だったっていうのは、本当のことですの？」

「みんな、というわけではありません」

　坂上がリストを手渡した。

「ただ、五人の被害者の内、三人が会員であるということから、偶然だと無視してしまうことも出来ない、と」

「あらまあ」中嶋は大袈裟《おおげさ》に眉をひそめた。「どうなっているのかしらねぇ……まさか犯人は山崎留菜を恨んでいるとか」

「その可能性がまったくないとは思いませんが、犯人が被害者を選別している基準は、それだけではないようですね」

「刑事さんなんでしょ、みなさん」

　中嶋は瞳の奥に興味をちらつかせた。

「大変なご職業ですわ。誰かに恨みを買うようなこともあるんでしょうね……まあともかく、私どもはただ、レコード会社とプロダクションの依頼でファンクラブの事務手続きを代行しているだけですからねぇ」

「この事務所は、そうしたお仕事を専門にされているんでしょうか」

「あら、ファンクラブの代行専門、というわけじゃありませんのよ。イベントの企画が主なんですけどね、ファンクラブの事務もいくつか引き受けてはいます。ええっと……山崎留菜の他には、高松優とか、さざなみ健二なんかですわね」

「むーんらいとの会員についてのデータを拝見させていただくわけには行きませんか」

中嶋は困ったような顔になった。だが、それが単なるポーズだということは緑子にもわかった。

「どんな商売であれ、お客様のデータを勝手に外に流すのはプライバシーの問題と絡んで来ますでしょ……」

「総《すべ》ての人のデータ、というわけではなく、取りあえずは被害者のものだけでいいんですが」

「取りあえずは、ねぇ」中嶋は含み笑いをした。「まあ、申し込み書をお見せするくらいでしたら」

「ありがとうございます」

緑子は頭を下げた。

中嶋は自分の机にいた佐藤を呼んだ。

「むーんらいとの会員申し込み書から、そのお気の毒な方々の分だけこちらにお渡しして」

「コピーをとらせていただいて、すぐお返しいたします」

「そうですか。それじゃご用が済んだら、こちら宛《あて》に返送して下さいな。まあ、会員規約に、死亡した場合には自動的に退会となっていますから、もう必要ないと言えばないんですけどね

「……」

「会員の遺族から連絡が来ることもあるんですか」

「ありませんわね」中嶋は苦笑いして頭を振った。「死亡届のようなものが来たことはないんじゃないかしら……芸能人のファンクラブに入っているなんて話、家族の人にもしないことが多いんでしょうね。大抵は、来年度の会費の請求書が出た後で電話があるか、請求書に『受取拒否』と書かれて戻って来るか……或《あ》いは、何も連絡なしに会費未払いで除籍になるか。会費の請求は遅れていても三回までは出すことにしているんですけど、期日より三ヶ月経っても振り込まれない場合には、退会していただくことになっていますから」

「会費は、おいくら？」

「むーんらいとの場合ですと確か……年間で三千円だったと思います」

「ファンが直接山崎留菜さんに接する機会というのも、あるんですね」

「そうですわね……むーんらいと会員ならでは、ということでしたら、毎年十二月にクリスマスパーティを開きますけれど、それには会員しか参加出来ないんです。山崎留菜本人も参加します。刑事さん達、当然山崎留菜の事務所にも行かれますでしょ？」

「そのつもりですが」

「だったら、わたくしから電話しておきますわ。山崎留菜のマネージャーが、わたくしの弟ですの」

「じゃ、そのご関係で？」

「ええ」

中嶋は、肩を竦《すく》めた。

「利益の薄い仕事なんですけどね。あの、刑事さん、弟はちょっと変わり者ですから、何かご不快な思いをされるかも知れませんけれど、そんなに悪い人間ではありませんので、どうか……」

「ご心配には及びません」

緑子は微笑《ほほえ》んだ。

「職業柄、いろいろな方とお会いしますから」

5

「ちょっと変な事務所でしたよね」

坂上が、歩きながら緑子に言った。

「アルバイトが二人と、あのおばさんだけだなんて。しかもいつもは昼過ぎに出て来るんでしょ。それでよく商売出来るよな」

「商売なんてしてないのよ」

緑子は、中嶋敏江の派手な容貌《ようぼう》を思い出した。

「誰かの税金対策、ってとこね。さしずめ、あのおばさんの、パトロンのかな」

「いちおう、そっちも調べた方がいいですかね。恨まれてるのはそのパトロンだったりする可能性も……」

「うん……メとしては薄いけど、潰《つぶ》しておいた方がいいかもね。えっと、掛川《かけがわ》エージェンシーって、麻布《あざぶ》？　歩いて行こうか」

「結構ありますよ」

「だけどバス待ってるよりは早いわよ。さ、歩こう！　バンちゃん、もう三十近いんだから、運動しないとすぐお腹が出るわよ」

＊

山崎留菜のマネージャー、中嶋隆信は、姉が言うほど変わり者という風にも見えなかった。職業柄、自分を殺して如才なく人と付き合う術は心得ているらしい。

「何と言ったらいいのか」

中嶋隆信は、情けなさそうな笑いを漏らした。

「姉からの電話で本当に驚きましたよ。まさかあの事件で山崎留菜の名前が出されてしまうとは……」

「今の段階では、事件と関係があるのかどうかまるでわからないんです。勿論、マスコミに漏れることがないように注意はいたします」

「よろしくお願いしますよ。留菜は今、大事な時ですから」

「と、おっしゃると？」

「脱皮の時期だってことです。これまでは可愛いだけのアイドルで売って来ましたけどね、もう二十歳《はたち》も過ぎたし、正直に言って留菜の歌はあまりうまくもないし、ドラマや映画に出して女優への転身を狙《ねら》おうかと思っているわけです。で、これはまあ極秘なんですが、NHKのドラマが決まりそうなんですよ。NHKに出るか出ないかでは、全国的な知名度がぐんと違って来ますからね。たとえ留菜のせいじゃないとしても、あんなとんでもない殺人事件と関連して名前が出されたりしたら、イメージダウンになります」

「今日は、留菜さんは……」

「ドラマの本読みで調布の方に行ってます。いや、良かったですよ、本当なら僕もついて行くつもりでいましたから。たまたま会議に出るように言われたんで社に残ったんです」

「留菜さんはひとりで行動されることも多いんですか」

「いや、今日も付き人というか、僕の助手みたいなことしてくれてる人をひとり、付けてあります。でも刑事さん……まさか、留菜をひとりにしておいたら危ないとか、そういう……」

「いいえ」緑子は即座に言った。「今はまだそうしたことも一切、わからない段階です。ただ、今後の捜査の進展によっては留菜さん自身もこの事件に巻き込まれることがないとは言えません。出来れば今後しばらくは、留菜さんの居所などがこちらで把握出来るようにご協力いただけると助かるのですが」

「それはもう、協力出来ることでしたら何でもいたします」

「とりあえず、近い内に山崎さんご本人にもお会いしてお話が伺いたいのですが、ご都合はいかがでしょう」

中嶋は大きなシステム手帳を取り出した。

「そうですね……今日は本読みの後、午後三時から日テレで録画があります。バラエティ番組のゲストですからリハも含めて三時間ほどで終わる予定ですが、延びることもあります。その後は、七時から代々木《よよぎ》のスタジオでポスター撮り。予定では二時間となってますが、ポスター撮りは時間がかかることが多いんです。なんだかんだで、山崎のからだが空くのは十時くらいになると思いますよ。その後午前一時に、深夜ラジオの生放送でゲスト出演します。あがりは午前三時の予定です」

「午前三時」坂上が思わず言った。「ハードですね」

「まあ、そうですが」中嶋は苦笑いした。「明日の朝は午前十時に山崎のマンションに迎えに行く予定ですから、睡眠時間も五時間程度はあるわけです。芸能人のスケジュールとしては、特にハード過ぎる、というもんでもないですよ。まあ今は、ひと昔前のように睡眠時間平均二時間、なんて酷使されるタレントは減りましたけどね。それはともかく、そんな状態ですので、もし今夜ということでしたら、十時過ぎから午前一時までの間でしたら、山崎とお話しになれますよ」

中嶋は、いたずらっぽい目で緑子を見た。公務員がはたして、そんな時間までの残業を引き受けるものなのかどうか知りたい、といった顔つきだった。

緑子は躊躇《ためら》わなかった。むしろ、遅い時間なら達彦が眠ってから出られるので好都合だ。

「それでは、その時間に山崎さんとお話し出来るよう予定していただけますか。山崎さんのからだが空いたらこの番号に電話していただけたら、どこでも指定の場所に参りますので」

緑子は、携帯電話の番号を書き付けた名刺を渡した。

中嶋は頷いて名刺を受け取った。

「刑事さんもなかなか大変ですね。深夜残業もなさるんですね」

「この世の中、楽な商売というのはなかなかないものですわ」

「そりゃそうだ、確かに」

中嶋はそう言って笑ってから、表情を変えて躊躇いがちに言った。

「ところで刑事さん、姉が僕のこと、何か言ってませんでしたか」

緑子は坂上と目配せしてから首を横に振った。

「いえ、別に。あの、お姉さんがあなたのことについてどんなことを我々に話すと思われたんです？」

中嶋は苦笑いした。

「いや……僕達はあまり仲が良くないものでね。姉は、僕が姉のことについて誰かにとやかく言う前に先手を打つんですよ、最近」

「けれど、あなたのお仕事とお姉さまのお仕事とは、近いものなんじゃありませんか？」

「全然違います」中嶋はきっぱり言った。「そりゃ確かに、この掛川エージェンシーに所属するタレントの仕事をあの人の会社でも引き受けてますがね……僕はあくまでサラリーマンだ。ああ、刑事さんはいずれいろんなことを調べ出してしまうんでしょうから、今の内に話しておきます。多分事件とはまったく関係ない話ですが。うちの会社の社長、掛川潤一をご存じですか？」

「個人的には勿論知りませんけれど、三十年くらい前にグループサウンズで活躍していた人だとか」

「ザ・ブラックタイガースのギタリストでした。今はもうすっかり貫禄《かんろく》がついちゃって、三十年前に若い女の子を失神させていたとは想像もつきませんが」中嶋は笑ってから、溜息《ためいき》をついた。「社長はやり手です。人間的にも決して悪い人じゃない。僕は好きですよ。ただね……ちゃんとしたいい奥さんがいてお子さんも大きいのに……姉とはもう、十五年以上不倫交際中、ってことなんです」

坂上が眉《まゆ》を上げて緑子を無言で賞賛してみせた。

「姉もいちおう、元は芸能人なんですよ。まあ、一発屋に近い状態で、パッと咲いてパッとしぼんじゃいましたけどね。その後、芸能界のツテを使って歌謡教室ってのを始めたんですが、失敗して借金を作りました。その面倒をみたのが社長です。僕も結局、大学を出た時に就職出来ず困っていたのを、社長に拾って貰ってこうして生活出来ている。だからあの二人を批判する権利なんか僕にはない。しかし……気持ちの問題が、ね。だからつい、姉と会うと言わなくてもいいことを言ってしまう。それで喧嘩《けんか》になる」

「ご安心下さい」緑子は笑顔で言った。「こうした仕事をしていますから、誰かの言葉を鵜呑《うの》みにするようなことはありません。ですが本当に、お姉様はあなたのこと、何もおっしゃってませんでしたよ」

「そうでしたか」中嶋も笑った。「それじゃ、余計なことでした。すみません」

「いいえ、お気になさらず。ところでひとつ確認させて下さい。むーんらいとの会員名簿というのは、あなたや山崎さんご自身もご覧になることがあるんですか」

「それは勿論、あります。ですが名前をひとりひとり読むようなことはしないですね。毎月、オフィス中嶋から会社宛に新規会員の名簿が送付されて来ますから、そのコピーを見るんですが、もっぱら人数のことしか話題にはなりません。ああ、そうだ」中嶋はまた笑った。「たまには面白いこともありますよ。プロ野球の選手とかお相撲さんが入会してくれることがあるんです。先月も、職業欄が力士、となっていて名前をよく見たら、今新関脇で大人気の若錦関の本名が書いてあって、びっくりしちゃいました」

「リストに、職業欄がある……？」

「ええ、あります。入会申し込み書の記入項目が一覧表になって出ていますから……あ」

中嶋は緑子と坂上の表情に気付いた。

「そうですね、その点は大切ですね……」

「総てとは言いません。被害者の部分だけでいいですから、リストを見せていただくわけには行きませんか？」

坂上が勢い込んで言った。

中嶋は意外にも、あっさり頷いた。敏江にとっては職業上の秘密事項でも、立場の違う隆信にとっては、ただのリストなのだ。

中嶋は、自分の事務机から束ねられたリストを持って来た。

「毎月の分をファイルしてあります。その被害者の方々の分がご覧になりたければ、その方達の入会された年月日で調べられれば簡単なはずです」

坂上と緑子は、礼を言って掛川エージェンシーを出ると、近くの喫茶店に飛び込んで夢中でリストをめくった。

だが、期待したようなものは見つからなかった。

「……公務員か会社員……三人共、そう書いてる。やっぱり、警官だなんて書かないんですね。他にも……警官とか刑事という職業を申告している人はいないな」

坂上は小声で言った。緑子も坂上と額をつけるようにして囁いた。

「当たり前のことね……あたしでも、何かで職業を書くとしたら公務員と書くわ」

「この手のリストを犯人が入手したんじゃないかと思ったんですが……少なくとも、これだけじゃガイシャが刑事だってことはわかりようがない」

緑子はもう一度、申し込み書とリストとを見比べた。そして、押し殺した声で叫んだ。

「バンちゃん！」

「な、なんです？」

「これ！　住所よ、住所！　蓼科昌宏の入会申し込み時の住所が……独身寮になっている……警視庁の」

坂上は緑子の指さす先を見た。むーんらいとの入会申し込み書にボールペンで書かれた住所は、確かに坂上も知っている独身寮の名称になっていた。

「だけど……これが警視庁の寮だってことは」

「調べたらすぐにわかるわ。だって住宅地図なんかには警視庁寮ってちゃんと書いてあるもの。他の二人は？」

他の被害者二人、湯浅博史と川谷功一も、申し込み書の住所は都内の独身寮になっていた。

そしてそれは、リストにもはっきりと出ている。

「……盲点だったわね。ガイシャはもう独身寮を出てた人もいたし、男性で地方出身の警察官が独身寮に入ったことがあるのは当たり前だと思っていたから……だけどこれも……立派な共通点だった」

「このリストが事件に関係あるって線、濃くなりましたね」

坂上がごく小さな声で、言った。

緑子は頷いた。

6

被害者1

氏名・湯浅博史。

年齢・三十歳。

死亡時所属・深川署捜査二課。

階級・巡査部長。

独身。交際中だった特定の女性はなしと思われる。

出身・栃木県日光市。

N大法学部卒。

死亡時住所・東京都板橋区栄町一丁目。

遺体発見日・十月十六日（木）午前五時半。

発見現場・錦糸《きんし》公園。
死亡推定時刻・十月十六日午前零時前後。
死因・出血性ショック死。
山崎留菜公認ファンクラブ『むーんらいと』会員（本年八月十日入会申し込み）
入会時住所・警視庁独身寮。八月末に寮を出て死亡時住所に転居。

被害者2
氏名・川谷功一。
年齢・二十五歳。
死亡時所属・代々木《よよぎ》署生活安全課。
階級・巡査。
独身。女性と同棲《どうせい》状態だったと思われる。
出身・新潟県六日町《むいかまち》市。
N体大体育学部卒。
死亡時住所・警視庁独身寮。
遺体発見日・十月二十二日（水）午後十一時五十分。
発見現場・新宿中央公園。
死亡推定時刻・十月二十二日午後十一時頃。
死因・失血死。

山崎留菜公認ファンクラブ『むーんらいと』会員（本年八月二十日入会申し込み）
入会時住所・警視庁独身寮。

被害者3
氏名・安永圭一郎《けいいちろう》。

年齢・二十七歳。

死亡時所属・世田谷《せたがや》署暴対二課。

階級・巡査。

独身。交際中だった特定の女性はなしと思われる。

出身・神奈川県小田原市。

K大法学部卒。

死亡時住所・世田谷区駒沢一丁目。

遺体発見日・十月三十日（木）午前零時二十分。

発見現場・駒沢公園。

死亡推定時刻・十月二十九日午後十一時頃。

死因・失血死。

『むーんらいと』会員ではなかった。目黒区内の独身寮に入寮していたが、九月二十日付で寮を出て死亡時住所へ転居。

被害者4
氏名・蓼科《たてしな》昌宏。
年齢・二十九歳。
死亡時所属・品川《しながわ》署生活安全課。
階級・巡査部長。
独身。清水由岐と婚約中だった。
出身・東京都町田市。
R大法学部卒。
死亡時住所・江東区西大島二丁目。
遺体発見日・十一月三日（月）午後十一時半。
発見現場・西大島児童公園。
死亡推定時刻・十一月三日午後九時頃。
死因・外傷性ショック死。
山崎留菜公認ファンクラブ『むーんらいと』会員（本年十月二十五日入会申し込み）
入会時住所・警視庁独身寮。しかし四月末で死亡時住所に転居していた。

被害者5
氏名・玉本栄。
年齢・三十四歳。

死亡時所属・碑文谷《ひもんや》署捜査一課。

階級・警部補。

独身。交際中だった特定の女性はなしと思われる。

出身・埼玉県蓮田《はすだ》市。

T学園高校卒。

死亡時住所・台東区浅草二丁目。

遺体発見日・十一月二十一日(金)午前六時三十分。

発見現場・墨田公園。

死亡推定時刻・十一月二十一日午前三時半頃。

死因・失血死。

『むーんらいと』会員ではなかった。

独身寮にいた経験は有り。しかし三年前に退寮している。

*

「独身寮か」

高須義久は椅子《いす》に反り返って天井を見たまま呟いた。

「そうか……」

「大発見ですよ」坂上は期待を込めて義久を見つめていた。「刑事だっていう以外の共通点はこれしかないと思われます」

「地方出身の男性の警察官が独身寮にいたことがあるってのは、別に取り立てて騒ぐほどの事実ではないだろう」

高須班の本郷主任が腕組みしたまま頭を振った。

「同じ寮にいたっていうならわかるがな。五人の内、蓼科昌宏と川谷功一は同じ寮の出身だが、二人が入寮していた時期はずれていて、一緒に寮生活をしていたことはない。他の三人はみんなバラバラだ。これはまあ、必然的偶然の一致、とでも言える事実だよ。これを取り掛かりに出来るかどうかには、疑問を感じるね」

「しかし取り掛かりにしてみても悪くはないだろう」

義久は頷いた。

「町田と池内にあたらせるか」

坂上が抗議の声をあげそうになった。緑子は素早く、坂上の腕を押さえた。義久は、坂上を一瞥《いちべつ》した。坂上は唇を噛《か》んだ。

「村上、問題点を整理してくれ」

義久はまた天井を向いた。

「第一」緑子は抑揚のない声で言った。「被害者の内三名がむーんらいとの会員であること。しかし他二名は会員ではなかったこと。犯人が被害者を選択した際の基準がひとつであったとしたら、それはむーんらいと会員であるかどうかとは無関係、ということになりますね。他二名についても山崎留菜との関連を捜査する必要性は絶対です。仮に他の二名も山崎留菜のファンであるという証拠が出れば、タレント山崎留菜と今度の一連の事件には関係があることは確定的になります。第二。他二名が山崎留菜とは何の関連もないとなった場合、可能性は二つ考えられます。犯人の選択基準そのものが山崎留菜とは無関係で、三名がむーんらいと会員であったことは単なる偶然であった可能性。しかしこの線は薄いと思います。二つ目は、五件の犯罪が同一犯人の仕業ではない可能性。つまり、山崎留菜とは関連性が見出せない二つの事件の犯人は、むーんらいという共通項を持った三件の事件の犯人とは別にいるという考え方」

「そっちの線の太さは」

「現時点では何とも。ともかく、玉本、安永事件の担当班に山崎留菜関係を探って貰うのが先決です」

「うん……それで村上、おまえの次の手は？」

その場にいた捜査員の視線が緑子に集中した。義久のものの言い方には、わざと周囲の敵愾《てきがい》心《しん》を煽《あお》っているようなところがある。それが義久なりの、緑子に対する活入れなのだろうと想像は出来たが、緑子は鬱陶《うっとう》しさに怒鳴り散らしたい衝動に駆られた。だが、堪えて一度肩を竦《すく》めた。

「警部の命令を待ちます」

義久は声を出さないで笑った。

「よし。では村上と坂上は、そのまま蓼科昌宏の周囲を掘り下げろ。佐藤、金村は山崎留菜の周辺、主任は今朝の会議で出た、白いワゴン車の線を当たってくれ。他の者は主任の指示で……

……」

「白いワゴン車の件って？」

緑子は高須班に加わっている所轄からの応援組に聞いた。谷山という若い刑事は、同じ所轄組という気易さからか、緑子に親切だった。

「今朝の会議で出た新事実です。湯浅事件と川谷事件の遺体発見現場付近で、それぞれの死亡推定時刻に近い時刻に似たようなワンボックスカーが目撃されていたんだそうです。小型で、白っぽい色の」

「車種は？」

「はっきりしていません。ナンバーは、川谷事件の場合には品川ナンバーだったという証言があります」

「現場は錦糸公園と新宿中央公園だったわね。公園の中に停まっていたの？」

「外ですね。錦糸公園の方は四つ目通りに南向きに、新宿中央公園の方は、新宿駅南口方向に向いて停車していたようです。目撃者は複数いますが、何しろどちらも車の多いところですから、正確なことは……」

「蓼科事件でもそんな車がいなかったかどうか、ってことか……」

「白いワゴン車ってだけじゃどうしようもないっすね」坂上が笑った。「東京を走ってる商売用のワンボックスカーの半分は白ですよ」

「でも最近のワゴン車は形態に特徴があるから、車種は割り出せると思うわよ。それより不思議ね……どうしてそんな珍しくもない自動車のことを気にかけて覚えていた目撃者が複数いたのかしら」

「ハザードを点けていたかららしいですよ」

「ハザードを点《っ》けていた？」

「ええ。ハザードを点滅させたまま停車していたんで、事故だと思った目撃者が多かったようです。しかしまあ、東京の夜の路上では事故も珍しいことじゃないですからね、近寄ってみたという人は、今のところ見つかっていないようですが」

　ハザードを点けていた……普通に考えれば犯人がそんな目立つことをするはずがない。だが二つの事件現場で、死亡推定時刻に近い時間に、同じ様な車が同じようにハザードを点滅させて停車していたことが偶然だとは思えない。

　緑子はもどかしかった。自分がただの助っ人であり、一兵隊にしか過ぎないという状況が。義久に対して、遠慮せずに自分の推理や考えを述べる立場ではないことが。

　だが、義久は緑子にチャンスを与えてくれている。それは確かだ。蓼科昌宏に関して食らいついて行けという義久の命令は、緑子が蓼科に関して腑《ふ》に落ちない点を感じていることを敏感に察しての配慮なのだ。

　緑子は、何となくふくれ面をしている坂上の腕を引っ張ってデカ部屋を出た。


「先輩、独身寮関係を俺達にやらせてくれないことに抗議しないんですか」

　坂上は、大きなからだいっぱいに駄々っ子のような動きを見せながら歩いている。

「あれ絶対、目玉ですよ」

「そう思うんなら、志願したら良かったじゃない」

「だって……先輩が止めるから」

「止めてやしないわ。他にもっといいものがあるのに、そんなのこだわらなくてもいいじゃない、って言いたかっただけよ」

「他にもっと、いいもの？」

「ええ……バンちゃん、あの入会申し込み書のことだけど、気付かなかった？」

「何がです？」

「蓼科昌宏は、申し込み書の住所を独身寮時代のもので書いていた。だけど蓼科は半年前に寮を出て一人暮らししていたのよ。申し込みがされたのは十月。申し込み日付は十月二十五日だった。どうして蓼科は、申し込み書に嘘《うそ》の住所なんて書いたのかしら？」

「でも、引っ越して一年間は前の住所から郵便物の転送してくれるし……」

「だからってわざわざ、嘘の住所を書く必要がある？　それに清水由岐の証言。蓼科昌宏が以前から山崎留菜のファンだった形跡はないのよ。そして、蓼科は、二番目の事件、つまり川谷功一が殺された後で、むーんらいとに入会申し込みをした……川谷が申し込み書に書いた住所と同じ、警視庁寮の住所で」

坂上は、足を止めて前を見たまま立っていた。緑子の言葉の持つ重大さを次第に呑《の》み込んで行くのが、そのひくりひくりと動くノドボトケでわかる。

「もうひとつ。最初の三つの事件が起こった時、マスコミは殺人がどれも水曜日の夜に行われたことをさかんに取り上げていた。そうした符合を騒ぎ立てるのがワイドショーなどの得意技よね。あたしもバンちゃんもその時点では捜査員じゃなかったけど、三つの殺人が同じ曜日に行われたとすれば、例えば犯人の仕事の定休日なんじゃないかとか、いろいろと疑ってはみたと思う。でも、蓼科昌宏の事件が起こって、それらがただの偶然だったということになって、マスコミも曜日のことは騒がなくなった。蓼科が殺されたのは月曜日でしかも、文化の日。つまり祭日。水曜日や翌日の木曜日が定休日の仕事といえばサービス業、それが祭日に休めるはずはない、だから最初の三つの殺人が水曜日に起こったことは、少なくとも犯人の仕事上の定休日とは関係ないだろう。そうした推理は出来る。そして五件目の殺人は木曜日の深夜に起きた。これで、曜日の統一性は完全に崩れた……と誰でも考える」

緑子は、立ち止まったままの坂上の腕を引っ張って歩かせた。

「でもね……考え方を変えてみると、蓼科昌宏の事件とその後の殺人、この二つが前の三つと違う、と言うより、蓼科の事件からこの一連の連続殺人の性質が変わった、そう言えないこともない……とは思わない？」

「でもですよ、先輩、むーんらいとの会員かどうかって点で分けたら、蓼科の前の安永事件、あれは前の二つの事件と性質が違うってことになりませんか？」

「そうかも知れない。でも、安永事件は水曜日の晩に起きている……安永圭一郎は、ほんとにむーんらいとの会員じゃなかったのかしら？」

「名簿にはなかったですよ。コンピュータでも出なかった」

「そうね……安永事件の担当は」

「山背班ですね」

「バンちゃん、山背班に誰か、仲のいい人、いない？」

「スパイしてくれそうな知り合いなんて、本庁にはひとりもいませんよ。同期で本庁の捜一にいるヤツも知らないしなぁ……こっそり探ったらどうですか、安永の周辺」

「うーん」緑子は苦笑いした。「今、山背警部に睨《にら》まれて捜査本部から追い出されたらイヤだしなぁ。いいわ、バンちゃん、後でもう一度オフィス中嶋に行ってみましょう。コンピュータにデータが入ってるなら、いろんなキーワードで検索して貰えるはずよ。安永圭一郎に結びつきそうなキーワードを片っ端から入れて探して貰いましょう……さてと、それじゃ簡単に昼御飯食べようか。何がいい？」

「奢《おご》りですか」

「なんでよ」緑子は坂上の脇腹《わきばら》を肘《ひじ》で突いた。「あたしは子持ちよ。子供がいるといろいろ物いりなのよ。独身貴族が奢ってくれて当然でしょ」

「ボーナスまであと何日かな……今月は苦しいスよ、スキー旅行の前金、払っちゃったから」

「わあ、いいなぁ、お正月スキー行くんだ。ジュクの連中と？」

「アオさんとか少年課の裕子とか……そうだ、先輩も行きませんか？　子連れでも大丈夫ですよ、確か子供連れて来る奴も他にいたし」

「亭主は連れて行っちゃ、だめ？」

「だめです」坂上はふざけて、ぶるぶると首を振った。「留守番してて貰って下さい」

「じゃ、そうしよう。さ、そうと決まったらサッサとホシあげないとね。このまま事件が年を越したら、スキーも正月休みもみーんなパーよ……あ」

緑子と坂上が立っている歩道から道路を隔てて丁度反対側の歩道に、薄いクリーム色のスーツを着た姿勢のいい女性が歩いていた。

　宮島静香だ。

「……バンちゃん、ごめん、ちょっとお昼、ひとりで済ませてくれる？　急用出来た」

「いいですけど……」

「一時に落ち合おう。食事が済んだらあたしの携帯に電話して」

　緑子は走った。皇居前の通りはどれも幅が広く、信号は少ない。宮島静香の歩調はきびきびとしてとても早かった。ようやく通りを渡って静香の背中に声を掛けたが、何か考え事でもしているのか、静香は振り返らずに地下鉄の入口を降りて行く。緑子はそのまま走って、階段の途中でようやく静香の横に並んだ。

「宮島さん」緑子は息を切らして言った。「ごめんなさい、呼び止めたりして。あの、もし良かったら少し時間、貰えない？」

「村上さん……」

　静香は一瞬立ち止まったが、また階段を降り出した。

「申し訳ありません……少し急ぎますので、また別の時にでも」

「あ、それなら途中まででも」

「電車の中で出来る程度のお話なんですか？」静香は、皮肉な笑いを口元に浮かべた。「それなら急いで伺う必要はないと思いますけれど」

「ひとりなのね……誰かと待ち合わせ？」

「係長には許可を得てあります。捜査に支障はきたさないようスケジュールは組んでありますから」

「……そんな意味じゃないけど」

緑子は口ごもった。静香の態度にはとりつく島もない。

「それじゃ、失礼します」

静香は形だけ頭を下げると、階段を降りきって券売機に向かった。

「宮島さん」緑子は半ば諦《あきら》めながら静香の背中に声を掛けた。「十五分でいいのよ……十分、いいえ、五分でも」

静香の指先がとまった。

入れようとしたコインを財布に戻して、静香は振り返った。

「わかりました。わたしも、村上さんにお尋ねしたいことがあったんです。行きましょう」

緑子は静香の後について歩いた。静香は地下鉄の駅から地上に戻ると、まっすぐに皇居前の広場を目指して歩く。昼休みのジョギングを楽しむサラリーマン達が、カラフルなジョギングシューズで走っている。

静香は、木陰になっていて周囲に人気のないベンチを見つけて座った。緑子も横に並んだ。

「また村上さん、得点をあげられたみたいですね」

静香は、前を向いたまま言った。

「タレントの山崎留菜のファンクラブの件、今朝の会議では一騒動でした」

「今朝はもうひとつあったんでしょ。白いワゴン車……ようやく、光が見えて来たのかな……

こんな嫌な事件、早く解決したいわね」

「そうですね」

静香は下を向いた。

「あの人が捜査本部にいてくれたら……きっともっと早く解決出来ると思います」

「彼は二度と、手帳を持つことはないのよ」

緑子は静かに言った。

「いつまでも麻生さんのことばかり考えていても、仕方ないでしょう。他にも優秀な人はたくさんいるわ」

「彼はひとりだけです」

静香は、堅い口調で言った。

「村上さん……教えてくれませんか?」

「何を?」

「彼はなぜ、あんな男を庇《かば》ったんです?」


「さあ」

緑子は頭を小さく振った。

「……わからない」

「嘘よ」静香は緑子を見た。「村上さんは知ってるはずだわ。彼は暴力団に金で雇われて用心棒を引き受けるような人間じゃない。それにどう考えたって変でしょう? あの時、病院から退院しようとしていたのは麻生さんの方よ。麻生さんがあの男の用心棒だったなら、どうして金で雇った男の退院に雇い主のあの男が来てなくちゃならないの？　あの男はひとりだった。他に用心棒を連れてなかった。あの男は……わざわざ麻生さんを迎えに来ていたのよ。それもいつ命を狙《ねら》われても不思議じゃない状況なのに、舎弟も連れず、ひとりで……そうとしか思えない。だけどどうして？　なんでなの？　村上さん、あなたは知っているはずです。知っているなら、わたしに話して下さい！」

「宮島さん」

緑子は、自分の靴先で足元の小石をつつきながら囁《ささや》くように言った。

「あなた……調べたんでしょう？　そして……わかったはずよ、なぜなのか」

緑子は顔を上げた。

「あたしの話はそのことなの。あなた……自分がどんなに危険なことをしているのか、わかってる？」

「信じない」静香は、低い声で言った。「わたしは信じません。何か他に、必ずあるのよ。あるはずよ……信じないわ。絶対、信じない。麻生さんは……彼は、まともな男の人です。そうよ、彼はまともよ。そんなこと絶対ないわ……あんな……あんなひどい男と……」

「麻生さんははっきり言ったの……あの時。あの男を……愛しているって」

ピキッ、と何かが小さな音をたてて折れた。緑子は静香の手元を見た。静香は、いつ拾ったのか、気の早い蕾《つぼみ》をつけた山茶花《さざんか》の小枝を手にしていた。その枝が、静香の掌の中で折れていた。

静香の握った拳《こぶし》が小刻みに震えていた。

「宮島さん。あなたが何をどう信じようと信じまいと、それはあなたの自由。でもね、麻生さんの人生は、あなたの理想通りにはならないのよ」

「彼には奥さんがいました」

静香は山茶花の花を投げ捨てた。

「わたし……彼の昔の同僚や、彼が結婚する前のことを知っている人達にも聞きました。彼は恋愛結婚をしたんです……それも……とても熱烈な。可愛《かわい》い人だったそうです……なぜ離婚したのかみんな不思議がってました。だけど、離婚してからも彼がずっと奥さんに未練があったことを、みんな知ってました。彼は……同性愛者なんかじゃない。何か、他に何か……きっと……」

「それを探る為に、あの男のことを調べているのね。だけど、そんなことして何になるの？どんな理由があったにしたって、麻生さんは自分の意志であの男を庇《かば》ったのよ。その事実は変わらないわ。そして多分……麻生さんはこれからもずっと、あの男を庇うことを止めない。それをいつまでも見つめ続けていて、それであなたは、幸せになれるの？」

「気が済まないのよ！」

静香は強く言い捨てた。

「このままじゃ、わたし……わたし、どうしていいのか、わからない」

静香は顔を覆った。緑子はまた下を向いて小石を見つめた。静香を見ているのが辛《つら》かった。

「村上さん、知ってます？」静香は顔を覆ったまま訊《き》いた。「あの男と麻生さんがいつ、最初に出逢ったのか」

「いいえ。麻生さんから聞いたのは……ある事件の捜査で知り合ったということだけ」

「十二年前なんです」

「十二年？　そんなに？　でも……麻生さんは確か、警視庁を辞める少し前みたいなことを言っていたけど……」

静香は手を離して緑子を見た。

「わたし、あの男の前科を総《すべ》て調べました。あの男はこれまでに有罪判決を四回受けていて、内二回は実刑です。刑期は、最初が十二年前で懲役二年、二回目は二年ほど前で、懲役十ヶ月でした。そのどちらも……逮捕したのは麻生さんなんです」

「……知らなかった」

「ええ……二年前は逮捕って言っても、山背係長の話では、あの男に殺人の容疑がかかって、別件をとったんだそうです」

「麻生さんが別件……」

「珍しいことだったそうです。山背係長は、麻生さんの目的は、あの男を保護することだったんじゃないかと言ってました。詳しいことはわかりませんが。いずれにしても、十二年前は、そんな形ではなく、麻生さんはあの男をまともに逮捕して取り調べて送検しています。麻生さんが世田谷《せたがや》署に研修に出ていた時のことです。当時……あの男はまだ二十六歳、大学院の学生でした」

「山内の、最初の犯罪だったのね」

「そうだと思います。山内はとても優秀な学生だったそうです……容疑は、女性を暴行しようとして怪我《けが》をさせたというものです。その事件で、あの男の人生は大きく変わったんですね。実刑判決を受けて服役し、出所してからは、大学にも故郷にも戻ることはなく……あの男はヤクザになってしまった」

初めて聞く話だった。もっとも、緑子は山内の過去について知りたいとは思わなかったし、麻生と山内の因縁に関しても、麻生がいつか話してくれるのを待つつもりでいた。

自分から触れれば、自分が傷つく。そんな気が、緑子にはしていた。

だが宮島静香は、それを恐れてはいないらしい。

「見方によっては、あの男の人生を変えたのは麻生さんだとも言えるかも知れません……麻生さんがあの男を逮捕しなければ、あの男はあんな人生をおくることはなかったかも知れない」

「それは……それは違うと思うわ。山内は犯罪を犯したのよ、麻生さんが逮捕しなくても、他の誰かに逮捕されていたはずよ」

「それは理屈です。でも、逮捕された人間はそうは思わないかも知れないでしょう？」

「それじゃあなたは、山内が麻生さんを逆恨みしていると思ってるの？」

静香は黙ったままだった。

「十二年も前のことなのよ……今更そんな……」

「何年が経とうと、逮捕された人間が忘れるということはないわ……二年前、あの男は別の事件で麻生さんと偶然再会した。麻生さんはあんな人だからきっと、自分が昔逮捕した人間が、更生するどころか暴力団と関わって最低の人生を歩んでいると知って、ショックを受けたと思います。その麻生さんの心の動揺に、あの男はつけ込んで……麻生さんの人生を自分と同じように破滅させてやろうとした」

緑子には、静香の想像は信じられなかった。

山内は確かに最低の人間だ。あの男には普通の感覚で言う良心などはない。人を破滅させることぐらい、何とも思っていないだろう。だが……山内もまた、緑子にはっきりと言ったのだ……麻生を愛していると。

そして山内は、麻生との関係についてはずっと沈黙を守っている。もし山内が本気で麻生を破滅させることだけを欲していたとすれば、自分との関係を暴露して、元警官の同性愛スキャンダルとして大衆週刊誌に騒ぎたてさせた方が、よほど効果的だったはずだ。山内は、そのくらいのことは平気で出来る人間なのだ。

「宮島さん」緑子は、静香の横顔に言った。「あなたの言うとおりだったとしても、麻生さんは自分で自分の人生を選択したのよ。たとえ山内にたぶらかされているのだとしても……麻生さんがそれで満足なら、他人が口出し出来る問題じゃない」

「……わかってます」静香は、小さく頷いた。「わかってるけどでも……何もしないではいられないんです。何もせずにこのまま、彼があんな……あんな男の為に破滅して行くのを黙って見てはいられない。何でもいいから、あの男の弱点を知りたいんです」

「山内のことなら、二課や四課、暴対もやっきになって弱点を探ろうとしているわ。あなたがしなくてもいつか、あいつはまた刑務所に入ることになるわよ」

「でもすぐに出て来るわ」

静香は皮肉な笑みを見せた。

「そうですよね、村上さん。あいつは自分の手は決して汚さない。法の網をくぐることにかけては、達人よ。それにあいつには、高安弁護士がついている。あの、黒い天才児って呼ばれてる悪徳弁護士があいつの守護天使なのよ……普通のやり方じゃ、あの男の弱点は見つからない」

「でも、だからってあなたのやっていることは無謀だわ」

「誰にも迷惑はかけていません。捜査に支障をきたすような行動はとっていないし、公私混同もしてないわ」

「それがいけないのよ」

緑子は思わず、静香の腕を摑《つか》んだ。

「いい、宮島さん、よく聞いて。公私混同って言われようがどうしようが、あの男の周囲にいる時には……銃を携帯するのよ。どんな嘘をついてでもいいから、携帯許可をとりなさい。あの男を甘く見てはだめ」

静香は黙ったまま、緑子を見ていた。

だがそのまま、立ち上がった。

「わたしのこと心配して下さって……本当にありがとう」

「宮島さん……」

「でも村上さん」静香は低く言った。「あたしは誰にも迷惑をかけたくないんです。これはあたしの……あたしひとりの、戦いですから」

静香は一礼すると、緑子を残して歩き出した。

緑子は追わなかった。今の静香に何を言っても無駄だろう。

静香はある種の「酔い」の中にいる。愛する男の為にひとりで戦う、そのことで自分の愛を試せることに幸福を感じているのだ。


だが、相手が悪すぎる。

緑子は身震いした。

脳裏に、あの潰《つぶ》れたクリームパンが甦《よみがえ》った。無惨に潰れてしまった、その姿が。

鳩の群が一斉に飛び去った。

緑子は、去って行く静香の後ろ姿を、祈るような気持ちで見つめていた。

留菜

1

オフィス中嶋は、朝よりもっと閑散としていた。中嶋敏江はまた自宅に戻ってしまったらしく不在だったし、佐藤といったあの、比較的まともな応対の出来る方のアルバイトの姿も見えなかった。この事務所が大した仕事をしていないのは、やはり間違いないようだ。

坂上が、どちらかと言えば嫌々応対に出たという感じの大川泉に、むーんらいと会員のデータ検索を頼んだ。大川泉は断りこそしなかったが、露骨に不愉快そうな表情をして見せた。だが、坂上と緑子《りこ》が彼女の机のそばに寄ってパソコンの画面を覗《のぞ》き込んでも別に拒否はしなかった。

泉はしかし、パソコンの扱いはとても慣れている感じがした。フリーターがバイト先で覚えたというレベルではないのが、まったく手元を見ずに軽いタッチでタイプする泉の指の動きで想像出来る。

「それで」泉はほとんど初めて、緑子達に口をきいた。「何を調べたらいいんですか」

「まず、職業で検索出来ますか？」

泉は黙って頷《うなず》いた。

「それじゃ、警察官で検索してみて下さい」

該当なし。

「……今度は、公務員で」

大量のデータにヒットした。該当件数は百件近い。坂上は泉に、リストにして印刷してくれないかと頼んだ。だが泉は、前の佐藤の受け答えを聞いていて参考にしたのか、中嶋敏江の許可がなければ出来ないと言った。緑子は、それでは後で敏江の許可を得て自分宛《あて》に送付してくれるよう頼んだ。

「住所からの検索も出来ます？」

泉は面倒臭そうに頷く。

緑子は手帳を開いて確認しながら、まず玉本栄の死亡時の住所を告げた。該当はない。さらに、玉本がいたことのある警視庁寮の住所も検索させた。やはり該当無し。

次に安永圭一郎《けいいちろう》の死亡時の住所を告げた。これも該当はない。最後に、安永が九月末頃に出ていた警視庁寮の住所を告げる。

ここまで続けて、泉は怪訝《けげん》な顔になった。社長の留守に個人の住所を四件も検索したことで、後の叱責《しっせき》を心配したのかも知れない。だが泉は、黙ってキーを叩《たた》いた。

その途端、坂上が思わず声を漏らした。

該当件数・一。

蒲田《かまた》圭一郎。二十七歳。公務員。


「……圭一郎……偶然のはず、ないわね」

坂上と緑子は顔を見合わせ、次にどちらからともなく、そっと手を打ち合わせた。

緑子はデータを打ち出してくれとは頼まず、それより前に画面に現れた項目を手早くメモして行った。住所は間違いなく、安永圭一郎がかつて住んでいた警視庁の独身寮になっている。年齢と住所から考えて、安永圭一郎本人にまず間違いないだろう。

「この人がどうかしたんですか」

大川泉は、緑子と坂上の興奮を感じとったのか、緑子の顔を見て尋ねた。緑子は慌てて首を振った。

「ええ、ちょっと参考になるかも知れないの。でも大したことじゃないので、気にしないで。社長さんにはわたしから後で報告させて貰います」

泉は肩を竦《すく》めた。緑子の言葉に嘘があることぐらい、お見通しよ、とでも言うように。だが何も言わず、何かキーで打ち込んだ。途端に、画面のシステムが終了した。

「パソコンはどこか、学校に通って習ったんですか」

緑子は、何気なく訊《き》いてみた。別に興味があったわけでもないが、中嶋敏江が知り合いから無理に頼まれてアルバイトとして遣っているというこの女性が、自閉症なのかと思うほど口数が少ないのに、キーをタイプする時だけは目を輝かせているように思えたのだ。

だが緑子の質問は、泉には思いがけず、嬉《うれ》しいものだったらしい。

泉はそれまで見せたこともないほど魅力的な笑顔で言った。

「彼が教えてくれたの」

「そう」緑子は、意外な答えにつられて微笑《ほほえ》みながら頷いた。「大川さんのカレって、パソコンに詳しいのね」

「彼は天才よ」

泉は坂上と緑子の顔を交互に見ながら言った。

「彼に出来ないことなんて、ないわ」

それからの泉は、とてもフレンドリーだった。自分から立って緑子と坂上にコーヒーを入れてくれ、緑子達がそれを啜《すす》る間中、自分の恋人の話をし続けた。

恋をしているのだ。

この女性は、夢中で恋をしている。今の大川泉にとって、その恋は「総《すべ》て」なのだろう。

大川泉は恐らく、性格的に社会一般と折り合って行くのが難しい、適応困難に近い状態なのに違いない。無口というよりも、言葉でうまく他人とコミュニケーションすることが出来ないのだ。その為に、これほどの美貌《びぼう》の持ち主であるにも拘《かか》わらず、多分これまで恋人と呼べる存在とめぐり逢《あ》えなかった。それが初めて、恋をした。この恋がきっと、彼女を少しずつ変えて行くに違いない。今、緑子や坂上に対して示しているような打ち解けた態度を、彼女は社会に対して示して行けるようになるに違いない。

緑子は、彼女の恋が見事に成就することを心の中で祈った。

コーヒーを飲み終えても中嶋敏江は戻って来なかった。緑子と坂上は、まだ話し足りないといった顔で二人を見ている大川泉に、コーヒーの礼を言って事務所を出た。

「やりましたね！」

外に出るなり、坂上が叫んだ。

「これで決まりだ！　安永圭一郎はむーんらいとの会員だったんだ」

「まだ断定は出来ないわよ」

「出来ますよ、俺《おれ》がしちゃいます」

「それならどうして安永は蒲田と名乗っていたのか調べないとね。それにそのことが裏付けられたとしても、だからってむーんらいと会員であることが被害者の選定の唯一絶対条件だった、という結論は導けないのよ。現に、最後の被害者はむーんらいと会員ではない」

「それこそ断定出来ないじゃないですか。安永がそうだったように、まったく別の名前で登録しているということだって考えられるでしょう？」

「まあね」

緑子は曖昧《あいまい》に笑った。

「でもあたし……あたしはね、玉本栄はむーんらいと会員ではなかった、ということに賭《か》けてもいいいな」

「どうしてです？」

「どうしてかと言うとね……玉本は多分……むーんらいとの会員でなかったからこそ、殺された。そう思えるの」

「……わからないなぁ」坂上は不満げに緑子を見た。「種明かしして下さいよ」

「まだもう少し待って」

「お預けですか」

「そう」緑子は、坂上の腕に自分の腕を絡ませた。「本当を言うとね、自分でも自分の推理にいまひとつ自信がないのよ。もう少し、蓼科昌宏について調べればはっきりすると思うわ」

「蓼科ですか？　安永はどうするんです」

「あら」緑子は、絡めた腕をぐっとひいて坂上の脇腹《わきばら》を肘《ひじ》で突いた。「まだわかってないのね。安永事件の担当は、高須班じゃないわ」

「そんなぁ！」

坂上が大袈裟《おおげさ》に空を仰いだ。

「先輩まさか、安永が蒲田圭一郎としてむーんらいとに登録してたって事実、そのまま山背班に譲っちゃうつもりですか」

「譲るも譲らないもないわ。あたし達はオリンピックに出てるんじゃないんだから。この事実は勿論《もちろん》高須係長に報告します。それから後は高須さんの判断ね」

「たまんねえなぁ」坂上は、大きく溜息《ためいき》をつく真似をした。「いくら金星あげたって、ごっつあんですって言えないんじゃあ」

「バンちゃん、そんなにお手柄たてたい？」

「そりゃ」

坂上は横目で緑子を見た。

「せっかくこんな大きな捜査本部に参加したんですからね……俺、先輩だから正直に言いますけどね」

「うん？」

「そろそろ……呼ばれたいですよ。本庁に」

緑子は、優しく坂上の背中を叩《たた》いた。

「うん……わかるよ」

「本当ですか？」

「そりゃね。せっかく私服になれたんだもの、桜田門で働きたいと思っても別におかしくないよ」

「俺……大学二流だし、武道とかも特にすごいってわけじゃないですからね。巡査部長の試験もそろそろ受けないとってわかってるんだけど、暗記とか苦手だし……第一、ジュクって忙しくて試験勉強してる時間、なかなか取れないじゃないですか。いや、勿論、言い訳にはなんないですけどね。でもなぁ……このまま所轄にいて出世出来る望みなんてそんなにないような気がするんですよ。そりゃ、同じ所轄でもジュクは大警察署ですからね、これでも同期からは羨《うらや》ましいとか言われてるんだけど」

「そうね……でも本庁になったって、試験に受からないと出世出来ないのは一緒よ」

「わかってますよ。だからこそ、本庁でやってみたいんです。どうせ出世出来ないなら……だから今度のことは俺にとってはすごいチャンスなんです。意地汚いって思われても、点数稼いで、本庁に呼んで貰えるようになりたいって」

「意地汚いなんて思わない……だけどバンちゃん、あたしと組んでたら、点数稼ぎは難しいかも知れないよ。ねえバンちゃん、バンちゃんさえいいなら、あたしから、他の人と組ませて貰うように高須さんに言ってあげようか？」

「先輩」

坂上は足を止め、真面目な顔で緑子を見た。

「先輩はどうなんです？」

「どうって？」

「先輩にだって、これはチャンスじゃないですか。俺達の上司としてジュクでバリバリやってた人が、今は下町の小さな所轄でただの兵隊だなんて、不満じゃないんですか？　もういっぺん、第一線に戻りたいとは思わないんですか」

緑子は、また坂上の背中を叩いて、歩き出すよう促した。

「バンちゃん、あたしね」

緑子は、歩きながら囁《ささや》いた。

「このヤマを下りたら……事務職に転属願い、出そうかなと思ってる。本当は警察、辞めてもいいんだけど……専業主婦の出来る性格じゃないような気がするし、こだわるのもおかしいんだけどね……夫に食べさせて貰うっていうのが……なんだか、苦しくて。でももう、デカ部屋にはいたくない……ような気がするの」

「負け逃げですか」

暫《しばら》く黙ったまま歩き続けてから、坂上がぽつりと言った。

「……女はいいよな……逃げられるから。結婚してガキ生んで……事務職か。それでダンナに食わせて貰いたくないなら……なんで結婚なんかするんですか？」

「……バンちゃん」

今度は緑子が歩みをとめた。坂上は、振り返らずに言った。

「俺……結構、本気でしたよ。最初に上司が女になるって知った時は猛烈にムカついたけどね。でも本庁で問題起こして追い出されたなんて、ちょっとカッコイイと思ったな。女のくせにやるじゃねぇか、みたいな。それに顔みたら、いいセンいってるし……やらしてくんないかなぁなんてね……想像しましたよ、つい。それがさ、仕事始めてみたら、やっぱ本庁生え抜きってのは違うなぁと思った。洗練されてるしさ、合理的で。前の上司、何かってえと根性、根性のおっさんだったから、目からウロコなこと多かったですよ。段々……尊敬しました、村上さんのこと。女だからってやることばっか考えちゃいけねぇな、って反省したよ。だけど俺とおない歳《どし》の防犯の鮎川さんとデキてるって噂《うわさ》聞いた時は、くそ、そんなら俺がやってても良かったじゃんかよ、なんてね……アオさん相手にヤケ酒飲んだんですよ、俺。先輩は笑うかもしんないけど……結構、本気で……あんたのこと、好きだったと思う」

坂上は、緑子を残してまた歩き出した。

「結婚してガキ生んで、幸せだからデカ辞めますって……そりゃあんたの勝手だから、俺は何も言えないけど。だけど悲しいよな、他のヤツと組むように頼んでやるだなんて。どうせ辞めるつもりなら、言ってくれてもいいんじゃないかなぁ……俺のこと、出世させてくれるってさ。あんたの力で、大金星あげて、俺にいい思いさせてやるって……以前のあんたなら、そのぐらいのこと言ったと思うよ。あの頃の……あんたなら」

緑子は坂上の後ろを歩き出した。だが、坂上に追いついて並んで歩くことが出来なかった。坂上は振り返らない。

緑子は、ひどく情けなく、心許《こころもと》ない気分になった。

自分を軽蔑《けいべつ》している背中を見つめながら歩くことが、とても淋しかった。

地下鉄の入口まで歩いた時、坂上が不意に立ち止まった。緑子はそのまま、坂上の後ろで止まった。

「中嶋敏江じゃないですか、あれ」

坂上は、顎《あご》だけで方向を示しながら囁いた。

確かに中嶋敏江だった。朝見た時とは服装が違っていたが、濃い化粧と派手な容貌《ようぼう》は見間違えようがない。停まっているベンツから今降りようとしていた。

白い、大型のベンツ。

緑子は不意に、駐車場で自分を待ち伏せしていた山内のベンツを思い出した。だが勿論、白いベンツなどはこの辺りではまったく珍しい車ではない。緑子は目を凝らした。通りを隔てていても、後部座席から降りて来て、中嶋敏江の為にドアを開けてやっている男の顔は判《わか》る。

緑子は驚いて瞬きした。

高安だ！　高安晴臣《はるおみ》、春日《かすが》組の顧問弁護士の……

「キザな野郎だな」坂上が呟《つぶや》いた。「中嶋敏江のツバメですかね」

「バンちゃん、あの顔に見覚えない？　あたしがジュクにいた頃に、何度も顔を合わせてるはずよ」

「見覚え？……あっ、あいつ確か、弁護士の！　なんだあいつ、暴力団だけじゃなくて芸能界の仕事もやってんのか」

「高安の事務所にはイソ弁が十人もいるんですって。芸能界に顧客がいても全然不思議はないけどね……」

「芸能関係と暴力団は近いって話も聞きますからね。やっぱり中嶋敏江がデキてるっていう掛《かけ》川《がわ》潤一は、春日組と何か繫《つな》がりがあるんですかね」

高安は通りの向こう側で緑子達が見つめていることには気付かずに、中嶋敏江と挨拶《あいさつ》を交わすとベンツの後部座席に戻った。敏江は横断歩道を渡るつもりなのだろう、少し離れた交差点に向かって歩き出した。事務所に戻るのだろうか。だが敏江は、緑子達の方へは渡らずに、別の方角へと渡ろうとしていた。

白いベンツはゆっくりと動き出した。丁度信号が変わって、緑子達のすぐそばでベンツは停車した。反対車線なので距離はあるが、フロントガラス越しに運転席が見える。

運転しているのは、肩幅の広い男だった。サングラスをかけているので顔はわからないが、流行の長髪だ。

緑子はふと、そのシルエットに見覚えがあるような気がした。

そして思い出した。そうだ、やっぱりあの時の男だ！

緑子が山内に責められている間、身動きひとつしないでじっと運転席に座っていた男。

あのベンツは、あの時の車。

緑子の胸中に、吐き気に似た胸騒ぎがおこった。中嶋敏江……いや、掛川エージェンシーは春日組と深く繋がっている……多分。山内の車に高安が乗っていること自体は不思議ではない。高安はいわば、山内の後見人のような立場にある。だがその車で中嶋敏江がおくられて来たということは、オフィス中嶋が高安の顧客であるという以上の関係が、敏江と高安、そして山内の間にあるのだ。そうでなければ、山内の運転手に敏江をおくらせるような真似を高安がするとは思えない。

今度の連続殺人自体が山内や春日組の仕業だということはまず、ない。

一連の事件が快楽殺人の範疇《はんちゅう》に入るものであることは間違いないだろう。山内は良心を悪魔に売り渡した破廉恥漢であり、人の命より金を尊重する蛆虫《うじむし》だ。だが、快楽としての殺人を行う人種ではない。山内が手下に命じて行わせたと思われる殺人もあることはあるが、総て巨額の金が絡んでいる。しかも重い罪に問われることがないように、偶発的な小競《こぜ》り合《あ》いや事故を偽装し、その偽装を裁判で立証されてしまうようなヘマはしない。

殺した相手の手足や性器を切断して、これみよがしに木に吊《つ》るすなどという行為は、山内のような人間の遣《や》り口《くち》からは最も遠い行為だと言ってもいいだろう。

その意味では、中嶋敏江が山内と繋がっているとわかったところで、捜査自体にはあまり影響があるとは思えなかった。

だが緑子にとっては、自分が再びあの男の正面に立たなければならない予感をもたらす、気の重い事実だった。

宮島静香のこともある。


緑子は無意識に、坂上の腕を摑《つか》んでいた。坂上はもう機嫌が直ったのか、緑子を振り払うようなことはしなかった。

一緒に地下鉄の階段を降りる間、坂上は黙っていた。そして、券売機の前で囁いた。

「さっきはすみませんでした、先輩」

緑子は黙って首を横に振った。そのまま坂上の大きな背中の後ろに身を隠すと、なぜかとてもほっとした。

「俺、驚いたもんだから」坂上は照れ笑いしていた。「村上さんが、デカ辞めるなんて言い出すなんて、驚いちゃって。突然だったから……ほんと、つまらないこと言いました。許して下さい」

緑子はまた首を振った。坂上が、緑子の腕をとった。

懐かしかった。坂上とはよく組んで歩いた。新宿署の捜査一課、緑子の班では坂上がいちばん若手だった。熱血漢で少しおっちょこちょいだが、勘はよく、行動も早い。緑子は坂上が気に入っていた。

捜査の都合でアベックに見える必要のある時、緑子はいつも坂上とそうして歩いた。

坂上を見ていると、心がなごんだ。きっと……自分にはいなかった「弟」の存在を坂上に感じていたのだと思う。

刑事を辞めることは、坂上を……あの時、傷ついてどん底だった自分を受け入れてくれた新宿の仲間達を、裏切ることになる。

胸の底で、ちりりと痛みが起こった。

2

清水由岐《ゆき》の自宅に電話すると、由岐は会社だと教えられた。由岐の勤める建設会社は赤坂にある。緑子達はそのまま地下鉄で赤坂へ出た。

仕事中だったが、由岐は時間を作って緑子と坂上が指定した喫茶店に現れた。

相変わらず顔色は悪かったが、きちんと化粧しているせいか、昨日の夕方見た彼女よりは生き生きして見えた。

「昨日はすみませんでした」由岐は席に着くなり頭を下げた。「あたしなんだかまだ、冷静になれなくて」

「当然ですから、どうかお気になさらず」

緑子は、由岐のやつれた頬《ほお》に、鮎川慎二という恋人を殺された時の自分を見ていた。

「あの、それで……？」

「ええ、実は」緑子は単刀直入に行くことにした。「昨日も少しお伺いした件なんですが。くだらない話だと思われるかも知れないのですが、蓼科《たてしな》さんが山崎留菜《るな》のファンクラブに入会していたという事実が、どうやら、今度の事件を解決する為の手がかりになりそうなんです」

由岐は驚かなかった。緑子の目を見ながら、大きく頷いた。

「わたし……ゆうべあれから、ずっと考えていたんです。わたしの自惚《うぬぼ》れだと笑われるかも知れないのですが、どう考えても、あの人がわたしに、山崎留菜のファンクラブに入ったことを隠していたのは、変だと思いました」

「やはり、そう思われますか」

「はい。あの人はそんなことをわたしに隠すような人じゃなかった。だって、隠すようなことじゃありませんよね？　どうして言ってくれなかったのか……一晩、考えたんです。そしてわたしなりに結論を出しました」

「結論」

緑子は、清水由岐のはっきりとした口調の中に、亡き恋人への強い尊敬を感じた。

「それは？」

「はい……多分、山崎留菜のファンクラブに入会したことは、彼の仕事と関係していたんだと思います」

坂上は意外な答えに片眉《かたまゆ》をあげた。だが緑子は、自分の予想がこれで確実になった、と思った。

「彼はいつもそうでした。仕事に関することは、最低限しかわたしには話してくれないんです。でもそれは、彼の思いやりだったと思います。彼の仕事には危険が伴うことも多かった。わたしの両親はもともと、警察官と交際していることをあまり良くは思っていませんでした……あ、ごめんなさい」

「気になさらないで。自分の娘は危険の少ない職業の男性と結婚させたいと思うのは、親御さんとして当然ですから」

「すみません……彼は覚醒剤《かくせいざい》関係の仕事をすることが多かったようで、暴力団などとも関わらなければならなかったみたいでした。それでそんなことをわたしの両親の耳に入れてはわたしが困るだろうと配慮してくれて、いつも、仕事の話は事件がきちんと片づいてから話してくれていたんです。わたしも彼が話してくれない内は、今大きな仕事と関わっているなと察しても、うるさく詮索《せんさく》しないようにしていました。そうしたやり方が本当に恋人同士として正しかったのかどうかはわかりませんが……」

「正しいとか正しくない、ということはなかったと思いますよ。恋愛に大切なのは、当事者同士が納得した形で交際していることですから。で、山崎留菜さんのことも？」

「多分そうだったんだと思います。いえ、それ以外には考えられません。彼は仕事で山崎留菜のファンクラブに入会する必要があったんです。そうでなければ、彼は必ず話してくれていたはずなんです」

清水由岐の表情は確信に満ちていた。

緑子も、その確信が錯覚などではないことを信じていた。

蓼科昌宏は、山崎留菜のファンなどではなかった。初めから緑子にはそう思われた。もしファンであったなら、新曲の発売の通知を読むなりひねって捨ててしまうようなことをするとは考え難い。しかもポスターの貰える特典のついた会員用の予約書を切り取りもせずに、だ。蓼科昌宏は、山崎留菜になど興味はなかったのだ。

それならなぜ、彼はむーんらいとに入会したのか？

それこそが、この事件を解きほぐす最大の手がかりだ。そしてそれは、まさに、正式に緑子と坂上に与えられた仕事の中にあった。越権行為やテリトリー違反などしなくても、ちゃんと「お手柄」は目の前にある。

バンちゃん、あたしを信じて。

必ずあなたを、出世させてあげる。

緑子が目配せすると、事情をようやく呑《の》み込んだ坂上が、嬉《うれ》しそうに瞬きした。

「清水さん」緑子はあらためて由岐の顔を見据えた。「今のお話は、とても参考になります。それでもうひとつ大切なことを思い出していただきたいのですが、蓼科さんは担当している事件がきちんと片づいた後は、あなたに事件について話してくれていたとおっしゃいましたね？」

「はい。勿論、仕事上の機密事項までは別でしょうけれど、暫《しばら》く忙しくしてなかなか逢えなかった後などでは、どんな事件でどんなことが大変だったか、いつも話してくれていました。だからわたし……あまり逢えない日が続いても、安心して、彼を信じて、待っていられたんだと思います」

「それでは、蓼科さんが最後に、関わっていた事件について話してくれたのがいつ頃のことだったか、思い出していただけませんか」

「それは……確か」

由岐は記憶の糸を手繰《たぐ》っているのか、緑子の頭上の空間に目をすえた。緑子は辛抱強く待った。

「今年の……七月頃でした。管轄内で中学生に覚醒剤を売っていた事件があったとかで。やりきれない事件だったと話してくれたんです。あれからは特に大きな事件も起こっていなかったみたいで、そんなに長い間逢えないというようなことは……あ、でも」

由岐は言葉を切ってハンドバッグから赤いチェックの布地が貼《は》られた小振りの手帳を取り出した。

「十月の……いちばん最後の週から後は、非番の日でも夕方からしか逢わなかったわ。彼の方から指定してくれる時間が六時とか、七時とか」

「それまでは非番の日のデートは昼間もしていたんですよね？」

「ええ……むしろ、夜に誘われることは少なかったと思います。わたしの両親が心配しますから。ただ、九月に彼を正式にわたしの両親に紹介しましたので、彼も気持ちがゆるんだというか……その……だから夜に誘ってくれるようになったんだと……」

由岐はそこまで言って、下を向いた。首筋の辺りがうっすらと紅《あか》く染まっていた。

蓼科昌宏と清水由岐の交際は、今時の若い男女としては珍しいほど真面目なものだったらしい。蓼科は、由岐の両親に婚約者として認めて貰えるまでは由岐と肉体関係を持つことを我慢していた。その念願がようやく叶《かな》い、九月に二人は婚約した。普通の健康な男として、蓼科が由岐を求めたことには何の不思議もない。だが、それでは蓼科は、非番の日の昼間、由岐に逢うまでの間をどこでどうやって過ごしていたのか。いくら晴れて婚約者として認めて貰えたからといって、それまで昼間のデートをしていたのをいきなり夜だけに変えてしまうというのでは極端だし、不自然だ。

答えはひとつしかない。蓼科は非番の日の昼間、由岐にも内緒で、何かをしていたのだ……何を？

十月の最後の週。連続殺人が始まったのが十月十六日。二件目の殺人が二十二日。十月の最後の週は、それから四日後の二十六日から始まった。そして蓼科がむーんらいとに入会申し込みをしたのが十月二十五日。


「清水さん」

緑子は、下を向いた由岐が顔を上げるのを待って言った。

「もうひとつだけ、とても重要なことをお聞きします。その十月の最後の週のデートから後のことを思い出していただきたいんですけど、蓼科さんの様子に、それまでと違ったところは感じられませんでしたか？　似たような質問はこれまでに捜査員からさんざんされてうんざりしているとは思いますが、もう一度だけ思い出して貰いたいんです。漠然と最近の蓼科さんについて、ではなくて、あなたと夜逢うようになった頃からの蓼科さんのことを考えてみて下さい」

由岐は黙って頷き、今度は上方に視線をさまよわせるのではなく、目の前のテーブルの上に置かれた水の入ったコップにじっと見入った。その透明な水の中に、幸福だった日々の最後の幻影が今、映っているとでも言うかのように。

やがて、由岐は囁くように言った。

「彼は……将来のことを語るようになりました。いえ……それまでも結婚したらどんなところに住もうとか、どんな色のカーテンを買おうとか、そんな他愛のない話はよくしていたんです。でもあの頃からあの人……子供の話をするようになりました」

「子供の話……」

「はい。わたし達の……子供の話です。それもとても真剣に……もしわたし達に子供が出来たら、どんなことをしてでも子供を幸福にしてあげたい、もしその為に必要なら……警察を辞めたって構わないと」

「立ち入ったことをお聞きするのですが」

緑子が躊躇《ためら》いがちに言うと、由岐は笑顔で首を横に振った。

「いいえ、違います。わたしが妊娠したというようなことはありませんでした。それだけは気を付けていましたから……あ、刑事さん」

由岐はふと、笑顔のまま言葉を切った。そしてまた少し、何か思い出そうとするかのように眉を寄せていた。

「そうでした……ひとつだけまだ、これまでの捜査員の方には話していなかったことがありました。でも事件に関係あるかどうか……」

「構いません。どんな些細《ささい》なことでも」

「彼から旅行に誘われていたんです。初めてのことでした」

「それはいつですか？」

「具体的には決まっていなかったんです。でもわたしの仕事がありますから、うまく彼が有休をとることが出来たら、今月の連休に行こうという話でした」

「連休というと、先週の三連休ですね。その話が出たのはいつ頃でした？」

「彼が……亡くなる前のデートの時だったと思うんですけど」

「そうなると十月の末ですか……旅行の計画としては急な話のように思えますが」

「ええ。わたしも、そんなに急ではホテルもとれないだろうし、第一彼の有休が連休に認められるとは思えませんでしたから、年末ではだめなの、と聞いたのですが……無理かも知れないけれど手配してみる、出来れば早い方がいいんだと言っていました」

「早い方がいい……それは、なぜでしょう」

「なぜ、とはっきりした理由はなかったように思います。ただ年末は彼の実家にわたしを連れて行ってくれる約束がありましたし、年が明けたらわたし、独身最後のスキー旅行に会社の友達と行く予定でしたから、旅行の計画を入れるには忙し過ぎるだろうと。それと、せっかくだから紅葉の綺麗《きれい》な時がいい、そんな話だったんです」

「紅葉の綺麗な……それじゃ、行く場所も決めておられたんですね」

「ええ……長浜に行ってみたいと」

「長浜？」

緑子はその地名を知らなかった。いや聞いたことはあったが、日本のどこにある場所なのか即座には思い出せなかった。

「確か、琵琶湖《びわこ》の東側でしたね」

坂上が助け船を出してくれた。

「浅井長政が領主だったとこじゃないですか」

「浅井長政って、信長の妹の夫だった人ね」

「そうらしいですね」由岐ははにかんだように肩を竦《すく》めた。「わたしも歴史はあまり得意じゃなくて……でも彼は好きだったんです。日本史のファンだったと言ってもいいと思います。戦国時代のことにも興味はあったみたいで、ずっと以前から、関ヶ原や姉川の辺りとかを旅行してみたいなんて言ってました。でも……最初の二人の旅行は京都にしようってずっと約束していたんです。それが急に長浜と言い出して、正直に言うと、どうしてそんな地味な場所に行きたいのか、ちょっと不思議には思っていました。けれど結局……その話が出てすぐあんなことになってしまって。ですから具体的には宿の予約だのなんだのまったくしてませんでしたし、彼が有休の申請を出していたのかどうかも、知りません。ごめんなさい、やっぱり事件とは関係ないですよね、きっと」

　いや、きっと関係がある。

　緑子はそう言いたいのをこらえた。


「わたし」

　由岐は、コップの水を一口飲んでから、しっかりした口調で言った。

「昨日、刑事さんにあんなこと言ってしまったこと、後悔しています。でもあれがわたしの本心であることは、今も変わりません。わたし、どうしても彼をあんな……あんな姿にした犯人を許すことが出来そうにありません。犯人の死刑を望んでしまうことをやめられそうにもありません。でも、彼はいつも言ってました……犯罪には必ず、事情があるって」

「犯罪には必ず、事情がある」

「ええ。動機とか理由とか、いろんなことを指していたんだと思うんですけど、要するに、その事情を解明するまでは、たとえ犯人が逮捕されても事件は終わらない、そういう意味だったと思います。彼の仕事は、事件を解決する為の入口の部分でしかないって……わたし、努力してみようと思います。犯人を憎いと思う気持ちは変わらない、犯人が生きていることが許せない、それはもう仕方ないことですけれど、それでも、彼の言葉を大切にする為に、努力します……犯人が逮捕されて、きちんと裁判を受け、そして、あの人がなぜ死ななければならなかったのか、それがちゃんと解明されるまでは……犯人の死を願わないと」

＊

「強い女性ですね」

坂上は、丸の内へ戻る地下鉄の中で、ドアにもたれた姿勢で、緑子だけに聞こえるような声で囁いた。

「俺……ちょっと感動したな」

「彼女の気持ちに応《こた》えられなかったらあたし達、何のために警官なんかやってるのかわからないわ。バンちゃん、あたし、あなたに約束する。このヤマは誰にも渡さない。あたしとあなたのものよ」

「先輩……」

「だけどこれはレースじゃない。大切なことは、一刻も早く、清水由岐さんの、そして他の被害者の家族や恋人達の気持ちを慰められるように、ホシを挙げること。その為に、高須係長に隠し事はしない。指示は彼に従う。だけど、彼等の下働きだけさせられるのは御免。それでいい？　あたしのこと、信じていてくれる？　あたしを助けてくれる？」

「先輩……すみません、俺……」

「もう言わないで。せっかく仲直りしたんだもの、そんな情けない顔、しないで」

緑子は指を伸ばし、坂上の頬を軽く撫《な》でた。元々髭《ひげ》の濃い性質なのか、そろそろ夕方になって頬の下側から顎《あご》にかけて、伸びて来た髭が青く見えている。

坂上に初めて会った頃、坂上はまだ二十代半ばだった。幼いとさえ思えた若い顔が懐かしい。あれから五年近く経った。坂上の頰から顎の線にはもう、幼さはなかった。

男は成長する。二十代半ばからでもこうして成長して、少しずつ男を強めて行く。

緑子はふと、自分は坂上の目にどう映っているのだろうと思った。

五年前の自分。三十歳直前。今の坂上と同じくらいの歳の自分。

女は、衰えるだけなのだろうか。

坂上が抱きたいと思ってくれたというあの頃の自分は、もう遠いところにいる。

3

「あんたは、俺達の捜査に落ち度があると言いたいわけか」

星野という名の警部補は、緑子の説明がみなまで終わらない内に言葉を挟んだ。

「蓼科は殺された時点で、特に大きな捜査に加わっていたという事実はない。俺達だってそれが重要だってことぐらいはちゃんとわかってる。品川《しながわ》署には何度も確認したし、蓼科の勤務日誌や行動予定表は徹底して裏を取った。蓼科が勤務と関係することで殺されたという可能性は極めて薄い。俺達はそう判断したんだ」

星野は緑子が安藤班で主任をしていた時点で、既に安藤班にいた男だった。あの当時は、緑子に対して敬語を使っていたはずである。それが今では、あんた呼ばわりだった。なぜ普通に名前で呼べないのか、緑子は情けなくなりながらも、星野のいきり立った言葉を最後まで聞いて、それから言った。

「落ち度の指摘などしてはおりません。誤解を招くような言い方をして申し訳ありませんでした。私が言いたかったことは、蓼科昌宏は何か特殊な目的を持ってむーんらいとに入会した可能性が高く、そしてそれは、蓼科が刑事として何かを調べようとしていたからではないかと想像出来る、そういうことです」

「同じじゃないか」星野は唾《つば》が顔にかかるほど緑子の間近で怒鳴った。「どう違うってんだ！」

「刑事として何かを調べようとしていたからといって、それが蓼科の品川署での業務の範囲だったとは限らないと考えます」

「どういう意味なのかな、村上」

高須は星野に目で、座れ、と命じながらゆっくりと言った。

「つまり蓼科昌宏は、署に内緒で何かの捜査を個人的に行っていたということか？」

「その可能性が高いと思います」

「何の捜査だよ」

星野は緑子が口を開いているだけで気に入らないらしい。

「当てずっぽうで捜査されたら困るんだがな、今度のヤマは辰巳《たつみ》の下着泥棒とはわけが違うんだぜ」

「そうですね」緑子は肩を竦《すく》めた。「確かに下着泥棒とは違うでしょう。わたしは残念なことに、これまでに下着泥棒を逮捕した経験はありませんが」

「そいつは残念だ。あんたのことだから、そういうの捕まえるのは上手《うま》いと思ったんだけどな。

自分のブラジャーでも窓辺に吊るしておびき寄せるとかしてさ」

幸いなことに、星野の戯《ざ》れ言《ごと》に付き合って笑った捜査員は、さほど多くはなかった。高須は勿論《もちろん》笑いもしなかったが、特に叱責《しっせき》もせず、無視していた。坂上は破裂しそうなほど目を剝《む》いていたが、緑子の笑顔を見て開きかけた口を噤《つぐ》んだ。

「いつか機会があったら、試してみます」

緑子は静かにそれだけ言った。

「ともかく今の段階では当てずっぽうだろうと何だろうと、可能性の検討が必要だ。村上、君の話を続けてくれ」

「はい」緑子は高須の方に向き直った。「蓼科昌宏が十月の最終週から後、非番の日に何か目的を持って行動していたことは、婚約者の由岐と会う時刻を夕方に変更していたことから確かだと思います。非番の時だけ、という点から、それが品川署での蓼科の業務とは直接の関係がないことも確かでしょう。その同じ時期、蓼科はファンでもない山崎留菜のファンクラブに入会しています。申し込み時の住所を独身寮のものと偽って。この山崎留菜のファンクラブむーんらいとの存在が、今度の連続殺人事件と深く関係していることは、第一の被害者も第二の被害者も、そして恐らくは第三の被害者もむーんらいとの会員であったという事実から、まず確定的です。だとすれば、単純に考えて、蓼科昌宏がむーんらいとの会員になったのは、今度の事件に関して何か情報を摑《つか》んだからではないのか、と想像することは可能ではないでしょうか」

「はい」

宮島静香が片手を少しあげた。正式な会議でもない打合せの席でも発言を求める時に挙手をする静香の態度は、星野と対照的だ。

「蓼科昌宏が今度の連続殺人について何か情報を摑んだのに、どうしてそれを自分の上司に告げることもなく個人的に捜査などしたのか、その点が不可解です。村上さんの推測は、飛躍が過ぎるように思いますが。確かにファンではないタレントのファンクラブに入るというのは不自然かも知れませんが、まったくあり得ないということもないと思います」

「それはその通りですね。ただ、わたしが蓼科昌宏が刑事として何か行動していたと考えるのは、そしてむーんらいとの会員になることもその一環だったと判断したのは、蓼科が婚約者にそのことを何も説明していなかったという事実があるからです。先程説明したように、蓼科昌宏は婚約者の清水由岐に対して、仕事に関すること以外で隠し事というのはほとんどしなかったことがわかっています。タレントのファンクラブに入ったというようなことならば、由岐に隠しておく理由は何もありません。蓼科がそれを由岐に言わなかったのは由岐を心配させたくなかった為であり、それはつまり、むーんらいとに入会することが何らかの危険に繋《つな》がる可能性があったことを意味しているように思えます。蓼科昌宏は恐らく、湯浅と川谷の二人の被害者がむーんらいとの会員であることを知っていた、そう考えてもいいのではないでしょうか」

「でも、そんな大きな事実を摑んだのにそれを黙って個人で捜査するなどというのは常識はずれです」

「そうね」緑子は頷いた。「確かに。蓼科昌宏は至極真面目な警察官でした。よほどの理由がなければ、連続殺人の解決に繋がるかも知れない事実を摑んでいてそれを隠しておくなどということは、するような人物ではなかった……だとしたら、蓼科がどうしてそれを隠していたのか、さらに個人で捜査などしようとしたのか、その点は重要だわ」

「それがはっきりしない限り、あんたの推理は推理とは呼べないな」

星野は静香に同意を求めるように笑顔を向けたが、静香ははっきりとそれを無視した。

緑子は静香の代わりに星野に頷いてやった。

「その通りですね。わたしの考えはまだ、ただの当てずっぽうに過ぎません。飛躍のし過ぎと非難されても仕方ない段階です。ですからお願いなんですが、高須係長、この仮説に従った捜査はわたしと坂上にこのままやらせていただけませんでしょうか。もう少しはっきりするまでは、あまり大袈裟《おおげさ》にせずに」

「それはいいが」高須は苦笑いした。「進展があればすぐ報告しろ。それと、安永圭一郎と蒲田圭一郎の問題、これは山背班にすぐ伝えて裏を取って貰うことになる。お前達が勝手に安永圭一郎に関して捜査することは許さないぞ」

「当然です。ですが係長、山背班には判明した事実をすみやかにこちらに伝えてくれるよう頼んで下さいますね？」

「おまえに言われるまでもないさ」

緑子はすみません、と呟いて頭を下げた。

＊

「取りあえず、これであたし達で続けられるわね」

捜査日誌の書き込みを終えてから緑子は坂上に囁いた。

「星野のおかげでうまく行ったわ」

「ぶん殴ってやろうかと思いましたよ」

「やめといて正解ね。星野はあれでも、学生時代にはボクシングのアマチュアランキングに入っていたらしいから。さてと……もう五時半か。品川署に行くのは明日にした方がよさそうね。早く帰りたいと思ってる人達に何か聞いても上の空だったら困るから。ねえバンちゃん、あなた今夜何か予定があるなら、山崎留菜のインタビューはパスしてもいいわよ。あたしひとりでも大丈夫だから」

「またそんな意地悪を」

坂上は、笑いながら緑子にボクシングで殴る真似をした。

「山崎留菜ご本人と話せるチャンスなんて滅多にありませんからね、予定なんてあったって関係ないっスよ。それより先輩こそ、子供さんがいるのにそんな時間、大丈夫なんですか？」

「うちの子はあたしに似て、一度寝ると雷が鳴っても起きないのよ。だから不良の母親がこっそり抜け出したって平気なの。それじゃバンちゃん、今夜は自宅で待機しててくれる？　中嶋から連絡が入ったら電話するわ」

緑子は、腕時計を睨《にら》みながら地下鉄の駅まで走った。辰巳に住んでいた頃は、署から保育園まで徒歩十五分、残業がなければ余裕で達彦を迎えに行けた。明彦が三人で暮らす為に借りてくれたマンションは、明彦の勤務先である渋谷と、緑子の勤務する辰巳との両方に便利なようにウォーターフロント地区にある。保育園も転園してマンションの近くに移った。だから、本庁からはたっぷり四十分はかかった。

六時までには間に合いそうにない。

あと一歩のところで地下鉄に置き去りにされて、緑子は諦《あきら》めた。母がいるからお迎えの心配はいらないのだが、せっかく早く家に戻れる時ぐらい、辰巳の頃のように、達彦の手をひいて買い物しながら帰りたかったのだ。

達彦も来年の二月で満三歳になる。もう言葉の数も増え、自分の意志を言葉にして親に伝えることが上手になった。気に入らないことがあれば、理屈に近いもの言いで抵抗することもある。手をひいて歩いていても、様々な物事に多彩な反応を見せるようになった。緑子にはそうした達彦の成長のひとつひとつが、楽しかった。

今夜こそ、あのクリームパンを買って帰ろう。

緑子は、気を取り直して次の電車に乗った。

だが、開いたドアの内側に足を踏み入れたその時、息を呑んだ。

山内が車内にいた。

信じられなかった。他人のそら似に違いない。あの男が、一般人のような顔で地下鉄に乗っている姿など想像したこともなかった。

だが、車両のいちばん後方のドアにもたれるようにして、ガラスに額をつけたまま目を閉じているその顔は、確かに山内のものだった。しかし服装が変だ……あまり高価なものには思えない白いYシャツに、平凡な柄の紺色のネクタイ、グレーの、いかにも量販店の吊るし、といった感じのズボン。いつものあの男は、ヤクザにはまるで見えない、しごく洗練された服装をしている。これみよがしにブランドを誇示するような着こなしではなく、さりげなく高価なものを組み合わせてオリジナルのスタイルを作っていた。その隙《すき》の無さがまた、あの男の冷徹さを象徴しているかのようで、緑子には恐ろしかった。

しかし今の山内は、どこからどう見ても、ごく普通のサラリーマンにしか見えなかった。それもあまり仕事が出来る感じではなく、会社勤めに疲れて嫌気がさしている三十そこその営業マン、といった様子だ。

いったい、あんな格好でしかも地下鉄になど乗って、どこに何をしに行くのだろう？

緑子は尾行してみたくなった衝動を押さえた。

あの男がどこで何をしようと、法律に触れるまでは自分とは無関係だ。

だが次の瞬間、無関係と言っていられない事態に気付いた。隣の車両に宮島静香がいる！

静香は、山内を尾行しているのだ。打合せが終わって静香がデカ部屋から姿を消してからまだ二時間も経っていない。多分、静香は本庁を出て新宿一丁目にある山内の会社、イースト興業の本社ビルに直行し、会社を出て来る山内を待って尾行しているのだろう。

緑子は電車が次の駅に着くなりホームに降り、静香のいる車両へと移った。車内を移動すれば山内に気付かれる。

「宮島さん」

緑子は静香の横に立ってそっと袖《そで》をひいた。

「昼間あたしが話したこと、考えてくれなかったのね」

「村上さん……」

静香は、不意に話しかけられて驚いて緑子を見た。だがすぐにまた、隣の車両にいる山内に視線を移した。

「考えました……わたしなりに。村上さんが心配して下さったことは、嬉《うれ》しかったです」

「だったらどうして……」

静香は答えなかった。緑子は、電車がホームに着くために減速するのを感じながら、タイミングを計った。そしてドアが開いた瞬間、静香の腕を摑んでホームへと駆け下りた。

不意をつかれた静香は、抵抗する間もなく緑子に連れられてホームに降りた。

「村上さん、いったい何を……」

「あたしのうちに来ない？」

緑子は抗議しようと口を開いた静香に言った。

「今夜はあたし、得意のぎょうざ作るから。あなたに手伝って貰えたら嬉しいな」

静香は数秒の間、緑子を睨《にら》んでいた。だがやがて、ふっと肩の力を緩めると頷いた。

　マンションに着くと、ドアを開けた母の後ろから、達彦が飛び出して来て緑子に飛びついた。緑子は力一杯抱きしめて達彦の顔にたくさんキスしてから、達彦を下ろした。達彦は、緑子の後ろに知らない大人がいるのを見てサッと緑子の母の後ろに隠れた。

「ママのおともだち」

緑子が言うと、達彦は頷いたが、照れて顔を隠した。

「人見知りする頃なんですか」

静香は面白そうに、もじもじしている達彦を見た。

「この子はあまり人見知りってしない方なんだけど、ここに知らない人が来たのって初めてだから。タッちゃん、こんにちは、は？」

達彦のたどたどしい挨拶《あいさつ》に、静香は頬を緩めた。達彦も、保育園の保母を連想したのか、すぐに警戒をといて静香のそばに寄った。

静香は躊躇《ためら》わずに達彦を抱き上げた。その仕草はとても自然だった。元々、子供が好きなのだろう。

「遠慮なくあがって。安藤はまだ戻っていないと思うから。宮島さん、安藤のことは？」

「お顔は存じあげてます。わたしが本庁に転任した時、まだ捜一にいらっしゃいましたから」

静香は、礼儀正しく緑子の母に挨拶してから靴を脱いだ。達彦は静香が気に入ったのか、静香の手を握って離さない。

緑子の母が達彦をなだめてようやく子供部屋に連れて行った。緑子は静香をキッチンに通した。

「中身と皮は作って冷凍してあるの。解凍して包むだけだから、すぐよ」

緑子は、エプロンを静香に手渡した。

「いつもお夕飯、作ってらっしゃるんですか」

「辰巳にいると、定時で帰れることもたまにはあるから、そんな時は出来るだけ、ね。でも今度みたいな大きなヤマに入っちゃうと、とてもじゃないけど出来ないわ。今もほら、田舎の母に出て来て貰ってる始末」

「大変ですね」

「そうね……そうなんだけど、考えたら、何の為に大変な思いしてるのかよくわからないって面もあるのよ。そんなにまでして共稼ぎしないとならない理由なんて、今はないんだもの」

緑子は、冷凍庫から材料を取り出しながら、エプロンを付けた静香を眺めた。似合っていた。本当に、よく似合う。

「どうしてですか？」

「去年まではね、安藤とは別々に暮らしていたの。経済的にも、安藤には迷惑はかけていなかった。だからあたしが働くことには大義名分があったのよ。達彦を育てるっていうものすごく大きな理由がね。でも今は……安藤は生活費をあまり出させてくれないの」

「夫婦なんだから、そんなツッパリは意味がないって言うのよ。お金に余裕があるなら、その分達彦にいい思い、させてやれって。言われてみたらそれはその通りなんだけど……でも何だかおかしいのよね。だってその余分なお金を稼ぐ為に結局、達彦にかまってやれる時間を削ってるんだもの、あたし」

電子レンジが回る間、緑子は冷蔵庫を開けて中のものを点検した。

「あ、母がちゃんと煮物作ってくれてるわ。それと……うん、そうだ、キンピラ作ろう。宮島さん、ゴボウは食べられる？」

「大好きです」静香は楽しそうに言った。「キンピラならわたし、作りたいな。宮島流はお肉、入れるんですよ」

「牛肉？」

「ええ……あります？」

「多分……ほら、コマでいいわよね」

静香は目を輝かせてゴボウの水洗いを始めた。

「わたし、この春から一人暮らし始めたんです」

「それまではご実家？」

「ええ……でも実家にいると、母がうるさくて……結婚しろ、結婚しろって。母はわたしが警察官を続けていることが不満なんです。元々は……射撃をやめたら警察の仕事も辞めるという約束だったものですから」

「オリンピック候補だったのよね」

「昔の話です」静香は照れたように微笑《ほほえ》んだ。「力が足りなくて、代表にはなれませんでしたし。学生時代から射撃ばかりやっていたんで、射撃を続けられる職場を探したら警察しかなくて……いけませんね、わたし。警察官になった動機が不純だわ」

「そんなものよ。剣道や柔道が続けたいってだけでなる人も多いわ。それとあたしみたいに、親に言われてなっちゃうとかね。なった動機なんてどうでもいいのよ。問題は、なってからどう生きるかでしょ。でも宮島さんと射撃って、なんだか意外な気もするんだけど」

「大学一年の時にアメリカに留学して、そのまま卒業したんです。向こうで覚えました。すっかり虜《とりこ》になってしまって。村上さんって、剣道がお強いんですよね？　男性でもなかなかかなう人がいないって話、聞きました」

「そうでもないわよ。最近は道場に行く時間もほとんどないから、だいぶナマっちゃってるし。それにねぇ、剣道がいくら強くたって、実践ではそんなに役に立たないのよね。最近思うんだけど、婦警を訓練するならまずボクシングとかさせるべきかも」

「ボクシング？」

「ええ」緑子は、解凍されたぎょうざの皮のタネを麺棒《めんぼう》で伸ばしながら笑った。「婦警の最大の弱点は、人を殴れないことなのよ。あたしも、あなたも、なかなか人の顔をまともに殴ったり出来ないでしょ？　腕力の問題というよりは、精神的な問題ね。男の刑事がいとも簡単に容疑者を殴る場面に出くわすと、いつも心臓がドキドキしちゃうわ。宮島さん、そういうことってない？」

「……あるかも知れません。わたし、そういう時って思わず目を瞑《つむ》ってしまったりしてるかな」

「そうなのよね……破壊するって意味では、竹刀《しない》でやろうと拳《こぶし》でやろうと一緒なんだけど……こういう仕事してると、女って警察官に向かない存在なんじゃないかって思うこと、よくあるわ」

「でも、女性でなければ出来ない捜査とか、仕事とかはありますよね？」

「そうね……そうなんだけど」

静香は緑子が流しの扉から取り出して手渡した包丁を握って笑った。

「なんだか、意外です」

「何が？」

「村上さんがそういうこと、疑問とか感じてるってこと。わたし、村上さんは、何の迷いもなく刑事を続けていらっしゃるんだと思っていました。だって……」

「上司と不倫して飛ばされても刑事辞めないくらいの鉄面皮だから？」緑子も笑った。「そんな風に言ってるんでしょ、桜田門では、みんな」

「……ごめんなさい」

「いいのよ、ある意味では噂《うわさ》通りの女だから、あたし。言い訳はしないわ。でもあたしだって、迷うことは多いのよ。さっきも言ったけど、今は特にね。経済的理由がなくて、子供や母親に負担をかけて、それでもなお刑事であり続けることに何の意味があるのか……そう考えると、自分がひどく身勝手な人間に思えて来る」

「だけど」

静香は、ささがきの手を止めて緑子を見た。

「働くってことは、お金の為だけに意味があることじゃないですよね？　女だって、働きたいから働くっていう自由は、あってもいいはずですよね……」

「問題はそこなのね」

緑子は、ぎょうざの具をスプーンでつつきながら呟いた。

「あたしは働きたいんだろうか……刑事でいたいと思ってるんだろうか。あたしが刑事でいることが、あたしの人生にとっていったい、どんな意味を持っているんだろうか。あたし、答えはわかっていると思い込んでいたんだけど……この頃、自信がなくなってる」

「村上さん、でも今は、捜査本部に村上さんの力が必要です」

「気を遣ってくれなくてもいいのよ」

「そんなんじゃありません」

静香は、強い口調で言った。

「わたし、なぜ高須係長が村上さんを捜査本部に呼んだのか、わかるような気がするんです。高須係長はこの事件を担当してから、ずっと元気がありませんでした。理由はわかりませんけど……でも村上さんが来てから、係長は変わりました。係長は村上さんを信頼しているんだと思います。村上さんの報告を聞いている時、係長は……何となく……楽しそうですもの」

「付き合いが長いから」

緑子は、機械的にぎょうざを包みながら言った。

「そのせいよ、単に」

だが静香は敏感に察している。義久の心の動き、そしてそれと呼応してしまう緑子自身の心の動きに。

義久と緑子の間にあった修羅の時間を、静香は知る由《よし》もない。

「ねえ宮島さん……しつこいようで申し訳ないんだけど」

中華鍋《ちゅうかなべ》を熱し始めた静香は、鍋からあがる細い煙を見つめたまま言った。

「山内のことですね……わかっています。本当に、村上さんのおっしゃりたいことはわかっているつもりなんです。でも、もう……」

「お願い」緑子は静香の横顔に言った。「他の方法を考えて。今、それでなくても山内は気が立っているのよ。あいつの組は正念場だって言われてる。あたしは暴力団の情報には詳しくないけど、安藤の話では、大きな抗争が起こる可能性もあるらしいの。あの男を苛立《いらだ》たせたら危険なのよ。もし本気であいつのことを探りたいなら、マル暴の誰かを紹介してあげてもいいわ。捜二でも山内とイースト興業に的を絞ってる班はあったはずよ」

「仕事にはしたくないんです。これは、わたしの個人的な問題ですから」

「そんなこと言って通用するような相手じゃないのよ！　ね、お願いだから、宮島さん！」

静香は、黙ったまま鍋に油を流し、肉を入れた。ジュワッと大きな音がして、肉の焦げる香ばしい匂《にお》いがキッチンに満ちた。すぐにささがきにして水にさらされたゴボウが加えられ、中華鍋からは賑《にぎ》やかな音がたった。

静香は手際よく鍋をゆすった。砂糖や酒をふる手つきも、しなやかだった。

「わかりました」

静香は、ちょっと味見して頷いてから言った。

「本当のことを言うと、わたし、いい加減うんざりしていたところだったんです。でも一度はじめてしまうと、なかなかやめるきっかけが摑めなくて」

「うんざりしていた？」

「ええ……あの、達彦ちゃん、これ食べます？　わたしはいつも七味唐辛子を振るんですけど」

「あ、だったら達彦用に少し取り分けましょう」

緑子は皿を出した。最後に醬油《しょうゆ》が振られてまた香ばしい匂いがした。

「あの男、変な格好だったでしょ、さっき」

「そうね……普通のサラリーマンみたいだった」

「週に一度、あいつはああやって出掛けるんです。何をしてるか村上さん、ご存じですか？」

「見当もつかない」

「借金しに回るんですよ」

静香はおかしそうにククッと笑った。

「借金？」

「ええ。おかしいですよね、あいつの資産って、把握されてるだけで数十億はあるらしいじゃないですか。国税庁もやっきになって調べてるそうですけど、脱税の証拠がどうしても揃《そろ》わないとか聞きました。実際には百億を超えてるんじゃないかって。そんな男が、あんなみすぼらしい格好して、サラ金を回ってるんです」

「……サラ金！」

「そうなんです。そして免許証を出してお金を借りるんですよ。五万とか十万とか。そばで見ていたんですけど、とても芸が細かいの。ちゃんと、千円札しか入っていない安物の財布まで用意しているんです。いったい、どういうことなのか……それでね……あの男、そのお金を持って、二丁目とか上野とかに行くんです。わたし……わたし達が入れないお店に入って、それで大抵、知らない男と出て来ます。そして……あの」

静香は言い澱《よど》んで、大きく溜息《ためいき》をついた。

「ホテルに入ります、いつも。ビジネスホテルって書いてあるけどあれって……なんでしょう？」

緑子は頷いて、達彦用のキンピラを皿に取り分けた。静香は、唐辛子の粉を鍋に振り入れながら喋《しゃべ》り続けた。

「信じられないわ……あの男。いつも違う相手なんですよ！　それもごく普通の、サラリーマンみたいな男ばかり。わたしもう……うんざり。あいつなら、相手が欲しくなればお金でいくらでも調達出来るじゃないですか。それをあんな、堅気《かたぎ》の振りをして……わたし……あの男が麻生さんのこと、愛しているなんて信じません。あの男にとっては、どんな相手もみんな同じなのよ。ただの、性欲のはけ口でしかないんだわ。しかもわたし、何度か見たんです……あいつ、相手の男からお金貰ったりしてるんですよ。ホテルを出たところで一万円札を貰ったりしているの。あの男は……変態なのよ。頭がおかしいんだわ。あいつは遊びにしてるのよ。サラ金から借金したり売春したり、そういったことをみんなゲームにして楽しんでる。僅《わず》かなお金のせいで苦しんだり、自殺したりする人間がいるっていうのに……道徳心のかけらも、ない。いったいどうして麻生さん、あんな男のこと……」

「山内の住んでる世界は、あなたに理解出来る世界じゃない。勿論あたしにも、理解出来ないわ。いちばんいいのは、もう気にしないことよ。山内はいずれ必ず、警察の手で破滅させる。そしてあいつのやって来たことを償わせる。そう信じていましょう」

「でも……あの男が破滅したら……麻生さんは」

「麻生さんは覚悟してるわ」緑子は、静かに言った。「彼は、その日が来たらどうするか、もう心に決めているはずよ。その決心は多分、変えられない。ねえ宮島さん、すごく月並みでくだらないことしか言えないんだけど……新しい恋を探すことも、時には思い出してね」

静香は、緑子が用意した皿にできたてのキンピラを盛りつけながら、笑顔で頷いた。

淋しそうな笑顔だった。だが緑子は、静香自身、ゆっくりとではあるが、迷路の出口に向かって歩き始めていることを感じた。

静香はそんな女性なのだ。彼女が山内をつけ回したのは、彼女自身の気持ちに踏ん切りをつける為だったのだろう。

頑固で真っ直ぐで、そしてあくまでも純真な静香が、緑子にはまぶしかった。


「そうだ!」

緑子は、山のように出来上がったぎょうざの包みを見て手を打った。

「バンちゃん、呼んであげよう! どうせ今頃はアパートでカップラーメン作ってるんだから。宮島さん、あたしと組んでる坂上くんに、あなたのキンピラ食べさせてあげてもいい?」

4

「うまかったなぁ」

坂上は、タクシーの中で思い出したように呟いた。

「ほんとうまかった。あのキンピラ」

「何遍言ったら気が済むのよ」

緑子は笑った。

「キンピラばっかり褒めて。ぎょうざはどうだったの？」

「いや、ぎょうざも最高でしたよ、ほんと。なんか得しちゃったなぁ。先輩の手料理食べられたし」

「宮島さんの手料理も食べられたし。バンちゃん、食べてる間彼女の顔ばかり見てたじゃないの。あれでよく味がわかったわね」

「いや、だって……あの、俺がこんなこと言ったなんて内緒にしといて貰えますか？」

「はいはい」

「正直言って、彼女のこと、苦手だったんですよ。いかにもお嬢様って感じだし、エリートっぽい匂いがしてるし。冗談が通じない女の子みたいだったから。先輩に対してもなんかこう、よそよそしくて、感じ悪かったじゃないスか」

「それがエプロン姿とキンピラゴボウで評価が百八十度変わっちゃうんだから、男って単純だわよね」

「そうは言いますけどね、エプロンと手料理ってのはキメ技ですよ、やっぱ。先輩だって、あしているといかにも人妻って感じがして、背中がゾクゾクしましたね、俺」

「安藤が帰って来たらあなたがそう言ってたって伝えとくわ。それよりバンちゃん、達彦ったらバンちゃんのこと気に入ったみたい。また時々遊んでやってくれる？」

「いいスけど先輩、タッちゃんの頭突きには参ったな。子供ってどうして石頭なんだろう、みんな。俺の兄貴のとこにも三歳の子がいるんですけどね、すっげぇ石頭なんスよ」

坂上は、達彦の頭と当たって赤く腫《は》れた顎をさすっていた。


中嶋からの電話は、九時半過ぎにかかって来た。思いがけない来客ではしゃいだ為に寝そびれていた達彦は、出掛ける緑子の姿を見てぐずり泣きした。静香が達彦を寝かしつける役を買って出てくれ、緑子は静香と母に頼んで坂上とマンションを出た。

明彦は、その時刻になっても戻って来なかった。緑子は、明彦の体調が心配だった。ここひと月以上、明彦は深夜に帰宅する日が続いている。いくら見た目が若々しくても、明彦はもう、四十五になる。段々無理がきかなくなる年齢だ。だが明彦には、からだをいたわっている余裕はない。ノンキャリアで四十代で警視になったということは、異例の出世をしたということだった。明彦の将来に、同じノンキャリア組の期待がかかっていると言っても言い過ぎではない。それだけ、この硬直した警察組織の中で、ノンキャリアが上層部に食い込むことは難しいことなのだ。明彦は当然、さらに上を目指している。そしてそのこと自体には緑子にも異存はなかった。

だが、もし明彦がこれ以上出世することになれば、今のような生活は成り立たなくなるだろう。警視正になれば身分が地方公務員から国家公務員に変わる。警視庁管轄外への転勤も当然あり得ることになる。

緑子の周囲の環境は、否応なく変化して行く。そして緑子も明彦も、容赦なく歳をとって行く。

人生設計を考え直す時期に来ている。

緑子には、それがたまらなく憂鬱《ゆううつ》だった。


中嶋が指定して来たのは、赤坂にあるこぎれいなビジネスホテルだった。ビジネスホテルとはいっても、内装も外観も、しゃれたプチホテルといった雰囲気だ。

「うちの事務所で年間契約しているホテルなんです」

中嶋は、緑子と坂上をロビーで待ち受けていて、山崎留菜の待つ客室まで案内した。

「タレントが仮眠をとったり、休息したりするのに使っているんですよ。今夜も留菜がラジオ出演までここで休みます」

「すみません、そんな時間を頂戴《ちょうだい》してしまって」

「いえ、大丈夫です。ただ、留菜は夕飯を食べてないもんで、食べながらお話しさせていただくことになりますが、よろしいでしょうか」

「勿論。我々にはどうかご遠慮なく」

客室は、こぢんまりとして居心地良さそうな空間だった。シングルベッドが二つ、新婚家庭の寝室のように仲良く並べられていて、他には籐《とう》で統一したシンプルな応接セットがある。その、ブルーと白の花模様の布が貼られたソファの上に、ひどく小さな女の子が行儀良く座って、折り詰めの弁当のようなものを食べていた。

本当に、初めて間近で見るアイドルタレントの小ささに、緑子は驚いた。

いや、背丈は女性としてはさほど小さい方ではないのだろうし、膝《ひざ》をつけて横に流された両足は、緑子のものより長いに違いない。だが、何よりもその顔がとても小さくて、まるで人形のようだと緑子は思った。

こんなに小さな顔がテレビの画面ではごく普通に映って見えるのだ。

緑子は、中嶋に進められるまま、山崎留菜の正面に座った。留菜は、座ったままで頭を下げた。

「あの、お食事中に本当にごめんなさい」

緑子が言うと、留菜は軽く頭を振った。その仕草はとても幼いものに見えた。まるで、達彦と話をしているような気分になる。

「よければお食事、続けて下さいね」

留菜はまた頷いて、箸《はし》を動かし始めた。

「中嶋さんから事情はお聞きになったと思うのですが、大変に奇妙な話で、驚かれたと思います。でも事件が事件ですから、ぜひ協力していただきたいんです。まず……山崎さんは、ご自分のファンクラブの会員の方達と直接お話しされる機会などは、あるんですか？」

「クリスマスパーティの時」

留菜は、口に食べ物を入れたままでそれだけ答えた。

とても愛らしい声だった。だがあまりにも、ぶっきらぼうだ。

「クリスマスパーティというのは、むーんらいと主催のパーティですね。その時には会員の方々と直接話をされるわけね」

「話といっても、質問コーナーという催しがありましてね、留菜が歌を歌う合間に、会員の中で留菜に何か質問したい人を募って、舞台の上で一問一答させるだけです」

中嶋が横から言った。

「ですから個人的な話というのは出来ないですよ」

「その質問の内容というのは？」

「他愛ないものが多いです。好きな色とか、どんな模様のパジャマで寝ているのかとかですね。あまり失礼な質問などすれば、会場にいる留菜の熱烈なファンに袋叩きにされる恐れがありますから」

「やはり、熱烈なファンというのはいるわけですか」

「アイドルタレントの場合は当然ですね。あ、ですが誤解しないで下さい。そうした熱烈なファンというのはプライドを持ってまして、自分達が留菜を守るんだという意識が強いんです。ですから、留菜に対して無礼な振る舞いをするファンや、無秩序な行動をとる者達に厳しいんですよ。彼等が留菜を傷つけたりすることは絶対にありません」

「中嶋さん達の側も、そうした親衛隊的なファンを利用しているという側面はあるわけですね？」

「それはまあ」中嶋は苦笑いした。「ないと言えば嘘《うそ》になります。彼等の中でもリーダー格の人には、事務所からいろいろとものを頼むことがありますからね。パーティでのファン整理とか、コンサートの後で楽屋口に殺到するファンをさばいて貰うとか。その見返りとして、そういった人にはコンサートなどのチケットを送ったりします」


「山崎さん」

緑子は、中嶋の話をひと事のような顔で聞きながら黙々と食べ続けていた留菜に視線を戻した。

「それでは山崎さん自身は、被害者となった会員の名前や顔をご存じだったということはありませんか？」

留菜は、黙ったまま首を横に振った。

緑子は坂上に合図した。坂上はポケットから、数枚の写真を取り出した。

被害者五名の顔写真と、それに関係のない男の顔を何枚か混ぜてある。こうした場合に使う為に撮影しておいた、事務職や鑑識の警察官や、捜一の刑事達の顔写真だ。

「この中で、見た覚えのある人はいませんか？」

留菜は、箸を置いて面白そうに写真を手に取った。そして一枚ずつ、写真を眺めた。

「これ」

留菜が湯浅博史の写真を手に取った。坂上が興奮した声で聞いた。

「どこで見ました！」

「テレビのワイドショー」

留菜はそう言って、クスクスと笑った。

連続殺人の最初の被害者である湯浅博史の顔は、それこそ一時、洪水のようにテレビ画面に溢《あふ》れていた。

坂上がふぅ、と息を吐いた。

「この人達、みんな刑事さん？」

留菜が初めて、緑子の顔を見た。

「どうしてですか？」

「だって、殺された人ってみんな刑事だったんでしょ？　あれぇ、だけど、こんなにたくさん殺されたんですか？」

「被害者ではない人の顔もあります。人の記憶というのはなかなか難しくて、対象が少なすぎると、思い込みが記憶の中に入り込んでしまうことがあるんです」

「ふぅん」留菜は、愛らしく小首を傾《かし》げた。「でもあたし、どの人も知らないと思うなぁ……あ、この人」

留菜は、一枚の写真を突き出した。

「この人が、どうしました？」

「あたしの好み」

　留菜の突き出した写真は義久のものだった。

「年上の男性が好みなんですね」

「そうね、子供はキライ」

　坂上が目を丸くした。

「山崎さん、むーんらいとの新規会員のリストはいつもご覧になっていらっしゃいますね？」

「中嶋さんが渡してくれるけど、読んだことはありません」

「どうして？」

「あたしが読んだってしょうがないでしょ」

「あのそれで、そのリストは中嶋さんにお返しになっていらっしゃいますね？」

「さあ……どうだったっけ？」

　留菜は中嶋の顔を見た。中嶋は頷いた。

「僕が保管してるよ」

「じゃ、返してるんだ」

「中嶋さん、山崎さん宛《あて》のファンレターはどうなっているんですか？」

「公式には宛先がオフィス中嶋になってます。でもファンレターは、事務所に届くことも多いし、テレビ局経由のものもあります」

「それらは総《すべ》て、未開封で留菜さんの手元に？」

「まさか」中嶋は肩を竦《すく》めた。「安達祐実《あだちゆみ》の爆弾事件、知ってらっしゃるでしょう？　あそこまで過激ではなくても、古典的にカミソリが仕込んであるとか、死んだゴキブリが入ってるなんてのはよくあるんですよ。基本的には、オフィス中嶋に届いたものは未開封で僕が受け取って処理し、テレビ局宛のものは、各局で一度開封して危険物の有無を確認してから、僕が出向いた時に渡して貰っています。それから、内容に問題のないものだけ留菜に渡します」

「内容に問題があるものは？」

「僕の判断で処理します。くだらない悪口が並べてあるようなものなら破棄し、悪質なものは警察に届けます……もっとも、留菜に関する限りは警察沙汰《ざた》にするような酷《ひど》いものは今のところありませんが」

「留菜さん」緑子は、弁当を食べ終えた留菜に訊いた。「あなたは最近、受け取ったファンレターの中で印象に残ったものって、なかったですか？」

「……別に。あ、でも、すっごく綺麗《きれい》な便箋《びんせん》のがあったわ。見たい？」

緑子が頷くと、留菜は嬉《うれ》しそうにソファの上にあった大きな白いバスケットを開けた。そのバスケットが留菜のバッグなのだとしたら、随分と少女趣味だ。とても二十歳《はたち》の女性の持ち物とは思えない。だが今はそんな時代なのかも知れない。緑子が中学生の頃に人気のあったキティちゃんが、今、ＯＬや女子大生に再びブームだという話だ。外国人があのキティちゃんのシールが貼られた鞄《かばん》を見たら、間違いなく、幼稚園児の持ち物だと思うだろう。

留菜は一通の封書を手渡した。それ自体は普通の白い洋型封筒だった。だが、中に入っていた四つにたたまれた便箋を広げてみて、緑子は思わず感嘆の声を漏らした。

「……綺麗」

「でしょう?」

留菜は得意そうに言った。便箋の裏側には一面に写真が印刷されている。マーガレットの花畑の写真だった。鮮やかな初夏の緑の葉の上に、白い愛らしい花がたくさん踊っている。そしてその花々のあいだを、数頭の白い蝶《ちょう》が舞っていた。

便箋は二枚あって、一枚は白紙だった。一枚きりの手紙には白紙を一枚添える、という優雅な常識を知っているファンからのものらしい。

もう一枚には、ワープロ打ちの短い文章があった。

『大好きな留菜。愛してます。またあなたと一緒に、暮らしたい。わたしを忘れないで。

ルナ』

「またあなたと一緒に暮らしたい……?」

緑子は便箋を坂上に渡しながら、留菜の顔を見た。

「何のことなんでしょうか」

「よくあることです」

中嶋がすかさず言った。

「ファンの妄想ですよ。留菜のポスターなんかをずっと部屋に貼って暮らしていたことを、留菜と一緒に暮らしていたなんて表現してるんだと思います。気にすることはないですよ」

「こうした内容の手紙もよく来るんですか」

「来ますね。留菜が夢の中で自分と抱き合ったなんて話を、さも現実にあったことみたいに書いて来たりします。まあ仕方ないですね、アイドルというのはある意味で、ファンの妄想の対象となるべくして存在しているわけですから」

「そうですか……それにしても本当に、綺麗な便箋」

「あたしの宝物なの」

留菜は、坂上の手から便箋をひったくると、また封筒の中に入れた。

「封筒も見せて貰えませんか？」

緑子が手を出すと、留菜は素直に封筒を緑子の掌に載せた。

差出人の名前はなかった。

だが、緑子の心臓はドクンと音をたてた。


宛名が定規《じょうぎ》文字で書かれている！


緑子は坂上に目配せした。坂上も、その異様な文字にすぐ気付いた。

「山崎さん、お願いがあります」

緑子は、留菜の二十歳にしては幼い顔を見据えた。

「この手紙、少しの間預からせていただけないでしょうか」

「イヤよ！」

留菜は手を伸ばして封筒を取り戻そうとした。緑子はその手を摑《つか》んだ。

「山崎さん、お願いです。汚したりしないようにわたしが責任持ちますから」

「捜査に必要なんですね？」

中嶋が身を乗り出した。

「説明していただけませんか」

緑子は躊躇《ためら》った。だが証拠品と言えるかどうかもわからない私物を、説明もなしに押収することは出来ない。

「宛名の文字が不自然なんです」

「不自然？」

「ええ……ほら、とても角ばっているでしょう？　我々の目から見れば、こうした形の文字はどのようにすれば書けるのか見当が付くんです。これは、定規のように真っ直ぐなものを使って線引きして書いた文字だと思います。普通、筆跡を鑑定されても証拠とならないように、こうした文字が使われます。例えば……脅迫状や犯行声明文などに」

中嶋の顔から血の気がひいた。

だが、留菜は平気だった。平然と、その封筒を緑子から取り返す為に、緑子の手の甲に鋭く爪《つめ》を立てた。

ムーンライトソナタ

1

「消印は神田《かんだ》中央郵便局、受付時間は十月十五日午後。指紋は数種検出されたみたいですね。その内ひとつは当然ですが、山崎留菜《るな》のもの。後は不鮮明なようですが、照合は可能と書いてあります」

坂上が読み上げた鑑識からの報告書に、緑子《りこ》は頭を振った。

「封筒の指紋にはあまり望みはかけられないわ。多分、ほとんどが郵便局員さんのものでしょ。あのファンレターを投函した人間が指紋がつくようなヘマをやってくれたとは思わないし、仮にヘマしたとしても、投函されて配達される間に消えちゃったでしょう。問題は中身ね。便箋《びんせん》からの指紋は？」

「出てないようですね。ただ面白い報告がついてます。あの便箋なんですが、市販のものである可能性は薄いみたいですよ」

「ほんと？」

「ええ……裏側に印刷されている写真について。水溶性インクの特徴である滲《にじ》みが随所に見られる。インクジェット方式のカラープリンタによって印刷されたものと推定される」

「カラープリンタ……」

「つまり、自分で印刷して作ったってことでしょう。紙についても、インクジェット専用紙が使われているみたいです。インクの分析からメーカーの割り出しは可能……ってことは、プリンタの機種も特定出来ますね」

「範囲は絞れるでしょうね。ひとつの機種が特定出来るとは思わないけど」

「科研に依頼して印刷特性の比較実験をするかどうか訊《き》いて来てますよ」

「頼んでおいて。もしあの手紙を投函した人間が自分であの写真を印刷したんだとしたら、写真自体もオリジナルって可能性は高いわね」

「高いと思います。デジカメで撮ったか、写真をスキャンしたかしてデータを作ったんでしょう」

「被写体の特定が必要ね……バンちゃん、鑑識に頼んで、T大の生物学部の谷山教授にあの写真を見て貰って。写っている植物や昆虫に、地域特性のあるものがいるかどうか調べて貰《もら》うの」

「わかりました」

坂上が走ってデカ部屋を出て行くのと入れ替わりに、義久が管理官との打合せから戻って来た。

「山背さんは承知してくれたよ」

「良かった！」

「しかし緑子、封筒の宛名《あてな》が定規で書かれていたってだけでは、そのルナと名乗るファンが今度の事件に関係してるって証拠にはならんぞ」

「でも、後々犯罪を犯す予定のない人間は、ファンレターの筆跡を隠したりしないでしょう？」

「それは極端だろう。犯罪を犯す予定がなくても、例えばだ、山崎留菜に筆跡をよく知られている人間が自分の正体を隠したいという理由だけで、あんなことをやった可能性もある」

「山崎留菜は、封筒の筆跡を気にするようなタイプじゃないわ」

緑子は、右手の甲に出来た三本のミミズ腫《ば》れを見ながら言った。

「彼女の知り合いならみんなそう考えると思うわよ。それにね、あの手紙の内容。たったあれだけのことを書くのに筆跡を隠す必要がある？　あの手紙を出した人間は、少なくとも、いずれ山崎留菜の周辺に警察が現れることを予測していたのよ。その人間が連続殺人とどんな関わりを持っているのかまでは勿論《もちろん》、まだわからない。でも、まったく無関係だとは思えない」

「しかし面倒なことになったな……例の蒲田《かまた》圭一郎《けいいちろう》のことだが」

義久はFAX用紙を緑子の前に置いた。

「山背班が安永の実家に問い合わせて確認したところ、やっぱり、安永圭一郎と同一人物だ。安永の両親は安永が大学の時離婚していて、母親に引き取られた安永の本名は、戸籍上はそれまでの蒲田姓から安永姓に変わったんだな。だがもう大学生だったし実家を離れてひとり暮らししていたから、そのままずっと蒲田姓を名乗っていた。しかし警察官には勿論、戸籍上の本名で採用された。独身寮のみすず寮にも登録した際には安永圭一郎となっていたようだが、安永の知人・友人には蒲田圭一郎の方がよく知られていて、郵便物が蒲田宛に届いてしまうことがよくあったらしい。それで、寮の管理人には蒲田圭一郎宛でも郵便物を受け取ってくれるよう頼んでいたんだそうだ」

「むーんらいとの入会申し込みには、自分でもなじんでいる蒲田名を使ったわけね」

「その気持ちは何となくわかるな。安永にしてみると、安永圭一郎という名前は警察官としての名前、社会的な意味での名前だ。だが彼個人としては、蒲田圭一郎として二十数年生きて来たわけだから、プライベートな時には蒲田で過ごした方が気分的にしっくり来ただろう。タレントのファンクラブに入会するなんてのは、極めてプライベートなことだからな。ともかく、安永圭一郎もむーんらいとの会員だったとはっきりした以上、むーんらいとが事件の鍵《かぎ》だという点では、少なくとも俺《おれ》と山背さんの意見が一致し、山背班は俺達と共同作業することに同意してくれた。これで俺達も、必要があれば安永の周辺を捜査出来る。ただし緑子、あくまでも山背さんに睨《にら》まれないように気を遣ってくれよ」

「あなたも大変ね、処世術が必要で」

「組織で動くってのはそういうことだ」

「だからあたしがセクハラされてても助けてくれないんだ。憎まれっ子がいた方が、かえってみんなの結束が固まるものね」

「助けて欲しかったのかよ」

義久はＦＡＸ用紙で緑子の頬《ほお》を軽くはたいた。

「うまく利用しやがったくせに。星野がおまえの意見を馬鹿にしなかったら、おまえとボウヤにあんなおいしいとこを黙ってかじらせておくわけには行かなかったんだぜ」

「それに気付いていて、あなたは黙ってた」

緑子は笑って、義久の頰を同じ紙ではたき返した。

「だから好きよ、あなたのこと。ああそうだ、ちょっといい話してあげる」

「なんだ？」

「山崎留菜がね、あなたのこと、気に入ったって」

「俺のこと？　なんで彼女が俺のこと知ってるんだ」

「写真見せたの。被害者の写真の中に混ぜといたから」

「ちぇっ」

義久が舌を鳴らして何か言いかけた時、山背がそばに来た。

「よ、お二人さん」

「山背係長」緑子は頭を下げた。「ご無理を聞いていただけて、助かります。ありがとうございました」

「礼を言われるのはまだ早いな」山背は笑った。「おまえさんの見つけ出して来たもんで俺達がお宝掘り当てちまう可能性だってあるんだからな。安永の周辺についてはおまえさんにも掘らせてやるが、代わりに蓼科《たてしな》の周りを俺達も掘る。それだけのことだ」

「人手は多い方がいいですものね」

緑子の言葉に、山背は爆笑した。

「おまえさんやっぱり、暫《しばら》く見ない内に逞《たくま》しくなったなぁ。俺達はあんたの、人手、か」

ひとしきり笑ってから、山背は時計を見た。

「ちっと早いけど、昼飯にしないか、あんた達。外野がいないとこで打合せときたいこともあるし」

「あ、自分は青柳さんに呼ばれてますんで」

義久が立ち上がった。

「緑子、おまえ連れて行って貰えよ。山背さん、なんか親の遺産が入ったとかで金持ちだから何でも好きなもの奢《おご》って貰えるぞ」

義久が笑いながら出て行く背中に、山背は、バカヤロウ、と言った。

「本当なんですか？　親御さんの遺産が入ったって……」

「そんなことあるわけないだろ」

山背は緑子の耳に口を近づけた。

「麻雀《マージャン》だよ、麻雀。勝ったの一年振りだぜ」

「あたし」緑子は笑いながら肩を竦《すく》めた。「不正は見逃せません。警官ですもの。でも今はお腹空いてるんで、買収に応じます」

「何が食いたい」

「別に何でも。でも出来れば、外がいいな」

「村上、おまえ男にはプライドってもんがあるんだぞ。いい女に昼飯奢るのに、食堂に連れて行けるかよ」

「山背係長、少し太られましたね」

緑子は、昔よりワンサイズは確実に広がった山背の胴回りを見つめた。

「現場から離れたからなぁ。つまんねーよな、オブケなんて。自分の足で稼げないのに責任だけはおっつけられる。もっとも、麻生班だった頃はオブケが先頭切って現場うろついてたんだけどな」

「麻生さん……やっぱり現場に行かれてたんですね」

「ひとりでウロウロしてたよ。頼みますから机の前に座ってて下さいって俺達がデカ部屋に連れ戻した」山背は懐かしそうに笑った。「あんなオブケは他にはいなかったな。いや……あんなデカは、俺の知る限り、あの人だけだった」


「あ」

緑子は、玄関を出たところで通りを歩いて行く二人連れの姿を見つけた。

坂上と静香だった。

「バンちゃんたら」

緑子はひとり笑いした。

「おまえの相棒か、あのボウヤ」

「はい。ジュクにいた当時、部下でした」

「お安くねぇなぁ。一課のマドンナとちゃっかりやってやがる。あのボウヤ、手癖はどうなんだ?」

「彼は純情ですよ」

「ほんとか? 気を付けてくれよ、静香のファンは多いんだからな、下手なことしたらボウヤ袋叩《ふくろだた》きにされるぞ。さてと、じゃ村上、俺のとっておきの店に連れて行ってやる」


山背のとっておき、は、丸の内の古いオフィスビルの中にある小さな喫茶店だった。入口には『ビリーヴ』と書かれた看板が出ているが、常連以外はよほど運が良くなければ見つけ出すことが出来ないほど、地味だった。

「いい店だろう」山背は、奥の席に座ると笑った。「名前がいいじゃないか、ビリーヴだぜ、ビリーヴ。信じて、と言われて信じてたんじゃ俺達の商売成り立たないけどな、たまにはこんな名前の店に入って心を清めないとな。人を疑うと心が腐る」

メニューも店構えと同じくらい地味だ。どこにでもある、カレーやホットドッグ、ピラフぐらいしか、昼食に食べられそうなものはない。だがメニューの端に、手書きのメモのような紙がクリップで止めてあり、本日のランチ、と書いてあった。

「村上、好き嫌いはあるか」

「いいえ、ありません」

「よし、そんなら」山背はウエイトレスを呼んだ。「ランチ二つ。コーヒー付けてくれ」

「山背係長は、ここへはよくいらっしゃるんですか?」

「うん……最近はあんまり来ないけどな、昔はよく来たよ。十五年くらい前は、日参してた」

「そんなに古くからあるんですか」

「二十年はあるだろ。俺が本庁に初登庁した時にはもうあった。ほら、見晴らしが結構、いいだろ？」

　確かに、意外なほど綺麗《きれい》な景色が窓辺に広がっていた。丁度他のビルの間から、皇居の緑が見える。

「十五年前、俺は毎日毎日、ある男の付き合いでここに通ってたんだ。その人がここでウェイトレスしてた女に惚《ほ》れてな……プロポーズするまでに二年かかったんだぜ。ったく、女に関してはからっきしだめな男だった。仕事では……天才だったのにな」

　緑子は山背を見た。山背は、小さく頷《うなず》いた。

「可愛《かわい》いひとだったよ。丸顔で、目がくりくりっとしていて。だけど肉親の縁の薄いひとでな、両親に早く死に別れて、叔父《おじ》さんの家で育ったんだそうだ。十五年前、彼女はその叔父さんのところを家出同然に飛び出して、ひとりで東京で暮らしていた。だけど全然すれたところのない、純情で素直な娘さんだった。あの男には……まったく似合いだった。結婚が決まっても、あの男は俺とおんなじでまだ安月給だったし、彼女にも貯金と呼べるものはなくて、式だけは挙げたものの、披露宴はなし、ここを借り切って、仲間内だけのパーティをしたんだ。会費制でな」

　山背は、大きく溜息《ためいき》をついた。

「楽しかったな……みんな若くて。俺は二十九、あの男は三十……彼女は二十三。だけど人生ってやつは、ほんとにわからん。彼女が……あの男を裏切ったなんてこと、俺には今でも信じられん」

緑子は、山背の言葉の意外さに思わずごくっと唾《つば》を呑《の》んだ。

麻生が、妻に裏切られた。

それが離婚の原因だったのか……


「何かの間違いだと思いたかったよ。俺にとっては、あの人……龍さんは上司でもあったがそれ以上に親友だったし、玲子《れいこ》さんは俺にとって、ある意味じゃ憧《あこが》れの女性だった。龍さんが惚れてなけりゃ俺がプロポーズしていたかもわからん。離婚することになったと龍さんから聞かされた時、俺はてっきり、龍さんの方が馬鹿な真似をしたのかと思ったくらいだ。だが違っていた……玲子さんは、他の男に惚れて、家を出てしまっていたんだ。相手がどんな奴なのかもよくわからない、どこかの女たらしに引っかかったのかも知らん。俺は、どんなことをしてでも玲子さんの目を醒《さ》まさせて連れ戻せと言ったんだ。だが龍さんは、そうしなかった。あの男は……誰よりも愛して大切にしていた玲子さんの心を読み違えていたことに、ショックを受けていた。自分には……女を幸せにする力がないと……その能力がないんだと言ってたよ」

山背は力無く笑った。

「いずれにしてももう、それすら昔の話だな。龍さんが離婚したのは七年も前のことだもんな。ひと月くらい前にな、静香が突然、龍さんの元の奥さんの話をしてくれって言い出したんだ。それで久しぶりにここに来て、昔のことをいろいろ考えた。懐かしくてな……村上、龍さんから手紙、来てるんだろう?」

緑子は頷いた。

「いつ戻って来るって？」

「……書いてありません。教えるつもりはないので許して欲しいと」

「そうか……でも、浅草の事務所はあのままになってるな」

「いずれはあそこに戻るつもりだそうです。落ち着いたら連絡してくれると思います」

「連絡があったら、教えてくれるか」

「はい」

ウエイトレスが運んで来たのは、冷凍コロッケを揚げたものと豚肉のショウガ焼きが皿に載った、平凡なランチだった。だが、その店に十五年前、若々しい麻生と山背が座って食べたランチなのだと思うと、不思議とおいしかった。

「山内のクソガキ」

山背は、皿の上の飯粒を綺麗に平らげてから箸《はし》を折った。

「あの野郎を殺しておかなかったのが俺の最大のミスだった。どさくさに紛れて殺《や》っちまうチャンスはあったんだからな」

「係長」緑子は、自分も箸を揃《そろ》えて囁《ささや》いた。「係長にそんなこと、言って欲しくありません。それじゃあいつらと一緒ですよ」

「そうだな」

山背は、折った箸を楊枝《ようじ》代わりに使ってから、水を飲んだ。

「俺達はヤクザじゃない。あんなクソ野郎でも、取りあえず裁判にかけなきゃならん。しかしその前に、神様があのガキを罰してくれるだろうさ……山内は、もう長くない」

「……命を狙《ねら》われてるってことですか」

「狙われてるのは確かだ。それもある。だが、もっと確実な死神があいつには取り付いてる。あいつはもう完全なアル中で、からだはボロボロなんだそうだ。元々、あいつは精神分析を受けてるらしくてな、眠剤《ミンザイ》中毒だ。その上に浴びるように酒を呑み、おまけに手当たり次第にさかってるらしい。静脈瘤《じょうみゃくりゅう》破裂が先かエイズが先か、それとも路上でのたれ死にか。いずれにしたって……龍さんの悪夢はじきに終わる」

コーヒーが運ばれて来た。山背は、ドボッと音がするほどミルクを流し入れた。

「山内は魔法を使うんだ」

山背は、ミルクの入れ過ぎで白っぽくなったコーヒーを顔をしかめて飲んでから呟《つぶや》いた。

「……魔法？」

「うん」山背は白くなったコーヒーに、今度は砂糖を入れた。「あれは魔法だ。犠牲者は麻生が初めてじゃないんだ。二年前、捜二でイースト興業の不動産詐欺事件を追ってた警部補がひとり、奴の魔法にかかって警察を辞めた。そいつは潜ってな、イースト興業が経営するクラブでバーテンやってたんだ。本人は身元がバレてるとは気付かなかったが、山内は知っていたんだな。そいつからの連絡が途絶えて心配してた時、タレコミがあった。あるマンションで、麻薬パーティやってるってな。防犯が踏み込んで発見したのが、その警部補がクスリでヘロヘロになりながら、真っ裸で男のチンポくわえてる場面だったんだ」

緑子は思わず、ウエイトレスの方を見た。だが彼女は山背と緑子には興味を示さず、カウンターの掃除に忙しかった。

「だがそいつを取り調べて驚いたことに、そいつは頑として、クスリは自分で買ったと言い張った。使われてたのはエックス、催淫《さいいん》効果の高い幻覚剤だ。山内が、そいつの正体に気付いて罠《わな》にはめたことは間違いない。しかしそいつはそれを認めなかった。結局、シャブじゃなかったんで執行猶予がついたが、そいつはクビになってどこかに消えちまったよ。俺は直接そいつを取り調べたわけじゃないが、聞いた話じゃそいつ、せっかく手に入れたイースト興業関係の情報を全部破棄していて、その代わりに、山内の写真を後生大事に自宅の枕《まくら》の下に入れてたんだとさ……くそ、このコーヒーは甘すぎるな」

「お砂糖、四杯も入れてましたよ、係長……それじゃその捜査員は、最後まで自分が騙《だま》されたとは思っていなかったんですね」

「あれだけはっきりはめられてんのに、愛し合ってるって言うんだとさ。いいか、その捜査員は、ホモっけがないって太鼓判押されたからこそ潜りなんかやった男なんだぜ。取り調べた奴は催眠術にでもかけられてんじゃないかと思ったそうだ。証拠はないが、俺は多分、山内が薬物洗脳したんじゃないかと思ってる。奴は元々理工系の大学院まで行ってるインテリだ、薬物知識があってもおかしくはない。幻覚剤か催淫剤を使って、そいつの脳味噌《のうみそ》に自分を刷り込んだんだな」

「エックスにはそうした効果はあるんですか」

「証明はされてない。だがエックス、つまりエクスタシーを使うと、精神が異様にリラックスすることは確認されているそうだ。エクスタシーを飲んでからセックスすると、人類みな兄弟、みたいな気分になるんだとさ。しかも陰部の感覚が敏感になり、快感は深くなる。俺はまっぴらだが、ムショで男を覚えた奴等の話じゃ、コツさえ摑むと女を相手にするより気持ちいいらしいから、まあ、天国にでも行った気分になるんだろうな。そんな最中に、あの可愛いボウヤが耳元で甘ったるい言葉を囁けば、とんでもない錯覚に陥るのかも知らん。洗脳も可能だろうと俺は思う」

「それじゃ……係長は、麻生さんのことも？」

「他に考えられるか？」

山背は砂糖のたっぷり入った白いコーヒーを一気に飲み干して、ものすごい顔になった。

「さっきも言ったが、俺は龍さんとは十五年以上の付き合いだ。ここに勤めていた玲子さんにあいつが一目惚れした瞬間にも立ち会ったんだぞ。龍さんはホモじゃない。断じて、違う」


山背には想像出来ないのだ。

山背のように、ヘテロの世界が強固な砦《とりで》だと信じている者達には、その境目がどれほどあやふやなものであるか、想像出来ない。

薬物洗脳……緑子には信じられなかった。たとえ山内がそんな手段を用いたとしても、それが見抜けないような麻生ではない。彼は「選択」したのだ。自分で。洗脳されて迷ったのでははない。

「悪かったな」

山背が伝票を摑《つか》んだ。

「奢ってやるって言っときながらこんなとこで。龍さんの話をするなら、ここでしたかったんだ。また今度、まともにご馳走《ちそう》するよ。ともかく、あの人から連絡が来たら教えてくれ。頼むよ」

緑子は約束した。

外に出ると、まだ午後一時にもならないのに空が暗くなっていた。

「……雪！」

緑子は、暗い灰色の空から降りて来る白い雪片に手を伸ばした。

「今年は随分早いなぁ。まだ十二月にならないのに」

「まだ頼りないですね。ほら、指先ですぐに溶けてしまって。でも冷たくて、気持ちいい」

「村上」

山背は、舞い降りる雪の粒と歩きながら戯れている緑子に言った。

「はい？」

「おまえ、戻って来ないか、本庁に。おまえにその気があるなら、俺か高須から申請を出してもいいぞ。俺のとこ、高須が静香をなかなか返してくれないから手薄なんだ。それともおまえ

「……もう辞めるのか？」

緑子は黙ったまま、指先で溶けて行く雪片を見ていた。

「そうだろうな」

山背は笑顔で優しく言った。

「安藤さんは俺達の希望の星だ。その安藤さんの為に尽くすなら、デカなんか辞めた方がいい。女はやっぱり、嫁さんでいるのがいちばん幸せだと、俺は思うよ」

2

品川署の生活安全課で蓼科昌宏と仲が良かったという久松という警部補に面会出来たのは、その日の午後だった。

久松は、自分も連続刑事殺しの捜査本部に配属を願い出たのだが、一課ではないので申請が通らなかったのだと悔しそうな顔をした。

「俺のこの手でホシを捻《ひね》り潰《つぶ》してやらないと、気が済まないですよ」

久松は、話している内にまた新たな怒りが湧《わ》いて来たのか、こめかみに青筋を立てた。

「蓼科は本当にいい奴だった。真面目で仲間思いで、信頼出来る男でした。それをあんな酷《ひど》い姿にしやがって……どうなんです、本当のとこを教えてくれませんか。ホシの見当はついてるんですか？」

緑子の表情から久松は答えを読みとった。

「畜生……」

「ですが、光明は見えて来たと思っています」

緑子は久松の顔を見据えた。

「それをより確実なものにする為に、蓼科昌宏さんのことが徹底的に知りたいんです。特に、この十月後半から死亡するまでの間のことを、思い出せる限り詳しくお話しいただけないでしょうか」

「思い出せる限り、ですか……」

「何でもいいんです。蓼科さんのことで、久松さんの印象に残っておられることがあれば」

「印象に……うーん」

久松は腕組みして考え込んだ。

「もう何度か説明したことなんだが、この秋は不思議なほど事件って起こってなくてね……まあ通常の麻薬取締りとか、外国人関係のこまかい事件はありましたが。大きな事件って言えば夏に中学生のグループが覚醒剤《かくせいざい》の売買やってたのを摘発したくらいで。蓼科も専従してる事件ってのは特になくて、休みもまともにとれていたし……変な言い方なんだが、まあ平和な秋だったんですよ。そうそう、蓼科が交際してた女性の親御さんと会ったって話は出てましたね。式奴、すっごく嬉《うれ》しそうだったなぁ。刑事嫌いの親御さんだったとかで、心配してたからね。は来年の春がいいかそれとも秋まで待つか、なんて……」

久松は、その時の蓼科の顔でも思い出したのか、言葉に詰まって涙ぐんだ。

「……すみません、どうもまだね。思い出すと悲しいやら、悔しいやら……ともかく、そんな様子で、蓼科は順調でしたよ。困ってるとか悩んでるって感じはなかったなぁ。うーん……ああ、そうだ、つまらないことでひとつ、思い出した」

久松は、思い出した事柄がよほどおかしかったのか、話す前に笑い出した。

「いや、ほんとくだらないことなんで……」

「どんなことでも、構いませんから」

「そうですか？　そうですね、何がきっかけで事件が解決するかなんてほんとわかんないからな。しかし……いや、すみません、話ってのはこうなんです。蓼科がね、ある時……デカ部屋で昼飯食ってる時だったかな、訊いたんですよ。阪神の優勝って何年だったっけ？　って」

「阪神の優勝ですか」

坂上が気が抜けたような顔で言った。

「一九八五年でしょ」

「やっぱりそうですか！　いや、いつだったか、そう訊かれると思い出せなくてね、何かほら、数年前にも優勝しそうになった時があったじゃないですか。あの時と混同しちゃって」

「あの年はスワローズでしたね。で、蓼科さんはなんで突然、そんなこと訊いたんです？」

「うーんと、そう言えばなんであいつ、急にそんな話始めたんだったかな？　いや、それでその後デカ部屋にいた連中と野球談議になっちゃったもんで……お、そうだ」

久松は立ち上がり、緑子達といた事情聴取する為に仕切られた小部屋のドアを開け、大部屋に向かって怒鳴った。

「玉井！　タマちゃんいないかぁ？」

若い刑事がひとり、その声に答えて顔を覗《のぞ》かせた。

「タマちゃん、あんたひと月くらい前にさ、ここで野球の話してた時、いたろ？」

「野球の話だったらしょっちゅうしてるやないですか、松さん」

「ははは、この男、関西なんですよ、出が。うちの部署は圧倒的に巨人だからね、こいつはいっつもミソッカスで。だけどほら、あの時は阪神の優勝の思い出話になっちゃったでしょ、いや、こいつボルテージ上がってましてね、飯時間が終わって課長が戻って来てもまだしゃべってたもんで、怒鳴られたんです。まるで小学生だね」

「うちの課長、横浜なんですよ」

玉井は坂上に向かって、意味ありげに笑った。

「だからほら、九月から後、野球の話すると機嫌悪くって」

「自分も横浜ですから」坂上は言ってニヤニヤした。「課長さんのお気持ちはわかります」

「ともかくさ、タマちゃん、あの時タテが言い出したんだったよな、阪神の優勝はいつだったかなって」

玉井は、質問の意味がわかったらしく、ああ、と頷いた。

「あの時ですか。ええ、そうです。蓼科さんが訊いて……そうだ、それで松さんが、そんなことあったか、そんな江戸時代の話もう忘れたとか言ったんや。そしたら山本さんが、阪神の優勝はハレー彗星《すいせい》と同時にしか来ないんだとか言って……くそ、それやったら次は来世紀半ばやないですか……で、蓼科さんが一九八五年頃でしたねって」

「なんであの時、タテはその話を始めたんだったか、タマちゃん、憶《おぼ》えてるか？」

「え？　なんででしたっけ……あ、松さん、なんかほら、蓼科さんの叔父《おじ》さんがどうとかって話から出たんやなかったですか？」

「……そうだ」

　久松は大きく頷いた。

「そうだそうだ、そうだった。いや実は、蓼科の叔父さんも警官だったそうです」

「叔父さんですか」緑子はメモを取り出した。「父方か母方か、わかりますか？」

「うーんと、どっちだったかな……そう、母方です、きっと。母の弟、とか言ってたような気がするな。その人、だいぶ前に退職して、自動車教習所の教官になったらしいんですがね、退職したきっかけっていうのが、なんかとんでもない事件と関わったことだったとか……その事件が起こった年、蓼科はその叔父さんと一緒に後楽園で巨人・阪神戦を見たんだそうです。阪神の優勝が近い時で、後楽園だってのに三塁側がものすごい盛り上がりで、大変だったって話でした。それであれはいつのことだったかなぁってね」

「その、とんでもない事件というのは」

「いや、だからその後話が野球の方に行ってしまったもんですからね、後で聞こうとは思ってたんだけど……そう言えば、蓼科もそれ以上は話したくもないみたいな感じだったな。だから自分も聞かなかったような憶えがある」

「蓼科さんは町田市のご出身でしたよね。そうするとその叔父様も、やはり警視庁なんでしょうか、それとも県警……」

「いや、どうだったかなぁ……あ、警視庁です。そうだ、向島《むこうじま》だ。そんなこと言ってた。蓼科の母親って人は向島の出身で、蓼科もお袋さんの実家に行くと、近所の花街に遊びに行って芸者さん眺めてたなんて話、以前に聞いた憶えがありますよ」

緑子は、ペン先に力が入るのをセーブしながら、最大の質問へと身構えた。

「それで……その話が出たのって、いつのことだったか正確にわかりませんか？」

「ええっと」久松はまた腕組みした。「正確に、ですか……」

「日付がわからなければ、今度の連続殺人が発生する前か後かだけでも」

「いや、それは後ですよ」

「確かですか？」

「確か……だと思います。あの時課長が、おまえ達、仲間が殺《や》られた後だってのによくそんな呑気《のんき》な話してられるなって怒鳴ったんです。いやね、その時はそりゃごもっともとは思いましたけど、何しろうちの署の人間が殺されたわけじゃなかったし……まさかね……まさかそのすぐ後で、蓼科があんなことになるとは……」

「あれって、十月二十日のことですよ、多分」

玉井が、ブースのパネル壁にかかっていたカレンダーを眺めて呟いた。

「間違いありませんか？」

「ないと思いますよ。だってあの時は今度の事件、まだひとつしか起こってなかったんですから。その野球の話が始まる前に、深川署の湯浅さんが殺されたあの事件について何か話していて、ずいぶん酷《ひど》い殺し方だなって誰かが言ったから、確か、蓼科さんが叔父さんの話をしたんです」

「タマちゃん、よく憶えてるなぁ」

「若いですからね、自分は松さんと違って。とにかくそれで、あの日は確かに月曜日やったんです。昼飯にラーメンライスたのもうと思ったら大華軒が定休で、しゃあないんで蕗屋《ふきや》から親子丼《おやこどん》とったんですから……ほら、湯浅さんの事件が起こって、次の事件が起こるまでの間の月曜日ゆうたら、二十日しかないやないですか」

＊

蓼科昌宏の実家に問い合わせ、向島に住むという昌宏の叔父の住所はすぐにわかった。だが笠山守《かさやま》というその男に電話してみると、妻らしき女性が職場にいると教えてくれた。笠山が勤める自動車教習所は晴海《はるみ》にあった。

緑子達が到着した時、丁度学科の講習を終えた笠山が教員室に戻って来た。

「昌宏のことと言われても」

笠山は、緑子達の顔を不安げに見た。

「私はあれと同居していたこともないし、お話し出来ることがあるとも思えませんが」

「でも最近、蓼科さんから笠山さんに連絡があったんじゃありませんか」

緑子は単刀直入に言った。

「一九八五年に起こったことについて、何か聞かれたのでは?」

笠山の表情が一変した。

笠山は、そっと周囲に視線を走らせ、それから小声で囁いた。

「やはり、あれが殺されたことはあの事件と何か関係があったんですか」

緑子と坂上は目配せした。

「まだわかりませんが、可能性はあると思います。笠山さん、お話しいただけませんか？」

「……いいですよ、お話しいたします。ですが出来れば……どこかに場所を変えていただきたいんですが」


笠山に案内されて、緑子と坂上は教習所の近くにある公園に行った。昼に小雪が散らついたような肌寒い気温のせいか、公園で子供を遊ばせる若い母親達はまばらだった。

「こんなところで、申し訳ない」

笠山は砂場のそばのベンチに腰を下ろした。

「あそこには元警官が結構いるんで、まあ聞かれて困ることもないんですが……今は民間人ですからね、やはりちょっと」

「ご事情はお察しいたします。我々こそ、いきなりお仕事場に押し掛けて失礼いたしました」

「なに、こんな大きな殺人事件です、少々のことは堪《こら》えて協力するのが、まあ市民の義務って奴ですよ。わたしも二十二年警官やりましたからね、市民に我慢を強いた経験がないわけじゃない。そうやって憎まれないことには仕事にならない、因果な職業だと思って割り切ってました……割り切っていたんですが……あの事件だけは、耐え切れなかった。あの事件のあとわたしは、鬱病《うつびょう》のような状態になってしまいまして、家内の勧めもあって退職しました」

「笠山さん」緑子は静かに言って頭を下げた。「申し訳ありません、笠山さんを騙《だま》すような形になってしまって。実は我々は、その一九八五年に起こった事件というのが何なのか、まだ知らないんです。先程蓼科さんの元の同僚の方から、蓼科さんが亡くなる直前、あなたの話をしていらしたと伺いました。我々は、今、蓼科さんが殺されるほんの少し前から、同僚や上司にも黙って何かを個人的に捜査していたのではないか、と推測出来る事実を摑んでいます。その捜査していた事柄というのが、あなたが一九八五年に関わったというその事件と関連があるのではないか、そう考えたわけです」

笠山守は、黙ったまま少しの間、足元を見つめていた。

「昌宏が殺されたと知った時、わたしは迷いました。もしかしたら、という気はしたんです。ですがあれから昌宏はわたしに何も言って来なかったので……いや、正直なところ、わたしは自分から言い出しっぺになりたくなかった。わたしが指摘しなくても、いずれあの事件を知っている誰かがあなた方に教えるんじゃないかってね。誰が最初に言い出すにしても……自分達の恥には違いないわけだから。今更十二年も前の事件を蒸し返して、もし何の関係もないとわかったらそれこそ、多くのかつての同僚に迷惑をかけるでしょう。それを考えると……」

緑子は辛抱強く待った。笠山はまだ迷っている。だが勿論《もちろん》、笠山は諦《あきら》めてもいるだろう。自分が話さなくても、笠山が一九八五年に関わった事件が何であるかぐらいは、内部資料から簡単に突き止められる。笠山の諦めが話す決心に変わるまでの数分ぐらい、我慢して待って損はない。

「あの当時、わたしは……城南署に勤務していました。とは言っても私服じゃなく、派出所勤務です。階級は巡査部長、ですからその地域の担当主任を任されてました。一九八五年の夏でした……派出所から目と鼻の先にある独身者用のマンションの一階で、女が死んでいると通報が入ったんです。わたしが駆けつけた時には、もう、機捜隊も到着していました。通報して来たのは同じ所轄の若い刑事で、たまたま近くを通りかかったところ、一階の窓から逃げ出す男の姿を見たので慌てて調べたところ、その窓の部屋の中で女が死んでいた、そんな風に言っていました」

緑子は、笠山が話そうとしている事件がどんな事件であるか、それだけで理解した。

現職刑事による女子大生殺害事件。

当時ようやく刑事としての生活を始めたばかりだった緑子にとっても苦い思い出を残した、警視庁始まって以来の不祥事と言われた事件だった。

「……ご記憶にあると思うので詳細は省きますが、その男は当初、実に巧みに嘘《うそ》を吐《つ》いていたんです。我々、初動捜査に駆り出された者だけでなく、本庁から来た捜一の捜査班もまんまとそいつに騙された。犯人は四十代ぐらいの中年の、短髪で背の低い男である、そいつの目撃証言から犯人像はそう確定されてしまいました。そして数日後、その犯人像にぴったりと合致する容疑者が逮捕されてしまった。わたしの勤務していた派出所の管轄に住んでいた、大工です。おとなしい男だったが無口で近所付き合いが悪かったことが禍《わざわ》いしたんですね、犯行時刻のアリバイを証明するものがいなかったんです……十歳になる、その男の娘以外には。その娘さんは、父親と自分はその晩、家で寝ていたと証言した。だが犯行推定時刻は午後十一時半、九時半に布団《ふとん》に入ったという娘さんはぐっすり寝込んでいて、父親が出掛けて行ったとしても気付かなかっただろう、捜査本部はそう判断し、娘さんのアリバイ主張は問題にされなかった。容疑者は連日、厳しい取り調べを受けました。その男は娘さんと二人暮らし、娘さんの母親は数年前に家を出て行方不明でしたし、身寄りというのもなかった。娘さんは暫《しばら》くの間、児童福祉施設に預けられました。男は本庁に身柄を移され、さらに取り調べは続きました。しかし犯行を決定づける物証が何も出なかった。出ないのは当たり前ですがね。何しろ……その男は無実だったんだから……男は結局、証拠不充分で一度釈放されたんです。しかし尾行はついていましたし、我々にも男の挙動を見張るよう指令が出ていました。福祉施設にいた娘さんも、一ヶ月ぶりで自宅に戻った。その夜でした……」

笠山は不意に顔を覆った。両手の甲がぶるぶると震えている。

「笠山さん」緑子は笠山の手を、震えが収まるようにとった。「お辛《つら》いようでしたら、また日を改めてでも……」

「いや」笠山は顔を覆ったまま首を振った。「大丈夫です。話すと決めた時に話してしまわなければ、もう勇気が湧《わ》かないかも知れない。それに、わたしが話さなくてもあなた方は調べることが出来る。だがそれでは、わたしの見たあの光景についても、あなた方は警察に残された事務的な資料としてしか知ることが出来ないでしょう。それでは多分……もし、もしもあの事件が今度の連続殺人と関係があるとしても、あの光景を本当の意味で知らなければ、捜査など出来ないようにわたしには思えます」

笠山は手を下げ、緑子を見た。

その目の瞳にある言い様のない空虚さが、緑子の心臓を鷲摑《わしづか》みにした。

「わたしは、上司の命令でその大工の家を見回りました。男が本庁から帰された翌日の夜のことです。その晩は、夕方に福祉事務所から戻った男の娘と、久しぶりの父娘《おやこ》水いらずの夕食を摂ったはずでした。午後八時頃自転車で男の家……小さな借家でしたが、その家の窓の外を通った時には、窓にあかりが灯《とも》り、テレビの音がしていました。二時間後、また巡回した時にはあかりは消えていました。もう寝てしまったのだろうと思いました。そしてさらに二時間後……午前零時頃巡回すると……あかりが点《つ》いていたんです。娘さんが寝入った後で男が起き出したのだと思い、わたしは念のため、窓に近づいた。すると、窓が……赤かった」

「……赤かった？」

「そうです……真っ赤だった。不思議に思って玄関の呼び鈴を押したが、返事はない。だがドアに耳をつけてみると、中から異様な音がしているんです。ブーンブーンという、蜂《はち》の羽音のような……わたしは窓に戻った。そしてその赤い色をもう一度見た。赤い色は……液体だった。流れていた……わたしは、叫んだ。叫びながら窓を叩《たた》き割り、手を突っ込んで内側からかけられた鍵《かぎ》を開け……中に飛び込みました」

笠山はまた顔を覆った。今度は、笠山の全身が小刻みに震えている。

「……自殺でした。その男は……二階にあがる階段の手すりにロープをかけ、首を吊《つ》っていたんです。わたしは自殺死体を見たことがあったので、すぐにわかりました。ですが……その男のからだの下は血の海になっていて、その血は狭い部屋中に飛び散っていたんです。窓を赤く染めたのもその血でした」

「なぜ……首吊りなのに……」

「電気ノコギリです」

笠山の言葉に、坂上がごくっと喉《のど》を鳴らした。

「電気……ノコギリ？」

「十歳の娘さんが、男の商売道具だった電気ノコギリを手にして立っていたんです……男のそばに」

緑子と坂上は、言葉もなく石のように座っていた。

想像することも出来ない光景だった。

「……娘さんは、父親をロープから下ろそうとしたんです。恐らく、トイレにでも起きた時に自分が寝ている間に首を吊ってしまった父親を発見し、何とか助けようとしたんでしょう。ロープは建築現場で使うかなり太いもので、しかもほどけないようにきつく結んであったので、娘さんにはどうしてもロープをほどいて父親を下ろすことが出来なかった。それで、ロープを切ろうとして最初は台所の包丁を持ち出した。だがスチール糸の太いロープは包丁やハサミでは切れない。それで娘さんは父親の道具箱から小型の電動ノコギリを取り出した。十歳と言えば、そうした道具の使い方を想像する力はありますからね。彼女はノコギリの電源を入れ、ロープを切ろうと階段の上まであがり、そして手を伸ばしてノコギリをロープに押しあてた……

だが……電動ノコギリがスチールロープを切断する振動と衝撃は、娘さんの小さな両手には大きすぎた。娘さんの手はすべり、ノコギリが手を離れて父親のからだの上に落ち……父親の肩口に当たって切り裂いた。血が飛沫《しぶき》をあげて飛び散り……部屋も、窓も、娘さんの顔も、赤く染まった」

緑子は口を開けて呼吸した。そうしなければ、吐いてしまいそうだった。隣の坂上も、犬のように荒く呼吸していた。

「わたしは娘さんの手からノコギリを取り上げてスイッチを切り、無線で連絡して応援を呼びました。娘さんはわたしがいくら声をかけても、何も答えず、目を開いたまま瞬《まばた》きもしなかった。事情を訊いても黙ったままでした。ですから、今さっきのことはみな、後になって状況から判断されたことなんです。その娘さんは病院に入れられましたが、結局、その夜のことは何も憶《おぼ》えていなかったようです。不幸中の幸いでした。父親のからだの傷には生体反応がなく、死因は首吊りによる頸骨《けいこつ》骨折でしたので、男は自殺と判定され、娘さんのしたことは不問に付されました」

「その男性の自殺の原因はやはり、無実の罪で責められたことだったんですね？」

「そうです。一ヶ月近くも拘置所に入れられて連日厳しい取り調べを受け、精神的に相当参っていた。そしてようやく自宅に戻ってみると、雇われていた工務店からは契約を解除すると通達が届いていた。男は職人でしたから、工務店に雇われているとは言っても社員として保証されていたわけではない。契約を解除されたら、退職金も何もなしに路頭に迷うわけです。普通なら腕に技があれば他の工務店と契約出来るが、殺人の疑いをかけられていては、恐らくどこも雇ってはくれない。娘を抱えて身寄りもない……娘の寝顔を見ている内に、絶望してしまったんでしょう」

「しかし……その人は無実だった」

笠山はがっくりとうなだれ、膝《ひざ》に額をつけた。

「そうなんだ……そうなんだよ。そんなことってあるかい？　男は無実だった。まったく、全然何もやってやしなかったんだ！　何てことだ……真犯人が捕まってみれば、何のことはない、第一発見者の刑事が犯人だった！　その刑事は管轄内で訪問販売に絡む詐欺事件の捜査をした際に、被害者の女子大生が住んでいたワンルームマンションでも聞き込みをやっていた。その時、応対に出たその女子大生に一目惚《ひとめぼ》れしてしまった。しかしその女子大生には恋人がいて、そいつは交際を申し込めないまま妄想の虜《とりこ》になってしまった。今で言うストーカーってやつだな。暇を見つけてはそのマンションの周囲をうろうろしているうちにあの夜とうとう……欲望が押さえられなくなって……事件の聞き込みの振りをして女子大生の部屋に上がり込み、暴行しようとした。だが予想以上に抵抗され騒がれたのに動転して、首を絞めて殺してしまった。そんな愚かな男の為に、罪のない一人の人間があんなに悲惨な死に方をし、その男のたった十歳の娘は、生涯消えることのない深い傷をその精神に負ってしまった。いや」

笠山は顔を上げた。流れる涙でぐしょ濡《ぬ》れになったその顔には、だが、爛々《らんらん》と異様に光る目があった。その目は、見えない何ものかを憎しみを込めて見つめていた。

「そいつはまだいい。少なくとも逮捕され、裁判を受け、そして無期懲役だか死刑だか知らないが、ともかく罪を償わされたはずだ。だけど、あの父娘を地獄に突き落としたのはその真犯人ではなくて……我々だったんだよ。ねえ、君達……そう思わないか？　わたしも含めてあの時の捜査に関わった警察官はみな同罪だ。我々は罪のない男を容疑者として責めたて、殺してしまった。わたしは、今でも時々、あの血に染まった少女の顔を思い出す……眠れないですよ……眠れやしない。一度思い出すと、朝まであの少女が電気ノコギリを持ってわたしに問いかけ続けるんだ。ねぇ、お父さんはどうしたの？　お父さんは何も悪いことしてないのに、どうして死んじゃったの？　ってね」

「笠山さん、あなたはその話を、蓼科さんにして聞かせたんですね？」

緑子は、笠山の啜《すす》り泣きが収まるまで待ってから、そっと訊いた。

笠山は頷いた。

「しました……ひとつ誤解しないで貰いたいんだが、わたしはあの事件がまさか、深川署の刑事が惨殺された事件と何か関係があるなどとは、まったく思っていなかったんです。それで、昌宏から突然電話があった時はとても驚いた。昌宏は理由は言ってくれなかったが、一九八五年のあの事件について知っていることを教えてくれと言う。それで昌宏と会いました……あれはえっと、十月二十二日の午前中だったな。昌宏と会ったその日の夜に二度目の殺人事件が起こったんで憶えてるんです。わたしは今あなた達にしたような話を、昌宏にもしてやりました。どうしてわたしが警官であることを辞める気になったのか、その理由をね」

「蓼科さんは、どうしてその事件について知りたいのかは打ち明けてくれなかったんですね？」

「言いませんでした。わたしも訊かなかった。世間には表沙汰《おもてざた》になっていないが、あれは松本サリン同様の、警察の大失態です。しかしね、あなた達の前で言いづらいが、警察は誤認逮捕したってろくに謝罪なんかしたためしがないでしょう？　松本サリンの時は、真犯人がオウムだったから世間の関心も強く、容疑者とされた人の名誉は回復された。だが普通だったら、真犯人が挙がってもそれまでに誤認逮捕されたり、容疑者扱いされて酷《ひど》い目に遭った人達は、泣き寝入りするしかないわけです。警察の捜査ミスを罰する法律がないんだからね、何しろ。おかしな話だよ……この国には過失に対しても罰則はあるはずなんだ。仕事中に誤って誰かに怪《け》我《が》をさせれば業務上過失致傷、立派な犯罪とされるんです。なのに、刑事だけはね、いくら間違ってパクっちまったって、その容疑者を地獄に突き落としたって、真犯人が挙がればよくやったって話になるんだ……ああ、すみません……わたしに警察の批判なんかする資格はない。わたしだってあの捜査にくわわった人間だ。いずれにしても、昌宏には総《すべ》て話しました。ただ昌宏は変なことに関心を持ってましたね」

「変なこと？」

「ええ。まず、少女がノコギリで傷つけた部位はどこだったのか」

「傷つけた部位……」

「そうなんです。わたしの知ってる限り、死体にあった傷は肩口から二の腕にかけてのものだけだった。だが昌宏は、足だとかその他の部分に傷はなかったのかとしつこかったな。それから、その時の少女の髪型、着ていたパジャマの模様なんかも詳しく訊いてました。少女は長い髪をしていたが、夜だったので結んだりはしていなかった。パジャマの色は白っぽかった。血に染まっているのがくっきりとわかったからね」

「昌宏さんは、十月二十二日にあなたから話を聞くまで、その少女のことは知らなかったんでしょうか」

「いいや、そんなに詳しくではないが、事件のあった夏に昌宏には話してました。わたしは鬱《うつ》病《びょう》というかノイローゼみたいになっていて、退職するかどうか悩んでいた。妻が心配して、たまには気晴らしして来いと言われ、昌宏と野球見物に行ったんです。その時にね……高校生だった昌宏が警官になりたいと言ったもので、わたしは辞めたいと思っていると言い、父娘の悲惨な事件について話したんです。ですから昌宏は、その少女の存在は知っていました。だが世間には知られていなかったはずです。少女は自分のしたことを憶えていない。少女の将来の為に、その凄惨《せいさん》な夜のことは世間に漏れないよう、上から強く口止めされましたから。いや……今更かっこつけたって始まらないね。少女の将来の為というのは言い訳だ。あんなことがマスコミに知れたら、警察批判が噴き出すのは目に見えていた。だから箝口令《かんこうれい》が敷かれたんですよ。男の自殺については報じられましたがね、当然。だが新聞に出た記事では、工務店を解雇されたことを悲観しての首吊り自殺、という表面的な事実だけだった。男が死んだ直後は、世間もマスコミもみんな、その男を真犯人だと思っていたわけだから、同情する論調すら無かったよ。そして真犯人が逮捕された後では、犯人が刑事だったという事実にみんな驚愕《きょうがく》してしまって、その裏で無実の人間が自殺した話など誰も思い出さなかったんだ……」

坂上が、止めていた息を吐き出すように、深く呼吸する音が緑子の耳に聞こえた。

「……やりきれないな」

坂上が、聞き取れないほどの小声で囁いた。

「まったく、やりきれない事件でした」

笠山は天を仰ぐように空を見た。

「しかしね……わたしは思ったんですよ。もしかしたらこんな事は、しょっちゅう起こっていることなんじゃないかってね。これほど凄惨ではなくても、大なり小なり、似たようなことは毎日どこかで起こっている。人間が人間を捕まえて罰を受けさせようというこのシステムには、それを防げない何かがある。いや、防がないといけないんだ。いけないんだが……少なくとも今自分が働いている警察というシステムには、それを防ぐ手だてがない、そんな気がした。そんなシステムの中で働き続けるということは、この先もずっと、大罪を犯し続けることになるんじゃないか……あの頃のわたしは、そう思い込んでしまったんです。それで辞めたわけです。だがあれから十二年経っても、辞めて良かったのか悪かったのか、わたしにはわからない。一方で犯罪は増加し、犯罪によって苦しんでいる被害者は増え続けている。被害者を救う為には警察がなければどうにもならないのは事実です。誰も捕まえる者がいなくなれば、人々は好き勝手に欲望のままに罪を犯すようになり、裁くシステムがなければ、復讐《ふくしゅう》が裁きとなってリンチが横行するでしょう。わたしはどうすれば良かったのか……未だに、わからないんですよ。ずっとね、考え続けてはいるんだが」

笠山はふっと、笑みを浮かべた。

その微笑《ほほえ》みの中に緑子は、この世でもっとも難しい問いかけがあるような気がした。

笠山は、軽く頭を横に振ると口調を変えた。

「しかし昌宏は、いったい何を探っていたんだろう……？　わたしが連続刑事殺しとあの事件とを結びつけて考えるようになったのは、昌宏が殺されてからなんです。それまでの二件は関係があるなどと夢にも思わなかった。だってね、確かに死体が吊るされているというのは同じだけど、後はまったく似ていないでしょう？　少女はノコギリで父親の手足を切断したりはしなかった。誤って傷つけてしまっただけです」

「わかりました。お話しいただけたこと、深く感謝いたします」

緑子と坂上は立ち上がって、笠山に頭を下げた。

「蓼科さんがなぜ、一九八五年の事件に関心を抱いたのか、そしてそれは本当に今度の連続殺人と関係があるのか、それはまだこれからの捜査が進まないとはっきりしないと思います。ですが、我々は必ず突き止めます。どんな事情があったにせよ、蓼科さんをあんな目に遭わせてしまった犯人には、償いをさせなければなりませんから」

笠山は暫く、座ったままで緑子と坂上を見上げていた。そして呟くように言った。

「償いですか……わたしは、今でも自分が大罪を犯して償わずにいることが恐ろしいんです。いつか必ず、神がわたしを罰するような気がする……」

「それは違いますよ」坂上が笠山を励ますように言った。「あなただけが自分を責めることはないと思います。誤認逮捕は確かに、我々がもっとも恥じなくてはならない大きなミスです。しかしあなたのせいでそれが起こってしまったわけじゃないでしょう？　笠山さんは派出所に勤務しておられたわけですから、捜査協力をなさっただけだ。その捜査の陣頭指揮をとった人間は、少なくともあなたよりも責任は重かったはずです」

「しかし……さっきも言ったようにね、警察、という組織として考えてみれば、わたしも同罪だからね……」

「笠山さん、参考の為に教えていただきたいのですが」

坂上が緑子に目配せされて尋ねた。

「その時捜査の陣頭指揮をとっていたのは、どなただったんでしょうか」

「捜査本部長は城南署の署長でしたが、あとは本庁の捜一から来ていた人達が中心になって捜査が進んでいました。捜査主任を務めたのは、本庁捜一の……確か、近藤とかいう警部だったと思います。しかしご存じのように、実際に城南署に出向いて現場にあたっていたのはその部下だった人達ですね。中心になっていたのは……えぇっとあれは……ああ、そうです、安藤という若い警部補でした。大変に頭の良さそうな男で、しかしひどく冷徹な感じのする人間でしたよ。あの気の毒な大工、鹿島庄一を逮捕したのもその安藤だったと思います」

坂上の口がぽかんと空いた。だが緑子にはそれも見えていなかった。

緑子は、自分が今、深い谷底に続く断崖《だんがい》の端に立っているように感じていた。

覗き込めばそこには、暗黒がある……

3

「……ああ！　のらねこたち、たべちゃった！　十一匹みんな、たぬきのおなか。……おしまい」

緑子は絵本を閉じた。達彦はとっくに寝息をたてている。毎晩お気に入りの同じお話をせがむのに、いつも最後の頃には寝入っていて、はたして達彦はいつかこのお話の最後を知ることが出来るんだろうか、そんなことをふと考えて、緑子は声を殺して笑った。

寝顔は、無条件に可愛かった。

自分の命を引き替えにしても全然構わないと思うほど、可愛い。だが、それが子供の総てではないことを、緑子はこの頃感じるようになった。

子供は小さくてもひとりの人間だった。親の持ち物ではない。親の思う通りになどならない。そんな簡単で当たり前のことなのに、その意味を本当に知るには、時間がかかるのだ。これからの長い長い年月、いつか達彦が自分をまったく必要としなくなったと理解するその朝まで、自分はその意味を学び続けることになるのだろう。

緑子は寝床を離れた。

寝室には二台のセミダブルベッドがくっつけて置かれている。その上で達彦を挟んで明彦と眠る。そんなスタイルを選んだ時、緑子は、そんな夜が毎晩であることを祈っていた。だが、緑子が予想していたように、三人で眠れる夜はそれほど長くはなかった。

いつも、明彦か緑子のどちらかは、真夜中を遥かに過ぎてからベッドに潜り込む。宿直があればベッドの片側は朝まで冷たいままになる。

今夜も、緑子の横になっていた反対側は、ひんやりとしていた。


「おかあさん」

緑子は、和室に泊まっている母に声をかけた。

「あたし、行ってみようかな。彼のとこ」

母は起きて来た。

「そうしてあげなさいよ。夜食、何か見繕ってあげるからさ」

母は冷蔵庫を開け、夕飯の残りのおかずを取り出し始めた。

「簡単でいいのよ。きっと夜食は自分達で何か用意してると思うから」

母がおかずを温める間に、緑子は握り飯を数個作った。

明彦の好きな、熱いコーヒーをポットに仕込む。酸っぱ過ぎないモカ、が明彦の好みだ。キッチンにモカの高い香りが漂った。

弁当を紙袋に入れて、緑子はマンションを出た。

午後十時。まだ東京は宵の口だ。

大通りに出れば、タクシーは簡単に捕まえられる。

晴海の公園を出てからずっと、緑子は坂上に抱かれるようにして歩いていた。震えが止まらなかった。

だが、本庁に報告に戻った頃には、気持ちもいくらか落ち着いていた。

考えれば、さほど不思議なことでもなかった。安藤明彦という刑事がどんな仕事をする男だったのか、緑子は誰よりもよく知っていたはずなのだ。緑子自身、明彦の「罪」の片棒を担いでいた時期は長かった。明彦は聖人ではない。職務の為《ため》であれば汚い駆け引きをすることを躊躇《ちゅうちょ》っ《ら》たりはしない。容疑者を脅したり騙したり、時には証拠の残らない巧妙な暴力で苦しめてでも、自分の欲しい事実を引き出すのが明彦のやり方だった。

しかし明彦は、決していたずらに残忍だったわけではない。明彦の逮捕は、ほとんど常に事件の解決と結びついた。誤認逮捕とはっきりわかるミスを犯したことは、緑子が明彦の部下であった時期にはなかったはずだ。

だが勿論《もちろん》、勝率百パーセントというわけにはいかないのだ、この仕事は。長い刑事生活の中で一度くらいミスを犯すことがあったとしても、それで明彦を責めることは出来ないだろう。

明彦に逢《あ》って、何を知りたいのだろう、あたし。

何を言えば、このざわついて心許《こころもと》ない気持ちを伝えられるのだろう……

緑子は、タクシーの窓から光に輝く東京の夜を見つめながら、心の中で呟いた。

＊

「緑子！」

明彦は、緑子が赤面するほどはしゃいだ様子で受付に現れた。

「丁度良かったよ、今、会議の休憩に入ったとこだったんだ。ラーメンでも食いに行こうかと思ったとこだ。近くに結構旨《うま》い店、出来たんだ。行かないか？」

緑子は紙袋を持ち上げて見せた。

「お弁当、作って来ちゃった」

「そうか」明彦は本当に嬉《うれ》しそうな顔になった。「じゃ、どこかで食おう。上においで」

「外はどう？」緑子は、二人の会話に耳をすませている職員を気にしながら囁いた。「今日ね、月がものすごく、綺麗《きれい》」

明彦は頷いて、緑子の手をとった。


「はしゃぎ過ぎ」緑子は、擦れ違った職員が二人の繋《つな》いだ手を見て含み笑いしたのを見て、思わず言った。「あなたもう、偉くなったんだもの、気を付けないと」

「関係ないよ」

明彦は繋いだ手を大きく振った。

「どうせ俺は、外様《とざま》だからな」

「ノンキャリアが幹部会議に出てるってだけで、一種の天変地異なんだよ。恋女房が手弁当作って陣中見舞いに来たとあっちゃ、他人の目なんか気にしていられるか」

「外様？」

駐車場に、明彦の小型のベンツが置いてある。緑子は成金趣味のようでベンツには抵抗があったのに、明彦が、どうせならハッタリをカマしてやるんだ、と先月購入したばかりの新車だった。

そうした子供っぽい行動のひとつひとつが、明彦の抱えているストレスを如実に表している。そして明彦は、そのストレスを更に仕事にぶつけてがむしゃらに進んでいた。警視正への昇進も間近いと、辰巳《たつみ》にさえ噂《うわさ》が広まっているほどに。

だが元々、明彦には、子供っぽいところがあった。一緒に仕事をしていた間も、仕事で見せる顔と、時折覗《のぞ》かせるその自然で屈託のない少年のような顔とのギャップに、緑子は何度か驚かされた。そしてその驚きが、緑子の心を明彦にあれほど傾斜させたのだと思った。あれほど激しく、明彦を求めさせたのだと。

車内に座ると、フロントガラスを通して異様なほど明るい初冬の月が輝いて見えた。

「ヤマ、どう？」

明彦は、握り飯を頬張《ほおば》りながら訊いた。

「険しいわ」

緑子は、コーヒーをカップに注ぎながら答えた。

「とても険しい……あ、お茶も持ってくれば良かったわね。ごめんなさい」

「いいよ、コーヒーで。昼間本庁の奴と話したんだけど、いくつかメドは付いて来たらしいじゃないか。現場に共通してる車があるとか、タレントのファンクラブが関係してるらしいとか」

「うん……今日ね、また別の方向に少し、進展した」

「ふぅん。あ、この里芋、旨《うま》いなぁ」

「それ、お母さんの。やっぱりおいしい？」

「芋を煮るには年季が必要って言うからね。でも緑子、この唐揚げはよく出来てる」

緑子は笑った。

「いいわよ、そんな気を遣わなくても。それ、焦げてるじゃないの……あのね、それでね」

「うん？」

「四番目の被害者、蓼科昌宏……どうも、変なの」

「変？」

「そうなの。まずね、それまでの三つの事件と蓼科の事件とは、よく似ているようでいて、微妙に違うのよ」

「微妙に違う……」

「まず犯行の曜日。当初騒ぎになったように、三つの殺人はいずれも水曜日の深夜行われた。でも蓼科殺しは月曜日でしかも祭日。また三つの事件は午後十一時過ぎに起こっているのに、蓼科の事件はそれよりだいぶ早い。それと場所。湯浅事件は錦糸《きんし》公園、川谷事件が新宿中央公園、そして安永事件は駒沢公園。どれも都心の大きな公園の中で、人が多く集まるところではあるけれど、死角も多くて殺人と死体遺棄には見方によっては都合がいい。でも蓼科の事件は、住宅地近くの小さな児童公園で起こっている。人通りは少ないので一見犯人にとって安全のようではあるけれど、身を隠す場所がないからよほど手際よくしないと誰かに見つかるような場所だった。それからもうひとつ……蓼科昌宏はね、山崎留菜のファンなんかじゃなかった」

「山崎留菜？　それがそのファンクラブが問題だとかいうタレントか」

「そう。蓼科は、ついこの十月、それも湯浅事件が起こってから入会申し込みをしている。蓼科の婚約者に訊いても、それまでに山崎留菜のファンだったという話などまったく出ていなかったらしい……ね、蓼科事件は、前の三つとは明らかに違うのよ」

「しかし緑子」

明彦は箸《はし》を置いた。その目はすっかり鋭くなり、刑事の横顔になっている。

「五番目の事件、玉本栄の件はどうだ？　俺が読んだ資料では、玉本は金曜日の早朝に殺されてたんじゃなかったか？」

「そう。金曜日の午前四時前後ね。そして彼ひとりだけは、むーんらいと、つまり山崎留菜のファンクラブの会員でもなかった。だけど他の条件は湯浅、川谷、安永事件と合致している。あたし思ったんだけど……玉本の事件は、意識して前の四件の殺人事件との共通、非共通を攪《かく》乱《らん》しているように感じるのよ」

「それじゃ緑子は、玉本栄の殺害は、犯人の陽動作戦だと？」

「そう考えたらあまりに玉本さんがお気の毒だけれどでも……その可能性はあると思う」

「しかし何の為にそんな手の込んだことを」

「警察が蓼科事件と前の三件との違いを追及することを恐れて。つまり、それを追及されると犯人に結びつく可能性が高かった。ううん……そこまでは行かなくても例えば……前の三件と蓼科事件が同じ性質のものだと思わせておきたかった」

「緑子、君はつまり、蓼科事件とその前の三件とは……犯人が別だと……？」

「犯人が別なのかどうかはわからない。でも、犯人の最初の目的には蓼科昌宏殺害が含まれていなかったことは確実だと思う。蓼科殺害は犯人にとって予定外だった。犯人の目的はあくまで、湯浅・川谷・安永を殺すことだった」


明彦は暫《しばら》く、コーヒーを啜《すす》りながら黙って考えていた。だがやがて、頷いた。

「緑子はその線で押してみるつもりなんだな？　高須はなんと言ってる？」

「好きにやっていいって。どうせあたしはあんまり期待されてないから」

「まさか」明彦は笑った。「おまえの実力をいちばんよく知ってるのは高須だ。なるほどな……連続殺人には断層がある可能性があるわけか。だがそうなると、蓼科殺しがどうして起こったのか突き止めれば一気に解決まで持って行けるかも知れないな」

「そうなの……そしてね、蓼科が今度の連続殺人が始まった時、ある事件について関心を抱いて調べていた形跡があるのよ」

「ある事件？」

「うん……十二年も前の事件なんだけど」

緑子は、明彦の手からカップを取り、残っていたコーヒーを飲み干してポットの栓を閉めた。

「あのね、あなた、一九八五年の八月に起こった、城南署の女子大生殺人、憶えている？　あたしがまだ捜一に配属になる前……あなたと出逢う前の夏」

「城南署の……女子大生殺人」

明彦はゆっくりと繰り返した。

「……神山事件か！」

「そう。城南署の捜査二課刑事だった神山民雄巡査が起こした殺人事件。被害者は前川佳美《よしみ》、M学院短大二年生だった」

「あの事件は忘れようったって忘れられん」

明彦はハンドルを両手でパンと叩いた。

「信じられない事件だったよ。まさかな、俺達の同僚があんな恥知らずな事件を起こすなんてな。神山を逮捕してからも数ヶ月は、毎日のように警察に対する批判が新聞に載っていた。俺達も風当たりが強くなって、仕事にも随分支障を来《きた》した」

緑子は言葉を待った。明彦の口から、気の毒な鹿島庄一に対する詫《わ》びの言葉が出て来るのを。

だが、明彦は鹿島のことは口にしなかった。

仕方なく、緑子は言った。

「あの事件では、真犯人の神山が挙げられる前に、容疑者をひとり逮捕していたんでしょう？」

「ああ」明彦はあっさりと頷いた。「神山の嘘の目撃証言に合致する人物がたまたま近所に住んでいたんだ。だが結局、証拠不充分で釈放している」

明彦は、何でもないことのように言った。実際、明彦にとってみたら何でもないことなのだろう。容疑者は不起訴のまま、ちゃんと釈放されたのだから、法的に問題になるような事は何もなかったのだ……

「どうして、神山が真犯人だってわかったの？」

「どうして？　うーん、どうしてだったかな……」

緑子の質問に、明彦は暫く考えていた。記憶を辿《たど》っていたらしい。それから明彦は、ひとりでくっくっと笑った。

「思い出したよ。頑固で偏屈なデカがひとり、奇妙な実験をやったせいだ……あの時俺は五係で主任をやっていた。俺の上司は近藤警部、部下には高須や、崎山、新井なんかがいたな。俺と同じに主任をしていたのが麻生。その下には山背もいたし、高村とか伊藤、金村、田口……そんなメンバーだったかな。俺達は、最初に逮捕した容疑者が犯人に間違いないと思っていた。だが物証が出ず、公判が維持出来そうになかったので一度釈放した。その頃麻生は世田谷署に長期研修に出ていたんだが、その八月の末に班に戻って来た。丁度その時、釈放したばかりの容疑者が自殺した」

「……原因は？」

「後でわかったんだが、その男は借金がかなりあったんだ。たまたま職を失って発作的に死んだみたいだな。だが俺達は、罪の意識に耐えかねたのかと思っていた。事件は、男の自殺を自白と考えて収束する、そんな流れになりかけていた。そこに麻生が、待ったをかけた」

「待ったをかけた……」

「うん。麻生は、捜査資料と報告書、現場検証結果を実にしつこく読んだらしい。そして言い出したんだ。犯人はどこから部屋に侵入したんだろうか、とな。事件現場の部屋は一階、神山の証言では犯人は窓から逃げたという。窓は片方、割られていた。俺達は、犯人が外から窓を割って侵入したと思っていた。玄関ドアの鍵は勿論、かかっていた。窓の下、部屋の内側には窓ガラスの破片が山積みになって落ちていた。だが窓の外には、ごく細かなかけらがほんの少しあっただけだ。窓ガラスは外から割られた……と我々は信じていた。だが麻生は」

明彦はまた笑った。

「自腹切って窓ガラスにはまっていたのと同じガラスを何枚か買い込んだ。そして実験を始めた。それを一枚ずつ割っては、じっと考え込んでいたんだ。そしておもむろに近藤さんに向かって、回収された窓ガラスを鑑識で調べて欲しいと言った。大きな破片については指紋の有無は調べてあった。だが麻生は指紋の有無ではなく、土が検出出来ないかと言うんだ」

「土！」

緑子は目を閉じて考えた。

「土……あ、そうか！　窓ガラスの破片は外の窓の下からはほとんど発見されていないのね！　それなのにもしガラスに土が混じっていたとしたら！」

「ご名答。麻生は、ガラスは部屋の内側から割られ、犯人がガラスが外から割られたと偽装する為に、窓の外に散ったガラスを掃き集めて綺麗《きれい》な分だけ部屋の中に入れ、残りは捨てたと考えたんだ。その際、目立つ土やゴミなどは取り除いただろうが、相手がガラスの破片ではさほど細かな掃除は出来なかったはずだ。そして麻生の推測通り、ガラスの破片には細かな土がたくさんついていた。その土は窓の下の庭のものだった。犯人がそうした偽装をしたとすれば、犯人は窓からは入らなかったことになる。窓から入らなかったとしたらドアから入った。そして夜中に女の一人暮らしの部屋にドアから入れるのは、顔見知りかさもなければ、警察官ぐらいのもんだ。そうなると、何より怪しいのは、目撃証言をした刑事、ということになる。麻生は自分で何枚かガラスを割ってみて、その破片がどう散るか確かめたんだ。どんな割り方をしても、破片は普通、両方の側に散る。もし窓が外から割られたとしたら、確かに多くの破片は窓の内側に落ちるが、外側にも必ずいくらかは落ちるんだ。それなのに現場では、窓の外にあったのは、本当に細かな破片が少しだけだった。麻生はそれだけにこだわって、真犯人を指摘してしまった」

明彦は、フロントガラスの中の月を見つめた。

「麻生は……多分、天才だったんだ。あいつの真似は誰にも出来なかった。あいつは奇妙なデカだった。人の証言というのをほとんど信じない。いや、信じないというのではなく、初めから証言をあてにしないんだ。麻生に関心があるのはいつでも、物証だけだった。麻生にとって自白を取ることは、ただ、自分の推理を最終的に裏付ける確認作業でしかない。周囲が既に事件は終わったと考えていた時に、黙々とガラスを割って考え込んでいるなんてこと、普通じゃしないよ。今だから正直に言うが、俺は麻生に嫉妬《しっと》していた。いろんな意味で、あいつを超えられないような気がしていたんだ」

明彦は煙草を取り出して火を点けた。

昔からこれだけは変わっていない、ハイライトだ。

不思議なことに、麻生と同じ煙草を明彦は好んでいる。

「だがまあ……人生ってのはどうなるかわからないものだからな。麻生があんなことになるなんて、想像出来なかった。やっぱり、離婚が相当こたえてたんだろうな。俺はその点、あいつより運が良かった」

明彦は、緑子の肩を片腕で抱き寄せた。

「俺には緑子がいた。琴美のことで、俺も一時は絶望しかけていたんだ。何もかも放り出して蒸発でもしてしまいたい、そんなことを思った時もある。琴美を殺して一緒に死のうと考えたこともある……だけど俺には、おまえがいた。おまえが俺のところに戻って来てくれた時、俺は吹っ切れた。俺は新しい人生をおまえと一緒に始める。そう決心がついたんだ。麻生は……多分、吹っ切ることが出来ないまま、あんな生活に堕《お》ちてしまったんだな」

緑子は黙っていた。明彦は、麻生が明彦の想像も出来ないほど激しく、深く、そして破滅的な愛を選んだことを知らない。

「神山が逮捕される前に容疑者となった男に娘さんがいたこと、あなた、憶えてる？」

「娘？……ああそう言えば、いたかも知れないな」

「その容疑者の男性が自殺した時の様子については、何か聞かされた？」

「そりゃ、自殺した時点では俺達の最重要参考人だったわけだから、城南署から資料は全部提出させたよ。解剖結果では男の死因に不審な点はなく、自殺に間違いはなかったはずだ」

「その娘さんが父親の遺体につけてしまった傷については？」

「遺体の傷？」

明彦は横を向き、緑子を見た。

「……ああ……そうか、思い出した。うん、何かそんなことを城南署の刑事課長が説明していたな。娘が父親の遺体を下ろそうとして誤って傷つけたとか」

「その傷ね……電動ノコギリでつけられたものだったのよ」

明彦は、暫くじっと緑子を見つめていた。それから声の調子を変えた。

「緑子……まさかあの事件が、今度の連続殺人に関係があると……？」

「蓼科《たてしな》昌宏は湯浅事件が起こってすぐ、神山事件について独自の追跡調査を始めたようなの。まず、自分の叔父《おじ》であり、神山事件の時に自殺した鹿島庄一の遺体の第一発見者となった元警察官、笠山守を訪ねた。そしてその自殺当夜の様子と、電動ノコギリを手にして顔を父親の血で真っ赤に染めていた少女のことを聞き出した。あたしとバンちゃんは、笠山守からそのことを聞いて一度本庁に戻り、高須さんの許可を得て城南署に行きました。そして、蓼科昌宏が、城南署で神山事件を担当した古株の刑事に会っていたことがわかった。その刑事はてっきり蓼科が職務で聞いているのだと思って、その時の資料を探し出して蓼科に見せたそうよ。蓼科は神山事件そのものについてはほとんど質問せず、もっぱら鹿島庄一の娘、茨加《さやか》のその後について知りたがったらしい。鹿島父娘には身寄りと呼べるものがなく、茨加は父親の死後、福祉施設に預けられて中学卒業まで施設にいた。その福祉施設にも行ってみたんだけど、茨加は夜間高校に通いながら美容師の免許を取りたいと言って、中学卒業と同時に施設を出て、都内の美容院に住み込んだ。でも高校の方は半年ほどで行かなくなり、夜遊びを始めたみたいなのね。レディース、つまり女の子の暴走族に加わった。一九九一年十月、茨加はオートバイに二人乗りして事故を起こし、死亡」

「死亡！」

「そうなの。葬儀も行われたし、遺骨は福祉施設のはからいで、父親の遺骨が埋葬されているお墓に入れられたそうよ」

「……だったらどうして蓼科は、その女の子について調べたりしていたんだ？」

「蓼科は知らなかったのよ、その子が死んでいるってことを。でも蓼科は何らかの理由で、湯浅事件や川谷事件が、鹿島茨加と関連していると思い込んでいた。蓼科も十月三十日に福祉施設を訪ねていたわ。そして、十一月三日に殺された」

「結局……鹿島茨加は事件とは無関係だったということだな」

明彦が、呟くように言った。

その声の中には安堵《あんど》があった。明彦は今初めて、自分達が自殺に追い込んだ無実の人間の亡霊を意識したのだ。

緑子は辛かった。刃物で刺されたような痛みを胸に感じていた。

どうして自分が、明彦を断罪するような真似をしなくてはならないのか、自分でもわからなかった。

こんなに……好きなのに。愛しているのに。


だが緑子は、思いを呑み込んで静かに言った。

「無関係だとは思えない」

「……どうしてだ？　鹿島莢加は六年前に死んでるんだろう？」

「もし無関係だったとしたら、どうして蓼科昌宏が殺されたの？　ねえ、あなた、構造は単純なのよ。つまりね、今度の連続殺人は、初めの三件の事件だけで本来、終わるはずだった。犯人の目的は、湯浅・川谷・安永を殺すこと。だが湯浅事件が起こった直後、蓼科昌宏が鹿島父娘《おやこ》の事件について調べ始めた。犯人は最後の目標だった安永を殺害した翌日、蓼科昌宏が鹿島莢加の消息をたずねて福祉施設を訪問したことを知った。だから蓼科を連続殺人の一部と見せかけて殺した。だが蓼科の殺害は予定外のことだったので充分な準備が出来ず、他の三件の犯罪とは微妙に違いのあるものになってしまった。だが絶対に蓼科事件の動機を知られるわけには行かない。そこで、連続殺人全体の色彩を攪乱《かくらん》する目的で、玉本事件を起こした」

「そんな……」明彦は頭を振った。「推測ばかりで根拠がない。どうして六年も前に死んだ娘が、連続殺人事件と関係してるなんてことが簡単に言えるんだ？　しかもそれが、タレントのファンクラブとどう繫《つな》がる？」


「明彦さん」

緑子は、弁当を食べる為に点けてあった車のルームライトを消した。

月の白い光だけが、暗い車内を煌々《こうこう》と照らす。

「あなたが刑事として何を大切にし、そして何を振り捨てて生きて来たのか、あたしは理解しているつもりです。あなたの生き方、仕事に対する信念を、あたしは支持した。あなたの選択は決して、間違いだと言えるものじゃない。でも……あなたはやはり、十二年前にとても大きなミスを犯し、そのことについて重い罪を背負っていると、あたしは思うの」

「……鹿島庄一のことか？　だが鹿島の自殺は、警察だけの責任ではない」

「いいえ」

緑子は、前を向いたままはっきりと言った。

「警察の責任よ。そして陣頭指揮をとっていたあなたの、責任だわ」

「……緑子……」

「聞いて、お願い。あたし……あたし決して、あなたを責めたくてこんなこと言ってるんじゃない。あたしにその資格がないことぐらい、あたしにもわかっています。でもね、鹿島庄一の自殺を、仕方のないことだった、で片づけてしまうことは出来ないわ。あなたは神山の証言を鵜呑《うの》みにして鹿島を逮捕した。いいえ、多分、神山の証言を信じてしまってもおかしくはない状況がそこにはあったんでしょう。あなたのことだから、そんなに単純なミスを犯したはずはない。でも鹿島が無実だった以上、やはりあなたのしたことはミスよ。そしてあなたは、鹿島を三十日近くも拘置して厳しく取り調べた。鹿島庄一が精神的に衰弱してしまったのはそのせいです。借金は確かにあったんでしょう。でも鹿島が元気で働き続けることが出来れば、借金なんかあったって父と娘はそれなりに幸せに暮らして行けた。けれど、釈放された鹿島を待っていたものは、世間のあまりにも冷たい視線と、疑惑の目、そして、理不尽にも仕事を解雇されてしまうという事態だった。衰弱していた鹿島の精神が、まったく自分には落ち度がないのに、何もかも一切の幸福が奪われてしまったという信じられない現実の前で、崩壊してしまったのは当然だった」

「墓前には……謝罪したんだよ」

明彦はくぐもった声で呟いた。

「神山を逮捕した直後に」

「莢加には会いに行ったの？」

「いいや……どこにいるのか、知らなかったからね」

「知ろうとは思わなかったのね」

明彦は答えなかった。緑子は、自分がそこまで問い詰めたことに、自分で狼狽《ろうばい》していた。

明彦に何が出来ただろう？

明彦はただ、懸命に職務を遂行していただけなのだ。明彦には明彦なりの、正義と情熱があったのだ。何よりも若い命を無惨に散らされてしまった被害者の為に、明彦ががむしゃらになったとしてもそれを誰が責められる？

だが……鹿島庄一にとっては、明彦こそが加害者だったのだ。明彦と、彼が率いた警察こそが、鹿島を死に追いやった「犯人」だ。

「おまえは……俺を軽蔑《けいべつ》しているのか」

明彦が訊いた。緑子は激しく首を振った。

「いいえ！　いいえいいえ……決して。あたし……あなたを軽蔑なんてしてない……ただ……明日の朝、捜査会議でこのことを表沙汰《おもてざた》にする前に、あなたに話しておきたかったの。今度の連続殺人は、鹿島父娘の事件と必ず繋《つな》がっている。その繋がりを手繰《たぐ》って行くことはつまり……あなたの犯した罪をもう一度皆の目の前に晒《さら》すこと。あたしのこの手で……だから……だから……」

緑子は堪《こら》えきれなくなって顔を覆って啜《すす》り泣いた。

明彦は暗がりの中でまた一本、煙草に火を点けた。

「繋がっているという証拠を、おまえは握ったのか」

緑子は、弁当と一緒に紙袋に入れていた一冊の大きくて薄い本を取り出した。

「栞《しおり》の挟んであるところ」

緑子は囁いた。

「蓼科昌宏は、叔父に十二年前の鹿島庄一が自殺した夜の様子を訊いた時、鹿島莢加の着ていた服や髪型にこだわっていたそうなの。あたし、それで考えた……蓼科はもしかしたら、十二年前ナイターを観に行った夜に叔父から訊いた不幸な少女を連想させる何かを、つい最近見つけたんじゃないかって。そしてそれが殺された湯浅とも繋がるものだった。それで蓼科は、鹿島莢加の存在が湯浅、川谷の連続殺人と関連していると気付いたのよ。だとしたら今のところわかっている、蓼科がファンでもない山崎留菜のファンクラブに急遽《きゅうきょ》入会し、その同じファンクラブに湯浅も川谷も所属していたという事実、このことと無関係な筈《はず》はない。あたし、山崎留菜のマネージャーに電話して、最近山崎留菜があるスタイルで写真を撮ったことはないかと、訊いてみた。マネージャーが、それならこの写真集に入っていると教えてくれたの」

『ムーンライトソナタ』と題された山崎留菜の写真集を、明彦はフロントガラスに近づけた。月光の白さの中に、白い絹のような布を一枚からだに巻き付けた、裸体を連想させる山崎留菜の幻想的な姿形が浮かびあがる。

明彦はゆっくりと、栞の挟んであったページを開いた。

そして、大きく溜息《ためいき》を吐いた。

洗い髪のようなざんばらに流しただけの肩まで届く髪に、細かなピンクのハートが散った白いパジャマを着た、童女のような表情の山崎留菜がそこにいた。
両手に、電動ノコギリを抱えて。

犯行声明

1

その晩、明彦は明け方に戻って来た。

緑子《りこ》は浅い眠りのまま何度も目覚めては、明彦の帰りを待っていた。なぜか、このまま明彦が帰って来なくなってしまうような気がした。

自分のしたことは、ある種の裏切りなのだ。

刑事という同じ職業に就いているのだから、明彦の事情はわかり過ぎるほどわかっているはずの自分には、明彦を断罪する資格などはない。それなのになお、自分は明彦を責めたのだ。そしてその上、朝が来たら捜査本部に出向き、十二年前の警察の失態、明彦の失態が今度の連続殺人と関連していると言わなくてはならない。

緑子と達彦の為に、懸命に階段を上っている明彦の足を、緑子自身が引っ張るのだ。

だが明彦は戻って来た。

緑子は、シャワーを使う水音を聞きながら、安堵《あんど》して涙をこぼした。

寝室に入って来た明彦は、ベッドサイドのあかりをともして、少しの間本を読んでいた。緑子は、何か言おうとしたが、言葉が見つからないまま背中を向けて寝た振りをしていた。やがてあかりが消えた。

不意に、明彦が達彦を抱き上げる気配がした。ぐっすりと眠っている達彦を抱き上げ、自分のからだの方へと抱き寄せている。

緑子は、思わず身を堅くした。

緑子の予想通り、達彦を自分のベッドに寝かせた明彦は、緑子の背中に滑り込んで来た。

「あ」緑子が言葉を出そうとした口を、明彦の手がふさいだ。

「ごめん……眠かったら、起きなくてもいいよ」

明彦が囁《ささや》いた。そしてそのまま、緑子のパジャマのボタンをはずし始めた。


緑子には、明彦の気持ちがわかった。

わかったけれど、なぜかひどく悲しかった。

明彦が確かめようとしているものは、そんな形では確かめられないものなのに。

確かめるよりも信じて欲しかった。自分が本当に明彦を愛していることを。決して、軽蔑《けいべつ》などしていないということを。

達彦の寝息が聞こえる。緑子のからだの中の火は、その寝息で消えてしまう。子供の傍らでは母にしかなれない自分を、緑子は意識していた。

達彦の目を醒《さ》ましてはいけない、それだけが緑子の頭にあった。緑子は、シーツの端を丸めて自分の口の中に押し込んだ。

明彦は苛立《いらだ》っているのかと思うほど、激しかった。

或《あ》いは、寝不足がかえって明彦に軽い興奮をもたらしただけなのかも知れない。だが緑子には、いつもより乱暴に乳房を揉《も》みしだく硬い指先が、自分を責め、非難しているかのように感じられた。

*

会議は紛糾した。緑子は努めてあっさりと、感情を込めずに説明したつもりだった。だが、十二年前の冤罪《えんざい》事件とも呼ぶべき鹿島庄一の自殺とその娘、莢加《さやか》の存在は、会議に出ていた百名近い捜査員に様々な波紋を呼び起こしたらしい。

そんな中でただひとり、義久だけが冷静だった。緑子には、その冷静さはかえって不自然に思えた。義久は十二年前、安藤の直属の部下とも言える立場だったのだ。彼にとって、鹿島父娘の悲劇はひと事ではない。

だが緑子の提示した仮説はまだ、捜査の方向性を決定するほど強固なものではなかった。蓼《たて》科《しな》が鹿島父娘の事件とそして山崎留菜《るな》とを結びつけ、何かを探ろうとしていたことが事実であっても、それが今回の連続殺人と直接関係しているのかどうかまでは、まだ立証されたとは言えなかった。それに、湯浅や川谷と直接の知り合いではなかった蓼科が、どうして湯浅達が山崎留菜のファンクラブの会員であることを知り得たのか、それがそもそもまだ、解明されていない謎《なぞ》だった。

しかしその一方で、山崎留菜の元に届いた奇妙なファンレターは、捜査本部の強い関心をひいた。

山崎留菜にファンレターを送る際に自分を「ルナ」と名付けていることからしても、狂信的なほどのファンである可能性は高い。玉本栄を除けばむーんらいとの会員が殺人のターゲットにされてることからして、犯人が山崎留菜の周辺に存在していることは確かだろう。

犯人はどうやって、むーんらいと会員の名前や住所を知り得たのか。会員名簿やデータが流出している可能性はないか。

高須班は、オフィス中嶋や掛川エージェンシーを含めて、山崎留菜とむーんらいとの周囲を徹底的に捜査するよう命じられた。

一方、目撃された白いワゴン車の車種は、トヨタ・ハイエースであると特定された。目撃者の一人がトヨタのマークが付いていたのを思い出したことと、ライトの形状や車のデザインを複数の目撃証言がほぼ一致してハイエースと似ていると指摘したことによる。

だがどうしてその白いワゴンはハザードなど点《つ》けて停車していたのだろう？　目立つことをして得することは何もなかったはずなのだ、犯人にとっては。

緑子にはまだ、犯人像の具体的イメージは白い霧の中にあるように感じられた。

だが別の意味で、抽象的なイメージとしては奇妙にくっきりと目の前に浮かんでいる。

白いパジャマを着て電気ノコギリを手にした、可愛《かわい》らしい少女として。

＊

「はい、お疲れさま」

誰かの威勢のいい声がして、その場にあった緊張がほどけた。

数名が取り囲んでいた輪の中心から、山崎留菜の華奢《きゃしゃ》なからだが起きあがった。留菜は、頰《ほお》をぷっと膨らませて中嶋のところまで歩いて来た。

「あのメイク、二度とイヤ」

留菜は中嶋を睨《にら》みながら呟《つぶや》いた。

「直してって言ったのに、口紅直してくれなかった」

「ちっともおかしくないよ」中嶋は、慣れた調子で言いながら留菜の肩を抱いた。「今日もとってても良かった」

「でもあたしの出番、これで終わりなのよ」

留菜は低く、不機嫌に言った。

「最後死んじゃうなんて、初めの話と違うじゃないの、ホン」

「テレビドラマなんだから仕方ないよ、ホンが変わるのは」

「葉山のせいじゃないの」

留菜の声は次第に大きくなる。

「葉山の予定が変わったからってコロコロ、ホン変えられたんじゃやってらんない！」

「葉山隆二はこのドラマの主役だからさ、しょうがないじゃないか」

「スケジュールが確保出来ないような奴《やつ》に主役やらせるのが悪いのよ」

留菜は吐き捨てるように言った。

正論だな、と緑子は思った。だが中嶋は、とらえどころのない笑顔でただ、留菜の背中をさすっている。

「ごめんね、留菜、ごめん。僕から葉山のマネージャーにはよく言っておくから」

留菜は鼻を鳴らした。

緑子は、少し驚いていた。先夜の印象とまるで違う。仕事をしている時の山崎留菜は、二十《はた》歳《ち》という年齢より遥かに上の、大人の女の顔をしていた。どこか、獲物を狙《ねら》う猫の目のような輝きを帯びた瞳には、女優としてのプライドが溢《あふ》れ出ている。

彼女は、ただ周囲に流されてタレントをやっている頭の弱い女の子ではなかった。山崎留菜は、アイドルから女優へと脱皮する瀬戸際にいると、中嶋が教えてくれた通りだ。

彼女は賭《か》けているのだ。自分の人生を、女優という仕事に。

「留菜、移動しながらちょっと、この人達がまた話を聞きたいっていうんだけど」

留菜は緑子と坂上を一瞥《いちべつ》した。

「いいけど」

留菜は言って、にっこりした。

「あたしの便箋《びんせん》、持って来てくれた？」

「ごめんなさい、あれはまだもう少し、貸しておいていただきたいんです」

「早く返してよ。あたし、あれがないとイヤなの」

緑子は、一枚の紙を取り出して渡した。

「これで暫《しばら》くの間我慢していただけないでしょうか。カラーコピーなんですけど」

緑子は、便箋の写真をコピーしたマーガレットの花畑を広げて見せた。

「わあ、これコピー？　綺麗《きれい》に出来るのね」

「この写真、どこがいちばんお好きなんですか？」

「蝶々《ちょうちょ》」留菜は紙を手にすると、嬉《うれ》しそうに目を細めた。「この白い蝶々が、好き」

「すみません、時間が押してるものですから、先程お話ししたように移動しながらということでお願いします」

中嶋が心配そうに時計を見ながら言った。

留菜が化粧も落とさず、撮影に使った服のままで現場を離れたのに緑子は驚いた。

「私服なんですか」

緑子が思わず囁《ささや》くと、中嶋は笑った。

「ドラマには衣装提供があるんですよ。貸してくれるだけって場合もありますがね、今回は衣装合わせの時に留菜が気に入ったものをそのまま提供してくれたんです、メーカーさんが。これも有効な宣伝なんです。ドラマが当たって留菜の人気が高まれば、留菜の着ていた服がそのまま流行になるってこともありますから」

「……羨《うらや》ましいわ」

緑子が呟《つぶや》くと、中嶋は緑子の着ているグレーのスーツを見た。

「刑事さんは私服なんでしょう？」

「ええ。捜査服というのもあるにはあるんですけど……外を着て歩くにはちょっと難のあるデザインなんです」

「必要経費では落ちないんですか」

「源泉徴収ですから」

「大変ですね。でもお似合いですよ。さっきプロデューサーとも話していたんですが、現役の刑事さんはやっぱり姿勢が違いますね。村上さん、テレビに出てみるおつもりはありませんか。年末の事件特集なんかで、美人の女性刑事が出演なんてのは、彼等にとってはおいしいらしくて、紹介して欲しいってせがまれたんですよ」

「そうですね」

緑子は肩を竦《すく》めて笑った。

「年末までにこの事件が綺麗に解決していたら、上司に相談してみます」

中嶋と山崎留菜が移動に使っているのは、乗用車タイプのワンボックスカーだった。

「芸能人って外車で移動してるのかと思いましたよ」

坂上が呟くと、中嶋はまた笑いながら頭を振った。

「個人ではやっぱり外車持ってる者が多いんでしょうが、仕事ではあまり使いません。時には中で着替えたりしないとならないんで、こんなやつの方が便利なんです。あ、ご紹介しておきます。いつも車の運転したり、留菜の雑用を引き受けたりしてくれてる、三田村君です」

運転席にいた若い男が、バックミラー越しにちょっと頭を下げた。まだ頰にニキビの残る青年だった。

「それで、お話というのは？」

座席は二人掛けを向かい合わせたものだった。狭かったが、中嶋と留菜の表情を間近で見ながら質問出来るのは好都合だ。

「はい。昨日中嶋さんにお電話して教えていただいた写真なんですが」

緑子は、写真集を開いた。

「我々の予想したのとほとんど同じ構図の写真があったので、驚いているんです」

「予想した？　昨日のお話では、それがどこに載っているかお探しなんだと思いましたが」

「この写真が実在しているのかどうかも確かではなかったんです。ただ、こんなポーズというか、小道具での写真があれば、と考えただけだったんですが……そのものズバリでした」

「お話の内容がよく摑《つか》めませんが」

「申し訳ありません……まだ現段階では詳細はお話し出来ないのですが、実は、パジャマを着て電気ノコギリを手にした姿、というものにこちらの興味があったものですから。それでこのスタイルなんですが、普通に考えると突飛な気がしますよね。どうしてこんなスタイルでの撮影になったんでしょう？」

「えっと」

中嶋は留菜の方を見た。

「大垣さんが決めたんでしょ、このポーズ」

留菜は頷《うなず》いた。中嶋は写真集の奥付をめくった。

「大垣輝弥《てるや》、このところニューヨークなどで人気の高い、人物専門の写真家です。こんな風に一見支離滅裂な構図というか衣装や小道具を多用するので有名な男ですよ。他の写真を見てみて下さい……ほら、これなんかはその写真より不思議じゃないですか」

中嶋がめくったページには、昔のSF映画に出て来たような重そうな潜水服を着てヘルメットだけ小脇《こわき》に抱えた留菜が、ビジネススーツ姿の男の首筋を摑んで引きずっている写真があった。

「メッセージというか物語があるんでしょうね。僕には正直に言うと、理解出来ないんですが」

中嶋は笑いながら、留菜を見た。

「これはどんな意味だって、大垣先生は言ってたの？」

「知らない」

留菜は興味なさそうに横を向いて車外の景色を眺めている。

「どうしてこの大垣というカメラマンを起用することに決まったんですか」

「企画会議で決まったんです。僕も出席しましたよ。他にも何人か候補はいたんだが、世界的な注目度という点で、大垣輝弥がいいだろうと。留菜を脱がせるつもりはなかったんで、普通のアイドル写真集じゃ話題性の面で弱いじゃないですか。最近は、清純派で売っていた子がいきなりヘアヌード出したりしますからね。まあ留菜に関してはその手の売り方はしないというのが我々の方針ですから、それなら留菜の写真集、というだけではなくて、アートとしても評価されるようなものを作ろうということになったんです。我々の狙《ねら》いは一応成功しました。この写真集は、ドイツのフォトフェスティバルでも話題になりましたし、国内でもアイドル写真集の棚ではなく、アート写真の棚に並べてくれる本屋さんもありましたよ。ニューヨークで行われた大垣輝弥の個展にも留菜がゲストで行きまして、向こうのメディアにも随分写真を出して貰《もら》えました。最終選考で落選はしたんですが、ハリウッド映画のオーディションにも参加させて貰えたんです」

「それはすごいですね」

「ええ。来年も挑戦させてみるつもりです。留菜ももう二十歳を過ぎましたから、女優で行くか歌手で行くか、それともバラドルとして生き残りを計るかは決めないとならない。僕の考えでは、留菜の才能は女優としていちばん大きく開花出来ると思うんです」

中嶋の顔には、これまで見たこともないほどの生気が漲《みなぎ》っていた。緑子は、タレントをマネージメントすることには、創作に似た興奮があるのだと思った。中嶋にとって山崎留菜は、精魂込めて形づくった陶器にも等しい。今、留菜は窯に入れられようとしているのだ。焼き上がった時にどんな色、どんな艶《つや》になっているのかは中嶋自身わからない。だが、中嶋は信じているのだろう。それが素晴らしいものであることを。

だが一方留菜自身は、そんな中嶋の興奮をひと事のように聞いていた。

留菜は、車窓の風景にしか興味がない。中嶋の方を見ようともしない。

留菜にとって、女優という仕事はいったいどんな意味を持つものなのだろう。さっき、自分の役のセリフや出番が他のタレントの都合で変えられたと知った時の留菜の憤りは本物だった。彼女にはプライドはある。だがだからといって、留菜は仕事に命を賭けているというのとは少し違うのかも知れない。

緑子は、さっき留菜から受けた印象を少し修正した。

「山崎さん」

緑子は、膝《ひざ》がつくほど近くに座っている留菜の顔を覗《のぞ》き込むようにして訊いた。

「とても大切なことなのでよく思い出していただきたいんですが、さっき中嶋さんがおっしゃったこと、つまり、このパジャマを着て電気ノコギリを持っているという写真の構図は、本当に大垣先生が考え出された構図なんでしょうか」

留菜は、首を少し傾けた。

「そうよ。だって撮影の時には、先生とあたししかいなかったもの」

「大垣輝弥は撮影の時モデルと二人だけで撮る主義なんです。助手も使わず、ライトの調整からフィルムの交換まで総《すべ》てひとりで行うらしいですよ。この撮影は大垣輝弥の希望で、わざわざボストンのスタジオまで行って撮ったものですが、撮影が始まると我々も閉め出されてしまいました」

「その時、パジャマだとか電気ノコギリだとかは、あらかじめ用意されていたんですよね？」

「そうだと思いますね。撮影中に慌てて用意したというようなことはなかったと記憶しています」

「この写真集はいつ発売になったものですか？」

「奥付を見て下さい……九月三十日になってますね。でもその数日前からは店頭に出ていたはずですよ」

「撮影は？」

「今年の二月です。えーと」

中嶋は手帳を出した。

「二月十日に成田を発って二十日に帰国してますね。撮影は確か、中一週間ほどだったと思いますが」

「どのくらい販売されたのでしょうか」

「初版で五万部、実売で七万部程度でしたか。まあ、健闘したと思います」

「わかりました。申し訳ありませんが、大垣輝弥さんの連絡先がわかりましたら教えていただきたいのですが」

中嶋は、自分の手帳に書き込まれていた大垣輝弥スタジオの電話番号を緑子に教えた。

「しかし村上さん、本当に留菜のファンの中に、連続刑事殺しの犯人なんているんですか」

中嶋は、身震いするような仕草をした。

「たまらないなぁ、そんなことになったら。やっぱり新聞発表とかしてしまうんでしょう？」

「今日、明日中に正式発表するかどうかは決まると思いますが、五人の被害者の内四人までがむーんらいとの会員だったという事実は、隠し通すのは難しいでしょうね。今のところ第六の犯行は行われていませんが、万一ということもありますから、むーんらいと会員には注意を呼びかけないとなりませんし」

「イメージダウンは避けられないわけですか。まったく、迷惑な話だ」

「イメージの問題よりもむしろ、山崎さん自身の安全の方が懸念されますよ。この先の捜査ではっきりして来ると思いますが、仮に犯人が山崎さんのファンだったとしたら、妄想が高じて山崎さん自身をターゲットにしないという保証はありません。多分、今日中に捜査本部で山崎さんの保護が決定されると思います」

「保護というと……」

「護衛が付くということですね。警視庁には護衛専門の警察官がおりますから、決定されればすぐご連絡が事務所の方に行くと思います」

中嶋は諦《あきら》めたように大きな溜息《ためいき》を漏らした。

三田村の運転する車は、ところどころの渋滞を巧みにすり抜けて、テレビ局に到着した。

「それじゃ申し訳ありませんが、次の仕事が押してますので、我々はこれで。あ、そうだ、わたしの携帯電話をお教えしておきます。この先もどうやら、あなた方とはお付き合いしていかなければならないようですからね」

中嶋は苦笑いして、自分の名刺を出し、裏に番号を書き付けた。

「携帯の番号はなるべく人には教えないようにしてるんですよ。教えるともう、一日中かかって来るもんだから。そうだ、刑事さん達次はどこに行かれるんですか？　我々はドラマ撮りなんで三、四時間はかかりますから、三田村は一度事務所に返そうと思ってたんです。よろしかったら、どこへでもお送りしますよ」

「いえ、そんなお気遣いは」

「遠慮しないでどうぞ。三田村、刑事さん達を送って差し上げてくれ」

緑子は断ろうと車を降りかけた。その時、中嶋の携帯が鳴り出した。

「ありゃ。ね、こんなもんなんです」

中嶋は電話を繋《つな》いだ。

「はい、中嶋です。もしもし……あ、はい、はいそうですが……えっ？」

中嶋の表情が奇妙に変化するのを見ていて、緑子の背中に悪寒《おかん》が走った。少なくとも、これは朗報ではない……

「……そう、うん……うん、わかったよ。だけど僕は行かれないよ。どうしてって、当たり前じゃないか、これから留菜のドラマ撮りがあるんだ。今テレビ局の駐車場だよ……わかった、わかったったら。姉さん、ちょっと落ち着いてよ。いい？　今ね、丁度ここに警察の人達がいるんだ。どうしてって……そうだよ、その人達。だからその人達に行って貰《もら》うよ。うん……うん、事務所まではすぐだろう？　そう？　うん、頼んでみるよ。多分、すぐに行って貰《もら》えると思う。じゃ、切るね」

中嶋は携帯電話をポケットにしまってから、一度大きく息を吐いた。緑子と坂上はじっと待っている。

「刑事さん」

中嶋がようやく言い出した時、彼の口から出た声は不自然に上擦《うわず》っていた。

「今の電話、姉からなんですが」

「中嶋敏江さんですね？」

「はい。あのそれで……姉が興奮していて何が言いたいのかよくわからなかったんですけどね……何かその、姉の事務所に、おかしな小包が届いたようなんですよ」

「小包？」

「ええ。それが……」

中嶋は、おとなしくテレビ局の玄関前に立ったまま待っている山崎留菜の顔をチラッと見た。

緑子は中嶋の意図を了解し、留菜に会話が聞こえないよう、中嶋のすぐそばに寄った。

「留菜宛《あて》だったんで、姉の事務所の子が開けてみたそうなんです。そしたらですね……中に、変な手紙と……バラバラになった人形が入っていたそうなんです……その、なんですか、最近人気のある漫画のキャラクターの人形だそうで」

「漫画のキャラクター……」

「はぁ。それが……なんとか公園前派出所とかいう漫画の……警官の人形だそうです」

2

中嶋敏江のうろたえ振りは相当なものだった。元々いくらか情緒不安定な性質なのか、緑子や坂上がいくらなだめても、事務所の中を檻《おり》の中の熊のように歩き回って座ろうとしない。

だがそれも無理はないのかも知れない。

手足をもがれ、裸にされた人形の顔が何事もないように笑顔なままなのが、緑子にも叫び出したくなるほどの恐怖を感じさせた。

小包は郵便小包でも郵パックでもなく、定形外郵便として出されている。普通のポストでは多分入らないが、本局の定形外郵便物ポストなら投函は可能だったろう。これでは、投函者を特定することは容易ではない。だが望みはある。定形外郵便物用のポストは通常、局の中に設けられているので、郵便局員が投函者を目撃して記憶している可能性はあるのだ。表に書かれた宛名は、あのマーガレットの花畑の手紙が入っていた封筒と同様に、真っ直ぐな線文字だった。ボールペンの色も、やはり同じ黒だ。人形と一緒に入っていたという封筒そのものも、見たところ同じものだった。

そして便箋《びんせん》。

またもや、マーガレットの花畑。

「……確定ですね」

坂上が、便箋の写真を見つめながら囁いた。

「やっぱり、前のあの手紙、犯人のものですよ」

緑子は黙ったまま、手袋をはめた指先で慎重につまみながら、便箋を開いた。


『愛する留菜。

プレゼントは気に入って貰えただろうか。君の欲しがっていた人形だよ。

君は欲張りだから、また気に入らないと駄々をこねて別のものを欲しがるだろうね。でも、留菜、あまり欲張ると、何もかも失ってしまうからね。僕の愛だけで満足しておくれ。

また君と一緒に暮らしたいよ。

そうだ留菜、ひとついいことを教えてあげよう。

僕はあれを、グラシアのためにやったんだよ。グラシアにはまだ君のことは内緒にしてあるんだ。いつかは話さないとならないけれどね。

愛しているよ。

ルナ』

「……グラシアのために……？」

緑子は呟いた。

「グラシアって……誰？」

「村上！」

声に振り向くと、義久が立っていた。

「係長……」

「犯行声明が出たってのは本当なのか」

緑子は便箋を差し出した。

「これが犯行声明と呼べるのかどうか……まだ自信はありませんが」

義久は便箋の文字を読んだ。それから、坂上が箱に入れたまま抱いていた、人形を見た。

「いつ届いたんだ」

「二時頃だったそうです。今、港区の集配に問い合わせていますが、ご覧のように通常郵便の形態でしたので、特別な時間に配達されたということはないと思います」

「それで開けたのが、さっきか」

「いつもそうなんです」

半泣きの声が緑子の後ろからした。

「いつも、手紙は午後二時くらいに着いて、えっと三時くらいに開けます。速達でなければ……」

「君の名前は？」

義久の後ろから井筒という高須班の刑事の声がした。宮島静香と組んでいる男だ。

「あ……佐藤」

「佐藤、何？」

井筒の居丈高《いたけだか》な口調に、佐藤ははっきりと脅えた目になった。

「……亜佐美」

「で、君がこの包みを開けたんだね？」

佐藤が頷いた。井筒はなおも佐藤に質問を続けた。緑子と坂上のことなど、まるで無視して。

緑子は坂上に目配せした。

部屋の後方、いつもの自分の席で、大川泉は相変わらずパソコンに向かっている。

「大川さん」

緑子が近づくと、泉は顔を上げてにっこりした。

「大変でしたね」

緑子は、泉の横の椅子《いす》に座った。

「びっくりしたでしょう、あんな人形が出て来て」

「別に」泉はにこにこしていた。「だってただのお人形でしょう？　なんでみんなあんなに大騒ぎしてるのかわからないわ。前に、ひからびたトカゲが入っていた時の方がずっと恐《こわ》かった」

「ひからびたトカゲ？　それも山崎さん宛のファンレターに入っていたの？」

「ううん、さざなみ健二。演歌歌手の。ゴキブリの時は風間詩乃《しの》宛だったかな。それより、刑事さん、これを見て」

緑子は画面を覗き込んだ。

河原でオートキャンプをしている写真が映っている。

広々とした河原だった。流れる川の水に光が反射して煌《きら》めく、美しい写真だ。

泉がマウスをカチッと鳴らすと、画像は切り替わって別の写真が出た。シイタケのほだ木が並んだ林の写真。また画像が変わり、今度は野鳥の写真だ。何という名前なのか、青くてとても美しい小鳥が梢《こずえ》にとまっている。

「素敵な場所ね」

緑子は、故郷の松本を思い出して呟いた。

「どこの写真?」

「朽木村《くつき》」

「朽木村? どこにあるの?」

「知らない」

泉はまたマウスを鳴らした。タイトルのような画面が出る。


『朽木村の四季』


「これ、インターネット?」

「うん」泉が頷いた。「彼から教えて貰ったの。綺麗なページだよって」

「そう……あ、滋賀県朽木村、って書いてあるわね。滋賀県か……」

「ほんとだ」

泉はふうっと溜息《ためいき》をついた。

「綺麗だけど……滋賀県ならやだな」

「……どうして？」

「別に」泉は肩を竦《すく》めた。「なんとなく」

「……香田雛子《ひなこ》。この人が作ったページなのね」

緑子が作者に興味を抱いたのに合わせて、泉が作者の自己紹介のページを表示してくれた。香田雛子。雑貨店『雛まつり』経営。

「雛まつり、だって」

泉はクスクスと笑った。

「あたし、雛祭りって大好きなの」

「そうね、お雛様っていいわよね、いつ見ても」

「女の子だけのお祭りですもの、特別よ」

そう言って頭を揺らした泉の顔は、どんな雛人形よりも可愛らしい、と緑子には思えた。中嶋敏江が残念がるのも無理はない。これだけの容姿とこれほどの表情は、探してもなかなか見つかる素材ではないだろう。

「村上さん！」

泉とのひと時の楽しみに突然割って入った大声で、緑子は現実に引き戻された。

「高安さん……」

緑子は驚いて立ち上がった。

「良かった、あなたがいてくれて」

高安は憤懣《ふんまん》やるかたない、と言った口調で大袈裟《おおげさ》な身ぶりをして見せた。

「いったい何だって言うんです、中嶋さんからの電話で駆けつけたのに、あなたのお仲間は何も説明してくれないばかりか、今日のところは帰れだなんて言う！」

高安はオフィスの中にいた刑事達を睨《にら》み付けた。

「捜査令状もないのに机の引き出しを開けようとしたもんだから紳士的に文句を言っただけで、僕の腕に手をかけてつまみ出そうとしたんだ！　村上さん、こうしたことは黙って見過ごすわけには行きませんよ。あなたなら僕に納得の行くような説明をしてくれるでしょうね？」

「高安さん」

緑子はまた腰を下ろし、自分の隣の空いている椅子に掌を向けた。

「ともかくお座りになったら？」

高安晴臣はちょっと眉《まゆ》をしかめたが、おとなしく緑子の隣の事務用椅子に座った。

「中嶋さんとあなたがお知り合いだとは存じませんでしたわ」

「そうなんですか？」

高安は皮肉な笑みを浮かべた。

「掛川エージェンシーもオフィス中嶋も僕の事務所のお得意ですよ。そんなことくらいとっくに調べがついているんだと思ってましたがね」

「調べたのかも知れませんけど、あたしにはあまり興味がありませんでしたから」

「捜査本部の風通しはあまり良くないってことですか」

「ご想像にお任せいたします。それより高安さん、事件が事件ですからあたし達が多少イライラしてるのはご理解いただけないかしら。どうしてこんなことになってるのかは、あなたが直接中嶋敏江さんから後でお聞きになればいいことでしょう?」

「警察には説明する義務があります。日本の警察はいつだってこうだ、捜査の為だったらみんなが我慢するのが当たり前だと思ってる。我慢して貰いたかったら、なぜ我慢しなくちゃならないのかちゃんと説明すべきですよ。連続刑事殺しの犯行声明が届いたからって、どうしてこのオフィスのキャビネットを片端から開けなくちゃならないんです? リストを提出させたいのなら、そう言いなさい。納得した上での捜査協力なら断るつもりはないんだ」

「その言い方だと」

緑子はフフッと笑った。

「まるでこの事務所があなたのもの、みたいに聞こえるわ」

高安は何も言わずに、苛立《いらだ》たしげに指を鳴らした。それがこの男の癖なのかも知れない。

「やっぱり」

緑子は高安にからだを寄せ、囁いた。

「やっぱりそうだったのね。初めはこの事務所は掛川エージェンシーのトンネル会社なのかと思っていたけど、あなたが中嶋敏江を山内の車で送って来たのを見たんで、もしかしたら、ここはイースト興業の脱税対策のひとつなのかな、と思い始めていたところだったの。それとも、山内個人の、かな？」

「あなたってひとは」

高安はククッと笑った。

「少しは言葉を選ぶってことを学ばないと、いつか誰かに名誉毀損《きそん》で訴えられますよ。いいですか、脱税というのは犯罪です。脱税対策と言えば、犯罪を指摘していることになる。正しくは、節税、と言うんですよ。覚えておくといい」

「それは国税庁が決めてくれるわ、いつかね。ともかく、節税対策しかしていないのなら、そんなにうろたえなくてもいいでしょう？　キャビネットを開けてちょっと見るぐらい、大目に見て貰えないかしら？」

「美しい人妻の個人的な頼みでしたらきけないこともないんですが」

高安は横目で緑子を見た。

「今のあなたの頼みでしたら断ります。手帳を家において、あなたによく似合いそうなもう少し色気のある服を着て出直していただけませんか」

「持ってませんもの、そんなお洋服」

「あなたの誕生日は、いつです？」

「そんなこと聞いてどうなさるの」

「プレゼントにワンピースでも一枚、どうかな、と考えたんです」

「嬉しいんだけれど」

緑子は肩を竦めた。

「賄賂《わいろ》を受け取ったりしたらあたしも犯罪者になってしまうのでやめておきます。ともかく高安さん、今回の事件がどれほどの社会的衝撃をもたらしているか、この事件の犯人を野放しにしておくことが市民生活にどれほどの脅威となるか、それはあなたにもおわかりいただけるでしょう？　あなたにあらためてお願いします。むーんらいと会員の全リストと申し込み書の控えを、警察に提出していただけるよう、中嶋敏江さんを説得して貰えないでしょうか。それと、中嶋さんはじめここの関係者全員にもう一度詳しい事情聴取をしたいので、それも納得していただきたいの」

高安は、仕方ない、という顔で頷いた。

「わかりました。だが僕は掛川エージェンシーの希望を代弁する立場にもあるんでこれだけは念を押しておきますが、どんな形であれ、今度のことで山崎留菜の名前が出て大騒ぎになることは目に見えている。不用意な誤解を避ける為にも、判明した事実は出来る限り山崎留菜サイドに伝えていただきたい。それと、山崎留菜の安全の確保も徹底して貰いたい」

「それはお約束出来ると思います。多分、もう山崎さんの方には警視庁から担当が派遣されている頃じゃないかしら。この小包事件がなくても夕方までには山崎留菜さんを護衛する手続きが完了するはずでしたから」

高安は立ち上がり、それまででいちばん愛想のいい顔になった。

「いずれにしても今回は、あなた方と敵対関係にならずに済むようですね。それだけでも、僕にとっては嬉しいことだ」

「あなたにその気がおありになるなら、今後も敵対関係などにはならずに済むはずですわ」

「いつだって僕は警察に協力したいと思ってますよ。ただし」

高安は一瞬、笑顔を引っ込めた。

「警察が市民の権利を侵害し、自由な生活を抑制するような真似をしない限りにおいてはね」


「おじさま」

突然、緑子の隣で画面に向かっていた大川泉が呼びかけた。

「ねぇ、お話が済んだのならこれ、見てちょうだい」

高安は、泉を見て優しい顔になった。

「うん、泉ちゃん、何かな」

「とってもステキでしょう？　このお花畑」

高安は泉の前のパソコンを覗き込んだ。緑子も座ったまま、姿勢を変えて画面を見た。


途端に、緑子の全身が強張《こわば》った。


「……大川さん、これ……」

緑子の声はひきつった。高安が緑子の異様な反応に気付いて、緑子の肩に手をおいた。

「村上さん、どうされました？」

「この花畑！」

緑子は立ち上がり、高安を押しのけて泉のパソコンに屈《かが》み込んだ。

「これはどこ？　何の写真なの？」

「村上さん、いったいどうされたんです……？」

「バンちゃん！」緑子は高安に構わず叫んだ。「すぐ来て！」

部屋の反対側で中嶋敏江と話をしていた坂上がとんで来た。

「これ見て！　この花畑よっ！」

画面を覗き込んだ坂上が息を呑《の》む音がした。

「これは……あの便箋《びんせん》と同じだ……間違いないですよ、同じ花畑です！」

3

「インターネットの写真って、そんなに簡単にコピー出来るんですね」

緑子は感心して、高安の手元を見つめていた。

「写真や画像を手に入れる方法としては、これ以上簡単な方法はないと言えるかも知れません」

高安は、フロッピーに画像を保存して取り出すと、それを緑子の手に渡した。

「普通、パソコンの画像というのは、フォーマット、つまり画像の保存形式が使用パソコンによって違っているんです。大きく分ければ、Windows 系と Macintosh 系の二つの系統があり、他にも幾種類かあって、それぞれに互換性はないのが普通です。ですが数は少ないながら、どの系統からも見ることの出来る保存形式というのがあります。この花畑の写真に使われている、JPEG と呼ばれているのがその一つですね。インターネットというのは基本的に使用パソコンを選びません。ですから、インターネット上に共通形式のフォーマットで画像を掲示しておけば、ほとんど世界中のパソコンからその画像をコピーすることが出来るわけです」

「この画像をインクジェット形式のプリンタで印刷することも出来るわけですね？」

「プリンタをパソコンと繋《つな》ぎ、ドライバと呼ばれているソフトをインストールしてやれば出来ますよ」

「そうした作業に、何か専門知識って必要でしょうか」

高安は笑った。

「まったく必要がないというわけじゃありません。ただ、特に難しいこともないと思いますね。ちゃんとマニュアルを読みこなす力があるか、誰かに教えて貰うかすれば、小学生にだって充分出来ますよ。しかし……この写真がそんなに重要なんですか？　僕にはただの、マーガレットの花畑にしか見えないが」

「わたしにも、そうとしか見えないんです」

緑子は笑いながら、山崎留菜に手渡したものと同じカラーコピーを取り出して高安に渡した。

「いずれ掛川エージェンシーの中嶋さんからお聞きになることだと思いますので、話しておきます。この写真が裏に印刷された便箋で、最初の手紙も届けられたんです」

「……ほう？　ということは、今日届いたというものにも、これが印刷されていたってことですか」

「はい。まだ公開は出来ませんが、科研の方の調べで、印刷したインクジェットプリンタの機種は特定出来ています」

「そうなると購入者の割り出しは簡単じゃないのかな。まだこの手のカラープリンタというのは、販売台数が膨大というほどではないはずですからね。しかも、最近の傾向で、こうしたOA機器は購入者がメーカーに顧客登録をするようになっているはずですから。プリンタに付属しているプリンタドライバというのはソフトウェアなんで、普通の顧客でしたらID登録もしていると思いますよ。そうしないと、アップグレードサービスなどが受けられないですから。しかしまあ……それでも何千という数にはなるんでしょうが」

「確かにそちらの方面から購入者が特定出来れば、これを印刷した人物も割り出せると思います。ただわたしは、その人物がどうしてこんな写真を印刷した便箋を使ったのかに興味があるんです」

「綺麗《きれい》だったからよ」

集まっている捜査員の陰から、自分のパソコンに向かったままの泉の声がした。

「綺麗だもの、この写真」

「そうかも知れません」

緑子は、腕組みして立ったままの捜査員の陰に隠れて見えない泉に微笑《ほほえ》みかけた。

「案外、そういうことだった可能性はありますね。大川さん、ありがとう。あなたのお陰で、とても重要なことがわかったわ」

「その写真は、朽木村というところの写真ってことだな」

「写真の題名がただ『初夏』となっていますから確かなことはわかりませんが、掲載されていたホームページの題名からして間違いないでしょうね」

「村上さん……この香田雛子という方に会いに行かれますか？」

高安はなぜか、探るような目つきをして言った。

「そのつもりですが……高安さん……この香田雛子という人を知ってるんですか？」

高安は曖昧《あいまい》な笑みを浮かべたまま、思案するように小首を傾《かし》げた。

「いや……直接知っているというわけでもないんですがね……村上さん、意地悪をしているわけではないんだが、あなたが直接その人に会われるまでは、僕が何か言うのは差し控えた方がいいのかも知れない。先入観は偏見に繋《つな》がりますからね。ですがこれから会いに行かれるのでしたら、香田さんの経営されている『雛まつり』という店の住所でしたらわかりますので、お教えしますよ」


緑子は少し迷ったあげく、大垣輝弥のスタジオに行くのは他の捜査員に任せることにした。坂上はひどく不満そうだった。それはそうだろう、今の段階では、大垣輝弥がいちばん犯人に近い、という見方も出来るのだから。

だが緑子はどうしても、あの写真のことが気になった。

一面のマーガレットの花畑。そこに点々と飛び交う白い蝶々《ちょうちょ》。

山崎留菜に手紙を送った「ルナ」はどうしてその写真を選んだのか。ただ綺麗だったから、という大川泉の言葉が、緑子にはとても新鮮だった。その通りなのかも知れない。ルナはその写真が気に入った。とても。そしてそれを「愛する」山崎留菜に送ったのだ。ルナの感覚は確かだった。現に、山崎留菜はその便箋がひどく気に入って肌身離さず持っていたのだから。

しかし『朽木村の四季』という題名のホームページにアクセスしたのが偶然ではないとしたら、そこにルナに直接通じる一本の道がある可能性があるのだ。

緑子は高須の許可を得ると、坂上と連れだって『雛まつり』のある門前仲町へと急いだ。

地下鉄の階段を登ると、そこは懐かしい匂《にお》いに満ちた下町だった。

この辺りの管轄は辰巳《たつみ》ではなかったが、辰巳署もすぐ目と鼻の先だ。

高安がメモしてくれた簡単な地図のおかげで、『雛まつり』はすぐに見つかった。深川八幡宮の門前から数分の、表通りに面した小さな店。

「なんだか、俺なんか入るの気後れするような店だな」

坂上が照れ笑いした。確かに、その店は完全に女性の顧客に的を絞った構えをしていた。和風に和紙や稲穂でアレンジしてある蔓草《つるくさ》のリースが暗めの赤に縁取られたガラスのドアに飾られ、開けるとコロンコロンと気持ちのいい音がする。上を見ると、ドアの呼び鈴代わりに取り付けてあるのは、古びたカウベルだった。

店内は狭かったが、緑子にはとても居心地のいい空間になっていた。

木製の食器や陶器製品、緻密《ちみつ》な絵の描かれたろうそく、竹で編んだ小物入れ……思わず手にとって眺めたくなるような工芸品が、シンプルな棚にゆったりと並んでいる。草木染めらしい地味で素朴な色合いの毛糸の玉がいくつも、店の隅の籐《とう》かごの中に入れてあった。それで編んだセーターも飾られている。

陶器で出来た猫や犬、蛙《かえる》などがいくつもいくつも、緑子と坂上の方を向いている。

クリスマス用品のコーナーには、外国製らしいアンティークな風合いのオーナメントが籠《かご》に入れられて置かれていた。

几帳面《きちょうめん》な美しい文字で書かれた『クリスマスケーキ用ドライフルーツ、お分けいたします。一〇〇グラム二百円より』の札。

一日中この店の中にいてひとつひとつの品物を眺めていたい。

緑子がそう思った途端に坂上が緑子の耳に囁いた。

「先輩、仕事して下さい、仕事。終わったらご褒美に何か買ってあげますから」

緑子は坂上の脇腹《わきばら》をつついてから、店の奥に向かって声をかけた。

「ごめんください……どなたかいらっしゃいませんか？」

「あ、はーい」

女性の柔らかな声がした。

「すみません、お待たせしてしまって」

店の奥の階段から、人の降りて来る気配がした。やがて、四十代くらいのおかっぱ髪をした女性が、和服姿で降りて来た。

緑子は思わず、その和服にみとれた。渋い抹茶の色をした、とても落ち着いているのにどこかモダンな着物だった。

「あの」

緑子は言いかけて、その女性が階段を降りきってモスグリーンの鼻緒のついた小振りの下駄を履く姿にみとれた。

しとやかで優雅で、そして控えめな仕草だった。良家の嫁、そんな言葉がそのままあてはまりそうな女性だと緑子は思った。

だがどうやら、その女性が店主の香田雛子その人らしい。ゆっくりと階段下の小さな隙間《すきま》に置いてあったレジスターに近寄り、鍵《かぎ》を差し込んで何か暗証番号のようなものを打ち込むと、レジスターがカシャンと開いた。

「ごめんなさいね、お待たせして。はい、それで……何かお探しですか？」

香田雛子は、緑子が何も商品を手にしていないので不思議そうな表情をつくって小首を傾げ、微笑《ほほえ》んだ。

その途端、緑子の背中に戦慄《せんりつ》が走った。

片エクボの出来たその頰の愛らしさに、緑子は見覚えがあった。

そしてその見覚えが、連鎖反応のように緑子の認識を走り抜けた。

その優しく大きなアーモンドの形の目にも、華奢《きやしや》で小振りの鼻にも、閉じているとふっくらして見える唇にも……そして、その長い睫毛《まつげ》と……日本人にしては色の薄い、その瞳にも！

凍り付いたように香田雛子の顔を凝視している緑子に気付いて、坂上が何か言おうとしかけた。だがそれよりも先に、香田雛子が口を開き、静かに言った。

「そんなに似ておりますか、あたくし……弟に」

雛子が微笑んだ。恐ろしく淋《さび》しげな笑顔だった。

緑子は頷《うなず》いた。

「……警察の方……ですね」

雛子は、納得した、というようにもう一度微笑むと、レジスターの前を離れて階段を掌で示した。

「どうぞおあがり下さいな。お店では……何でしょう？」

緑子は坂上と目配せしあってから、礼を言って雛子について階段を上がった。

下町にはよくある、小さな店舗付住宅だった。十坪ほどの店の二階に二つか三つの部屋と台所がついている。

狭くて短い階段を上ると、和室の居間があった。その隣は寝室だろうか襖《ふすま》が閉められ、居間のはずれには畳二枚分ほどの板の間があって流し台がついている。

部屋はとても綺麗に片づけられていて、まるで来客の予定をたてていたかのようだった。だが多分、これが香田雛子の自然な習性なのだろう。

炬燵《こたつ》が出されていた。かかっているカバーは藍染《あいぞめ》の布のキルティングという凝ったものだったが、手製の品に違いない。

総《すべ》ての調度品が雛子の風情そのままに、地味で落ち着いていて、そして優雅に見える。だがその中でたったひとつ、液晶ディスプレイを開いたままのノートパソコンが、壁にそって置かれた木製の書き物机の上で異彩を放っていた。

「あの、よろしかったら炬燵の中に足を入れて下さいな。狭いところですので、その方がお楽じゃないかしら」

確かに、正座しているには空間が狭かった。炬燵にかかっているカバーが大型なので、炬燵の外にはスペースの余裕がない。

緑子は雛子の言葉に甘えることにした。坂上も、緑子にならって遠慮がちに足を炬燵の中に入れる。

「丁度今、甘酒を沸かしたところなんです」

雛子がガス台にのっていた小さな片手鍋《かたてなべ》から、白い液体を湯呑《ゆの》み茶碗《ぢゃわん》に注ぎ始めた。

「付き合っていただいても構いませんわよね？　勤務中でも、甘酒なら……」

「いえ、お構いなく」

「遠慮しないで下さいな。遠慮されたら、あたくしも飲めなくなってしまってつまらないわ……まさかあたくしひとりが飲むのを観察するだなんて、おっしゃらないでしょう？」

雛子はすぐに、湯気のたつ湯呑み茶碗を三つ、盆に載せて炬燵まで運んで来た。

「なんだか嬉しいですわ。お茶の時間にお客様が来て下さると」

雛子は微笑みながら緑子と坂上の前に湯呑み茶碗を置いた。

酒粕《さけかす》の豊かな香りに混じって、おろした生姜《しょうが》の清々《すがすが》しい香りが立つ。


「熱いので、舌を火傷《やけど》しないで下さいね」

雛子は笑った。

「ああ、いい香り……あたくしね、甘酒って大好きなんです。冬も好きなの。だから秋が終わるのが待ちきれなくて、もう炬燵なんて出してしまったの」

雛子は、ひとくち甘酒を啜《すす》ってから緑子の顔を見た。

「弟の話でしたら、あたくし、何を聞かされても驚きませんから……遠慮なさらないで。それで、あたくしは何をお話ししたらよろしいのかしら？」

緑子は雛子の顔をもう一度落ち着いてゆっくりと見た。

確かにそっくりだった。あの男を女にすれば、丁度こんな風になる、そんな顔形だ。

だが、細かなところでやはり、年齢の開きは感じられた。目尻《めじり》に上品に入った数本の皺《しわ》が、姉としての雛子の存在を緑子に納得させる。

緑子は、雛子の色の薄い瞳の中に漂う深い諦《あきら》めと悲しみを見つめた。

血を分けた弟が悪魔であることで、この女性の人生には拭《ぬぐ》いきれない影がさしている。

緑子は、高安が知っていて緑子に告げなかった理由を汲《く》み取った。初めからあの男の姉だと知っていたら、彼女のことをこんな風に同情したり、好きになりかけたりはしなかったかも知れない。

そう……緑子は、この香田雛子という女性に魅せられていた。あの心憎いほどに魅力的な品物を選んで店に並べる感性や、簡素な中に極めて独創的でレベルの高い自分流のお洒落《しゃれ》を表現する感覚に。


「弟さんの……山内練《れん》さんのことでお訪ねしたわけではないんです」

緑子は、静かに言って、座ったまま頭を下げた。

「ご心配おかけしてしまって、申し訳ありません」

坂上が無言のまま驚いて緑子を見た。緑子は視線で、坂上に頷いた。

「弟のことでは、ないんですの？」

雛子はちょっと驚いたようにまた小首を傾げた。

「あら……でも、警察の方だと……」

「はい」

緑子は名刺を出した。坂上も同様にした。

「辰巳署捜査一課の村上と申します。こちらは新宿署捜査一課の坂上。二人とも、ただいまは連続警察官殺人死体損壊遺棄事件の捜査本部におります」

雛子の口がぽかんと開いた。

「連続警察官……殺人って……あの、あの今、騒ぎになっている？」

「はい」

「あ、でも」雛子は狼狽《ろうばい》した。「あんな事件は……いくらあの子でも、あんなことは……」

「ですから、弟さんとは無関係なことでお聞きしたいことがあるんです」

「……弟と無関係なことで、あの事件とあたくしとが何の関係が……？」

「香田さんは、インターネットに『朽木村の四季』というホームページを掲載されていらっしゃいますね？」

「ええ」

「香田さんと滋賀県朽木村とは、どのような関連があるのでしょうか」

「え？」

雛子は聞き返してから、困ったように笑った。

「警察の方でしたらご存じかと……弟のことでおわかりでしょうが……」

「我々は、暴力団関係の事件はあまり手掛けないんです」

坂上が言った。坂上にも、この女性が、春日《かすが》組若頭《わかがしら》の実姉だという事実が呑み込めたらしい。

「山内さんのことについても、捜査上必要になれば情報を他の課から入手しますが、現在はその必要がありませんので」

「そうなんですか……あたくし、警察の方でしたらみんなあの子のことは調べているもんだと思っていました」

雛子は自嘲《じちょう》するように笑った。

「別に珍しい関連、というものはないんです。あたくしも、それから勿論《もちろん》、弟も、朽木村の出身、というだけのことです」

「ご出身が……」

「はい。弟は、高校から京都に出て、大学は東京でした。あたくしは高校まで地元におりましたが、大学は京都にしましたし、卒業と同時にこちらに嫁いでしまったものですから……二人とも、随分前に朽木は離れております」

「あのホームページはご自分で？」

「ええ」

雛子は照れたように下を向いた。

「ここのお客様の中に、専門学校でああしたことを教えていらっしゃる方がいまして、アドバイスして下さるんです。初めはお店の宣伝でもしようかと考えたのですけど……なんだかそれも恥ずかしくて、あんなものに」

「写真もご自分でお撮りになったのですか」

「はい。あたくしはご覧のように気楽なひとり暮らしですから、年に何回か朽木に帰ります。帰った時に気ままに撮った写真を、近くの写真屋さんでフォトCDというものにして貰って使っています。本当はスキャナーが欲しいんですけれど……趣味にあまりお金をかけるのも、もったいないなんて思ってしまって」

「あの中に、マーガレットの花畑の写真がありましたね」

「マーガレット……？」

「たくさんのマーガレットが咲いている中に白い蝶々が飛んでいて、題名が『初夏』となっている写真です」

「ああ！」

雛子は思い当たって、嬉しそうな顔になった。

「あれですか。そうですね……花の写真のように見えるかも知れないですわね」

「違うのですか？」

「ええ、まあ……どちらでもいいんですけれど、主役は花ではなくて、あの蝶の方なんですよ。知っている方が見ればおわかりいただけるんですが、あの蝶は朽木から北山の一帯にいる蝶で、五月の末から六月の初め頃にしか出て来ないんです。あたくしの田舎では、あれのことをシロチョウと呼んだりして親しんでおりました。今でも、季節になると蝶々を集めている人などが網を振っている光景に出逢《であ》います」


緑子は、新しい発見に高鳴る胸を押さえた。

問題は、蝶々の方だったのだ。

平凡なマーガレットの花ではなく。


「何という名前の蝶々なんでしょうか」

「ウスバシロチョウといいます」

雛子は立ち上がり、書き物机の引き出しから簡易アルバムを持ち出した。

「これですね」

雛子が開いたページに、左右二枚ずつ蝶の写真が収まっていた。

繊細な感じのする蝶だった。だが白というよりは灰色に近い色で、しかもその羽は透き通っている。とまっているマーガレットの葉の葉脈がくっきりと、羽の下から透けて見えた。

「羽はほとんど透明なんです。でも羽についている粉が灰色なんですって。地域によってはもっと白くなるらしいんですけれど」

「朽木の付近以外にも棲息《せいそく》しているんですね？」

「そうだと思いますよ。東京でも多摩《たま》の方にはいるんじゃなかったかしら。でもやはり自然が壊されて、数は減らしているそうですけれど」

雛子は写真を眺めながら、ほんの少しの間、淋しげな笑顔ではなく、幸せそうな微笑みを見せた。

「京都の女子大に入って村を離れた時、あたくし、ああやっと田舎から抜け出せたって嬉しくてたまりませんでした。今は道路も良くなって温泉なども湧《わ》いて、京都市内との行き来がとても便利になりましたから、田舎とは言ってもさほど隔離されているという感じはしないんですけれど、あの当時……もう二十五年も前ですが、あの頃は本当に不便なところで……でも、今になって振り返ってみれば、あの村で暮らしていた時代がいちばん幸福だったようにも感じられるんです。あたくしにとっても……練にとっても。この蝶が飛び交う季節はとても美しいんですよ。山は新緑に覆われて、川では鮎《あゆ》やヤマメが跳ねる姿が見られます。あたくしと練とは七歳離れておりまして、あの子が生まれた時あたくし達の母親が病気をしたものですから、あの子をおぶって歩くのはあたくしの役目でした。もうひとり、あの子の兄にあたる上の弟がおりました。三つになったばかりの宗《そう》……上の弟の名前です……の手をひいて、練をおぶって、あたくし、河原を歩くのが好きでした。宗は小石を拾うのが好きで、ポケットに入りきれないほど詰め込んで家に戻るんです。あたくしはその小石を洗って、それに絵を描いてやりました。このシロチョウの絵も、たくさん描いたような記憶があります。その石はずっと後まで家に残っておりまして、練が小学校にあがる前には、それでよく遊んでいたようです」

緑子は、問われもしないのに話し続ける雛子の美しい面立ちを見つめ、胸が締め付けられるような痛みを感じていた。

雛子にとって、山内はいつまでも、自分がおぶって子守をした可愛い弟に違いないのだ。どれほど今の山内が極悪人であろうとも、その過去を雛子の記憶の中から消し去ることは出来ない。山内がああした生活を続け、反社会的な人間であり続ける限り、雛子の苦しみは続いて行く。

黙っていればいつまでも、雛子は弟達との楽しかった日々について語り続けていただろう。緑子もまた、それをじっと聞いていてやりたいような気持ちだった。雛子にとっては、皮肉なことに、弟の話を出来る相手といえば、その弟が今どこでどんな暮らしをしているのか知っている人間でしかないのだ。何も知らない人を相手に弟との思い出を語れば、必ず質問されるだろう……で、その弟さんは今、どんなお仕事をなさっているのですか？……嘘《うそ》を吐《つ》かなければならないとわかっている相手にその話は出来ない。

だが、雛子の言葉はやがて途絶えた。

雛子は、小さな溜息《ためいき》と共にアルバムを閉じると、緑子の顔を見た。

「それで、あの写真がいったい、どんな？」

「……とても奇妙に思われるかも知れないのですが、実は、香田さんのホームページからダウンロードしたと思われる、あの『初夏』と題された写真とまったく同じ写真が、今回の事件と深く関連している、ある手紙の裏に印刷されていたということがわかったんです」

「手紙の裏に、印刷？」

「はい。具体的にはその手紙は、タレントの山崎留菜さんに宛《あ》てられたファンレターの、便箋に印刷されたものでした。便箋自体はごく普通のインクジェットプリンタ専用のA4サイズ用紙でして、それにあの写真を印刷し、裏側の白紙に手紙が書かれていたわけです」

「まさか……そのファンレターを書いたのが、あの恐ろしい事件の犯人だとでも……」

「それはまだわかりません。その手紙が本当に事件と関連しているのかどうかも今の段階では確定的ではないんです。ですが、関連している可能性は高いとみられています。その、シロチョウの写真は香田さんがあのページをインターネットに掲載されたのは、いつのことでした？」

「つい最近なんですよ……えっと、九月頃からだったと思います。香田さん、確か、先月の初めに出しました」

「どのくらいの人がアクセスしているのかはわかりますか」

「さあ……アクセスカウンターというものを付けるとわかるそうなんですが、付けていませんし……どこにも登録などはしていないものですから。ただ、数は少ないのですけれど、お友達にはお知らせはしてあります」

「そのお友達のお名前などを教えていただくことは出来ますでしょうか」

「それは構わないと思いますが……あの、刑事さん……」

雛子は目を伏せた。

「あたくし、こんなことをお願い出来る立場ではないのはわかっているのですが」

「ご遠慮なく言って下さい。私達で出来ることでしたらいたします」

「はい、あの……あたくし、主人に先立たれまして……胃癌《いがん》で四年ほど前でしたが、それからもずっと香田の姓を名乗って生きて参りました。これからも出来れば……山内の名前では生活したくないと考えております。それというのも……」

「弟さんのことでしたら」

緑子は小声で、下を向いてしまった雛子の耳に囁いた。

「お友達にはわからないようにいたします。どうかご心配なく」

「ありがとうございます」

雛子はそのまま、頭を下げた。

「身内のものがこんな薄情なことを言うなんてと、呆《あき》れられると思います。ですけれど……あたくしには、耐えきれないことなんです。あの子が最初に刑務所に入った時には、主人に離縁されるのも覚悟しておりました。香田の家は代々銀行関係の堅い仕事に就いておりまして、主人もあの当時は都銀に勤めておりましたから。ですが主人は、あたくしの為に、身内の反対を押し切って銀行を辞め、会社をおこしました。たとえ義弟が前科者でも、一国一城の主ならば誰にも文句は言われないからと……ですがそんな主人の気持ちを裏切って、あの子は更生してはくれませんでした。それどころかどんどんと深みにはまって……主人が亡くなる時も、あの子のことを最期まで心配していてくれたんです。そのことを手紙にも書きましたのに……葬儀にも来てはくれず……」

雛子が顔を覆った。

緑子はじっと、雛子の気持ちが落ち着くのを待った。隣で坂上が鼻を啜《すす》った。

「あの子がいつか、ヤクザの世界から足を洗ってくれるまでは、あの子の姉であることを忘れて生きたい……そんな風に考えて、香田の名前で生活を続けております。でも……でもそう考えれば考えるほど、あの子のことが気になります。あの子は……こんなことを申し上げても笑われるだけなのでしょうけれど……本当に優しい子だったんです。おとなしくて、内気で、人に虐《いじ》められることはあっても、人を苦しめたり傷つけたり出来るような子ではありませんでした。あたくしのこともいつも心配してくれていて……どうしてこんなことになってしまったのか……いいえ」

雛子は不意に顔をあげた。

緑子はたじろいだ。

雛子の涙に濡《ぬ》れた目が爛々《らんらん》と輝き、そこにははっきりと、たぎるような憎悪の色があった。

雛子は、低い声で呟いた。

「……原因は、はっきりしているわ……あたくし達が……あたくしや母や、父があの子を信じてやらなかったから……信じてやっていれば……だけど、だけど……いちばん悪いのは……」

雛子は、口の中でぶつぶつと何か呟き続けた。だが緑子には聞き取れなかった。


「あの」

坂上が、様子がおかしくなった雛子を正気づかせるように口を開いた。

「それでですね、香田さん、ホームページを掲載されると感想などのメールが届くことがあると聞いているのですが、香田さんのところにはそうしたことはなかったですか？」

「え？」

雛子は坂上の声で我に返った。坂上は同じ質問を繰り返した。

雛子は頷いた。

「たまにいただきます。ほとんどが自然を愛好される方からか、滋賀県や京都のご出身で朽木を知っている方からですけれど」

「そうしたメールの中で、少し変だなと感じられるようなものはなかったですか」

「変だな、と？」

「ええ。例えば、意味の通らないことを書いてあるとか、名前を名乗っていないとか」

「名前……でもインターネットでメールを送る場合には、必ずしも本名を書かないといけないということもありませんでしょう？　いただいたメールの中には、実名とは思えない署名の方もいらっしゃいましたけれど、特に不愉快な内容でもなかったので気にしていなかったのですけれど」

「あの、その署名なんですが、カタカナでルナ、としてあるものはなかったですか？」

「ルナ？」

雛子はゆっくりとおかっぱに切りそろえた髪を揺らして考えていたが、やがて書き物机の方へと膝《ひざ》をついたまま移動し、ディスプレイを開けてあったパソコンを起動した。

「メールはいちおう、保存してあるんです」

雛子は机の引き出しを開け、フロッピーディスクを取り出すとパソコンにセットした。それから、暫《しばら》く画面を眺め、指先で、キーボードの手前にある大きなキーを撫《な》でるように動かしていた。

「ルナ……ルナ……あ」

雛子は振り返った。

「ありました……確かに、ルナ、と署名してあります」

坂上も緑子も、転げるようにパソコンの前に移動し画面を見つめた。

「そう言えば……これ、変な内容ですね」

雛子はそれが癖なのか、また小首を傾げる。

「あまり短いメールなんで忘れていましたけれど……よく考えると意味がわからないわ」

『グラシアを愛してあげて
ルナ』

「……グラシア」

緑子は呟いた。背中に冷たい汗が流れる。

「……思い出したわ」

雛子は大きく頷いた。

「これを読んだ時、意味がわからなかったしルナという人にも心当たりはなかったので、送信して来たアドレスに返送したんです。多分、間違いだと思ったものですから。でも送信して来たアドレスからは何も応答がなかったので、そのまま忘れておりました」

「このアドレスですね？」

坂上が画面を見ながらメモした。

「日付は……十月二日。香田さんがホームページを開いて間もなくですね。ということは、香田さんが開設の知らせを出した人という可能性もありますね？」

雛子は脅えた目で坂上を見てから、首を横に振った。

「あたくしがページのことをお話ししたのは、本当に親しいお友達だけです。こんなおかしなメールをよこすような方は思い当たりません。インターネットのホームページはリンク機能で思いもかけないところから渡って来れますし……」

「『朽木村の四季』のページにどこからリンクされているかはわかりますか？」

「調べて貰うことは出来るそうですが、そうした必要は感じませんので。あたくしのところにリンクしますと断りを下さった方のページでしたら、わかっております」

坂上は、雛子から『朽木村の四季』のページにリンクしているページのURLと呼ばれるネット上の住所と、その掲載者のメールアドレスを聞き出し、ひとつひとつ確認しながらメモして行った。

ルナ。

その人物がまず何らかのきっかけで『朽木村の四季』のページを知る。そしてそこに掲載されていた、あのマーガレットと白い蝶の写真をダウンロードし、それで便箋をつくる。それから、山崎留菜に宛てて手紙を書く。

経緯としてはそれで間違っていないはずだ。だが奇妙なのは、そのルナと名乗る人物が、グラシアと呼ぶ「誰か」について、山崎留菜と香田雛子の双方が「知っていることを前提に」語りかけていることだ。

山崎留菜と香田雛子。この二人に、接点があるのだろうか？

それとも、ルナ、は何かの妄想にとりつかれているのか。グラシアという幻の人物についての、不可解な妄想に……

あ。

無意識に見ていた雛子のパソコンの画面に、緑子は不意に視線をとられた。

メールを整理する機能なのだろうか、表のようなものに、メールアドレスらしいアルファベットや記号が並んでいる。

ren@×××. ne. jp

ren……　REN……

なぜか、緑子は胸の奥が熱くなって、坂上の質問に丁寧に答えている雛子の横顔から視線を逸《そ》らした。

香田雛子が、パソコンを購入した理由が、わかった気がした。

決して直接会ってはくれない弟に……手紙に返事もくれず、多分、電話にも出てはくれない弟に、どうにかして連絡をつけたかった。話がしたかった。そんな、姉の切実な思いが、彼女にこうしたものを買わせ、インターネットを始めさせたのだ。

山内はもともと、情報科学を専攻していた理系の学生だったという。当然、こうした情報メディアには精通しているだろうし、毎日パソコンに向かっているのだろう。手紙の返事を書くことが億劫《おっくう》でも、メールの返事ならくれるかも知れない。雛子はそう考えたのだ。そして、そんな姉の思いは取りあえず、あの冷酷で恥知らずな男にも通じたらしい。

この姉弟がどんな会話を電子の世界でしているのか、緑子は、知りたいような、知りたくないような、表現の出来ない気持ちを抱きながら、坂上の仕事が終わるのを待った。

「ありがとうございました」

坂上が緑子に目配せした。

「何か、お役に立てたらよいのですけれども」

雛子は不安げな眼差しで緑子を見た。

緑子は頭を下げた。

「不躾《ぶしつけ》なお願いばかりでしたのに、ご協力いただいて感謝いたします」

「いいえ、こちらこそ……あの、それで、今度の事件は本当に、あの子とは……」

「現在までの捜査で、この事件に春日組が関係しているという可能性は出ておりません。今の段階で申し上げられるのはそれだけなのですが」

「……わかりました」

雛子は立ち上がった。

「どうかよろしくお願いいたします」

その時、階下でカウベルのカラコロという音がした。

「あら、お客様だわ」

「長居してしまって本当にお手間をおかけしました。甘酒、とてもおいしかったです」

緑子は、もう一度頭を下げた。

緑子と坂上が階段を降りて靴を履いていると、店内にいた男が緑子達の背後にいる雛子に向かって頭を下げた。

「藤浦先生」

雛子の声が弾んだのを緑子は感じた。

店の客にしては、少々堅い服装だった。地味な濃紺のスーツに、書類鞄《かばん》。だが背が高く、肩幅はがっしりと広く、頼りになりそうな体型をしている。眼鏡をかけた顔はおだやかで、理知的でもあった。

緑子は坂上をせかすようにして『雛まつり』を出た。


「今の男、バッチしてた」

緑子は誰に言うともなく呟いた。

「バッチですか？」

「バンちゃん、見なかった？　弁護士よ、あの男」

「ああ」坂上も頷いた。「それで、先生、って呼んでたんですね、彼女。それにしても驚いたなぁ……あんなに綺麗で上品な女性が、まさかあの春日組の山内の姉だとは。高安は知っていて黙っていたんスね。いけすかない野郎だぜ、ったく」

「まあ、いけすかないという意見には同意してもいいけど」緑子は肩を竦《すく》めた。「たまには物事を好意的に解釈してもいいんじゃない？　あの香田雛子は完全無欠の堅気《かたぎ》の女性よ、先入観を持って聞き込みに行ったのでは気の毒だったかも知れない。バンちゃんだって初めからそうと知ってたら、どうしても態度、悪くなっちゃったとは思わない？」

「そりゃそうですけどね……」

「あたしね」

緑子は、先程より賑《にぎ》やかさを増している夕方の商店街をゆっくりと歩きながら、呟いた。

「恐くなっちゃった」

「何がです？」

「こども」

「子供？　子供って、タッちゃんのことがですか？」

緑子は頷いた。

「彼女の思い出話、聞いたでしょう？　山内にだって、幼い頃はあったのよね……優しいお姉さんの背中におぶわれていた頃や、絵を描いた小石で無邪気に遊んでいた頃が。天使の時代が、あったのよ。それなのに……山内だけが特別だったわけじゃない。誰にだって、どんな子供にだって、その未来に悪魔が待ちかまえていて魂を売り渡してしまう可能性は、あるのよ。だけど姉とか……母親にとって、自分の愛する小さな弟や、可愛い子供が、いつか悪魔になってしまうかも、と考えることほど恐ろしいことはないわ。もしそんなことになったら……どんなに苦しいだろう、辛いだろうと思うと……ね」

「タッちゃんは大丈夫ですよ」

坂上は、緑子の腕を恋人がするようにとった。

「先輩が育ててるんだから」

「ありがと」

緑子は微笑んだ。だが、今の坂上には決して理解出来ないことなのだろう、とも思った。

いつか坂上が父親になった時、その時までは、この恐怖、崖《がけ》から淵を覗《のぞ》いた時に感じる眩暈《めまい》に似た怖さは、理解出来ない……


突然、坂上の胸のポケットで携帯電話が鳴り出した。

二人は思わず絡めていた腕を離し、一瞬音のする方を見た。それから坂上は、ポケットから電話を取り出した。


予感はあった。

良い知らせではない。

だが、坂上の表情に現れた驚愕《きょうがく》は、緑子の予想を超えていた。


「……先輩！」

坂上は、周囲に気遣う基本も忘れて叫んだ。

「やられました！　畜生！」

坂上は深呼吸した。それから、ようやく状況を思い出したのか声を潜めた。

「大垣、マルタで発見されたそうです」

月の場合

1

敗北感が緑子《りこ》の全身にまとわりついて、一歩一歩を重くしていた。

大垣輝弥《てるや》に辿《たど》り着くのが遅過ぎた……自分の力の足り無さが悔しかった。

あの山崎留菜《るな》に宛《あ》てられた手足をもがれた警官の人形は、間違いなく犯行声明だったのだ。これまで五人の警察官を惨殺していて何もメッセージを残さないでいた犯人が、遂に自己を顕示しようと動き出した。

犯人の考えていたことは漠然とであるが想像出来る。

大垣輝弥は明らかに、十二年前に鹿島庄一がどんな死に方をしたのか知っていた。その印象があまりに強烈だったからこそ、大垣は留菜にあのポーズをとらせたのだ。だが鹿島庄一の自殺の状況については、世間一般にはただの首吊《くびつ》り自殺としか伝わっていない。鹿島莢加《さやか》の将来に悪い影響を残さない為、という大義名分のもとに、凄惨《せいさん》な自殺現場の様子については事実上の箝口令《かんこうれい》が敷かれていたのだ。だとすれば、大垣はどこからあの時の莢加の様子について知ったのか。

それが恐らく、犯人に直結する謎《なぞ》なのだ。

犯人は、口封じも兼ねて大垣を殺害した。

だが大垣を殺害することは、犯人にとっては冒険だったに違いない。

蓼科《たてしな》昌宏が、犯人にとっては「予期せぬ獲物」だったことは間違いないだろう。犯人は、蓼科を殺す予定など持ってはいなかった。だが蓼科が偶然、鹿島庄一の自殺現場の第一発見者となった警察官を叔父《おじ》に持っていたということが、新たな悲劇を呼ぶことになった。鹿島庄一事件について蓼科が個人的に調査していることを知った犯人は、連続殺人の一環に見えるように偽装して蓼科を殺した。ということは、その時点では犯人は、鹿島庄一事件と自分の行っている連続殺人との関連を警察に知られることを恐れていたと言える。それなのに今、大垣輝弥を殺したことで、犯人はその関連を自ら大宣伝してしまったことになる。

犯人は、鹿島庄一の自殺と連続刑事殺人とが関連づけて騒がれる危険性を冒してでも、大垣の口を封じる必要があったのだ。だとすれば……大垣輝弥と犯人とは、顔見知りであった可能性は高い……

矛盾がある。

緑子は、歩みを止めた。

おかしい……何かおかしい。

第一に、まず犯人はそもそも、あれだけの芝居がかった残忍さで連続殺人を行った以上、そこには「主張」があったはずなのだ。ただ単に、三人の被害者に怨恨《えんこん》や特定の殺意を抱いていただけであれば、出来るだけ目立たないよう、連続殺人には見えないように殺しを実行する方が、逮捕される危険性を回避する確率はあがるはずだ。それなのに、手足や性器を切り取って遺体を吊《つ》るし、切り取った手足は放置しておくという、残忍な上に冒瀆的《ぼうとくてき》な殺害を行っている以上、ただ殺すことが目的だったということはあり得ない。殺した上で、その汚された遺体によって何かを伝えたい、それが犯人の「意志」だったはずだ。

だとしたら、そのメッセージが鹿島庄一の事件と無関係だったということがあり得るだろうか？

勿論《もちろん》、これまで判明した事実が総《すべ》てではない以上、犯人が伝えたかったことが、鹿島庄一事件とは別にあるという可能性は否定出来ない。だが山崎留菜の写真集が大垣輝弥の死によって事件と深く関連していたとはっきりした以上、鹿島庄一とその娘、荚加の身に起こった十二年前の悲劇こそが、連続刑事殺人の犯人にとって重要な「殺人の動機」であったと考えるのが筋だろう。だとしたら、犯人が伝えたかったメッセージもあの冤罪《えんざい》事件に関連したものであったはずなのだ。

それなのに、犯人は蓼科昌宏を殺害してまで、その事実を隠そうとしていた。それだけでも矛盾している。

そしてさらに今度は、派手な犯行声明を山崎留菜宛《あて》に送りつけ、その上で大垣輝弥を殺害した。

大垣輝弥の死因はやはり失血死だった。麻酔剤をかがされて眠らされ、頸動脈《けいどうみゃく》を切断された大垣は、自分のスタジオで血の海の中に浮かんでいたらしい。だが大垣の手足は、損傷なく遺体にくっついていた。死亡推定時刻は、現場での検死では少なくとも遺体発見の丸二十四時間以上前、昨日の昼より遅くはないらしい。大垣輝弥と山崎留菜の関連を警察が摑《つか》んだのは昨日の夕方になってからだから、犯人が警察の動向を察知して慌てて大垣を殺したのでないことは確かだ。

これが第二の矛盾。なぜ犯人は、今になって大垣の口封じなどしたのか。仮に大垣が連続殺人の犯人と直接の知り合いであったとするなら、これだけ事件が大きくなってまで黙っていた以上、犯人を隠匿する意志はあったと想像するしかない。だとしたら、あえてその大垣を殺害するというのは、犯人にとっては非常に危険な賭《か》けだったはずなのだ。大垣が裏切る素振りを見せたとしても、麻酔剤を使って頸動脈を切断して殺す、などという、まるで同じ犯人の犯行ですよ、とアドバルーンを上げるかのような殺害方法をとったのでは、かえって危険が増大する。利口な犯人なら少なくとも、大垣を殺す際には事故を装うなどして、連続刑事殺しと結びつけられないように気を遣うだろう。しかも、ほぼ同時に山崎留菜宛に不気味な犯行声明を送りつけるなどというのは……

緊急会議のせいですっかり遅くなってしまったので、もう、マンションの前の小さな公園はすっぽりと闇《やみ》に包まれ、たった一本の街灯のあかりが頼りなく、砂場とブランコだけを闇の中に浮き上がらせていた。

緑子は考えを中断し、近道をする為に公園の中に入った。斜めに公園を横切ると、マンションの玄関前に出る。

小さな、一目で総てが見渡せる公園だった。金木犀《きんもくせい》が一本と、夏に白い花をつける夾竹桃《きょうちくとう》の茂みはあるが、後はつつじが少し植えられているだけの、いかにも「法律に定められているので仕方なく敷地を分配した」という感じの公園だ。マンションの自治会で購入した真新しい木製のベンチが、ブランコのそばにある。

そのベンチに人影があった。

「菜々ちゃん！」

緑子は、たったひとりで薄暗い場所に座っている妹の姿を見つけて駆け寄った。

「どうしたの、こんなとこで……」

「あ、お姉ちゃん」

菜々子は顔を上げた。

「お帰り」

「お帰りってあんた……どうして部屋に行かないの？　お母さん、いたでしょう？」

「うん……さっきね、お母さんに会って来たとこ。タッちゃんに、ケーキ買って来たの。ほら、前に辰巳《たつみ》にいた頃タッちゃんが好きだったケーキ屋さんの、イチゴショート」

「菜々子……」

緑子は、妹の淋《さび》しそうな笑顔に胸が詰まった。

辰巳で生活していた頃は、菜々子に頼り切っていたと言ってもいい。明彦は暇を見つけては寄ってくれていたが、残業や宿直などで保育園の送り迎えもなかなかまともに出来ない生活では、達彦の面倒をみてくれた菜々子の存在がとても大きかった。その意味で、緑子は妹に感謝していた。

だが菜々子には菜々子の結婚生活がある。

明彦と同居を始めた以上、育児と仕事の問題は、明彦と二人で解決して行かなくてはいけない。緑子はそう思っていた。

しかし菜々子は、二年余り達彦の面倒をみ続けて、すっかり達彦に溺《おぼ》れてしまっていた。叔《お》母《ば》と甥《おい》という関係以上に達彦に入れ込んでしまっている菜々子の状態は、少し普通ではないと、緑子は感じ始めていた。菜々子の結婚生活そのものは順調だと聞いている。菜々子の夫は商社マンで出張が多かったが、それ以外の面では理想的な夫であるらしい。事実、緑子が会ってみても、好感のもてる誠実そうな男性だ。菜々子も夫に対する不満や不安を口にすることはない。

だが、菜々子自身の中に強い焦燥感《しょうそうかん》があることは明らかだった。

不妊。

女にとって、欲しいのに子供が出来ないという状況は、確かに辛《つら》いものなのだろう。

緑子自身は、思いがけない妊娠から出産へと、急流に流されるように進んでしまった為、その焦燥を体験したことがない。菜々子の辛さは想像出来ても、それにどのように触れたらいいのか、どうやって菜々子を助けたらいいのか、緑子にはわからなかった。

「帰りかけたんだけど、お姉ちゃんがもう帰って来るだろうと思って、待ってたんだ」

「でも菜々ちゃん、ここ暗いし寒いから、部屋に戻ろうよ」

菜々子は小さく頭を振った。

「……お母さんに、聞かれたくないこと？」

緑子が聞くと、菜々子は小さく首を縦に振った。

緑子は、菜々子の横に腰を下ろした。

「お母さんにね、一度産婦人科に行ったら、って言われた」

「うん」緑子は頷《うなず》いた。「あたしが、お母さんに菜々子に勧めてみてって言ったから」

「お姉ちゃん……気付いてたんだ」

「気付いてってこともないけど……」

「あたしね、子供、だめなの」

菜々子は急に涙声になって顔を覆った。

「出来ないの。お医者様に、言われたの。多分難しいだろうから、ご主人とよく相談しなさいって」

「菜々子……」

「わかってたの。きっとそうなるだろうって」

「わかってたって……心当たり、あるの？」

菜々子は、暫《しばら》く答えないで啜《すす》り泣いていた。だが、掌から顔を上げて緑子を見た時、その顔には不思議な嘲笑《ちょうしょう》が浮かんでいた。

「中絶したの」

菜々子は、笑いながら言った。

「赤ちゃん、堕《お》ろしちゃったの。短大の二年の時。その後熱が出て寝込んだの。感染症を起こしてるって言われた。もしかしたら、卵管が癒着《ゆちゃく》してしまうかも知れないって……でも仕方なかったの。堕ろしたこと誰にも内緒だったから、手術の後すぐ、友達と約束してた旅行に行っちゃって。二、三日は安静にしてないと駄目だって言われてたのに、温泉にも入っちゃったの。馬鹿みたい、あたし。でも知られたくなくて……生理だって言ってお風呂《ふろ》入らなければ良かったのに、疑われたらどうしようって……」

そこまで話して、菜々子の張りつめていた神経は切れてしまった。菜々子は、緑子の胸に飛び込み、しがみついて泣きじゃくった。

緑子は、ただ妹の背中を抱いてさすってやることしか出来なかった。

菜々子が中絶した経験があったなどとは、勿論夢にも思わなかった。それどころか、菜々子が短大の頃に、そうした形になるような恋愛をしていたことすら、緑子は知らなかった。緑子にとって、菜々子はいつまでも「妹」でしかなく、自分が高校受験の試験勉強をしていた頃にまだランドセルを背負っていたあの姿が、緑子の脳裏には焼き付いたままなのだ。

その菜々子が、当たり前のことなのに、大人の女として生きて来た事実と歴史に、緑子は今初めて向き合っていた。

考えてみれば、達彦を生むまで、妹達の存在を出来るだけ忘れようとしていたのかも知れない、と緑子は思った。

父親が熱望していた男の子を諦《あきら》め、その代わりに自分の夢を託す対象として長女だった緑子を選んだ時から、緑子と妹達とは家庭の中でも別の存在になっていた。緑子には、そのことがあまりに辛かった。自分だけ、普通の女の子のような生活を許されないことへのストレスが、緑子を妹達から遠ざけた。緑子は、緑子が東京で暮らすようになった数年後に短大に入って上京した菜々子に、一度も自分からは連絡を取らなかった。菜々子の方から緑子のアパートに来ることはあっても、緑子の方からは訪ねたことはない。ましてや、五歳年下の末の妹、葉子とは、葉子が地元の長野の大学に入ったこともあって、それこそほとんど音信不通のままでいた。

だが達彦が生まれ、結婚して都内に住んでいた菜々子が自分から子守を引き受けてくれ、献身的に緑子と達彦の為につくしてくれたことで、緑子は初めて、妹の存在を神に感謝する気持ちになれた。

今、そんな自分自身の身勝手さ、薄情さに、緑子は愕然《がくぜん》としていた。

自分は、都合のいい時だけ妹を大切に思っている。本当なら母親には言えないことでも姉になら相談出来たかも知れないのに、菜々子がたったひとりで決断して中絶してしまったことを、今までまるで知らなかったのだ。

菜々子がその時、どれほど心細かったか。

いつもよそよそしい姉には打ち明けることが出来ず、どれほど苦しかったか。

緑子の脳裏に、香田雛子《ひなこ》の姿が浮かんだ。

自分達を裏切り、邪悪な道へと踏み外してしまった弟に対して、それでも一縷《いちる》の望みを繋《つな》いでパソコンに向かっている、雛子の夜毎の慟哭《どうこく》が、緑子には聞こえる気がした。


「菜々ちゃん……ごめんね」

緑子は、菜々子の背中を強く抱きしめた。

「お姉ちゃん、何にも知らなくて……何も相談にのってあげられなくて……ごめん」

菜々子は黙って泣きながら、緑子の胸の中で首を振り続けた。

菜々子の気持ちが落ち着くまで待って、緑子は菜々子の肩を抱きながら表通りまで歩いた。

タクシーを待つあいだ、菜々子は甘えるように緑子の肩に頭をもたせかけていた。

「お姉ちゃん」

菜々子は、タクシーに乗り込む寸前にようやく口を開いた。

「お母さんには、内緒にしてね」

緑子は頷いた。

「大丈夫。誰にも言わない」

菜々子はまだ涙で濡れている瞳のまま、微笑《ほほえ》んでタクシーに乗り込んだ。

菜々子の人生。

緑子は去って行くタクシーのテールランプを見つめながらあらためて、妹の人生の重みを感じた。

嵐《あらし》に出逢《であ》ったのは自分だけではない。菜々子には菜々子の嵐の季節があり、そして葉子にも葉子なりの、修羅《しゅら》の時間はあるのに違いない。

菜々子にとっては、むしろこれからが正念場だろう。自分が子供は生めないのだと知った時、子供を持ちたいと思っていた気持ちをどのように、どこに振りかえればいいのか。

緑子には答えが見つからなかった。

優等生として妥当な答えを提示することは出来ても、所詮《しょせん》、緑子には菜々子の苦しさは理解出来ないだろう。菜々子の感じている喪失感、欠如感を埋めてやれるだけの言葉を、今の緑子には見つけ出せそうにない。

＊

翌朝の捜査会議は、大荒れに荒れた。

緑子は質問攻めに遭い、鹿島庄一の自殺事件に関しては、一部の幹部達から皮肉と憎悪を込めた「意見」が出された。身内の恥を今になってもう一度ほじくり出すことへの強い反発と、一方、鹿島庄一事件こそが連続刑事殺人の根っこであると納得した捜査員達からの応援意見とで、捜査本部の見解は二つに割れていた。

大垣輝弥事件については、連続刑事殺人とはとりあえず別個の捜査本部を設けて捜査に当たることが決定されていた。しかし、捜査本部のおかれた原宿署の署長が連続刑事殺人の捜査会議に出席していたことからして、事件がひとつのものであることでは、幹部連中の意見も一致しているらしい。大垣輝弥の死体は司法解剖に回されていたが、頸動脈の傷が電動ノコギリによって付けられた可能性については早くも「有り」とされている。

会議の後、緑子は坂上と二人、鹿島父娘《おやこ》について捜査させて欲しいと義久に申し出て了承された。既にこの世にはいない二人の人間について改めて捜査して、いったい何が飛び出すのか、緑子にもまったく予測がつかなかった。だが、必ず何か飛び出すはずだ。

この事件は、あまりにも「要素」が多い。

いったい何からどう着手すればいいのか捜査員皆が迷っているのが、捜査会議が毎回混沌《こんとん》とした状況になることからもわかる。その中で何を選ぶか。

緑子は坂上の為にも手柄をたててやりたいと思う。だがその一方で、犯人を探すことよりももっと、鹿島父娘について知ることの方が自分と、そして、明彦にとって大切なことであるような気がしていた。

明彦にとっては、鹿島庄一の自殺は「汚点」と呼べる忌まわしい過去だ。忘れてしまえるのならそれに越したことはない。そして実際、緑子もこれまでに明彦の口から十二年前の悲劇について聞かされたことはない。つまり明彦は、もう誰にもその話をして欲しくないと思っていたはずだ。

それを緑子の手でもう一度掘り出してしまったのは、ある意味で因果だった。だが一度掘り出した以上、そのままま見なかった振りをして埋めてしまうことでは、自分と明彦の未来は成り立たない。緑子はそのことを、強く確信していた。だからこそ、もう一度十二年前の事件と真正面から向き合う必要がある。

鹿島庄一と莢加について、知る必要がある。

緑子は、坂上と共に、また八王子へと向かった。

2

八王子にある福祉施設『みどり園』への訪問は二度目だった。だが前回は、鹿島莢加の就職先と、死亡したという事実を聞いただけで戻って来た。鹿島父娘と事件との関連は、山崎留菜の写真集を見るまでは緑子にも確信が持てなかったし、急な訪問だったので、鹿島莢加についてよく知っているという古株の職員が出掛けていて捕まらなかったこともある。

だが今回は、その杉村という初老の職員が、緑子と坂上の訪問を待っていてくれた。

「莢加ちゃんがここに来たのは、ご承知の通り、一九八五年の十月でした」

杉村克子は、古いアルバムを何冊か抱えて来て応接室のテーブルの上に置いた。

「お父様のご不幸があった後、莢加ちゃんは精神的に大きなショックを受けているということで、一ヶ月ほどは病院にいたんです。莢加ちゃんには身寄りがありませんでした。お父様にはご親戚《しんせき》もご兄弟もあったようなんですが、莢加ちゃんを引き取って育てられる状況にはないということで……」

杉村は言葉を濁した。親戚がいても莢加のように孤児同然となるケースは案外多いのだろう。

「この子が莢加ちゃんです」

杉村が、一枚の写真を指さした。園の子供達が勢揃《せいぞろ》いしている何かの記念写真で、中段のいちばん左端の女の子の顔の上を、杉村の爪先が指している。

緑子は、その女の子の小さく写っている顔をじっと見た。

顔立ちのいい子だった。鼻筋は通っているし、顎《あご》の線も細くて綺麗だ。目だけが日本人には多い、瞼《まぶた》に厚みのある一重だったので、とても地味で表情のわかりにくい顔になっているが、それでも、成長すればなかなかの美人になるだろうと思われた。

「大きな不幸があった子だったので、最初は私達も随分と気を遣っていたんですが、莢加ちゃん自体は意外と早く溶け込んでくれました。実は……お父様のことについては、記憶をなくしていたようなんです」

「欠落していた記憶は、父親の死に関することだけだったんですか？」

「多分、そうだったと思います。お父様が亡くなる前の晩から病院で目覚めるまでの間の記憶がないようでした。それ以外にももしかしたら、忘れてしまったことがあったのかも知れませんけど、日常生活には何の支障もないようでしたので、深く追及したりはしませんでしたから」

杉村はページをめくり、長いこと探してまた別の写真を指さした。

「これがこちらに入園してから三年後、小学校を卒業して中学に入った時のですね」

ブレザーに膝下《ひざした》までのプリーツスカートという制服を来た茨加は、十歳の頃よりも確実に美人になっていた。だがその、何を考えているのかわかりにくい一重の目だけは、神秘的な雰囲気と共にそのままだ。

「あまり写真がないんですね」

「ええ、スナップは結構撮るんですけれど、この園の習慣で、園を出る時に好きな写真を本人が持って行っていいということになっているものですから、ほとんどの子は自分が写っている写真をみんな持って行ってしまうんです。淋しいことですけど、ここにいる子供達にとっては、自分に関する思い出くらい自分だけのものにしたい、と考えても不思議じゃありませんよね。こうした福祉施設にいると、世間の普通の子供達に比べると、自分だけのものを持てる機会がどうしても少なくなりますから」

「この園には何歳までいることが出来るんですか」

「規程では十八歳、もしくは高校卒業までとなっています。ただし高校入学の費用と授業料は、奨学金として園児に貸与する形です。ただ、最近では親御さんがいてここに入園するケースの方が多いので、高校の費用も親御さんが出すことがほとんどなんですが」

「保護者がいるのに、福祉施設に入所するということですか？」

「そうです」

杉村は頷き、険しい表情になった。

「今の日本では、本来の意味で孤児になるケースというのは少ないわけです。それなのに、福祉施設に入所する子供は、この十年ほどですがまた増加する傾向にあります。どうしてなのか、刑事さん、ご存じですか？」

緑子も坂上も、理由がわからなかった。

杉村は小さな溜息《ためいき》を吐いた。

「子供を虐待する親が増えているんです」

緑子は、息を呑《の》んだ。

杉村は静かに頷いた。

「虐待、と申し上げても、大きく分けて二つの場合があります。一つは最近新聞などでも取り上げられるようになった、主として母親による幼児虐待のケース。このケースは、少し前までは母性の欠落だとか、子供に愛情がない為に虐待するのだとか言われていたんですが、最近になってまったく逆だということがわかって来ています」

「まったく……逆？」

「はい。矛盾しているようなのですが、幼児虐待をする母親の大部分は、普通以上に強い愛情を子供に抱いているのだそうです。ですが、そのある意味で強すぎる愛情を支えるだけの精神的自覚、育児に対する自信といったものが足りない。またそうした虐待に走る母親の多くは、自身も幼児期に両親から暴行を受けて育ったり、体罰が日常化していたケースが多いこともわかって来ています。幼児期に体験した痛みと愛情との錯綜《さくそう》した相関関係が、自分が母親となった時、育児に関しての迷いや苛立《いらだ》ち、自信喪失といった場面にぶつかった時に噴き出してしまうということかも知れません。いずれにしても、ここに入所して来るのは、周囲や幼稚園の先生などがそうした虐待に気付いて、警察などの公的機関に通報した場合がほとんどです。現実には、発覚するのは氷山の一角でしょうね」

「二つ目のケースというのは？」

「はい……こちらの方が、子供にとってはより悲劇なんですが……ルナ・ケース、つまり近親相姦《そうかん》が正常な親子関係を破壊しているケースですね」

「……今、なんと？」

緑子は、杉村の口から飛び出した思いもかけない言葉に思わず腰を浮かした。

「ルナ・ケース、とおっしゃいました？」

「あ、これはどうもすみません。最近はあまり使われなくなったと聞くのですが、隠語というか、我々のような職業の間で使われていた言葉でして……」

「近親相姦のことを、ルナ・ケースと呼んでいらした？」

「はい、そうです。通常の恋愛関係を太陽に例えれば、近親相姦はいわば人としての絶対のタブーであることから、闇《やみ》の世界の恋愛、という意味でルナ、つまり月のケースと呼ばれるようになったと、私は聞いておりますが」

「その、ルナ・ケースという呼び方は、一般的なものなんですか？」

「一般的と言えるのかどうか知りませんが、セックス・カウンセラーなどではよく使われていたと思いますよ。私達もここでは、近親相姦絡みでの親子関係の破綻《はたん》から入園して来る子供達を、育児ミーティングなどではルナと呼んでおりました。勿論《もちろん》、そんなことは子供達の前では口が裂けても言いませんけれど、ただルナ・ケースの子供達の場合、精神面でのケアにかなり慎重な配慮が必要なことが多いものですから」

「精神的に深い傷を負っているということですね」

「ええ」

杉村は、苦いものでも噛《か》んだように顔をしかめた。

「特に、父親と娘のケースは難しいんです。大抵の場合……日常的なレイプが行われているものですから」

緑子は思わず身じろぎした。隣で坂上が息を吐くのが聞こえた。

「母親と息子の場合には、第一に、息子が男としてある程度成熟していないと肉体関係が結べません。勿論、母親がまだ精通していない男児をオモチャにしていたというケースもありますが、大抵は、息子がある程度成長し、母親にとって男として意識出来た頃から関係が始まります。ですからこのケースでは母親と息子の間には恋愛感情が芽生えている場合が圧倒的です。それはそれで、そうした関係から脱却して母と息子がそれぞれに精神的独立を確保するには様々な困難を乗り越えなくてはなりませんし、一時の疑似恋愛感情から醒《さ》めた後、息子が母親を激しく憎悪するケースも多いので、思わぬ悲劇が生まれないよう、双方に対する充分な精神的ケアは必要です。ですが、曲がりなりにも恋愛である以上、どちらか一方だけが深い傷を負っているということは少ないわけです。兄と妹、姉と弟のケースもそうですね。しかし父親と娘の場合には、娘が恋愛感情を抱いて自分から肉体を父親に与えた、ということはむしろ稀《まれ》です。大多数の場合……父親が娘をレイプすることで関係が始まります。そしてまたほとんどの場合、娘は自分が父親にレイプされたことを誰にも告げることが出来ずに、嫌々ながら関係を続けて行きます。このケースでは当然ながら、娘の側がほとんど一方的に深い精神的痛手を負い、それは間違いなくトラウマとなって、様々な後遺症をもたらします。ここに入園して来るきっかけは大抵、父と娘の関係が母親にわかってしまったことなんですが……やりきれないことに、そうした場合、母親が憎むのは多くの場合……被害者である娘の方なんです。そしてそのように娘を憎んだ母親は、一刻も早く娘を家から追い出す為に、こうした施設に無理に入れてしまうわけですね」

杉村は、一気に喋《しゃべ》った言葉を切って、また溜息をついた。

「更にもう一点、問題を深刻にしていることがあります。それは……父親が娘をレイプする場合、娘が思春期に入ってからということは意外と少なくて……それよりずっと以前であるケースが多いわけです」

「それより以前……つまり小学生の頃、という意味ですか」

杉村は頷いた。

「……ここに入園した子供のケースで最も最初に被害に遭った年齢が低かったのは、七歳でした」

「七歳！」

坂上が思わず声に出した。

「何てことを……」

「本当に」

杉村はゆっくりと頭を振った。

「神をも恐れぬ行為だと私には思えますが……でもね、刑事さん、幼児性愛というのは、男性の性欲の種類としては決して珍しいものではないんですよ。七歳の女の子をレイプするというのは極めて反社会的な行為ですが、実際の行為を伴わないまでもそうした欲求を抱いている男性は、とても多いんです。ですが勿論、普通の男性には理性があります。それに、日本国内ではどんな形であれ、そうした性行為は立派な犯罪です。理性と社会的抑制とが歯止めになって、悲劇が防がれているわけです。しかしひとつ屋根の下に住む父と娘の場合には、父親であるという絶対的に優位な立場を利用すれば、社会的抑制をかいくぐって秘密裏にそうした犯罪行為を行うことが可能になってしまいます。そうなると、父親側の理性が何かのきっかけで欠落してしまった瞬間に、おぞましい悲劇が起こってしまうわけですね」

「何か」坂上がひきつったような声を出した。「何か……信じられない気がします」

「それが正常な反応ですよね」

杉村は優しく坂上に微笑みかけた。

「普通の理性ある男性であれば、そうした行為には憎悪を覚えるはずです。でもね……恥ずかしいことなんですけど、今、子供の人権を守る国際会議などを開くと必ず、日本人の男性が海外で幼児や低年齢の少女を金で買って性行為を行っているという事実が取り沙汰《ざた》されるんですよ。つまり、海外であることで社会的抑制がなくなったと錯覚した日本の男性が、いとも簡単に理性を捨ててしまっているということですね」

緑子も坂上も、何と言えばいいのか言葉が見つからずに黙っていた。

杉村は、笑顔になって言った。

「あらあら、何だかとんでもなく脱線してしまいました。鹿島莢加ちゃんの話をしていたんですのに……」

「あの」

緑子は話を変えてしまおうとした杉村に慌てて言った。

「もう少しその、ルナ・ケースについて聞かせて貰ってもいいでしょうか」

「それは構いませんけれど……」

「とてもおかしなことをお聞きするようなんですが」

「はい？」

「鹿島莢加さんがこの園にいた期間に、そうしたルナ・ケースで入園していた子供さんというのは、いましたか？　特に、莢加さんと仲の良かった子供で……」

「莢加ちゃんと仲の良かった子で……？」

杉村は、閉じていたアルバムをまた開いて、先程の集合写真を見つめた。

「うーん……どうだったかしら……写真では思い出せないけれど……あ」

杉村はアルバムを閉じ、代わりに一緒に持って来ていた名簿のようなものをめくり始めた。
「多分……ええ、そうそう。そうでした。アルコール依存症の父親から日常的に暴力を受けていた少女が、莢加ちゃんが入園する半年前くらいにここに来て、莢加ちゃんが来た少し後、二ヶ月か三ヶ月くらい後に、里親に引き取られて行ったんですけど、その子と莢加ちゃんは本当に仲良しだったわ。短い間だったのに、まるで双子か何かのようにいつも二人、手を繋《つな》いで寄り添っていたのを思い出しました。写真はないけれど名前は……名前は……あった、この子です。桜田鏡子。キョウコは鏡の子、と書くの。莢加ちゃんの一つ年下だったから、あの当時はまだ九歳だったのね。でも、家庭環境がとても複雑だったせいか、ひどく大人びた子供でした」

鏡の、子……グラス……グラシア……
緑子の背筋に、ざわざわと細波《さざなみ》が起こった。

「この子は確か、両親が離婚して父親に引き取られ二人暮らしだったのですが、そのどうしようもない父親が階段から落ちて死んだとかでひとりになったのに、生みの母親が引き取りを拒否してここに来たんです。でも酔っぱらいの父親から毎日殴られたり蹴《け》られたりしていたらしくて、ここに来た時は全身が痣《あざ》だらけでした。性的暴行も……幸い、レイプには至っていなかったようなのですが……猥褻《わいせつ》ないたずらを繰り返しされていたようでした。ただここには一年もいない内に里親が決まってしまったので、ゆっくりケアしてあげられなかったんです。生みの母親が、里親を希望している人のところに出掛けてお金を受け取ってしまったらしいんです。それでこちらが呆気《あっけ》にとられている間に養子縁組みが成立してしまって。普通、孤児の場合ですと、里親の審査はとても厳しくて、そんなに簡単に決まることはまずないんですけれどね」

「その桜田鏡子さんが引き取られて行った先は、わかりますか」

「わかりますよ……ええっと、滋賀県の、長浜市の、川越安春・明子さんご夫妻。当時のご職業は、お医者さまとなっていますから、裕福なご夫婦には違いなかったのでしょうね」

緑子の思考の中で、点が今はっきりと、線を結んだ。

滋賀県長浜市。

蓼科昌宏が、恋人を誘って旅行しようとしていた土地。

鏡の子……グラシア。

ルナ・ケース……ルナ……

……グラシアの為にあれを行った……

グラシアの為に！

3

「長浜か」

義久は、坂上と緑子の説明をじっと聞いた後で、頷《うなず》いた。

「行ってみるか、おまえ達二人で」

「ありがとうございます！」

緑子と坂上は思わず同時に叫んだ。

「なんだ」

義久は片目を瞑《つむ》って見せた。

「随分自信ありそうじゃないか、おまえら」

「蓼科昌宏は、やはり『みどり園』で桜田鏡子の存在について知ったんです。我々と話をした杉村さんという職員はその時休みをとっていたらしいのですが、別の職員が、鹿島茭加と仲の良かった子供は誰かと聞かれて、何人かの子供の名前と共に桜田鏡子について教えたそうです」

「ということは、蓼科は鹿島茭加の友達関係の中に、今回の事件の犯人がいると睨《にら》んでいたわけだな」

「少なくとも、事件を解決する重大な要素がそれであるとは思っていたのでしょうね。蓼科がなぜ、山崎留菜が連続刑事殺しと関係があると判断したかの謎は、写真集で解けました。蓼科は、事件が起こる前に何かの偶然でその写真集の、あの電動ノコギリを持った写真を見たのでしょう。恐らく、本屋の店頭か何かで。それが自分がずっと昔に叔父《おじ》さんから聞かされていたおぞましい悲劇を表現したものだということに気付いた蓼科は、多分、刑事殺人が起こる前に疑問を抱いていたと思います。ですがそれだけでは、犯罪でも何でもないわけですから、ただ不思議に思っていた程度のことだったでしょう。ところがそこに、現職の刑事が手足を切断されて木から吊《つ》るされたという事件が二件連続して起こった。蓼科の頭の中に何かのインスピレーションが湧《わ》いたか、或《あ》るいは我々がまだ摑んでいない何かの事情で蓼科が最初の被害者二人が山崎留菜のファンクラブにいたことを知っていたか、そのどちらであったかはまだわかりませんが、いずれにしても蓼科は、山崎留菜の存在が事件の要素であると考え、むーんらいとに入会します。そして更に、鹿島莢加の消息をたずねて『みどり園』を訪れ、長浜市に引き取られた桜田鏡子の存在を知った」

「その、里親とは連絡がついたのか？」

「つきました。川越安春は現在も長浜市で整形外科を営んでいます。妻の明子は既に死亡しているそうです。そして……鏡子は、中学三年の時に家を出て行方不明ということでした」

「家出して行方不明……」

「捜索願は出してあるし、何度か私立探偵を雇って調査もしたそうですが、行方を突き止められなかったと言ってました。家出の原因については、電話で聞くようなことではないと判断し、聞いていません。ただし、家出であることは確かなようです。手紙が残されていたということです」

「もしかしたら」

義久は腕組みして天井を見上げた。

「おまえ達は事件の核心に近づいたのかも知れんな」

「いくらか見えて来たような気はしています」

緑子は、ゆっくりと言葉を選んだ。

「だけど……近づいたという手応《てごた》えはまだ……おかしな表現なんですけど、見えていても近づけない、そんな気がするんですよね」

「見えていて近づけない？」

「ええ。あたしはまだ見たことがないけど、渦潮ってあるでしょう？　あんな風に、すぐそばに見えているのに迂闊《うかつ》には近づけない、近づいたらいつの間にか自分も渦の中心へと引き込まれてしまう、そんな感覚、かな」

「文学的だな」

「そうかしら……むしろ、触感に近いものだと思うんですけど」

「緑子」

義久が坂上の前でファーストネームで呼んだので、緑子はどぎまぎしながら義久の顔を見た。

「話があるんだ。少し時間をくれ」

緑子は坂上を見た。坂上は視線をそらし、立ち上がった。

「それじゃ、自分は明日の用意をしたいのでこれで」

坂上が一礼して出て行く背中を見送ってから、緑子は囁《ささや》いた。

「バンちゃんの前で、緑子って呼ばないで」

「なぜ？」

「ああ見えるけどあの人、繊細なのよ。敏感なの」

「おかしなことにこだわるよな」

義久は面白そうに笑った。

「ここにいた頃、俺達はおまえのこと、ずっと緑子って呼んでた。安藤さんだけの専売特許だったわけじゃない」

「だったら」

緑子は優しく笑った。

「いつでも、誰の前でもあたしを緑子って呼んで。あたしはずーっと、緑子でいるのよ」

義久は苦笑いした。

義久は、随分と落ち着いた顔になった、と緑子は思った。この事件が始まって以来、義久に取り付いていた何かの悪夢が、終わったかのように。

緑子は、聞いてみることにした。

「義久さん」

緑子は、囁いた。

「もしかしたらあなた……鹿島庄一の事件が今度の連続殺人と関係があること、気付いていたってことは、ない？」

義久はじっと緑子の顔を見ていた。

なぜなのか、これまでに見たこともないほど穏やかな目をしている、と緑子は思った。

「俺は警察官だ」

義久の声は静かだった。

「もし、事件と関連があるとわかっていたら、とっくに話していたよ。それだけは信じて欲しい……ただね」

「ただ？」

「ようやくこれで、気持ちに区切りが付きそうだとは思っている」

義久は、煙草の箱を取り出して掌でもてあそんだ。だが口にくわえようとはしなかった。

緑子は義久の次の言葉をじっと待った。


「あの頃、俺は若かった……いろんな意味で。だけどね、緑子、俺は方法として自分がとった行動が間違っていたとは今でも思っていないんだ。あの場合、あの状況で、俺や安藤さんが捜査員としてとった行動は、むしろ当然のものだったと思っている。鹿島庄一は、神山が証言した犯人の条件と様々な角度から一致した。勿論《もちろん》、その神山の証言が真っ赤なデタラメだったわけだから、何の言い訳にもならないのはよくわかっている。あの時の俺達の捜査は、結局総《すべ》て誤りだった。だが俺も安藤さんも、間違った犯人を指摘したくて鹿島を逮捕したわけではないし、鹿島庄一個人に何の恨みもあったわけじゃない。俺達は俺達なりに、自分のしていることが正義だと信じていたんだ」

「それは理解出来ます」

緑子は、小声で囁いた。

「けれど……」

「わかってる。だからと言って、俺達のミスは許されないものだった。その点ではいくら鹿島庄一に詫《わ》びても詫び足りることだとは思っていない。しかし……鹿島を証拠不充分で釈放した時点では、俺達はあくまで鹿島をクロだと信じていた。だから……詫びなかった。その時は……もし鹿島が生きてさえいてくれたら……間違いだったとわかった時に、詫びることも出来たのに」

「出来ることは、あったはずです」

緑子はもう、それ以上責めたくはないと思いながらも、言わずにはいられなかった。

「でもあなたも……安藤も、鹿島庄一の忘れ形見になってしまった少女が、その後どんな人生を歩いたのか知ろうとはしなかった」

「夢の中に、時々彼女が現れた」

義久は、聞き取れないほど小さな声で呟《つぶや》いた。

「あれから十二年……何度も、何十回も、あの子は俺の夢の中に現れたんだよ。俺は、鹿島の自殺の様子については詳しく知らされてはいなかった。城南署が俺達に配慮したのか、詳細については書面で上の方に流れただけで、現場の俺達はただ、容疑者の鹿島が首吊り自殺したと聞いただけだったんだ。その後すぐに真犯人が神山だとわかって、俺達は大騒動に巻き込まれた。忘れてしまった、と言ったらあまりにも無責任だが、あの時の騒ぎの中では、鹿島庄一の存在そのものがみんなの意識から薄れてしまったんだ。勿論、マスコミの中には鹿島の自殺は警察の誤認逮捕に原因があると書いたものもあった。だが鹿島の借金が多額だったことや、鹿島自身、妻に家出されてからふさぎがちで、鬱病《うつびょう》の治療も受けていたことがわかっていた。警察としては、鹿島の自殺はあくまで鹿島個人の事情によるものだという見解で押し通した。ほとんどのマスコミは真犯人が現職の刑事だったという事実に興奮して、鹿島のことにまで言及しなかった。そんな状況だったから、俺も心にしこりは残しながらも、仕方なかったんだ、俺達のせいじゃない、そう思い込もうとしていた……だが」

義久は、唇を湿らすように舌で唇をさっと舐《な》めた。

「事件が決着して、鹿島の娘、莢加が精神科に入院していると聞いた時、俺は……なぜか堪《こら》えきれなくなって、莢加の入院している病院を訪ねたんだ……麻生さんと一緒に」

「麻生さんと……」

「うん」

義久は頷いて、両手で顔を擦《こす》った。

「俺が気にしているのをあの人が心配して、一緒に行ってくれた。あの子は……父親の自殺した夜の記憶をなくしていた。だが莢加の状態を説明してくれた医師から、俺達は聞いてしまった……医者は警察の人間なら当然知っていると思っていたんだ。庄一の遺体が二階の手すりから下がっていたこと、そしてその遺体を下ろそうとした莢加が、誤って遺体を傷つけてしまったこと……部屋中に血が飛び散って……莢加も全身血まみれで発見されたこと」

「電動ノコギリのことも……？」

「ああ。電動ノコギリのことも、だよ」

「……やっぱり、関連に気付いていたのね」

「いや、違う」

義久は頭を激しく振った。

「茨加がその後、オートバイの事故で死んだことを俺は知っていた。だから今度の連続殺人と関係があるなどとはまったく思っていなかった。思っていたら、黙っているなんてことは絶対、しなかったよ。無関係だとは思った。思ったけれど……この事件が始まってから、またあの子が、茨加が俺の夢の中に現れるようになったんだ。俺は……次に殺されるのは俺のような気がした。それが俺に対して与えられる刑罰のように……」


「そんなに長い間苦しんでいたこと、一度も話してはくれなかったのね」

「安藤さんも、君に話さなかったろう？」

義久は淋しそうに微笑《ほほえ》んだ。

「話せないんだよ……話したいと思うことは何度も何度もあったけれど。どうしても話せなかった……誰にもね。きっと、安藤さんだって同じだったんだ。刑事として生きていて、誤認逮捕で無実の人間を自殺に追いやったなんてことは……到底、受け入れられる現実じゃない……悪夢なんだ。忘れていたい……思い出したくない、恐ろしい悪夢なんだ」

義久の目尻《めじり》から、涙の粒が転がり落ちた。それは頬《ほお》を伝わずに直接、二人が向かい合っている会議用テーブルの上に落ちた。

「だが、君のおかげで、俺は目を開いてもう一度、自分の犯した罪と向かい合うチャンスを持てた。今度はもう、忘れようとはしないよ。鹿島父娘に対して俺が、安藤さんが、警察がいったい何をしたのか。それをきちんと知っておきたい。それを知ることでしか、俺のこれからは、ないと思う」


「見つけ出すわ」

緑子は呟いた。

「桜田鏡子を、必ず。あなたと、安藤の為に」

「安藤さんは俺よりも、苦しくなると思うよ」

義久は下を向いて呟いた。

「今度の事件が鹿島庄一の自殺事件と深く関連していると発表されれば、鹿島庄一の自殺は警察の誤認逮捕が原因だったとマスコミは騒ぐだろう。十二年前に比べて、松本サリン事件のこともあって冤罪《えんざい》に対する市民感覚は多少なりとも鋭くなっていると言える。当然、当時の捜査責任者は誰かという話になる。勿論、書類の上では安藤さんはただの一捜査員に過ぎない。だがあの捜査で実質的に現場を取り仕切っていたのは安藤さんだ。マスコミにはそこまで知られることはなくても、警察内部で安藤さんの名前が出ることは間違いない」

「それでも」

緑子は、自分自身に対して言い聞かせるように呟いた。
「鹿島父娘に対してしたことの総てをきちんと知ることが、安藤にとっても大切なことなのよ……きっと」

*

まだ寝息をたててぐっすりと眠っている達彦をおいて家を出るのが、緑子は辛《つら》かった。せめて、ママお出かけしてくるけど、おばあちゃんとパパと、いい子で待っててね、と声をかけたかった。いってらっしゃーい、という達彦の可愛い声を聞いてから出たかった。いっそ起こしてしまおうかな。ふっくらとしてすべすべの達彦の頬に人差し指をあてて、緑子は迷った。だが、達彦が起きる時刻よりまだ一時間以上も早い。可哀想だ。

真冬が始まっていた。
午前六時前の空はまだ、真っ暗だった。

長浜で何と出遭うことになるのか。
何があたしを待っているのか。

緑子は、一泊分の身仕度を小さなボストンバッグに詰めて、マンションを出た。
表通りでタクシーを拾おう。

暗い早朝の町には、だがもうすでに一日の営みを開始した人々の気配が漂っている。ジョギング姿の男性が緑子を追い越した。通学服の高校生が下を向いたまま足早に歩いて行く。大きなスポーツバッグを下げているところからして、運動部の生徒だろう。

暗さに目が慣れて来るのと、次第に周囲の空気が黒から青へと変化して来るのとが合わさって、緑子の目には町の様子がはっきりと見え始めた。

その視界の中に、一台のタクシーが停まった。丁度いい、あれを拾おう。

小走りに駆け寄ろうとした緑子は、だが、思わず足を停めた。

停車したタクシーから明彦が降りて来た。

帰りが朝になることは、ゆうべの電話でわかっていた。緑子は声を掛けようと手をあげた……

……そして、その手を下ろした。

タクシーの後部座席に、もうひとり人が乗っている。

明彦が降りたドアにまた身を入れて、後部座席の人物に何か言っている。ドアが閉まり、タクシーは緑子の目の前を通り過ぎた。

後部座席に座っていた女性の顔が、チラッと見えた。

緑子はそのまま立っていた。明彦が緑子に気付くまで。

やがて、マンションの方に向かって歩き出した明彦は、緑子に気付いた。

「緑子！」

明彦は、子供のように手を振った。

「もう行くのか。随分早いんだな」

「一泊しか出来ないから、時間を節約したくて」

緑子は、駆け寄って来た明彦に微笑みかけた。微笑みが不自然に見えないといいのに、と不安に思いながら。

「タクシーだったの」

緑子の問いかけに、明彦は屈託なく答えた。

「睡眠不足が続いてるから、明け方は危ないと思って署において来たんだ、車」

「お酒でも飲んだのかと思った」

明彦は笑った。

「そんな余裕があったらいいんだけどなぁ。十一時からまた会議なんだ。四時間しか寝られないな」

「泊まった方が楽だったんじゃない？」

「そうでもないよ、宿直室だと八時には起きないとならないからな」

「ビジネスホテルとか、あるじゃない」

「そりゃあるけど」

明彦は緑子の肩を抱いた。

「おまえと達彦がいないだろう？　ぎりぎりで顔が見られて良かったよ。東京駅まで送ろうか？」

「いいわよ、もうすぐタッちゃんが起きるから、そばにいてあげて」

「緑子」明彦は、緑子の額に唇をあてた。「気を付けて行っておいで」

「あなた」

緑子は、明彦の胸に囁いた。

「ごめんなさい」

「……何が？」

明彦の過去のあやまちを、この手で掘り出して人々の目に晒《さら》すことになる、そのことを、緑子は謝りたかった。

だが、緑子は言えずに小さく頭を振った。

「……あなたが大変な時に、家を空けたりして」

「仕方ないよ、お互い、仕事だ」

明彦は緑子の頭を、子供にするように手荒く撫《な》でた。

「君のお母さんもいてくれるんだし、何も心配しないで思う存分、やっておいで」

空車のタクシーが近づいて来た。明彦は、緑子の代わりに片手をあげた。

「あなた、あのね」

緑子は、訊《き》こうとした。さっきあなたとタクシーに乗って来た人は……誰？

だが停まったタクシーのドアが開いて、緑子は訊けないまま、からだを車の座席に滑り込ませた。

訊いてしまえば何でもないことに違いない。そう思っているのに、言葉が出なかった。

ドアが閉まった。明彦が優しい笑顔で手を振る姿が、走り出した窓に流れて後方へと消えて行った。

4

滋賀県警長浜署の袴田《はかまだ》と名乗った巡査部長は、赤くて大きな鼻に特徴のある、いかにも叩き上げと言った感じの男だった。だが人はすこぶる良いようで、どうしても自分が運転して案内すると言って、公用車のハンドルを握っていた。

「あの事件にはほんま、わしらもびっくりしとるんです。あんなえげつないヤマ、わしも任官してもう三十年になりますが、聞いたこともないです」

「ほんとに」

緑子は同意した。

「わたしも初めての経験です……これほど特異な連続殺人事件というのは」

「しかしまあ、それがこの長浜と何か関係が出て来たっちゅうのんは、ほんまのことですか？」

「まだ確実なことがわかっているわけではないんですが」

「川越さんとこの娘さんの消息を知りたいという話やったですな」

「袴田さんは、川越安春と面識があるんですか」

「はあ」袴田は前を向いたまま頷いた。「川越先生の一族は地元の、いわゆるその、名士ってやつのひとりですな。元々、川越先生の祖父の代から県議を務めてまして、川越先生の実兄も県会議員をやっとります」

「資産家でもあるわけですね」

「そうですなぁ」

袴田は笑った。

「戦前からの豪農なんですわ。農地改革で五分の一ほどに減ったそうですが、それでも未だに、長浜では五本の指に入る土地持ちだそうで。しかしまあそりゃ、東京だ大阪だいうのとは土地の値段が違いますが」

「鏡子さんが養女だということは？」

「なんだかんだ言っても田舎のことですから、わしらはみんな知っとりましたな。もっとも、長浜もどんどん変わってまして、なんや都会的というか、人の噂話《うわさばなし》なんかもあんまりせんような風潮はいくらか出て来たようではあるんですが。大きな工場もあるんで、社宅だのなんだのに住んどる連中と、わしらのような農家出身とはあまり交流もないですしね。それでもほれ、あの娘さんはそりゃ、目立ちましたから」

「……目立った？」

「はい」

袴田は赤い鼻をバックミラー越しに緑子に向けて頷いた。

「ひなには稀《まれ》な、ゆうのはああいう娘のことですわ。そりゃもう、どえらく綺麗《きれい》な子で。冗談でなく、年頃になったらミス日本やで、なんてゆうてました、みんな」

「それじゃ、家出したという噂が流れた時には騒ぎになったでしょうね」

「はあ、あれだけの器量の子ですから、そりゃ男が絡んでたんに違いないとは噂してました。まあねぇ、しかし、なさぬ仲の親子にはいろんなことがあったでしょうし、わしらが無責任になんだかんだ言うことはできんですが」

「鏡子さんの男性関係で、具体的に噂にのぼったようなことがあったんですか」

袴田は、また緑子をちらっと見て頭を掻《か》いた。

「あまり無責任なことは言えないですが」

「教えて下さい」緑子はバックミラーに向かって頭を下げた。「鏡子さんの消息をどうしても知りたいんです。捜査上、大切なことなんです」

「そうですか」

袴田は頷いて、照れ笑いのような笑みを顔に浮かべた。

「なんや、警官の癖にゴシップ好きみたいで恥ずかしいんですが……まあ、どうせこの町の誰かに訊いたらわかることですからな。川越先生のとこが整形外科の医院をしてるゆうのはご存じでしたね。その医院に、数年前まで若い医者がひとり、おったんです。川越先生の遠縁にあたるお人だとかで、岩本洋二ゆう名前でした。滋賀医大を出て大学病院に勤めてたのを川越先生が頼んで来て貰ったとかでしたな。当時で三十少し前くらいの、真面目そうなお医者でした。その岩本先生と、鏡子さんが恋仲になったとかならないとかゆう噂が、鏡子さんが家出してからたったんです」

「でも……当時鏡子さんはまだ」

「そうです、中学生でした。それでもう、みんな驚いて。けど、あれだけ器量のいい娘が四六時中そばにいたら、独身の男やったらふらふらっと来ても仕方ないことかも知れませんね」

「鏡子さんはいちおう、中学は卒業したことになってますね」

「家を出たのが一月の末くらいだったんです。高校受験があって、なんか、鏡子さんは受験がイヤだったのやないか、という話も聞きましたがね。ともかく、出席日数はぎりぎり足りたかで、そのまま卒業した形になってたと思います。岩本先生との噂が本当だとしたら、恋愛を義理の親にとめられて、受験にも自信がなくなって、衝動的に家出したというのはわかる気がしますけども」

「やはり、その岩本という医師との恋愛には、川越夫妻は反対しただろうということですか」

「そりゃ、反対するでしょう！　まだ中学生ですよ！　うちにも娘がひとりおりますが、義務教育も終わってない内に三十前の男なんかと何かあったとわかったら、はり倒しますよ」

　緑子は、袴田の「はり倒す」という言葉に、自分の父親を思い出した。

　父親のぶ厚い掌が、頬に炸裂《さくれつ》した時の熱さを思い出した。

　十五歳は確かにまだ、子供かも知れない。だがそれでも、女であることに変わりはない。

　もし噂が本当だったとしたら、鏡子が義理の両親に反発して家出したということは、自然な成り行きだったのかも知れない。だがそうだとしたら、必ず、岩本という医者のところには連絡をとったはずだ。

川越安春の家は、驚くほど大きな豪邸だった。長男として本家を継いだ身ではなくてもこれだけの家を構えられるのだ。川越一族の資産の大きさが想像出来る。

あらかじめ連絡を入れてあったので、安春は経営する医院には行かずに自宅にいた。顔見知りの袴田が一緒のせいか、安春は親しげな笑顔で緑子と坂上を迎えた。

緑子は質問を坂上に任せることにした。安春の態度から、女の刑事にはあまり信頼をおいていないという雰囲気が感じられた。


「昨日、電話でもお答えしましたが、鏡子の消息はわたしにもわからないままなんです。随分と探したんですが」

「私立探偵を雇われたこともあるとか」

「はい。私立探偵、というのかどうか知りませんが、興信所に依頼したことはあります。警察にも勿論届けました。しかし、何とも……家を出てから一年ほどは京都にいたことまではわかったんですが」

「京都に」

「はい……祇園《ぎおん》の、スナックに勤めていたらしいんです。ですが何しろ十五歳でしたからね、鏡子を雇っていたはずの店は、そんな子は知らないの一点張りだったようで。十五歳の子をホステスにしていたなんて警察にばれたら大変ですから、無理もないんですが」

「どうして京都のスナックにいたとわかったのでしょうか」

坂上の質問に、川越は膝の上に用意していた茶色の書類封筒を差し出した。

「その時に興信所から貰った調査報告書です。どうぞ、ご覧になって下さい」

「よろしいんですか」

「構いません。今更娘の恥をかまってなどいられませんからね。それよりも、どんな形でもいいから、警察のお力で鏡子を探し出していただければ」

坂上が封筒から書類を出した。坂上はまずそれを緑子に手渡した。緑子は一枚ずつ書類を読み、それを坂上に渡した。

調査報告は簡潔でわかり易かった。

桜田鏡子＝川越鏡子は、家を出てから四ヶ月後に、京都市内で中学時代の同級生と偶然出会っていた。その時鏡子は、今は京都で水商売をして暮らしていると答えていた。調査員は京都の繁華街を虱潰《しらみつぶ》しにあたり、鏡子らしい女性が祇園のスナック『エルドラド』にいた形跡があることを突き止めた。だが『エルドラド』の経営者はそれを否定した。それ以降、鏡子の消息は判明していない。調査員の感触では既に京都を出て別の土地にいるのではないか、となっている。報告書には更に、『エルドラド』は京都の暴力団、山東会系列琢磨《たくま》会山崎組の関係者が経営しており、それ以上の調査には警察の協力が必要、と注釈が付けられていた。

「警察には話されました？」

坂上が訊くと、安春は少し不愉快そうに眉を寄せた。

「勿論。しかし何もしては貰えませんでしたが」

袴田が居心地悪そうに身をよじった。

「管轄がねぇ……滋賀でしたら何とかなったと思うんですが」

「山東会系列か」

　坂上が緑子を見た。

「どこかに転がされてるとしたら、大阪か広島ですね」

　緑子は黙って頷いた。末はミス日本かと期待されたほどの器量なら、一度喰らいついた暴力団が手放すはずはない。

「刑事さん」

　安春は坂上に詰め寄るように、上半身を近づけた。

「鏡子を探して貰《もら》えますね？　大阪か広島にいるとわかるなら、きっと探し出して貰えるんですね？」

「こちらとしても、今は鏡子さんの消息を知ることが捜査上大変重要です。全力で探します」

「しかし……昨日最初に電話を貰った時からずっと腑《ふ》に落ちなかったんですがね、刑事さん、鏡子がどうして、あのとんでもない事件と関係なんかあるんです？」

「まだ詳細をお話し出来る段階ではないのですが、鏡子さんかまたは、鏡子さんのことを知っている何者かが、事件の鍵《かぎ》を握っている可能性があるということは、言えると思います」

　安春は納得出来ない、というように腕組みしたまま坂上を睨んでいた。だがやがて表情を和らげて頷いた。

「まあいいでしょう。勿論《もちろん》、鏡子があんな人殺しなんかしたんじゃないことははっきりしているわけだから。あれは女ひとりで出来るような殺人じゃないですよ。第一、鏡子は気が狂ってなどいない。あれは狂人の仕業です。鏡子はとても頭のいい子でした。ただ何と言うのか……口下手でね、自分の思っていることを素直に表現するのが苦手な子だったが。それでも、優しいところはたくさんある子だったんです。死んだ家内のことも慕ってくれていて、母の日には必ずカーネーションを買ってくれる、そんな子でした」

「立ち入った質問になるのですが」

坂上は、緑子に助けを求めるような視線を投げてから言った。

「鏡子さんと川越さんご夫妻の関係というのは、その……うまく行っていた、ということですね？」

安春は強く頷いた。

「結果的にはあの子に家出されてしまったわけだから言い訳としか受け取って貰えないかも知れないが、中学三年の冬までは、これ以上ないくらいうまく行っていたんです。本当なんだ……あの子は、親の愛に飢えていました。可哀想に……ろくでなしの父親に三歳の頃から虐待されて……あんなに可愛《かわい》い娘だったのに。あの子の母親はあの子を生んですぐ、男が出来て赤ん坊のあの子を置き去りにして家を出たような女でした。父親は、それでも暫くは赤ん坊を抱えて男手一つで頑張っていたらしいんですがね、あの子が三歳の時に勤めていた会社が倒産したんですよ。それからはあの子にとって、地獄のような生活だったに違いない。父親は酒びたりになり、あの子は風呂《ふろ》にもろくに入れて貰えないような有り様で、栄養状態も悪く、何度か福祉事務所で保護したことがあったそうです。それでもその度に父親が泣いて謝って、自宅に連れ戻していたとかで……しかし、小学校に入る頃にはただ育児を放棄していたというのではなく、日常的に折檻《せっかん》もしていたんですな。とうとうある日、あの子の鎖骨にひびが入っているのが健康診断で発見されて大騒ぎになった。学校から警察に連絡が行き、鏡子の父親は警察に調べられました。そしてあの男に幼児を虐待していた疑いがあるということであの子は正式に保護されることになりました」

「我々が『みどり園』で聞いた話では、そのお父さんが事故で亡くなったとか」

「ああ、そうです、そうでした。あの子が保護されることになった晩、警察から戻った父親がまた大酒を飲み、あげくに階段から落ちて首の骨を折って死んでしまったんですよ。まあ天罰としか言い様がない。そんな過去を持っていたわけですから、あの子がすぐに我々夫婦と打ち解けてくれると楽観してはいなかった。しかし一年、二年と経つ内に、確実にあの子は、わたしや妻に心を開いてくれるようになっていたんです。中学に入った頃にはもう、すっかり素直ないい子になっていて……妻もわたしも、あの子の行く末が楽しみで楽しみで」

安春は鏡子のことを思い出したのか、目頭を押さえた。坂上が一緒にしかめ面をしているのを見て、緑子は口を開いた。

「岩本さんという医師について、少し伺いたいのですが」

川越安春は、不意に厳しい表情になって緑子を見た。それからゆっくりと視線を袴田の方へ移した。袴田は下を向いていた。

「岩本は、わたしの妻と縁続きでした。その関係で、数年前に少しの間、医院を手伝って貰ったことがあります。その当時わたしはヘルニアを患いまして、診療に差し支えていたものですから」

それがどうした、何が言いたい、という安春の挑戦的な視線を、緑子は瞬《まばた》きして受け止めた。

「大切なことですから、はっきりお聞きします。岩本さんと鏡子さんとが恋愛関係にあったという噂は、本当のことだったのですか？」

安春は暫《しばら》く緑子を睨《にら》んでいた。だが、緑子がまったく動じないのに諦めたのか、小さく頷いた。

「本当だったと言わざるを得ないでしょうな。しかしあれは恋愛などと呼べるものじゃない。鏡子は十五歳で、まだ男のことは何も知らなかった。その初《うぶ》な心に岩本がつけ込んだんです。まったく破廉恥な……恥知らずな！　岩本の魂胆はわかっていた。あれはわたしの家に養子として入り込みたかったんだ。鏡子をたぶらかしてうまく鏡子と結婚出来れば、この家も医院もやがてそっくり岩本のものになったわけだからな！」

緑子は、激昂《げっこう》してこめかみを震わせている安春を見ながら、鏡子が家を出た理由をはっきりと知った。

岩本という若い医師の本心がどうだったのか、それはわからない。安春の言う通り、狙《ねら》いは川越家の一員になることだったという可能性は勿論あるだろう。何しろ、これだけの財産と繁盛している医院がひとつ、何もかもまとめて自分のものになるチャンスだったのだ。しかも、とびきり美しい娘と共に。

だがそんなことは鏡子にとってはどうでもいいことだった。十五歳の鏡子が、恐らくは初めて恋心を抱き、夢中になった男。その男を、この義理の父親は多分、鏡子の前で口汚く罵《ののし》ったのだ。今、緑子達の目の前でやって見せた通りに、まるでその男がコソ泥か何かのように、口から泡を飛ばして。

恋に溺《おぼ》れて何もかもわからなくなっていた鏡子が、そんな育ての父親を憎悪しただろうことは、想像に難くなかった。

勿論、鏡子はすぐに後悔したはずだ。九歳という、すでにある程度の分別のついた歳《とし》になってから養女に来た鏡子には、義理の両親への恩義が理解出来ていただろう。地獄のような実父との獣じみた生活から、この新しい両親のおかげで抜け出せた、ということは充分にわかっていたはずだ。一時の感情で衝動的に家出したものの、鏡子は両親に悪いことをしたという気持ちは抱いていたに違いない。だが鏡子は既に、戻れなくなっていた。ありがちな転落のレールに乗せられ、暴力団の管理下に置かれて。

しかし、岩本はいったいどんな行動をとったのか。自分の為に家出するはめに陥ってしまった十五歳の少女を、そのまま見捨てたのか……？

「ご事情はわかりました。わたしにも子供がおりますから、ご両親のお気持ちはお察しいたします」

緑子が言うと、安春はようやく穏やかな表情に戻った。

「そうですか……刑事さんにも、お子さんが……いえ、今となってはわたしにも落ち度はあった。鏡子のことが可愛い余りに、あの子の言い分は何も聞いてやらず、ただ頭ごなしに叱《しか》りつけた。その結果がこれですから」

「で、岩本医師はその後？」

「さあ」

安春は皮肉な笑みを浮かべた。

「あれもいちおうは医師免許を持った正式な医者ですからね、どこの病院でだって働けます。いや、わたしも腹は立ったが、とはいえ妻の縁続きの男でしたし、常識的なことはしてやりましたよ。二年と少ししかいなかったのに過分に退職金も払ってやったし、腕は悪くなかったので、推薦文も持たせてやりました」

「ご専門はやはり、整形外科ですか」

「そうです。だがわたしの医院は、主に老人性の背骨の湾曲の矯正ですとか、骨折後のリハビリや変形の矯正、口唇裂と呼ばれる乳児疾患の整形などを扱いますが、あの男が専門にしていたのは、美容整形の分野でした。時代なのでしょうか、数年前からわたしの医院にも若い女性などが美容整形を希望して来院するようになっていたものですから、あれにはそうした分野の患者を受け持って貰ったんです」

「その後、岩本さんから連絡はないんですね？」

「ありません。何しろあの男がうちを辞めて間もなく妻が病死しましたから、妻の縁続きだったこともあって、消息はまったく聞いていないんです。ですが、調べればすぐにわかるとは思いますよ。何でしたら妻の実家に電話して聞いてみましょうか？」

緑子は安春の申し出に礼を言った。

岩本が今どこで何をしているのかわかれば、多分、鏡子の消息もある程度は摑《つか》めるに違いない……

川越安春は、電話番号を控えてあるらしいノートのようなものを持ち出し、緑子と坂上の目の前で、応接室の電話の受話器をとった。

暫くは、ありきたりな親戚《しんせき》間の挨拶《あいさつ》が交わされるのを、緑子はあまり私的な会話は耳に入れないよう注意しながら、じっと待っていた。

だがやがて、安春の表情が奇妙に歪《ゆが》んだ。

緑子は、他のことを考えるのをやめて会話に耳をすませた。

「……いや、それはまあ……いやいや、そんなお気遣いは……ええ、そうですね、わかりました。いえいえ、もうそれは本当に、こちらこそ何も知らなくて失礼いたしました。はい、皆様によろしく、はい、そうさせていただきます……はい、ありがとうございました。それでは失礼いたします」

安春はやっと受話器をおいた。そして、緑子と坂上の顔を交互に見た。

「死んだそうです」

安春は、そう言って、どうしていいかわからない、という風に笑った。

「いや、わたしもまったく知らなかった。この春に、車の事故に遭ったとかで……妻の実家は、鏡子とあの男とのいきさつを知ってましたから、わたしには知らせないでおいた方がいいと考えたようですな。いや、しかし驚いた。死んだとはね……そう聞けば気の毒だな。まだ若いのに」

緑子は、坂上と無言のまま視線を交わした。

車の事故。本当に、そうなのか？

疑惑が緑子の胸に広がる。

「川越さん、ひとつお願いがあるのですが。鏡子さんの写真がありましたら、ぜひ拝見したいんです」

安春は困った、というように頭を振った。

「いや実は、そう言われるだろうと思ってご用意したかったんですがね。しかし……鏡子は家を出る時に、アルバムの類《たぐい》を総て持ち去ってしまっているんです」

「総て？　一枚も残さず、ですか！」

「はい……と言いましても、あの子は昔からとても写真嫌いな子だったんです。可愛いのでわたしも家内も写真を撮りたくてたまらなかったのですが、あの子は嫌がって撮らせてくれませんでした。どうしてなのか、理由はわかりません。ですが、それでもアルバムで三冊分くらいはあったんですよ。それらを全部、あの子は持ち去ってしまいました。小学校、中学校の卒業アルバムまで」

安春は立ち上がり、応接室の壁に押しつけてあった見事な彫刻の入った大きな本棚のいちばん下の開き戸を開けた。

「しかしわたしは諦《あきら》めきれなくて、あの子の出た小学校に掛け合って、余分にあった一冊を貰って来てしまいました。残念なことに中学の卒業アルバムは貰えなかったんですが、それでも面影はこれで充分わかると思います」

青い布張りに金文字で、学校名と校章、卒業年度が印刷された厚いアルバムが、緑子の目の前に置かれた。

誰もが認める際だった美貌《びぼう》の持ち主だったのに、写真に撮られることを嫌った少女。家を出る時、自分の顔を総て持ち去った少女。

その少女がこの中にいる……

緑子は、胸の奥がドキンドキンと大きく波打つのを感じながら、ページをめくった。

鏡子は、いた。

どの写真の鏡子も小さくしか写っていない。だがどんなに小さな写真でも、彼女の目鼻立ちの良さは際だっている。しかし、緑子にとっては最早、そんなことはどうでもいいことだった。緑子には、安春の説明を待つまでもなく、どの少女が鏡子であるか一目でわかった。坂上も、驚きのあまり声を失って、ページの中にいる、笑っていないその少女の顔を見つめていた。

それは、泉だった。

オフィス中嶋でパソコンのキーを叩いていた無口な美しい女性、大川泉の小学生時代の姿が、そこにあった。

背徳

1

新幹線の車窓から、遠く比叡山《ひえいざん》の姿が見え始めた。

緑子《りこ》は、腕組みしたまま目を閉じている坂上の肘《ひじ》をそっとつついた。

「そろそろじゃない？」

坂上が腕時計を見た。

「トンネルを二つくぐりますからわかりますよ」

坂上は、緑子にチューインガムを差し出した。

「どうです？　すっきりしますよ」

「バンちゃん、煙草やめたんだ」

「はあ」

坂上は照れくさそうに笑った。

「ジュクの同僚と賭《か》けしてんですよ。年内に禁煙出来たら、正月休み明けに焼き肉奢《おご》って貰《もら》うことになってんです」

「禁煙なんて簡単だ」緑子は肩を竦《すく》めた。「わたしはもう何回もやっている」

「誰のセリフでしたっけ？」

「さあ。マーク・トゥエインか誰かじゃなかった？　えっと……着いたら今夜の宿、見つけないとね」

「府警の方で手配してくれないですかね」

「頼めばしてくれるでしょうけど、あまり迷惑かけたくないから。宿が決まったら府警本部に直行しましょう。係長と綿密に打合せしとかないと」

長浜署から義久に連絡して大川泉の身柄を確保して貰うよう頼んだが、未だに捜査本部から大川泉を確保したという連絡は入っていない。

緑子は諦《あきら》めていた。

一歩遅かったのだ。大川泉は、どこかへ姿を消したに違いない。

緑子を含めて、高須班の失態は明らかだった。山崎留菜《るな》のファンクラブ、むーんらいとが事件と関係しているとわかっていながら、そのむーんらいとの名簿の管理を実質的にしていた大川泉については、まったく疑っていなかった。

あまりにも彼女は、堂々とそこに居た。

少なくとも、むーんらいとの名簿を誰かに流しているかも、というくらいの疑惑は持っても良かったのだ、泉に対しては。彼女なら、いつでも好きな時に名簿のデータを取り出せたし、第一、むーんらいとの会員になった人物について誰よりも早く情報を得ていたのは、彼女だったのだ。

それにしても……いったい大川泉、いや、桜田鏡子は初めから狙《ねら》ってオフィス中嶋に潜り込んだのだろうか。

鏡子を雇った経緯については、今、本庁に呼ばれた中嶋敏江が捜査員に釈明している最中のはずだ。しかし想像することは出来る。

鏡子は、家出して京都のスナックで働いている時に暴力団の山東会に取り込まれた。あれほどの美貌《びぼう》の持ち主であれば、暴力団の幹部か、少なくともそこそこに実力のある男に愛人にされたとしても不思議ではない。彼女はその関係で、中嶋敏江の愛人でありパートナーである、掛川エージェンシー社長・掛川潤一と繋《つな》がりが出来た。そして、そのコネでオフィス中嶋にアルバイト社員として勤めることに成功したのだ。

緑子は、車窓の風景が流れるように高速で後ろへと滑って行くのをぼんやりと見つめながら、何度かこめかみを指先で押した。

混沌《こんとん》とし過ぎている。

まだ疑問が多すぎる。

初めから整理しよう。いったい、事件のいちばん最初はどの時点なのか。

大垣輝弥《てるや》が撮影した、山崎留菜の写真集が発売されたのは今年の九月末。家出して大川泉と名乗って生きていた桜田鏡子がその写真集を見る。彼女は、幼い頃に共に過ごしたことのある鹿島莢加《さやか》のことを思い出す。そしてむーんらいとに、いや、多分、山崎留菜もしくは大垣輝弥に近づく為にコネを探し、オフィス中嶋に潜り込む。

それで最初の殺人が……十月十六日……？

その後連続して五件、いや、大垣も含めたら六件の殺人。

唐突でしかも性急だ。動機はともかくとしても、鏡子が総《すべ》ての事件をひとりで引き起こしていると考えるのは無理があるように思える。それとも、写真集『ムーンライトソナタ』が事件の始まりではないのか？

もっと以前から、この事件は始まっていたのか……？

携帯電話のベルが鳴り出した。緑子は、席を立ってデッキへ移動した。

「大川泉は、今朝から事務所には出ていないそうです」

新幹線の騒音の底から、宮島静香の緊迫した声が聞こえた。

「ひとりで暮らしているという大崎のアパートは施錠されたままで、管理人に承諾をとって鍵《かぎ》をあけましたが、不在でした。アパートの住人にも聞き込みをしましたが、大川泉はそのアパートにはほとんど姿を見せなかったらしいです」

「別のところに住んでいたということね」

「だと思います。そのアパートは、表向きの住所を確保する為のものですね。大川泉がオフィス中嶋に勤め始めた時に提出した履歴書も中嶋敏江から預かりましたが」

「嘘《うそ》八百、ってとこ？」

「二、三電話で裏付けをとってみた限りでは、学歴などは大川泉という名の人物の実際のものを流用しているようです」

「大川泉、という人物が別にいるってこと？」

「そうなりますね。この人物については今、どこで何をしているのか調べています」

「彼女がオフィス中嶋に勤め始めたのは？」

「八月の初めだそうです」

「中嶋敏江は何と言ってるの？」

「知り合いから頼まれて雇った子だけれど、私生活については何も知らないと」

「その知り合いって誰だって？」

「掛川潤一だそうです。芸能プロダクション、掛川エージェンシー社長です。掛川潤一は今、ニューヨークに出張中ですが、まもなく連絡はつくと思います」

「掛川がどこまで本当のことを言うかは疑問ね……だけど、掛川が繋《つな》がっているのは春日《かすが》組だと思ってた。山東会だとすると……どうして高安が中嶋敏江の事務所の面倒なんかみてるんだろう？　ね、宮島さん、四課か暴対に春日組と山東会の関係についてレクチャーして貰って、至急まとめてFAXしてくれないかしら。宛先《あてさき》は、京都府警の捜査一課気付で」

「わかりました」

「我々は先に連絡した通り、今夜中に何とか、桜田鏡子が京都を出てどこに行ったのか摑《つか》むことにするわ。多分、桜田鏡子はもう、オフィス中嶋には現れない。彼女のバックについている暴力団員が特定出来ないと、彼女を見つけ出すことは難しいと思うの。彼女が見つからなければ、この事件の謎《なぞ》は解けない」

緑子は、携帯電話をしまって座席に戻った。

列車はトンネルに入った。坂上が荷物を棚から下ろした。

一瞬、黒くなった車窓の窓に、大川泉……桜田鏡子のあの、陶器のようになめらかな肌と黒い大きな瞳の幻が映った気がした。

＊

「山東会はご存じの通り、元々は広島の組織でして」

暴対二課の島内という刑事が、意外に思ったほど綺麗《きれい》な標準語で言った。

「大阪を中心とした関西一円に勢力を伸ばし、国内の広域暴力団としては、五本の指に入る傘下構成員数を持っております。昨年の秋頃から東京進出を本格的に開始する気配を見せ、既に都下一円に七つの組を設立、または配下に収めています。直系が川島組と高田組、この配下に井田、後藤、鶴田組と続き、夏に解散した氷川組、矢野組といった元々は昇竜会系列の組の構成員をそのまま引き取り、それぞれ新たに組長をおいて、村田組、吉本会と名乗らせているわけです。こうした動きから、山東会は昇竜会と手を結んで東京進出をはかるものと思われていたわけですが、この秋になって都下最大組織である東日本連合会春日組との関係も微妙な変化を見せ始めているようでして」

「はい。まあ我々のところに入って来る情報よりは、警視庁の方がより詳しい情報は摑《つか》んでいると思いますが、山東会と昇竜会の提携を傍観すると思われていた春日組が、山東会に急接近しているようなんですな」

「春日組が山東会と結ぶ可能性が出て来たということですか」

島内は頷《うなず》いた。

「元々、昇竜会の山東会との提携は、提携というよりは一種の吸収合併だと思われていました。昇竜会は新宿での春日組との抗争にほぼ敗北したと見られており、勢力の中心を渋谷に移したものの、はっきり言えば台所が火の車で、反春日組連合の結成を目指して神崎組と結ぼうとしたもののうまく行かず、山東会の東京進出に力を貸すことで最後の賭《か》けに出たわけです。しかし所詮《しょせん》は斜陽の組織、春日組としては山東会の東京進出に対しては距離をおき、山東会の動きを観察する方針でいたことは間違いないと思います。だがどうやら、その方針は転換されたようですな。春日組の幹部が頻繁に山東会幹部と会っているのが確認されていますし、この夏には、春日組の大幹部数名が広島を訪れ、極秘に山東会会長・松山清里と会合を持ったという情報もあります。松山は広島のドンと呼ばれる男ですが、斜陽の昇竜会と組むよりは、バブル崩壊後に経済面ではひとり勝ちしたと言われている春日組と組んだ方が得だと踏んだということなんでしょう。山東会の東京進出に協力する見返りとして、春日組が京都、大阪に出て来るということもあり得るのではないか、それが今、我々が最も警戒している点なんですが」

「微妙な変化？」

「春日組が関西に……」

「今の春日組の勢いなら充分あり得るでしょう。特に春日組の若頭《わかがしら》で実質的には組を取り仕切っていると言われている山内は、もともとこちらの出身ですから」

「滋賀県の出でしたね、確か。朽木《くつき》村というところだとか」

「さすがによくご存じですな。しかし朽木村は確かに滋賀県ですが、この京都からの方が大津あたりから行くよりはずっと近いんですよ。我々の感覚では、京都の北方といった感じです。山内自身、高校は京都市内のR校を出てます。R校と言えば、東大、京大の付属予備校と異名をとるほどの受験校ですよ。秀才の男の子が集まる学校です。わたしの息子の成績では受けたくても中学が許可してくれないでしょうな」

島内は笑いながら頭をかいた。

「それだけの秀才でT工大の大学院にまで行ってどうしてヤクザなんかになるものか、わたしには理解出来ません。男の子なんか持つもんじゃないってことですか」

「あたしにも息子がいるんです」

緑子は微笑《ほほえ》んで言った。島内は目を見開き、それからまた頭をかいた。

「本当ですか、そりゃ失礼いたしました。うちも男ばかり三人です。アタマが中学三年、いちばんチビはまだ小学校二年ですよ。しかしこの仕事をしていると、成績なんか悪くてもいい、大学なんか出なくてもいいから、ヤクザにだけはならないでくれと祈りたくなりますな。家内はいろいろと贅沢《ぜいたく》を言っているようですが」

「島内さんは関東の方ですか」

「言葉でわかりますか。出身は神奈川です。大学でこっちに来ましてね、そのまま府警に入ってしまいました」

「関西弁はお話しにならないんですか」

「家に戻るといつのまにか関西弁になってますよ。もう三十年こっちにいますから。しかし面白いもので、東京の方とお話しすると言葉も元に戻ります」

「山内は……東京弁をつかいますね。それもべらんめえに近いような」

「そうなんですか？」

島内は知らなかった、というように頷いた。

「失礼ですが村上警部補は捜査一課だとお聞きしていますが」

「はい。ですがその……山内とは面識があります」

「そうですか。いや、わたしは残念なことに山内の顔を見たことはないんです。一度は拝んでみたいと思っているんですがね、随分と綺麗な顔をしているそうじゃないですか」

「そうですね」

緑子は、残忍な光を帯びた形のいい目と長い睫《まつげ》毛を思い出してひそかに身震いした。

「確かに、整った顔はしていますね。あの男が関西弁をつかわないのには何か理由があるんでしょうか」

「さあねえ。まあ、ヤクザの世界というのは組長を父親とした疑似家族の形態をとりますから、東京の組の構成員だということで関西弁をつかわないのかも知れませんが。いずれにしても、春日組がこっちに出て来るとなると我々としては頭痛の種が増えるわけですがね。えっと、それでですね、おたずねの祇《ぎ》園《おん》のスナック『エルドラド』なんですが」

島内は書類を一枚、緑子と坂上の前においた。

「この店の経営者は藤田靖という男でしたが、この男は南区の暴力団、琢磨《たくま》会山崎組の会長、山崎良文と義理の兄弟の関係でした。いや、ヤクザの世界でのという意味ではなくて、本物の義兄弟だったということです。山崎の妹が藤田の妻なんですな。藤田はいちおう堅気《かたぎ》の看板をしょって水商売の店を数軒経営する実業家ってことに表向きはなってますが、『エルドラド』にしても他の店にしても、山崎組の息がかかっていたことに間違いはないです。その『エルドラド』は一昨年の六月に、不法滞在の外国人をホステスとして長期間雇っていた疑いで捜索を受け、藤田も書類送検されて、その後閉店してしまいました。しかし、その川越鏡子という女性が働いていたという平成三年当時、『エルドラド』でバーテンダーをしていた男でしたら連絡をとることが出来ると思います。澤田《さわだ》という男なんですが」

島内は思い出し笑いした。

「いちおうは堅気です。しかしまあ、ちょろちょろと腰の落ち着かない奴《やつ》で、半年と同じ店にいられないような男です。『エルドラド』には二年ほどいたことになってますから、あの店の居心地はなかなか良かったんでしょうね。今は新京極の喫茶店にいるようです」

「これから、会えますね？」

「そのつもりで電話をしてあります。わたしがご案内しましょう」

島内は立ち上がった。緑子と坂上は、島内の後について京都府警本部を出た。

「雪になるかな」

島内は、駐車場でどんよりと白く曇った空を見上げた。

「みぞれでも降ったら、しばれますよ」

「京都の冬は寒いそうですね」

「ええ」

島内はコートの襟を立てた。

「わたしは湘南《しょうなん》の出身ですから、冬の寒さは苦手ですね。こっちの真冬、二月頃は本当に辛《つら》い。盆地の寒さというのは特有でしてね、しんしんと底冷えするんです。からだの芯《しん》の方から冷たくなっていく感じです」

「朽木村というところもやはり寒いんでしょうか」

「そりゃあ」島内は公用車の後部座席に緑子と坂上を案内し、自分が運転席に座った。「あそこまで行くと日本海の気候に近いですから、寒いですよ。しかしあっちは雪ですね、問題は。朽木も相当降りますよ。スキー場があるくらいです」

「でも、自然が豊かで美しいところのようですね」

「村上さんは朽木にお詳しいんですか」

「最近、インターネットのホームページで知ったんです」

「ほう、やはりインターネットですか。いや、わたしもついつい世間の流行にのせられて、始めてしまいました。しかし自宅のパソコンは長男に占領されてしまいましたがね。家内は怒ってましてね、ほら、教育上問題の多い画像なんか簡単に見ることが出来るじゃないですか、それでね」

島内は車をスタートさせた。

「どうして警察はあんな画像を取り締まらないんだっていつも文句言われるんです。そうは言われても、海外のサイトの画像なんかは日本の警察では手が出せないですからねぇ。まったく、困った時代になったものです。村上さん、アングラサイトってご存じですか？」

「アングラサイト？」

「ええ。最近、生活安全課の奴から聞いた話なんですが、猥褻《わいせつ》画像以外にも、法律的に問題のある内容のホームページが激増しているらしいですよ。人の名誉を傷つけたり誰かを貶《おとし》めるような嘘の情報を垂れ流すとか、個人のプライバシーを故意に暴いて集めたページとか、著作権を無視した画像や文章の盗用だけで構成されたページとか。どうやって手に入れるものか、本物の死体の写真なんかもたくさん流されてるらしいです。そうした法律にひっかかりそうなページというのは、URLが非公開になっていて、口コミで広まって行くそうなんですね。そのページの生活安全課の奴が教えてくれたページには、コイン駐車場の料金を踏み倒す方法なんてのが書いてありましたよ。それと、盗撮ですね。ほら、投稿写真を集めた雑誌というのが時々問題になるでしょう？　雑誌に掲載されたくて女性のスカートの中を盗撮するバカがたまに捕まるじゃないですか。最近はデジカメとかいうものが流行《はや》っていて、インターネットに掲載出来る写真が手軽に撮れるようになった上に、そうしたデジカメ写真というのは現像の技術がいりませんから、盗撮にはもって来いなんですね。つい最近市内の大学病院の看護婦寮に忍び込んで逮捕された大学生は、寮内の看護婦の顔をデジカメで撮影して、自分のホームページに掲載していたんですよ。他にもいくつもの看護婦寮で盗撮していたとんでもない奴ですが、面白いことにね、猥褻な画像は一枚も撮ってないんです。看護婦の素顔を写して、どうやって調べるものか名前だとか年齢を調べあげて、一緒に載せる。それだけなんです。それだけなんですが、それが爆発的に人気を呼んでいて、その男のホームページのアクセス数の多さはものすごかったようですよ」


「わかるような気がしますね」

坂上が緑子に遠慮するように視線を投げてから言った。

「いつも制服を着ている職業の女性が素顔で普段着の時はどんな風なのか、男なら興味を感じても不思議はないような」

「いや、そうなんですがね」

島内は運転しながら笑った。

「しかしどうも、看護婦だけじゃなくて婦警のもあるらしいんです。あ、村上さん、お気を悪くされたら申し訳ないですが」

「いいえ、お構いなく」

「そうですか。いや、まだ実際にそうしたアングラページに遭遇したことはないんですが、噂では、婦人警官の普段着姿ばかり集めたサイトというのがあるらしいです。いったいどうやって調べるのか、名前から年齢、場合によっては趣味だとか、出身校、恋人の有無まで載っているそうですよ。いやまったく、恐ろしい時代です。個人の秘密なんてものは実際にはないも同然なんですな」

緑子は信号待ちで停まった車の窓から、隣に停まった車の中にいるカップルを見るとはなしに見ていた。

こちらの車にはシートが貼《は》ってあって向こうからは中が見えないが、こちらから隣の車は、窓越しに中の様子がよく見える。だが、車内の二人はそんなことはまるで気付いていない。二人だけの世界にひたって、手を握り合ったり頬《ほお》を寄せて何か話したり、楽しそうだ。

島内の話は、あれと同じなのかも知れない。

人は誰でも、個人的な生活、秘密を持っている。看護婦であろうと婦人警官であろうと、制服の下には生身の女のからだがあり、家に戻れば当たり前の女の人生がある。食べて寝て、お洒落《しやれ》して、肌の荒れを気にしたり生理不順に悩んだり。ダイエット食品も買うだろうし、セックスだって勿論《もちろん》する。

それで当たり前なのだ。

当たり前なのだが、そうしたごく当たり前の、ごく個人的な事柄が、他人にとってはひどく面白い見せ物になる。

みなが守られていると信じているプライバシーが、実はこうして隣の車の中を覗《のぞ》くように簡単に見られてしまうものなのだとしたら、個人的な幸福の多くが破壊されてしまうだろう。

誰かに見られているとわかったら、あのカップルが握っていた手を離してしまうかも知れないのと同じ様に……

……あ！


緑子は突然、頭の中に閃《ひらめ》いた小さな稲妻を取り逃がさないよう、姿勢を正した。

「バンちゃん」

緑子は前を向いたまま、坂上の袖《そで》を摑んだ。

「わかった」

「……何がです？」

「わかったのよ！」

緑子は半分腰を浮かせた。

「だから何がですか、先輩？」

「わかったの！」

「アングラサイトよ！　そうなのよ、そうに違いない！　被害者よ！　湯浅、川谷、安永の三人の被害者！　彼等がどうして刑事だと犯人にはわかったのか。なぜみんな独身寮の出身なのか」

「だってそれは、むーんらいとの会員名簿から……」

「違うの！　逆なのよ！　バンちゃん、思い出して。湯浅と川谷の『むーんらいと』入会は八月よ。それも確か、入会の日付が接近していたはず。安永は蒲田《かまた》として入会しているけど、多分、同じ頃に入会していると思う。三人の現職の刑事が、ごく短い期間にあるタレントのファンクラブに次々と入会した。しかも三人とも独身寮の出身だった。これは偶然？　違うわ！

三人は……彼等はおびき寄せられたのよ……」

「おびき寄せられた……」

「そうよ！　三人はむーんらいと会員だったから選ばれたんじゃない。その逆よ。三人はまず選ばれ、それからむーんらいと会員になるよう仕向けられた。ではどうやって犯人は、三人を選んだのか。どうして三人とも……美男子だったのか。あたし達、いちばん大切な被害者の共通点を忘れていた。被害者は五人共に、ハンサムだった。そのことがいちばん、重要だったのよ！　蓼科昌宏が事件に関わってすぐに殺されてしまったのは……犯人が、蓼科があまりにも被害者の条件にかなっていたという偶然を利用したからだわ。そして気の毒な玉本栄が犯人の陽動作戦の為だけに殺されたのも、彼が、犯人が被害者に求める絶対条件である、美男子でしかも独身寮の出身者だったという不幸な要素を満たしていたから。そして……蓼科昌宏が、初めの二人の被害者について情報を得た方法は、犯人がターゲットの三人についての情報を得た方法と一緒だった……インターネットのアングラサイト……警視庁の独身寮で、若くてハンサムな刑事を盗撮した写真を掲載しているサイトが、インターネットの大海の底のどこかに存在している、必ず！」

2

二階建ての簡素なアパートの外階段を昇って端から二番目のドアを、島内は丁寧にノックした。

島内は暴対法が施行される以前から四課にいたらしく、いわば暴力団関係のスペシャリストなのだが、見た目にはまったくそのように思えない。暴対法施行後、刑事組織犯罪専門の四課を離れ、民事事件を扱う暴対二課に異動したそうだが、緑子の知っている他のマル暴刑事に比べるとおだやかで上品な印象の人間だ。

だが、ドアにあてられた拳《こぶし》の関節の潰《つぶ》れ方には背筋が寒くなるような迫力があった。空手と中国拳法の使い手だと本人が車の中で話していたが、なるほどと納得した。

「澤田」

島内が静かな声でドアに向かって囁《ささや》いた。

「遅くなって悪いな。わしや、島内や」

島内は関西弁のアクセントで喋《しゃべ》っていた。

ドアが開いて、不精髭《ぶしょうひげ》に短髪の男が顔を覗かせた。

「旦那《だんな》、すんまへん。ちっと寝てたもんで」

「なんや、風邪《かぜ》か」

「はあ」

島内は、狭いアパートの玄関に脱ぎ散らされた汚れたスニーカーを腰をかがめて揃《そろ》えると端におき、緑子にあがるよう促した。

「おまえもそろそろ、からだ、ガタついてるんと違うか。いつまでも無茶しとったらあかんで。今日は店、休むんか」

「そのつもりで」

「そうか。これな、おまえ好きやったろ。買うて来たわ。今日は別嬪《べっぴん》さんも一緒や、みんなで食おうや」

島内は下げていた紙袋から甘栗の包みを取り出した。そんな土産を持って来たことを緑子も坂上も知らされていなかったので、面食らいながらも、緑子は密《ひそ》かに感心した。こうしたキメの細かな情報提供者に対する日頃からのケアが、島内のマル暴刑事としてのキャリアを見せつけるのだ。

澤田五郎は三十代前半だろうか。堅気とは言っても、生活は荒れているのがその色の抜けた顔で窺《うかが》える。

緑子と坂上という面識のない刑事二人を前にして、きちんと正座して緊張しているのが気の毒だった。緑子は狭い2Kのアパートを見回し、キッチンの流しに溜《た》まった洗い物に目をとめた。エプロンは見当たらないが、水はねしないよう注意すれば大丈夫だろう。

緑子はキッチンに立ち、とりあえず茶が入れられそうな湯呑《ゆの》みを四つと急須《きゅうす》を汚れた食器の山の中から掘り出して洗い始めた。

「いや、すんまへん、どうも」

島内が言って笑った。

「澤田、おまえ果報者やな。この人な、わしなんかより階級が上の警部補殿やで」

「そそそ、そその」澤田は緊張してどもっている。「その東京の偉い刑事さんが、いい、いったい俺《おれ》なんかに何を。旦那、俺、ほんまになんにも……」

「まあ待て、心配せんかてええ。おまえなんかパクりにわざわざ東京から来はったわけやないで。今日はな、昔のことを少し聞きたいと思ってな」

「む、昔のことですか」

「そうや。昔いうても六年ばかし前やから、おまえでも覚えとるやろ。おまえ、平成三年当時、祇園の『エルドラド』でバーテンしとったな？」

「し、してました」

「うん。それでな、多分短い間やったと思うんやが、その店にな、鏡子という名前のえらく若い別嬪が勤めてたの、覚えてるか」

「キョウコ？」

「いや、それが本名なんやが、名前は適当にかたってたかもわからん。ただな、おそろしいほど顔の綺麗な子やったそうや」

「あのこれ」坂上が川越から預かっていた卒業アルバムを開いた。「この子なんですが。これは小学生の時ですが、今でも面影はあるんで当時も顔自体はそんなに変わってないかと」

緑子は洗った湯呑みと急須を、一同が座っている小さな炬燵《こたつ》テーブルの上においた。

「あの、お茶の葉は？」

澤田が慌てて茶簞笥《ちゃだんす》から茶筒を取り出した。

緑子が驚いたことに、茶筒の中にはとても上等な煎茶《せんちゃ》が入っていた。こんなところが京都なのかも知れない、と緑子はふと思った。荒れた生活をしている独身の三十男でも、茶には贅沢《ぜいたく》をする。多分、幼い頃から香りのいい茶を飲み慣れて育っているのだろう。

「はあ」

澤田は、アルバムの中の小さな写真をじっと見てから頷いた。

「おったと思います」

「やっぱりおったか。何と名乗ってた？」

「泉」

澤田の言葉で、緑子と坂上は目配せを交わした。

「確か、泉と呼んでました」

「どんな子やった？」

「どんなて……えらく無口でしたわ。お客の隣に座っても愛想がないんで、ママがいくら綺麗でも笑わへんのやったら使いもんにならんゆうてぼやいてたん、聞いたことがあります」

「この子な、当時まだ十五歳やったそうや。おまえはそれ、知ってたか？」

澤田は激しく首を横に振った。

「知りまへん。そんなん俺ら、ホステスと親しいに口きいたりしたらママに怒られますんで」

「この泉という女性が店を辞めたのはいつ頃か覚えてますか」

坂上の問いに、澤田は少し考えてから言った。

「なんや、すぐでしたわ。入って来た年の暮れやなかったかな。水商売に向くような感じやなかったから……客にひかされたゆう話聞いて、納得しましたわ」

「客に、ひかされた？」

坂上が思わず声を強めたので澤田がビクッとした。緑子はすかさず、湯気のたつ茶碗《ちゃわん》を澤田の前においた。

「どうぞ」

「あ、どど、どうも」

「お客さんに気に入られて愛人として囲われた、そういうことですね？」

澤田は頷いた。

「そのお客さんの名前、わかりますか？」

「だから、俺らホステスの話はあまりしたらあかん言われてましたんで。ママはごっついきつい女やったんで……」

「オーナーの藤田のオンナやったんやろ、ママ」

「旦那のご存じの通りです」

「ママに逆らったら山崎組の恐《こわ》いあんちゃんに可愛《かわい》がられるかもわからんもんな。そやけどどうや、澤田、店以外の場所では噂話くらい、出てたんやないか？　泉を囲ったんがどの客やとか、いくらでひかされたとか、こんだけ綺麗な子やったら噂くらいするのが普通やないか」

「いや、それは……」

澤田はずっと正座したままだったが、その膝《ひざ》の上においてある両手の拳がきつく握りしめられていた。

緑子は澤田の顔を読んだ。こいつは、泉の行き先を知っているのだ。

「俺はあまり、その……」

「澤田」

島内の声の調子が微妙に変化した。おだやかな表情はそのままだったが、目つきが少しだけ鋭くなっている。

「警視庁の刑事さんがわざわざ新幹線に乗って来てくれはったんや。手ぶらで帰すゆうわけにはいかんで、わしも。なあ澤田、頼むわ、わしの顔、立ててくれんか」

島内に顔を立ててくれと頼まれて、澤田ははっきりと動揺した。その表面柔らかなもの言いの中には、島内の脅しがある。

「あの」

澤田は緑子のいれた茶をゴクッと音をたてて飲んでから、小声で言った。

「噂だけやから、ほんまのことかどうか」

「ええ、ええ」

島内が頷いた。

「それでええから、教えてくれや」

「……広島に行ったと……俺は聞いたんですが」

「広島に行った？」

「はい」

「広島のどこや？」

「そやから」

澤田は下を向いてしまった。握った拳が微《かす》かに震えている。

「まさか」緑子は小声で、澤田の顔を覗き込みながら囁いた。「山東会会長のところへ……？」

「松山の愛人になった言うんか！」

島内が初めて、声を荒げた。

「ほんまか？　この娘は当時まだ十五やで！　松山はおまえ、もう七十に近いはずやないか！　その頃でも六十は越えとった、それなのに孫みたいな子供を愛人にしたんか！」

「だから、俺は、俺はほんま、噂だけしか……」

澤田は島内が怒り出したのを見て助けを求めるように緑子と坂上の顔を見た。

緑子は島内の怒りが理解出来た。島内も人の親なのだ。

だが島内はすぐに、興奮した自分自身を恥じるように頭をかいた。

「すまん……澤田、悪かった。つい、な。気にせんといてくれ。おまえが悪いんやないもんな。そうか……広島の松山のところに行ったのか」

「それで、私立探偵が調査した際に山崎組が妨害したわけですね」

坂上が言った。緑子は頷いた。


重苦しい沈黙がおちた。

緑子は、過酷な運命に流される鏡子の姿を思って、胸が詰まった。

三歳の頃から実父に虐待され、九歳で施設に預けられ、やっと掴んだ養父母との幸福な生活を、初恋に破れて自分から捨てた鏡子。そして十五歳で裏世界の女にされてしまった彼女は今、どこにいるのか。

彼女は逃げられない。山東会会長の愛人だった女が自由に東京を歩き回っていることなど多分、出来ないはずだ。だが彼女が東京に出て来たということは少なくとも、山東会の松山会長から他の誰かの所有物へと移された可能性がある。そしてその新たな彼女のパトロンにねだって、彼女はオフィス中嶋に入り込んだ。

しかし、何の為に？

緑子の仮説が正しいとするなら、鏡子がオフィス中嶋に潜り込んだ時点では既に、連続刑事殺人の被害者は犯人によって選択されていた。鏡子の目的がむーんらいとの名簿などではなかったことは確かだ。

彼は天才なの。

彼に出来ないことなど、何もないのよ。

緑子の脳裏に、恋人について語った時の幸福に輝いた鏡子の顔が甦《よみがえ》った。

鏡子の新しいパトロン？

いや……違う。あの表情は、金で囲われている男を思う女のものではない。恋をしている女の顔だ！

そうだ……鏡子は山東会の会長から、東京の誰かのところに送られた。そしてそのパトロンとは別の誰かに、恋をしたのだ。

許されない恋を。

わかってしまえば恋人もろとも殺されてしまうかも知れない、命がけの恋を。

グラシアの為に。

そのグラシアが鏡子のことなのだとしたら、鏡子の為に殺人を行った犯人とは誰か？

鏡子の……恋人！

そうだ。あの『朽木村の四季』のページを鏡子は何と言ってあたしに見せた？

彼から教えて貰った、と言わなかったか？

＊

「……山東会か」

電話の向こうで、義久が大きく息を吐いた。

「やっかいだな」

「でも、もし鏡子が東京の暴力団の幹部の愛人にされているとしたら、山東会とつながりのある昇竜会か春日組に違いないと思うの。掛川潤一は何と言ってるの？　連絡はついたの？」

「掛川はすぐ捕まえるよ。だけど何しろニューヨークなんだ、緑子、そう焦るな」

「焦るわよ！」

緑子は電話にかみつきそうになった。

「今度の事件は暴力団の起こした事件じゃない。鏡子がどんな形で事件に関わっているにしても、そのことを鏡子を所有しているパトロンは知らないはずなのよ！　でも中嶋敏江が警察に呼ばれて鏡子の身元について聞かれたって噂はすぐにそいつらにも伝わる。そうしたら鏡子はどうなるの？　やっかいな事件に関わって自分達までとばっちりを受けそうだとわかったら、奴等は鏡子を殺してしまうかも知れないのよ！」

「わかってるよ。大丈夫だ、緑子、掛川だって自分の身は可愛《かわい》いさ、誰に頼まれて鏡子を中嶋敏江に紹介したのか程度のことを隠して、連続刑事殺人の犯人隠匿の汚名を着せられるのなんかまっぴらだと思うだろう。鏡子を引き受けた相手さえわかれば、取引は出来る。それより緑子、夕方おまえから連絡があったアングラサイトの件なんだが」

「あったの！」

「いや、まだ見つからない。蓼科昌宏《たてしな》の遺品の中には愛用のパソコンも含まれていて、インターネットにも繋《つな》いでいた形跡は確かにあった。ハードディスクやフロッピーに残されていた個人的なメールなどは、蓼科事件が起きてすぐに調べてあるが、そんなサイトにアクセスしていた形跡は見つかっていない。

URLをどこかにメモしていた可能性はあるが、蓼科の住んでいたアパートは遺族がとっくに引き払っていて、遺品は全部実家に戻っている。明日、実家の方には誰か行かせるが、処分したものも多いと思うから見つかるかどうか難しいかもわからないな」

「ねえ、品川《しながわ》署には連絡してみた？」

「ちゃんとやってるよ。蓼科の同僚だった連中に、蓼科からそんなサイトについて聞かされたことはなかったかどうか聞いて回った。残念ながら、なかったみたいだ。運の悪いことに、蓼科と仲が良かった奴等では誰も他にはパソコンに興味を持ってなかったらしい」

「あのね、これは思いつきなんだけど」

「おまえの思いつきなら大歓迎だ。何だ？」

「蓼科は今年の夏、中学生が覚醒剤《かくせいざい》を売買していた事件の捜査を担当しているわよね。さっきこっちのマル暴さんに案内して貰って鏡子の消息をたずねたんだけど、その人の息子さんが中学三年で、インターネットに夢中らしいのよ。猥褻《わいせつ》画像なんか見ているらしくて、奥さんが警察が取り締まらないのは怠慢だって怒ってるそうよ。ね、今の中学生なら、そういうの珍しいことでもないんじゃない？」

「そうかもわからんが……」

「だったら、こんな可能性はない？　蓼科は中学生の覚醒剤売買事件を担当して、何人かの中学生の女の子と知り合いになった。刑事って仕事は、テレビドラマの影響なんかでかっこいいものだと思われている面もある。中学生の女の子なら、若くてハンサムな独身刑事ばかりが紹介されているアングラサイトの情報を持っている可能性だってあるんじゃないかしら。そんな子の中のひとりが蓼科にそのサイトを見せた。そして蓼科は、その中にたまたま知っていた同僚の顔か何かを見つけた……例えば、寮の後輩だった、川谷功一の顔とかを。川谷と蓼科とが知り合いだったという証拠は今のところないけれど、時期はずれていても同じ寮にいたことがあるのなら、何かのきっかけに顔ぐらい知っていたとしても不思議はないでしょう？」

「……なるほどな」

「品川署に連絡して、夏の覚醒剤事件で蓼科が接触したと思われる中学生をあたらせてみたらどうかしら」

「よし、わかった、すぐに捜査員を回す。緑子」

「何？」

「調子出て来たな、おまえ。おまえ気付いてるか、今、俺のこと部下みたいにこき使ってるんだぜ」

「あ」

緑子はドキリとした。義久の言う通り、いつのまにか図に乗って指図している自分にやっと気付いた。

「……申し訳ありません」

「バカ、つまらないことで謝るな。おまえにそうやってバリバリやって欲しくてわざわざそばに呼んだんじゃないか。緑子、このヤマを下りても、もう言わせないからな」

「言わせないって……」

「辞めるなんて言わせないぜ。おまえはここに戻って来るんだ。俺はもう決めた。安藤さんが頼んでも、おまえをただの嫁さんなんかにさせるもんか。俺から逃げられると思うなよ。おまえを手に入れることは出来なかったが、おまえを失ったわけじゃない」

「……やめて」

緑子は、声を潜《ひそ》めた。

「府警本部の電話で話すようなことじゃないわ」

「構うもんか。俺なんか今、デカ部屋の真ん中で話してるんだぜ。おまえは辞められない。辞められると思うか？　辞められやしないさ。おまえには犬の本能がある。事件の真実を知らなければ気が済まない、デカの性《さが》があるんだよ。俺や安藤さんの過去の失態を暴き出してでも、本ボシに辿《たど》り着かなければいられない、それがおまえなんだ。緑子、向かい合って見ろよ……自分と向かい合え。鏡に向かって訊《き》いてみるんだ。本当に辞めたいのかどうか、な」

緑子は、受話器をおいて顔を覆った。


おまえは辞められない。

辞められやしないさ。


そんなことは……わかっている。

そうだ、わかっていた。

刑事を辞めたいなどと思ったことは多分、一度だってなかったのだ。

明彦のことも達彦のことも、言い訳にはならない。家庭の問題だけだったら迷いはしない。

それが自分だ。自分という、どうしようもなく身勝手な女の本音なのだ。

だが、辞めることを考えていること自体は本気だった。決してポーズではない。本当に、辞めた方がいいように思っている。

その理由はたったひとつだ。

緑子にはわからなくなっていた。

なぜ自分が、刑事を続けなくてはならないのか、その意味が。

母を恋しがる達彦を他人に預け、疲れて帰って来る明彦に言葉もかけてやれない日が続いても、それでもなお、犯罪者を追いかけることを選ばなくてはならない、その理由がわからない。

他にいくらだって人はいる。緑子が逮捕しなくても、犯罪者は誰かに逮捕される。自分ひとりが社会正義を背負っているわけではない。司法を代表しているわけでもない。自分はただの、一捜査員に過ぎない。

特別な技術も特殊な能力も持たず、他の刑事に比べてこれだけは、と胸を張れる長所もない。かといって、生活に困っているわけでもない。出世することももう諦《あきら》めた。

それなのになぜ、どうして、自分が続けなくてはならないのか。


緑子は三年前を思い出した。あの、嵐《あらし》のように過ぎた季節を。

命がけで人を愛したと感じたあの悪夢から醒《さ》めた時、緑子は自分に誓ったのだ。

自分は続ける。誰の為でもなく、何の為でもなく、ただ自分の為だけに。

自分が自分であることを感じ続ける為だけに。

なぎ倒して進む為だけに！


あの興奮はどこに消えたのだろう？

緑子は、そっと、ショルダーバッグからコンパクトを取り出した。蓋《ふた》を開け、鏡を見る。

鏡の中に、自分が見える。

刑事を辞めたいのか、とは訊《たず》ねなかった。

だが、緑子は訊ねた。困惑した顔で自分を見返している、鏡の中の自分に向かって。


あたしはどうして、刑事なの？

3

「新幹線の予約、とっておきますか？」

坂上がホテルのチェックインを済ませて緑子に訊いた。

「いらないと思うわ。明日は島内さんに山東会から足を洗った奴を紹介して貰ってから戻るから、時間がはっきりしないし。そうだこれ」

緑子はＦＡＸ用紙を坂上に渡した。

「宮島さんが送ってくれたの。山東会と春日組の関係について、島内さんが話してくれたことがもっと詳しく書かれてる。バンちゃん、勉強しとくといいと思うな。春日組が山東会と結ぶとしたら、舞台はジュクになるわけだし」

「たまんないっスよ」

坂上はうんざりした顔をして見せた。

「今だってもういい加減、ヤクザだの中国マフィアだので無茶苦茶なのに。なんだってわざわざ東京なんかに出て来るんですかね、山東会は」

「日本中が不景気なのよ。だから小さな地域だけではあがりが少なくてやって行けないのね、きっと」

御池《おいけ》通りに近いビジネスホテルは、開業してまもないらしく真新しく綺麗だった。だがそれだけに人気があるのか、満室に近い状態で、緑子と坂上の部屋は別々のフロアになった。

島内と共に府警本部の近くで簡単な夕飯を済ませ、義久と電話で打合せてから、その日に捜査会議で判明した新事実についての報告FAXを読み終えると、もう十時近くになった。早朝から起きていた緑子も坂上も、疲労で眠気をおぼえ、チェックインを済ませるとそのまま客室にあがるエレベーターに滑り込んだ。

「明日は八時半に下の喫茶店で朝御飯。寝坊しないでね」

「モーニングコール頼めるかな」

「ビジネスホテルだから、目覚ましをセットするシステムじゃない？」

「あれって味気ないですよね。やっぱりせっかくホテルに泊まってるんだから、肉声でコールして貰いたいよな。先輩、お願い出来ませんか」

「あたしのセリフよ、それ。前に言ったでしょ、あたし、一度眠るとなかなか起きないの。明日の朝あたしが寝坊したら、部屋まで起こしに来てね。それじゃ、お休みなさい、バンちゃん」

緑子は、自分の分のルームキーを手にすると、先にエレベーターを降りて客室に向かった。

久しぶりの出張だった。シングルベッドと小さなテーブル、テレビ、それに最近の流行なのか、パソコン通信が出来るという電話のついた簡素な室内。

緑子は受話器をとり、自宅に電話した。明彦は今夜もまだ帰っていない。達彦はもう寝てしまった……

緑子は母にホテルの電話番号を告げると受話器をおいた。

達彦の声も明彦の声も聞かずに眠る夜は、やはり淋しかった。


ふと、早朝の薄明かりの中に停まったタクシーと、後部座席に座っていた女性の姿を思い出した。

訊いてしまえば良かったのだ。

さっき一緒に乗って来た人は、渋谷《しぶや》署の人？　と。

それだけのことだったのに。


窓から京都の夜が見える。

目の下は御池通り、すっきりとした広い車道と、走り去る車の列。

すぐ近くの堀川通りとの交差点に、コンビニのあかりがあった。よく見れば、三軒もコンビニが並んで建っている。あんなに近くに商売していてやって行けるのかしら。

緑子は、行ってみる気になった。

深夜の淋しさをまぎらわす為に、買い物のあてもなくコンビニに入る一人暮らしの若者の気持ちが、今は何となくわかる。

部屋を出てキーをフロントに預け、ゆっくりと夜の通りを歩いて交差点に辿《たど》りついた。三軒のうち二軒は、経営が同じらしい。間に挟まれた別のチェーン店の看板が、ひどく健気《けなげ》に見える。こんな不自然な形になっているのには、やはり事情があるのだろう。両側から挟んでいる同一チェーンの店が、間にある店を潰《つぶ》そうとしているようにどうしても見えてしまう。

緑子は真ん中の店に入った。

喉《のど》が渇いている気がして、清涼飲料水を一缶、籠《かご》にいれた。それと週刊誌を一冊。表紙に印刷された見出しには連続刑事殺人の文字が躍《おど》っている。

雑誌の棚の隅に、地図やガイドブックのコーナーがあった。さすがに日本一の観光地だけある。京都観光の役に立ちそうな本が多い。

緑子は、何気なく京都市近郊地図を手に取った。パラパラとめくると、北山方面の道路地図があった。

朽木《くつき》村はすぐ見つかった。なるほど、これなら京都からの方が近い。市内から大原を通り、日本海方向へと北へ進むと、京都市と大津市との入り組んだ境を越えて、大きな村が横たわっている。

山間の小さな村を想像していた緑子には意外だった。朽木村の総面積はかなり広いようだ。だが大部分は山と森林。村落の中心部は朽木本陣、となっている。本陣という地名が残されているということは、大名行列が通過する村だったのだろうか。

本陣の近くを川が流れている。

これが、あの写真の美しい川なのだろうか。

河原を歩く幼い姉弟の姿が見えたような気がした。

おかっぱ頭の利発そうな少女が、生まれたばかりの弟を背負い、三つになる小さな弟の手をひいて歩いている。弟は、嬉《うれ》しそうに河原の石を拾い、ポケットに詰め込む。それを見守る優しい姉。背中の赤ん坊がぐずり出した。姉は背中をゆすり、掌で赤ん坊の尻《しり》を軽く叩《たた》く。そして歌う。

美しい声で、子守歌を。

幸福な時間がゆっくりと流れる。

緑子は地図を指で辿り、距離を計った。車で一時間半くらいだろうか。レンタカーを借りたら、日帰りでも充分だろう。

だが、行ってどうなる？

何を探す？

今は冬。マーガレットの花もなく、白い蝶《ちょう》もいない。

幼い姉と弟たちは、みんな村を去ってしまった……。

緑子は、金を払ってコンビニを出た。

どうしてなのか、地図を買ってしまっていた。

緑子はひとり笑いしながら信号を待った。

自分も静香と同じなのかも知れない。

あの悪魔をどうして麻生は愛することが出来るのか、それが知りたいのだ。

だがその答えを、緑子は香田雛子《ひなこ》のメールリストで見つけたような気がしていた。

あの男は生まれ落ちた時から悪魔だったわけではない。そして多分、今でも、二十四時間悪魔でい続けるわけではないのだろう。

たったひとりの姉からのメールに返事を書いている時、あの男は人間に戻っているに違いない。そして麻生と……ふたりの時にも。


信号が変わった。

歩き出した緑子の前を、右折する車が走り過ぎた。歩行者がいるのに、停まろうともしない。はねてもいいとでも思っているのかしら？

だが後続の車はちゃんと、横断歩道の手前で停まって緑子が歩き過ぎるのを待っていた。

緑子は、無意識にドライバーの顔を見た。

飛び上がるほど驚いた。初めは目の錯覚だと思い、やがて人違いなどではないと確信すると、緑子は反射的に車に駆け寄って運転席の窓を叩いていた。

「麻生さん！」

車の中で、麻生の懐かしい顔が、ぽかんと口を開けるのが見えた。

後ろの車がクラクションを鳴らした。麻生は指で歩道を指した。緑子は横断歩道を駆けて渡り、麻生の車が右折して歩道に寄せるのを待った。

「信じられないな」

窓を開けて麻生が言った。勿論、緑子も同じ気持ちだった。

「どうして京都に？」

同時に同じ質問を放って、緑子と麻生は声を揃《そろ》えて笑った。

「とにかく、乗ったらどうかな。寒いでしょう、そのままじゃ」

緑子は、麻生の車の助手席に座った。


「えっと」

麻生は、遠慮がちに緑子の顔を見た。

「とにかくどこか、コーヒーでも飲める店に行く？　この時間でもファミレスなら開いてるだろうから」

「麻生さん、急いでます？」

「いや、別に」

「それなら……このまま少し、走って貰ってもいいですか？　あたし、京都って高校の修学旅行以来なの。なんだか、街を見てみたくて」

「いいけど、夜だからみんな閉まってるよ」

「車で通るだけでいいんです。ごめんなさい、我儘《わがまま》を言って」

「そんなこと、お安いご用だ」

麻生は言って、車をスタートさせた。

訊かなければならないことがたくさんあり過ぎて、緑子は何から切り出していいのか迷った。麻生はそんな緑子の気持ちを察したように、前方を見たままで囁《ささや》くように言った。

「五日前なんだ。すまない、ちゃんと連絡しないで」

「そろそろだってわかってはいたんですけど……やっぱり満期まで、いらしたんですね」

「元々、量刑が軽すぎたからね。普通なら一年以下ってことはないよ。仮釈放を受けられるような立場じゃない」

「当然のことだわ……だって麻生さん、正当防衛だったんだもの。それを自分から仮釈を断るなんて」

「ダメだな、君は相変わらず」

麻生は笑った。

「身びいきで法律を曲解するなんてのは警官としていちばんやっちゃいけないことだ。銃の携帯が違法である国では、どんな事情があれ、携帯していた銃を防衛に使うことは正当とはみなされない。それに、狙撃《そげき》されたのは俺じゃない。俺に差し迫った身の危険があったとは到底言えない状況だった」

「そんな理屈、どうでもいいです」

緑子は、溜息《ためいき》混じりに言って、座席の背もたれに背中を預けた。

「あなたは戻って来た。それ以外のこと、今は忘れていたいわ」

「怒ってるんだね」

「……どうして？」

「わかるよ……君は俺のこと、やっぱり怒っている」

「そうね」

緑子は麻生の横顔を見た。

「そうかも知れない。こんなこと言いたくはなかったんだけど……でも一度だけ言わせて。あいつは、あなたにふさわしいような人間じゃないわ」

「一度だけ、聞いておくよ」

麻生は静かに言った。

「でも出来れば、二度と言わないで欲しいな。人と人の間に、ふさわしいとかふさわしくないなんてことは、ないんだ。君は俺を知らない。奴のことも知らない」


知ってるわ！

緑子は、そう叫びたいのを我慢した。

山内が自分に対してした仕打ちを麻生に言いつけたところで、麻生の苦しみが増すだけだ。

どのみち、麻生の心は変わらないのだから。

ただ緑子は、そっと言った。

「……あの男を憎んでいる人間は……大勢いるのよ」

麻生は答えなかった。

「どこか、行きたいところがある？」

「麻生さん、京都は詳しいんですか？」

「そんなに詳しくはないけど、何度か来たことがあるよ。車で来たのは初めてだけどね」

「ひとりで運転してらしたの？」

「うん。意外と早く着いたよ、休憩も入れて九時間かかってない。名古屋まで中央で来たんだけど、もう雪があちこちに積もってた。あれは南アルプスなのかな、途中、ものすごく綺麗に雪山が見えた」

「いいな……あたし、長野でしょう、生まれ。山が恋しくなるんです、時々。無性に山が見たくなるの」

「それで京都まで、比叡山《ひえいざん》を見に来たの？」

「麻生さんたら」

緑子は笑った。

「言わなくても見当ついてるくせに」

「連続刑事殺人か……」

「事件の重要参考人が姿を消したんです。その人物が、以前に京都にいたことがあって。それより麻生さんは、お仕事ですか？」

「うん。シャバに出てからの初仕事なんだ。しまらない仕事だよ。以前に奥さんの浮気調査したことがあったご亭主からの依頼でね、結局男と逃げちゃった奥さんが京都にいるらしいんで探してくれってさ。なんか、力が抜けるよ」

「どうして?」

「だってそうだろう? 俺がやった浮気調査で奥さんの浮気が証明され、そのことがもとで夫婦仲は決定的に悪くなった。ご亭主は意地になって離婚しないと言い張り、追いつめられた奥さんは男と逃げた。いったい何の為の浮気調査だったのか、考えちゃうよな。浮気が証明されたので離婚する、という方向に行ってた方がずっと建設的だ」

「男と女って……時々そうですね。とても後ろ向きで、非建設的で。あたしもそうだわ。愛しているとか何とか騒ぎながら、結局は安藤の足を引っ張っちゃってる」

「君が、安藤さんの足を?」

「ええ」

緑子は頷《うなず》いた。

「あたしのせいで安藤は、過去の過失についてもう一度責められる立場に立たされたんです。安藤の出世にも影響が出るかも知れない」

「安藤さんの、過去の過失?」

「麻生さんもよくご存じの事件よ……一九八五年、城南署管内の女子大生殺人」

「……神山事件か!」

「あの事件は麻生さんの粘りのおかげで解決したと、安藤から聞きました」

「解決……解決と呼べたのかな、あれで」

「少なくとも……鹿島庄一の名誉だけは回復出来ました。それと、被害者や遺族の無念も晴らせたわけですから……」

「確かに真犯人は挙がった。だが……犠牲が大き過ぎたよ。安藤さんが何と言ったか知らないが、俺だって最初は鹿島庄一が本ボシだと思い込んで疑わなかったんだ。あれは安藤さんだけの過失じゃない。あの時の捜査員全員の、過失だ。だけどそれを君が今になってどうして？」

緑子は、夜の街をゆっくりと走る車の窓から、京都の町並みを見つめていた。

麻生は民間人だ。捜査について話すことは本来なら出来ない。

しかし、麻生には知る権利があると、緑子は思った。そうだ……麻生もまた、当事者なのだから。

「鹿島庄一の娘、莢加《さやか》のことを憶《おぼ》えていますか？　高須さんから聞いたんですけど、事件の後、麻生さんと高須さんとで、莢加の見舞いに行ったそうですね」

「うん。正直に言うと、俺はあまり乗り気でもなかったんだけどね。高須はあの当時まだ若くて、正義感の強い男だったから……いや、それで当然なんだよな。自分達のミスで人一人自殺に追い込んでおきながら、何も感じないとしたら、頭のどこかが麻痺《まひ》してるとしか思えない。だが、俺や……安藤さんはね、感じない振りをすることに慣れ始めていた時期だったんだと思う」

か？」

「そうだ。村上さん、君、被疑者を責めてる時にそいつの親の顔って思い浮かべたこと、ある
「感じない振り……」

「……あるかも知れません。でも、出来るだけ考えないようにしていると思います」

「そうだよな。考えたら何も出来なくなる。親の顔だけじゃない、子供のいる母親を逮捕した時なんか、この女が刑務所に入ったら子供はどうなるんだろう、なんて少しでも考えたら、目が曇る。冷静で的確な判断が出来なくなる。刑事って仕事は、ある部分の感覚を麻痺《まひ》させ鈍感にすることでかろうじて成り立っているという面はあるんだ。あの時もそうだった。自殺はあくまで、本人の意思の問題だ。鹿島庄一が死を選んだのは鹿島が弱かったからで、俺達にはどうしようもなかった。そう何度も何度も自分自身に言い聞かせて、自分を正当化することでようやく、俺も、安藤さんもデカを続けて来れたんだ。今なら高須も躊躇《ためら》わずにそうするだろう。だがあの頃の高須は若くて、ある意味で俺達よりずっと、まともだった。高須があまり悩んでいるみたいだったんで、鹿島の娘に会ってみたらどうかと勧めたのは、俺なんだ。本当ならそんなことはするべきじゃなかったんだと思う。娘に会ったからって鹿島庄一が生き返るわけでも、俺達の罪が軽くなるわけでもない。だがあの時、高須には心に踏ん切りをつけるきっかけが必要だと思った。不幸中の幸いと言おうか、鹿島の娘は父親が死んだ夜のことを憶《おぼ》えていないと聞いて、それなら高須が会いに行っても大丈夫だろうと思ったんだ。それで、二人で行った」

「その時のこと、麻生さん、憶えてらっしゃいます？」

「憶えてるって、何を？」

「鹿島庄一の娘さんの様子とか」

「娘の様子……」

麻生は、前方のフロントガラスを見つめながら小さく頷いた。

「思い出せるよ……なんだか、とても不思議な光景だった」

「不思議な光景？」

「うん……どう表現したらいいのかな……あの子は俺達が病室に入って行った時、ベッドの上に起きあがっていたんだ。俺達はその娘が大きなショックを受けていると聞いていた。だから俺は、憔悴《しょうすい》した少女を想像していた。だがベッドにいた女の子は、明るい顔で……ハサミで紙を切っていたんだ」

「ハサミ……」

「工作用の小さなハサミでね、ベッドの上一面に切り屑《くず》を散らして、切り刻んでいたんだよ……雑誌を」

「雑誌？」

「写真週刊誌だ。病院の待合い室からとって来たものだったんじゃないかな、普通なら小学生に渡すようなものじゃないからね……あの娘は、写真週刊誌に載ってたいろんな人間を切り抜いて、それをバラバラに切り刻んでいたんだ」

緑子は、思わず息を呑んだ。

麻生は前を見つめたままだった。

「どうしてそんなことをしていたのか……ただ、思ったよりもその子が元気そうだったんで、俺はホッとした。あの子はとても可愛《かわい》い顔をしていたよ。高須の顔を見るとすごく嬉《うれ》しそうに笑った」

「……どうして？」

麻生はフッと小さく笑いを漏らした。

「そりゃ、高須が男前だったからだろう。あの子は十歳だったよね、女の子ってそのくらいになれば、男前の若い男に愛想を振りまくくらいのことはするものだろう？　あの子は高須の顔ばかり見て、そしてよく笑っていた。後で担当の医者に、父親が自殺した夜の記憶がないって聞いて、なるほどと思った」

「話はしなかったの？」

「俺はね。高須はあの子に向かって少し話しかけていた」

「父親の自殺について話したのかしら」

「いや、その話はしなかったように思うんだけどな。でもあの子は俺達が刑事だってことは理解していたよ」

麻生は、信号待ちで煙草の箱を取り出した。

「ムショに入ってみていちばん辛《つら》かったのが、これがなかったことなんだ」

麻生は笑って、ハイライトをくわえた。

「でもおかげで禁煙出来るんじゃないかと期待したんだけどね。出た途端に欲しくなって、気が付いたらいちばん近い自販機に焦って小銭を放り込んでたよ」

「他に辛いことはなかったの？」

「言わせたいかい？」

「言わせたくない。だけど、言わせたい。あたし何だか少し、意地悪になってる。だって麻生さんたら、あんまりなんでもないことみたいに話すんだもの。少しは……少しは、後悔して欲しかった」

「後悔はしてるよ」

「嘘《うそ》」

緑子は、手を伸ばして麻生のまだ伸びていない刈り込んだ頭を撫でた。

「似合ってるじゃないの」

「それは俺のせいじゃない」

麻生は笑いながら煙草に火を点《つ》けた。

「俺にだって、友達はいたし、もう墓の下とは言っても親だっていたさ。あんな馬鹿なことでムショなんか入って、どれだけたくさんの人間に不愉快な思いをさせたかと思うと、この先どうやって償っていけばいいのか、途方に暮れてるんだ、正直に言うとね。君や、高須や、安藤さんや……静香に対しても」

「そう思うなら」

緑子は下を向いて小声で囁《ささや》いた。

「その恋を、諦《あきら》めて」

「それが出来たらきっと、楽だろうな」

麻生は煙を吐き出し、車はまたスタートした。

「どうして、出来ないの?」

「同じ質問を君にもしていいかい? 君はどうして、妻のある男を諦めることが出来なかった?」

「いじわる」

「お互いさま」

麻生は笑いながら、緑子の為に助手席の窓を少し開けた。

「まあそれでも、この勝負は君の勝ちだ。君は結局、ちゃんとした家庭を手に入れて立派にやってるんだから。俺の選択はことごとくハズレさ」

「先日ね、山背さんに連れて行って貰いました、『ビリーヴ』」

麻生は横を向いて緑子を見てから、ハンドルを軽く両手で叩《たた》いた。

「山背の奴、また玲子《れいこ》の話、したのか」

「……ごめんなさい」

「いや、別にいいんだ。俺はもう、過去を知られて恥ずかしいと思えるような立場じゃないからな。だけど山さんもしつこいよな。いったいいつまで、玲子のことにこだわる気なんだか」

「山背係長には信じられないんだと思います……」

「俺が、ホモになっちゃったってことがか?」

「……お願い、そんな言い方しないで」

「かっこつけたってしょうがないだろう、君の前で。君や山背がどう受け取ろうと、事実は事実だ。俺はその点では何もやましさは感じてないよ」

「でも」緑子は躊躇《ためら》ってから言った。「あなたも、あの男も、裁判では何も言わなかったわ」

「向こうが望まなかったんだ。俺は高安に、練《れん》が裁判で何を証言しようと自由だ、勝手にやってくれと伝えてあった。高安は、若《わか》は個人的な問題を法廷に出すのは望んでいない、と回答して来た。だから俺も、誰かに訊《き》かれない限りは自分から言うつもりはなかった。あの事件では動機なんてのは問題じゃない。俺が違法に銃を所持していてそれを使用して人に怪我《けが》をさせたことは、動かしようのない事実だった。実刑は覚悟していたし、短くても二年は出るだろうと思っていたよ。十ヶ月って判決には俺がいちばん驚いた」

「高須さんが裁判所に、あなたが命がけで警察に協力し、そのせいで殺人犯が逮捕出来たってことを訴えたのよ。減刑嘆願書に参考事由として書かれていたわ」

「……知ってるよ」

麻生はゆっくりと首を振った。

「ほんとに、迷惑かけた」

「彼じゃないと駄目なんですか？」

緑子は、不意に押さえきれない悲しさを感じて涙ぐんだ。

「そんなに何もかも犠牲にして……それであの男があなたに、いったい何を与えてくれるの？

あいつはあなたがいない間、好き放題していたのよ。街で男を誘って、しかも……お金なんか受け取っていたって……あの男にとっては鼻かんで捨ててもいいような金額を！　それだけじゃない……それだけじゃないわ。あいつ、これまでに強姦《ごうかん》で四回も告訴されてる。どの事件も高安が暗躍して示談が成立しているけど、きっと氷山の一角よ。あいつは女を破壊することで興奮しているんだわ。ほんとは、女のからだに興味なんてないくせに！　あいつは女のからだで勃起《ぼっき》するんじゃない。殴られたり、蹴《け》られたりして苦痛に歪《ゆが》んだ顔や、恐怖でひきつったり、涙でグシャグシャになってる女の顔に勃起するのよ。どうしようもない、サディストの変態なのよ！」

麻生が車を停めた。

信号待ちではない。窓の外が異様に明るい。

緑子の濡《ぬ》れて歪んだ視界に、ライトアップされた白い城壁が浮かび上がった。

「ここ……二条城？」

「君は」

麻生は異様に静かな声で言った。

「何かされたのか……練に」

緑子は首を横に振った。だが麻生はじっと緑子の目を見ていた。

「正直に、言うんだ」

麻生の手が伸びて、緑子の後頭部を包み込んだ。

「頼む。話してくれ」

緑子は首を振り続けた。

「何も！……何も……」

麻生の指が、緑子の左耳の後ろを這《は》った。かき上げられた髪の中に、半年経っても消えない小さな丸い火傷《やけど》の痕《あと》が、ある。

「……畜生！」

麻生の声が震えた。

「畜生……あの野郎！　あれほど言ったのに……あれほど……すまない、きっと俺のせいだ」

「関係ないわ！」緑子は首を振り続けていた。「麻生さんには何も関係ない」

だが麻生は、そのままハンドルに顔を伏せた。

「あいつは病気なんだ……一度始めると破壊衝動を止められない。男が相手なら殺しちまうのを心配して周囲が止めるまで殴り続ける。そしてその反動で、自分自身の精神もボロボロになる。他人が壊れて行くのを見て自分も壊れて行くんだ。あいつがあびるように酒を呑むのは、自分の心に受けた傷の痛みを和らげる為なんだ……治せない……俺には、治せない。どうしたらいいのか、俺にもわからない」

「泣かないで」

緑子は、掌で麻生の頭を撫でた。

「お願い、泣かないで」

その仕草は緑子の心を落ちつけた。それは、達彦にしてやる仕草と同じだ。

達彦の小さな頭を撫でている時の、世界中の何もかもを許して抱きしめてやりたいと思う瞬間と、同じだ……

「駄目なのよ、あたし」

緑子は声を立てずに泣き続ける麻生の額から頬へと、掌を這わせた。

「駄目なの。泣いている男の人を見ていると……その人が欲しくなるの。自分のものに、してしまいたくなる。安藤と恋に堕《お》ちた時もそうだった。雨の夜で……安藤は車の中で泣いてたの。今のあなたと同じように……最愛の人の心を治せないことに絶望して。あたし、おかしいのかも知れない。あたしの心も、どこか壊れているのかも知れない。だからお願い、泣かないで。あたしに、また同じ間違いを、させないで」

「逃げようか」

麻生は、ハンドルから顔を上げた。

「逃げる……？」

「俺とじゃ、嫌か」

「どこへ？」

「どこだっていい」

「……何から？」

「総《すべ》てからだ」

麻生は、フッと笑った。

「もううんざりしてる。本当は、もうたくさんだと思ってるんだよ。逃げたいんだ。俺も多分もう、限界なんだ。やせ我慢して、ボロ雑巾《ぞうきん》みたいになってのたれ死ぬのは嫌なんだ……いっそあいつを殺して一緒に死ねたらいい、毎晩、毎晩そう思い続けてる。だが出来ない。俺にはそれをする資格すらない」

「資格……」

「君は安藤さんが鹿島庄一に対してしたことを罪だと思っている。そうだろう？　君は安藤さんを愛しているが、鹿島庄一を自殺に追い込んだ刑事としては軽蔑《けいべつ》を感じているはずだ」

「……軽蔑なんて」

「隠さなくていい。軽蔑されても仕方ないことだと俺も思う。だが君は、俺に対してはどう考えてる？　俺も同じだ、安藤さんと同じ罪人なんだって言ったら、どう思う？」

「でも……真犯人を探し出したのはあなただわ」

「その話をしてるんじゃない」

麻生は不意に車を発進させた。緑子は思わずからだをシートにぶつけた。

麻生は、人が変わったようにアクセルを踏み続けた。広い堀川通りもだいぶ車の数が減って、走る車のスピードがあがっている。だが麻生の運転はそれらのどの車よりも荒かった。

「麻生さん」緑子はシートベルトを摑《つか》んだ。「恐《こわ》いわ」

麻生は緑子の言葉を聞いていなかった。


「練には兄がいた」

「……知ってます。三つ違いだったとか」

「今、その兄貴がどこにいるか君は知ってるか？」

緑子は知らない、と呟《つぶや》いた。

「墓の下だ」

麻生は淡々と言った。

「十二年前、練の一審判決が有罪、実刑と出た晩に、都内のホテルで首を吊った」

緑子は、何か言おうとした。だが言葉が出なかった。

河原で嬉しそうに小石をポケットに詰めている幼い男の子の姿が、脳裏を走った。


「山内宗《そう》、地元では神童と言われていたほどの秀才で、京大の経済を出て政治家を志望していた。一九八五年、山内宗には既に後援会の準備も整っていたそうだ。当時は民自党の大物政治家の第二秘書だったが、秋にはその政治家の娘との結婚が決まっていた。その直前に、練の事件が起こった。……兄の自殺を拘置所で聞いた練は、独房の壁に頭を打ちつけて死のうとしたらしい。国選弁護人だった藤浦という弁護士が控訴の意思を確認しに拘置所に行った時、練は、拘束服を着せられて汚物の中に転がっていたそうだ」

「麻生さん……恐いの。お願い、車を……」

「練は結局、控訴しなかった。兄の宗を溺愛《できあい》していた練の父親が激怒して、練と縁を切ると言ったらしい。藤浦はそれでも、控訴するよう勧めた。だが実家からの支援を断たれた状態で判決を覆す新事実もない有り様では、控訴審で勝ち目はない。しかも、練の母親は控訴しないよう泣いて懇願した。母親に泣かれて練は諦めた。控訴はされず、刑は確定した。だが刑務所の振り分けが決まるまでの数日間に、練はまた自殺をはかった。自分で自分の手首を食い破ろうとしたんだそうだ」

「麻生さん！」緑子は叫んだ。「もういいわ、そんな話、聞きたくない！　車を停めて……お願い」

「初犯で暴力団とも無関係だったのに、練はB級の府中に送られた。また自殺をはかる恐れがあるんで管理が厳しく政治犯用に独房の数も多い府中になったんだろう。だがやがて大部屋に移され、武藤組の田村とはそこで知り合った。ムショの中で何があったのか、田村はよく知ってる。別に珍しいことじゃない……若くておとなしくてひ弱で、女みたいな顔をした奴がそこにいたら、されることはひとつだ。練は、睡眠不足で作業中にぶっ倒れるくらい、みんなに可愛がられた」

緑子は目を閉じた。衝突しそうになった車が激しくクラクションを鳴らす音が耳に轟《とどろ》く。

麻生の怒りが、苛立《いらだ》ちが、猛烈な悲しみが、嵐となって荒れ狂っている。

啜《すす》り泣く以外に、緑子に出来ることはなかった。

「田村は、練が笑ったのを一度も見たことがなかったと言ってた。二年の刑期で仮釈までの一年七ヶ月の間、一度もだ」

「でも」

緑子は、絞り出すように言った。

「だからって……」

「だからって俺のせいじゃない。君はそう言いたいんだろう？　だが大切なことがひとつある。練をパクったのは俺だ、この俺なんだ。それなのに俺は、あいつがムショに入ったことすら知らなかった。練を逮捕して送検してすぐ、俺は所轄研修を終えて本庁に戻った。そして、偉そうな顔をして神山事件の捜査本部にくわわり、ガラスを割って真犯人を見つけたと浮かれていた。その間に、練の人生はねじまがり、潰《つぶ》され、引きちぎられて地獄の底に墜《お》ちていた。なのに俺は、あいつのことなんか……綺麗さっぱり忘れていた。修士論文が進まないのに苛立《いらだ》って女の子に痴漢しようとして捕まった愚かな大学院生のことなんか、思い出そうともしなかった！」

麻生が急ブレーキをかけた。

緑子は、衝撃でシートベルトに締め付けられ、激痛に呻《うめ》いた。首ががくんと前後に揺れた。気絶はしなかった。だが、首を起こすことが出来なかった。


麻生の手が、ベルトをはずした。

「ごめん」

頭を抱かれたまま、緑子は頷《うなず》こうとした。だが、そのまま麻生の着ていたセーターの中に顔を埋めた。

「怪我《けが》、しなかった？」

緑子は答えないで、両腕で麻生の首にしがみついた。

「あなたのせいじゃない……あなたにはどうしようもなかったことじゃないの……」

「そうだ、俺のせいじゃない」

麻生は囁いた。まるでひと事のように、抑揚のない声だった。

「逮捕された奴のその後の人生なんて、デカには関係ないことだ……そうだよな？　だけどそう言い切る為にはたったひとつ、条件がある」

「……条件？」

「そいつが真犯人であること……それが絶対条件だ」

4

沈黙が緑子の胸を圧迫した。緑子は、息苦しさに瞬《まばた》きした。

「麻生さん……」

緑子は、麻生の開いた目の奥を見ようとした。だが車内は暗く、そこには深い闇《やみ》が二つ、並んでいるだけだ。

「麻生さん、あの……それって、でも」

麻生は黙っている。黙ったまま、緑子を見つめていた。


「イヤ」

緑子は呟《つぶや》いた。

「まさか……だってそんなこと、あり得ない。あなたが……間違うなんてこと」

緑子はからだを起こし、麻生の肩を揺すぶった。

「麻生さん、ねえ、答えて。山内は女の子、襲ったんでしょう？　それには間違いないんでしょう？」

麻生はなぜ黙っているのだろう？

なぜ答えてくれないのだ！

「麻生さんっ！」

緑子は激しく麻生のからだをゆすり、叫んだ。

「ちゃんと答えてよ！　お願いだから……答えて」

「練は裁判で、無実を主張していたそうだ」

麻生の声はあまりに低く、微《かす》かで、まるで幻聴のように緑子の耳の中でくるくると回った。

河原のせせらぎと、眩《まばゆ》い照り返しの中で、澄んだ声で子守歌を歌うおかっぱ頭の少女が、また緑子の目の前に現れた。

少女の背中に背負われた無垢《むく》な赤ん坊は、まどろんでいた。

幸福な時間の中で、うとうとと。


だが次の瞬間、緑子の幻影は赤く染まった。

自分の手首を食い破った若者が、血に染まった唇を動かす。その唇は形づくる。

ぼくは、なにも、してない……

緑子の股間《こかん》から頭上へと一気に、あの時の苦痛が駆け抜けた。記憶の中で白檀《びゃくだん》の香りに混じったあの男の蒼《あお》い精液の匂《にお》いが、吐き気と共に緑子の鼻腔《びこう》に満ちて来る。

冷たいあざ笑いが響き渡る。

「信じない」緑子は囁いた。「そんなこと、信じない」

悪い夢に違いない。こんなことは総《すべ》て、悪い夢だ。

「あいつも認めてはくれない」

麻生はまた淡々と言った。

「何度訊いても……いくら懇願しても、あいつは薄笑いを浮かべて言うだけだ……今更そんなこと訊いてどうする？　俺はもう、十年も前に刑を終えてるんだぜ。そうなんだ。何もかももう遅い。取り返しはつかない。あいつの書きかけだった論文はどうなった？　あいつのアパートで飼われていた小さな亀の子はどうなった？　決まっていた就職先はどうなった？　みんな……みんなもう、どこにもない。あいつの兄も、決して戻らない」

「何かの間違いよ」緑子は囁いた。「そうよ、きっと何かの間違い」

「そうかも知れない」

麻生は微笑《ほほえ》んだ。

「そうであってくれたらと祈った。何度も、何度も祈った。もう……祈り続けることにも疲れたんだ」

麻生は頬を緑子の胸に、すりつけるように埋めた。

「本当に……疲れた」

緑子は麻生の頭を抱きしめた。短く刈られた髪を通して、地肌の熱さが掌に染み込む。

「辛かった。辛いことばかりだった。俺の今までの人生をそっくり否定されたような気がした。デカだったとバレたらどんな目に遭わされるか恐くて、ビクビクと過ごした。人に頭ごなしに怒鳴りつけられ、威張り散らされ、動物みたいにところかまわず素っ裸にされる。人としての尊厳もプライドも何もかも剝《は》ぎ取られ、忍従することだけで生きろと命じられる。それでも俺はまだ……まだましだった。俺はともかく、間違いなく犯罪者だった。総ての試練も苦痛も悔恨も、納得して受けることが出来た。だけどもし、もしも、俺が何もしていなかったとしたら」

麻生は、きつく緑子の背中を抱きしめた。

「俺は多分、悔しくて気が狂っていただろう」

麻生の頰の生えかけた髭《ひげ》が、すり上がって緑子の首筋を擦《こす》った。

唇は迷っていた。

こんなに近くまで来ていても、麻生の心は裏切ることを恐れている。

緑子は、さまよっている麻生の唇を探して、ゆっくりと頭を動かした。

突然の裏切りを、緑子は選んだ。

自分が裏切ろうとしている人々の顔が、ひとつずつ緑子の閉じた瞼《まぶた》の裏に現れた。

静香の真剣な眼差《まなざ》し。

坂上の白い歯。

菜々子の自分とよく似た、口元。

母の白くなった生え際。

達彦のとろけるように可愛い笑顔。


明彦の体臭。指先の感触。

愛している、と囁いたその、声。


なぜ裏切るのだろう。なぜ、裏切ることが出来るのだろう。

あたしには、なぜこんなことが出来るのだろう……


多分、あたしはおかしいのだ。やっぱり壊れているのだ、きっと。

ようやくお互いを探し当てた唇と唇とが、独自の意思を持った小さな生物のように、絡み合い、吸い合ってひとつに溶けた。

今は心はいらない、と思った。

誰の心も。必要なのは動物の、熱い欲望だけだ。

それはどこにも辿り着けないむなしい逃避だと、緑子にも、そして麻生にもわかっている。

麻生は決して、その恋から逃げられないのだ。それはあまりにも、宿命的な悲劇だった。

山内は、麻生が創《つく》り出した、悪魔だった。

緑子は、泣きながら、麻生を受け入れた。

「何でもない、きっと、何でもない。あなたがミスしたはずないもの。あなたにはどうしようもなかった。あなたのせいじゃない……」

窓の外に、凍ったように輝く月が見えた。

「間違いよ」

からだの感覚だけが緑子から遊離して、これまでに体験したことがないと思えるほど、鋭敏で性急な快感をむさぼっている。

自身の中にある邪悪さ、自堕落さが白い月の光の中にさらけ出され、解放された淫蕩《いんとう》な雌の本能が、小さな竜巻のように緑子を包み込んで荒れ狂わせた。

それはずっと緑子の心の中に棲《す》みながら、じっと息を潜めていた何かだった。

とうの昔に死滅してしまったと緑子が思っていた、何かだった。

麻生は最早、緑子の男に対する理想の中で毅然《きぜん》として存在する、かけがえのない友達、ではなかった。

憎悪や自己嫌悪や焦燥や絶望を、射精という形で排泄《はいせつ》しようとしている哀れな雄だ。

そして緑子は、今、その情けない雄の一時の狂気を、愛《いと》しいと感じていた。

緑子は昇りつめ、幸福だと思った。

＊

「この道をずっと行くと、朽木《くつき》なのね」

乱れた着衣を直しながら、緑子はようやく、窓の外の風景を確認した。

麻生が車を停めたのは、大原に抜ける国道沿いの、殺風景で小さな空き地だった。壊れてナンバープレートをはずされた車が一台、違法投棄されて怪物の骸骨《がいこつ》のように横たわっている。

「朽木を知ってるの」

麻生の声はおだやかだった。

「ええ……とても綺麗《きれい》なところみたい」

「綺麗だよ。山と川だけの、田舎だけれど」

「麻生さん、行ったことあるんですか？」

「二年前の五月に、蝶《ちょう》を見に行った」

「あいつと？」

「いや」

麻生は、からだのほてりが静まらないのか、セーターは着ないままでシャツのボタンを指先でいじっている。

「練はもう二度と、故郷には戻らないだろう……今のままなら」

「それじゃ」

緑子は、当てずっぽうに言った。

「香田雛子《ひなこ》さんと？」

「君は、雛子さんのことも知ってるのか？」

「彼女の作ったホームページで知ったの。朽木村のこと」

「ホームページ……インターネットの？　彼女、そんなことやってるの」

「想像だけど……弟と連絡を取りたくて始めたんじゃないのかな。綺麗な人ね、とても上品で。でも、あいつにそっくり。彼女のところに弁護士が来ていたわ。藤浦先生って呼んでいた。十二年前の国選弁護人ね。あの弁護士も、あなたの逮捕は誤認だったと思っているの？　あの弁護士があなたに、そんなこと吹き込んだの？　麻生さんが警察を辞めた時に冤罪《えんざい》事件の捜査を単独でしていたって噂、聞きました。あいつのことだったのね。だけど見つかったの？　あなたが間違っていたっていう証拠、見つかったんですか？」

「その話は、君とは出来ない」

麻生は窓を開けた。冷たい夜の空気が流れ込んで来て、緑子は小さな咳《せき》をひとつした。

「あたしのこと、信じて貰えないのね」

「君という人を信じるか信じないかという問題じゃないんだ。君は警官だ。警察組織の人間だ」

緑子は溜息《ためいき》を漏らして、こぼれ落ちた涙を頬から拭《ぬぐ》った。

「雛子さんが俺を誘ったんだ。白い蝶を見に行くと。彼女は……俺を憎んでいる。何もかも俺のせいだと思っている。それなのに、結局あいつを救ってやれない俺の不甲斐《ふがい》なさを、軽蔑している。彼女は、白い蝶を俺に見せたいと言った。弟達が大好きだった、故郷の蝶を見せたいと。綺麗だったよ。白というよりは、透明な、まるで氷で出来ているかのような羽をしていた。のんびりした蝶で、葉の上に羽を広げてとまっていると、指先で触れることまで出来るんだ。あれ以来、時々俺の夢の中にあの蝶が出て来るんだ……パルナシウス・グラシアリス、氷の羽を持った蝶が」


「麻生さん」

緑子は、麻生の唇から流れ出たラテン語の響きに戦慄《せんりつ》した。

「今……今、なんと?」

「え?」

「今、グラシアって……」

「ああ」

麻生はクスリと笑った。

「似合わなかったね、かっこつけて学名なんか持ち出して。和名ではウスバシロチョウというんだ。俺も蝶なんかにはまるで無知だったんだが、雛子さんに連れられてあの白い蝶を見てから少し興味を持ってね、図鑑を買ったんだよ」

「学名……グラシアって学名なんですか!」

「グラシアじゃなくてグラシアリス。パルナシウスというのが属名、パルナシウス属のグラシアリスという意味だ。氷のような、という意味なんだろうね、ラテン語には詳しくないけど。君も見たら納得すると思うよ。羽が透き通っているんだ、本当に。白く見えるのは羽についている鱗粉《りんぷん》のせいでね、面白いことにその色合いには地域差があって、朽木の周辺のものは少し黒ずんでいるんで、全体は灰色のように見えるんだよ」


グラシアは……鏡ではなかった。

鏡子を意味していたのでは、なかった……

あの蝶そのものを意味していたのだ！

雛子のところに宛《あ》てられたメールにあった言葉、グラシアを愛してあげて。

そして山崎留菜《るな》に宛てられた手紙。

グラシアの為にそれを行った。グラシアの為に……

その蝶が印刷された便箋《びんせん》。

それはただ綺麗だから選ばれたわけではなかったのだ。その蝶そのものに、何か重大な意味が込められている。


「そうだ、もうひとつ面白い話がある」

麻生は、ボタンを総て止め終わると、緑子の肩を優しく抱いた。

「そのウスバシロチョウはね、科でいうとアゲハチョウ科に属しているんだけど、日本には近縁種が数種類あって、どれもみな羽が透き通っていて似たような可憐《かれん》さと繊細さを持った羽をしている。でも世界的に見ると、ウスバシロチョウはアポロ蝶と呼ばれている仲間のひとつなんだ。アポロ蝶、聞いたことがある？　太陽の蝶、ホメロスの蝶と呼ばれている、白地に見事な赤い斑紋《はんもん》のあるそれは美しい蝶だよ。なのに日本のウスバシロチョウやその仲間には、太陽の紋がないんだ。まるで、白い月のように」

「白い……月」

「そう。太陽の蝶の仲間なのに。地球には必ずあるんだな。太陽の側に属するものと、月の側に属するものとが」

麻生は窓を閉めた。

「君のおかげで、とても落ち着いた。君にとっては、ひどい話だが」

「あたしが自分で望んだことです」

緑子は座りなおして、足元に丸められていたストッキングを上着のポケットに突っ込んだ。

「呆《あき》れてるでしょう？」

「何のこと？」

「何って……随分、簡単な女だって」


「俺はろくでなしだけど」

麻生は静かに言った。

「自分と寝てくれたひとを馬鹿に出来るほど愚か者じゃない……つまらない言い方になるけどね、感謝してる。本当のことを言うよ……君に逢《あ》いたくて、京都まで来たんだ。昨日、君の家に電話したんだよ。お母さんかな、あの」

「ええ」緑子は言った。「母です」

「滋賀に出張していると教えて下さった。たまたま、さっき話した逃げた女房探しで京都に来る仕事が入っていてね、契約では来週から仕事にかかることになっていたんだけど……気が付いたら、高速を西に向かっていた。勿論《もちろん》、君がどこに泊まっているかもわからないし、第一君は滋賀県にいるんだと思っていたから君と出逢えるとは思わなかったけど」

　麻生は、シートに背中をもたせて車の天井に顔を向けた。

「……本当に、辛かったんだな。俺。中にいる時、君のことよく考えた」

「……あたしの、こと？」

「うん……君はいったい、どんな気持ちだったんだろうってね。周囲から非難されて追いつめられて、それでもひとつの愛に突き進んで行った時」

「麻生さん」

　緑子は優しく笑った。

「あたし、あなたの思ってるみたいな女じゃないわ。安藤だけに操を立ててたわけじゃないのよ……今のことで、あなたにもわかったでしょう？　あたしね……少し、変なのかも知れない」

「変って？」

「うまく言えないんだけど……自分の中に、別の生き物が棲《す》んでいるみたいに思う瞬間があるの。道徳とか倫理とか、誠実とか……そんなものをみんな打ち壊して、生のあたし、そのままのあたしをぶつけたくなる……与えたくなる、そんな瞬間が。あたし……誰かとセックスするの、好きなんだと思う。きっと。言葉よりも……欲しいと思う刹那《せつな》のその人の目の方が、信じられる気がする」

緑子は両手で顔を覆って笑った。

「イヤだな……麻生さんといると正直になり過ぎるわ。安藤にだってこんなこと、言ったことなかったのに。いい歳《とし》して、バカみたい」

緑子はひとりで笑い続けた。

麻生は何も言わなかった。

笑い終えて、緑子はひとつ小さな溜息をついた。

「ホテルに戻らないと。明日の朝、遅刻したら相棒に悪いから。送っていただけませんか、麻生さん」

「勿論」

麻生は、静かに車をスタートさせた。

「また友達に、戻れるのかな」

麻生はぽつりと訊いた。

緑子は微笑《ほほえ》んだ。

「無理だと思うわ。あたし、あなたを見たらして欲しくなると思う。でも大人ですもの、あたし達。片思いのままでも、お酒ぐらい付き合えるんじゃない？」

「そうだな」

麻生は前を見たまま頷いた。

「君は安藤さんを愛し続ける。俺は片思いのまま、君と友達の振りを続ける」

「卑怯《ひきょう》ね」緑子は笑った。「あたしのセリフです、それ全部」

鮮血

1

五条南署の聴取室は、刑事が三人も入り込むには少し狭かった。

「警視庁の村上警部補と坂上巡査」

島内は、肩を落として座っている中年の男に声をかけた。

「この人達があんたの話を聴きたいそうや」

男は、上目遣いに緑子《りこ》と坂上を見てから頭を下げた。

「よろしくお願いします」

緑子も頭を下げて、男の斜め前に座った。正面には坂上が座る。

「島内さん」

男が不安げに島内を見た。

「ほんまにその、大丈夫なんじゃろか。わし、組は抜けたんじゃけんど親父《おやじ》さんの恩は忘れちゃあおらんけえ、裏切るようなことはでけん」

「そんなに大袈裟《おおげさ》に考えるな、井上。何も組長を裏切れとか言うてるんやない。わしらが知りたいのは、会長の松山が囲っとった女のことや。その女が今誰のもんになっとるのか、あんたなら知っとるんやないかと思うたんや」

島内は緑子の方を向いた。

「この男は井上定夫、元山東会権藤《ごんどう》組にいた男です。ひと月ほど前に足洗ったばかりの堅気《かたぎ》一年生ですわ。権藤組組長、権藤正二郎は山東会の幹部で、松山の妻、山東会姐《あね》、圭子《けいこ》の弟なんです。そんな関係で、権藤組は松山の女の警護なんかやっとったらしいんで、この男なら鏡子のことも知ってると思うんですが」

「キョウコ、なんて女は知らん」

「泉と名乗っていたはずなんだ」

坂上が井上を威圧するように身を乗り出した。

「六年前に祇園《ぎおん》のスナック『エルドラド』にいた女で、かなり人目を惹《ひ》く顔をしていた。実際の年齢は当時十五歳、だが十八とか十九とか言っていたと思う」

坂上がまた、あの卒業アルバムを広げた。

「よく見てくれ。この女だ」

井上は坂上が指さした先をじっと見つめていた。それから、小さく頷《うなず》いた。

「この女なら、知っとる。確かに会長が幟町《のぼりまち》に囲っとった女じゃあ」

「いつ頃まで広島にいた？」

「六月の末」

「今はどこに？」

「どこにって……東京じゃろが、そりゃあ。この女、東京の春日《かすが》組の奴《やつ》が会長から買い取って連れて行ったんじゃけん」

「買い取った？」

「そうじゃ。春日組が六月に会長んとこ来た時に、麻雀《マージャン》したんじゃ。権藤の親父さんと会長と、春日の組長とあともうひとり、幹部の何とかいう若い男とで。会長は麻雀が好きで、何か機会があったらやっとったんじゃ」

「その麻雀で松山が負けたのか」

「会長はぶち強いけえ。普通じゃったら負けん。ほんじゃけどあん時は、あの若い奴がそりゃあもう、ぶち強かったけえ。結局、春日の組長の負け分差し引いても、そいつは二千万くらい勝ちよったんじゃ」

「二千万！」坂上が呆《あき》れて緑子を見た。「おまえら、いったいどんなレートでやってんだ」

「おんどれらの千倍くらいじゃあ」

井上はヘヘッと笑った。

「警察官は賭《か》け麻雀などはせんのや。なあ、坂上さん」島内も笑った。「その二千万払うのが惜しくて、自分の女をくれてやったのか、松山は。結構せこいおっさんやな」

「違う」井上は島内を睨《にら》んだ。「金はいらんけえ女をくれ言うたんは春日の組長の方じゃ。松山会長はその女に飽きとって、麻雀した前の晩に接待に出したんじゃ」それを向こうが気に入った前の晩に接待に出したんじゃ。

緑子は、腹の中が煮えるような憤りを感じた。くれただの飽きたから接待に出しただの、奴等は鏡子をいったい何だと思っているのか。彼女がひとりの人間だということを、どうして誰も気付かないのか。

「じゃ、この女は春日組組長の諏訪《すわ》の女になってるってわけか」

「そうじゃろ。春日の連中が帰った後で、わしらが権藤の親父さんにいいつかって、この女の仕度をして東京まで連れて行ったんじゃ。向こうでは、何とか興業の社員とかいう女が来ていて、女を受け取ったんじゃ」

「女の荷物はどこへ送った？」

「その何とか興業とかいう会社に送ったんじゃ」

坂上が緑子を見た。緑子は頷いて、部屋を出た。


「鏡子を身請けした相手がわかりました」

義久は電話の向こうで笑った。

「俺も今、おまえに連絡しようと思っていたとこだ。ニューヨークの掛川に連絡が取れた」

「本当のこと、言いました？」

「言ったよ。堂々としたもんだ。鏡子のことは組長から頼まれた、元春日組幹部だった韮崎《にらさき》の遠縁の娘だと思っていた、とさ。韮崎と掛川は高校の同級生らしいな」

「韮崎の遠縁の娘？　諏訪が直接そう言って掛川に鏡子の就職を頼んだと言ってるの？」

「いや、直接とは言わなかったな。組の誰かから頼まれたってことかも知れない」

緑子は頭の中で事実を整理した。

「係長……鏡子を山東会から東京に連れ出したのは、諏訪だということになっているようなんですが。諏訪が松山に鏡子が欲しいとねだったんだそうです。でも……」

「なんだ？　話はそれで通ってるじゃないか。何か疑問があるのか？」

「韮崎というのは、二年ぐらい前に殺された男よね」

「うん、先代会長に可愛《かわい》がられて、次期組長候補の一番手だった男だ。ともかく、諏訪のところには今から捜査員をやる。鏡子がどこにいるのか知っているとしたら諏訪だろうからな」

「待って！　諏訪のところに行かせるのは待って」

「緑子……どうしたんだ？」

「鏡子が連続刑事殺しと何か関係があると諏訪が知った場合、面倒を恐れて鏡子を消してしまう可能性があるわ」

「そりゃそうだがしかし、他にどうやって鏡子の居所を突き止める？」

「諏訪の愛人宅の情報なら捜四が持っていませんか」

「ある程度は摑《つか》んでいるだろうが、鏡子が東京に出て来たのは五ヶ月前だ。まだ住所まで特定出来てるかどうか」

「いずれにしても、すぐに見つかるようなところに隠れているはずはないわ。義久さん、鏡子には恋人がいたのよ」

「恋人？」

「ええ。鏡子が自分でそう言っていました。でもそれが諏訪であったはずはない。鏡子は諏訪に隠れて恋人と逢《あ》っていた。或《ある》いは……」

「その恋人が春日組の組員だった」

「その可能性が高いわ。組長が気に入って買い取った女に手を出したなどと知れたら、その男もただでは済まないでしょう。多分、鏡子の失踪《しっそう》にはその男の助けがあったはずです。諏訪の周辺で、昨日から姿を消した組員がいないかどうか調べて貰えますか」

「すぐ捜四と相談してみる。それとな、面白いことがいくつかわかった。まず山崎留菜《るな》に宛《あ》てられたあの便箋《びんせん》だが、印刷特性とインクリボンの成分特性から、印刷機種が特定出来た。そのプリンタは少し前の人気機種らしいから販売台数は多い。だが、オフィス中嶋にあった二台のプリンタの内の一台が、同一機種なんだ」

「それじゃ……」

「うん。あの便箋を印刷したのは大川泉、つまり桜田鏡子だと考えてまず間違いないと思う。オフィス中嶋の中嶋敏江と佐藤というアルバイトの女の子は、どちらもパソコンやOA機器についてあまり詳しくなく、ひとりでパソコンの画像を印刷することは出来ないらしい。印刷の必要がある時には、時々巡回して来るOA販売会社の営業マンに手伝って貰うとか、大川泉に頼むとかしていたそうだ。大川泉なら、事務所に誰もいない時を狙ってひとりであの便箋を印刷するくらいのことは簡単に出来た。便箋に打ち込まれていた短文も、インク特性とフォントから、恐らく同じプリンタが使われているだろうということだ。更に、そのプリンタなんだが、今ちょっと故障しているらしくて、通常の印刷専用紙より厚い紙に印刷することが出来ないんだ」

緑子は、中嶋敏江がプリンタの宛名印刷が出来ないとこぼしていたことを思い出した。

「つまり、封筒や宛名シールなどに印刷することが出来ないわけだ。封筒の表書きだけが手書きになっていた理由も、これで説明がつく」

「確定ね」

「恐らくはな。鏡子があの便箋を作って山崎留菜宛に手紙を出したことは間違いないだろう。鏡子が殺人の実行犯なのかどうかまではわからないが、事件と無関係ではないことは、これで確かだ。しかしそうなると、手紙に書かれていたグラシアが鏡子自身ということでは、ちょっと意味が通らなくなるな」

「そのことなんだけど。グラシアというのは鏡子のことではなく、あの便箋に印刷されていた白い蝶そのものを指している可能性が出て来たんです」

「白い蝶？　この、T大からの報告書にある、ウスバシロチョウとかいう奴か」

「谷山教授からの回答ね。そのウスバシロチョウの学名は書かれてますか」

「学名、学名と……こいつかな。ラテン語か、パルナシウス、でいいのかな、次はグラシア……リス、グラシアリス？」

「パルナシウス・グラシアリス。グラシアというのは鏡子のキョウ、つまり鏡からの連想ではなく、そっちの蝶の学名からとったものだと考えた方がいいように思うの。それならば、鏡子がわざわざその写真を便箋に印刷して送った理由が説明出来ます。鏡子はその蝶に何か特別な意味を込めている。そしてその意味を、なぜか山崎留菜は理解するだろうと考えている。義久さん、山崎留菜にもう一度確認した方がいいと思うの。本当に、その白い蝶に何もおぼえがないのか」

「グラシアが鏡子ではないとしたら、ルナ、が鏡子ということになるわけだな。鏡子は自らをルナと名乗った」

「それは多分……一昨日《おととい》報告した、ルナ・ケースからの連想です。鏡子は自分のことを施設の職員が、ルナ・ケースの子供、と呼んでいるのを偶然聞いてしまったに違いないわ。幼かった鏡子はその意味を知らず、ただ、自分はルナの子と呼ばれたのだという記憶だけを持った。それ以来、彼女は密《ひそ》かに自分のことをルナと名付けていたんじゃないかしら」

「その説を裏付ける報告がひとつあるぞ」

受話器の向こうから、紙をガサガサさせる音が響いて来た。

「大川泉の件だ。大川泉というのは、一九九〇年に十八歳の若さで芥川賞候補になった、作家の町家英里子の本名だよ。鏡子がオフィス中嶋に提出した履歴書の出身地や学歴などは総《すべ》て、その町家英里子のものだった。そしてその、町家英里子のデビュー作の小説というのは、母親と近親相姦《そうかん》する高校生の男の子の話なんだ。タイトルは『月の時間』。鏡子はこの小説を読んで、ルナ・ケースの意味に気付いてしまったんじゃないのかな。そして家出してスナックに勤める時、年齢をごまかす為に嘘の履歴書をでっちあげた。町家英里子の経歴を参考にして」

「鏡子の山崎留菜に対する妄想も、単純にその名前から来ているということは考えられますね。鏡子は、ルナ、という名のついたタレントの山崎留菜を自分の仲間か何かのように錯覚しているのかも知れない……でも……」

本当にただの妄想なのだろうか？

山崎留菜と桜田鏡子。

山崎留菜。

「義久さん、山崎留菜のデビュー前の経歴、ウラはとってある？」

「山崎留菜の経歴？」

「ええ。事務所が発表している彼女の履歴に間違いや疑問点はないかどうか」

「……そうか……わかった、ウラを取らせる。緑子、もうそっちで調べたいことは全部調べたんだったら、すぐ戻って来い。それとな、ひとつ聞きたいんだが、静香から何かおまえに連絡入ってないか？」

「宮島さんから？　いいえ。彼女からは昨夜、春日《かすが》組と山東会についての情報をＦＡＸして貰ったただけですけど」

「そうか……」

「義久さん、彼女がどうかしたの？」

「うん……まだ内密にしておいて欲しいんだが……無断欠勤してる」

「無断欠勤？　まさか彼女が」

「ああ、俺《おれ》も信じられない。これまで勿論《もちろん》一度だってそんなことはなかった。だが今朝、チーム会議の時間になっても顔を出さないんで、宮島と同期の、八係の香川に頼んで彼女のマンションに行って貰ったんだ。しかしインターホンに応答がなかったらしい。まあ、まだ昼過ぎだし、心配するようなことはないのかも知れないがな。登庁の途中で具合でも悪くなって病院にでも寄っただけかもわからん」

「でもそれなら、彼女が連絡して来ないわけはないでしょう?」

「そうだが、しかし、何か事情が重なって今まで連絡出来ないのかも知れないし、とにかく騒ぎ立ててしまうと後で宮島の立場がなくなるから、香川には宮島の無断欠勤のことは黙っておくよう言いつけた。このことは今のところ、山背さんと俺と香川しか知らない」

「わかりました……あたしも他言はしません。あの、義久さん、これから東京に戻るけど、もし夕方までに宮島さんが見つからなかったら、あたしに探させて貰えないかしら」

「心当たりがあるのか!」

「そうじゃないけど、でもね、この前あたしの家に来てくれたことがあるの。それでいろいろ話はしたから、あたってみるところはあるので……」

「わかった、そうしてくれると助かる。おまえなら彼女が何か困ったことになってるなら適切に対処してくれるだろうからな。出来れば、大事《おおごと》にしないで済ませたいんだ。将来のある子だからな」

電話を切ってから、緑子は暫《しばら》く考えた。だが考えれば考えるほど、悪い想像をしてしまう。宮島静香はどんな事情があるにせよ、無断で欠勤したまま連絡をよこさないような人間ではない。既に正午を過ぎた今まで連絡がないとすれば、連絡も出来ないような状況に追い込まれているということになる。

緑子は、周囲を見回して誰も自分に注目していないことを確認してから、携帯電話を取り出した。ゆうべ、その番号の持ち主が自分で緑子の携帯にセットした短縮ダイアルボタンを押す。

呼び出し音が三回。もう切ろう、と思った途端に声がした。

「もしもし」

緑子は、深呼吸して言った。

「あの……お早うございます」

「あ」

フッと笑いを漏らしたような息づかいが聞こえた。

「お早う……って、もうお昼だけど。仕事、終わったの？」

「ええ。これから東京に戻ります。麻生さんは？」

「終わった、終わった。たった今だけどね。ターゲットが男と暮らしてるアパートは突き止めたよ。ゆうべ君と出会う前に見当はつけておいたんだ。俺の勘も、ちょっとムショにいたくらいじゃ鈍ってないってことだ。これで何とか、この先も食って行けるってメドは立ったかな」

「良かったわね、首尾よく行って。これから東京まで戻るんですか」

「うん。東名が混んでないといいけどな。新幹線で来てレンタカー借りた方が楽だったな。でもこの車、せっかく修理したのに使わないともったいないだろ。そうだ、もし時間があるなら、一緒に乗って行く？　ひとりだと高速は眠くなっちゃうから、誰か隣にいてくれると助かるんだ」

「そうしたいけど」緑子は笑った。「連れがいるでしょ、何しろ。それにさっき高須係長から、用が済んだら京都見物なんかしてないでさっさと戻って来いって釘《くぎ》刺されたの」

「高須の言うことなんかほっとけ」

麻生は笑った。

「あいつもオブケになじんで腹が出たらおしまいだな。本庁きっての色男なのにな」

「彼は今でも一日二時間、竹刀《しない》振ってるのよ。麻生さん、お腹の心配しないといけないのは、あなたの方じゃない？」

「俺、腹出てた？」

緑子は思わず、バカ、と囁《ささや》いた。

「ごめん」

麻生はまた笑ってから、声のトーンを変えた。

「冗談にしちゃいけないよな。やっぱりちゃんと、謝っておくよ」

「やめて。あたしが自分で望んだことだって、言ったはずです」

「うん……感謝してる」

「感謝して貰うようなことでもないわ。あたし……あなたに同情して、我慢して付き合ったわけじゃないもの。あれがあたしの……本性なの。正直なあたし、そのものなの。だから、ありのままに受け止めて。それよりね、麻生さん、十二年前の話だけど」

「……だから、その話は」

「警官のあたしとは出来ない。それはそれでいいわ。でもひとつだけ。もしあなたの危惧《きぐ》しているることがあたっていたとしたら……あなた、どうするの？　何をしたいの？　その決心だけ、聞いておきたいの」

麻生は暫《しばら》く答えなかった。緑子はじっと待った。

「練《れん》に、再審請求させる」

麻生は、静かに言った。


「彼がすると思う？」

「させないと、いけないんだ」

麻生は深く息を吐いた。

「そこからもう一度やり直さなければ、あいつは立ち直れない」

「気が遠くなるくらい、長い道ね」

「でも他に方法はないからな」

「あなたもズタズタになるわよ」

「うん」

「結局、何も残らないかも知れない」

「わかってる」


「そう」

緑子は見えない相手に向かって頷《うなず》いた。

「わかった。ありがとう……答えてくれて。じゃ、気を付けて帰ってね。居眠り運転しないように。あの、それからひとつだけ」

「なに？」

「この携帯の番号、宮島さんも知ってる？」

「静香？　いや、知ってるはずないよ。前の携帯は中にいる間に知り合いに頼んで解約して貰ったんだ。この番号は、三日前に買ったばかりだよ」

「そう……外に出て来たことも伝えてないわよね？」

「俺から静香に連絡を取ることは、もう二度としないつもりだ」

「……そうね」

「静香がどうかしたの？」

「ううん、何でもない。ただ彼女、今でもあなたのこと思い切れないでいるから……じゃ、ほんとに気を付けてね」

「うん」

緑子は電話を切った。

麻生の淡泊さに救われた気がした。麻生はそういう人間なのだ。決して、べたべたと優しさの押し売りはしないし、不意に欲情して愛していない女を抱いたことにも、余計な言い訳はしない。

本当の意味で、彼は孤独なのだと、緑子は思った。そして多分、その孤独を癒《いや》すことが出来るのは、あいつだけなのだろう。

しかし、僅《わず》かに静香が麻生を追いかけて京都に来ているという可能性は、これで断たれた。静香はどうして連絡して来ない？

緑子は、不安で背筋が震え出したのを感じた。

2

「まだ四時半か……戻る前に一ヶ所、寄りたいところがあるの」

緑子は、東京駅で改札を出てから坂上に言った。

「ずっと考えていたんだけど……今度の事件って、鹿島荚加《さやか》と桜田鏡子の事件と考えてもいいわよね、今のところ。それでね、その二人の過去と関係のある人物に事故死が多いのに、気付いた？」

「事故死ですか」

「うん。最初は鏡子の実父。階段から落ちて首の骨を折ったとか言ってたわよね。次に、荚加自身。バイクで交通事故……いったいどんな事故だったのかしら。そして、鏡子の初恋の相手、岩本。これも自動車事故」

「確かにそうやって並べれば多い気もしますけど、でも先輩、この国では交通事故で殺人の何百倍も人が死んでるわけですから……」

「そうなんだけど」緑子は地下鉄に乗ろうと歩き出した坂上の袖《そで》を引っ張った。「気になるのよね、何となく。ね、これから鹿島荚加の事故死についてちょっと調べてみない？　えっと」

緑子は手帳を開いた。

「鹿島莢加が中学を出てから住み込みで働いていたっていう美容院……これだ、旗の台だって。旗の台ってどうやって行けばいいのかな」

「目蒲《めかま》線じゃなかったスか。あれ、田園都市線だったかな？」

＊

東急池上線の旗の台の駅を降りて数分、商店街のはずれに『ミサコ美容室』の看板が見つかった。

一昔前には流行《はや》っていたような、構えだけは大きな店だった。だが、カットサロン全盛の今時は、そうした美容室が満員になるのは年末ぐらいなのかも知れない。

ドアを開けると、独特のヘアスプレーの匂《にお》いがプンと鼻を突く。ほとんど銀髪になった髪を短くカットした品の良い老婦人客がひとり、五十代くらいの、白衣が板に付いた体格のいい美容師と楽しそうに話している。二人とも地声が大きく、ドアを開ける音がしても会話が中断される様子はなかった。

店の奥でタオルを畳んでいた若い女性が元気良く、いらっしゃいませ、と声を出した。しかし緑子の後ろから居心地悪そうについて来た坂上の姿を見つけて、ギョッとした顔になった。見習いらしいその女性は、十六歳か十七歳といったところ。緑子は、その姿に、莢加の幻を重ね合わせた。

「あのお」

美容師の卵は緑子のそばに寄った。

「ご予約の方でしょうか」

「ごめんなさい」

緑子は精いっぱい優しく見えるように微笑《ほほえ》みながら、そっと手帳を開いて彼女の目の前に出した。

「ちょっとお話が伺いたいんです。お店のご主人は？」

「先生」

見習い女性は、老婦人の髪をいじっていた美容師に声をかけた。

「警察の方です」

遠慮のない大声だった。普段から地声の大きなお師匠さんについていると自然と大声で話すようになるのかも知れない。しかし、声の大きさにではなくその内容に驚いて、客と美容師は同時に緑子と坂上を凝視した。

緑子は慌てて頭を下げた。

「お仕事が終わるまでお待ちいたしますので、少しお話を伺いたいんですが」

「何の話ですか」

美容師は険のある声で言った。

「あの……以前にここに勤めていらした鹿島莢加さんのことで」

「あら」客の老婦人が目を輝かせた。「莢加ちゃんですって、随分なつかしい名前だわね！いえねぇ、あたしも莢加ちゃんのことでしたらよく知っているんですよ、ねぇ、美沙子《みさこ》さん」

「ええ、あの、あなた方、茨加ちゃんはもうとっくに……」

「存じてます。ですからここにいらした当時の鹿島さんについてお話を伺いたいと思いまして。あの」緑子は老婦人の方を見てにっこりした。「もしよろしければ……お名前を」

「あらあら」

老婦人は嬉《うれ》しそうだった。

「まあどうしましょう、本物の刑事さんに聞き込みされちゃうなんて、まあ。あたくし、この先に住んでる澤村《さわむら》雅子、と申しますの。澤はややこしい方の澤、ね。雅子はほら、皇太子のお嫁さんと同じ字ですのよ、ほほほ」

緑子は手帳にその名を書き付けた。

「いえねぇ、美沙子先生とはもう三十年もお友達で、ここに美沙子先生がこのお店を開いた時から通ってますの。夫は元教師でしてね、小学校ですけど、校長を十二年も務めまして、退職しましてからも区の青少年育成センターの所長をいたしまして、息子は一ッ橋を出て銀行に入りましたの……」

「鹿島茨加さんのことは？」

緑子は老婦人の自己紹介に割って入った。

「よく知ってらしたんですね？」

「ええ。あの子はほら、美沙子さん、可愛《かわい》い子だったわよねえ。ちょっと暗い感じがしないでもなかったけど。目鼻立ちはいいし、タレントにでもなったらなんて言ったこともあったくらい」

緑子はみどり園に残されていた莢加の写真を思い出した。厚ぼったい一重瞼《ひとえまぶた》が印象的な、ミステリアスな容貌をしていた莢加。

「でもあの子、歯並びが悪かったからね」

美容師が言って、フンと鼻を鳴らした。

「出っ歯だったわ、ちょっと。出っ歯って下品な顔に見えて損だから整形したら、なんてあの子に言ってたじゃないの、澤村さん」

「あらだってさぁ、もったいないと思ったのよ。歯だとか顎《あご》の形なんて今は簡単に治せるんでしょ？　それにしても可哀想《かわいそう》なことしたよねえ。遺体も揚がらなかったなんてね」

「遺体も揚がらなかった？」

緑子は驚いて聞き返した。

「あの、でも莢加さんの遺骨はお父様のお墓に葬られたと施設の方が……」

「そんなことありませんよ、ねえ美沙子さん。遺骨なんてありませんでしたよ。ここでお葬式したんだもの、みんな知ってることですよ」

「あの」緑子は美容師に向かった。「どういうことなのか説明していただけると」

「事故のことは警察の方が詳しいはずですけどね……莢加ちゃんはね、あの、なんだっけ、女暴走族の」

「レディース？」

「そう、それになっちゃったんですよ。ここに来た当初は真面目ないい子だったんだけど、付き合った仲間が悪かったんです。それで土曜日なんか仕事が終わるとどっか行っちゃって朝まで帰って来ないことが続いたりしてね。まああたしは親じゃないし、仕事さえちゃんと覚えてくれたらあんまりうるさいことも言えなかったんだけど。それで、とうとう、横浜で事故起こしちゃって。あの子はバイクの後ろに乗っていたらしいんだけど、バイクごと海に落ちたんですよ。……とうとう遺体が揚がらなくて。一ヶ月くらいは捜索を続けて貰ったんですけど、結局諦《あきら》めてお葬式を出しました。遺骨がないんで、あの子の残した遺品をいくつか多摩の霊園の方に入れましたよ。お父さんのお墓に」

緑子は、美容師の頭越しに自分を見ている坂上に向かって、軽く頷いた。

新たな可能性の出現に、緑子は小さく深呼吸した。

鹿島芙加の遺体はどこにもない。

遺体がない以上……鹿島芙加の死亡は誰にも確定出来ない。

五反田の駅まで戻った時には、日はすっかり落ちていた。夕飯を済ませる為にカレーショップに入ったが、カレーの匂いを鼻に吸い込んでも食欲は湧《わ》いて来なかった。

「ともかく」

緑子は額を寄せて囁《ささや》いた。

「横浜での事故のこと、明日にでも徹底して調べましょう。それと、岩本医師の事故死についてもね」

「なんだか恐《こわ》いことになって来たな」

「恐い？」

「幽霊が出て来そうじゃないですか」

「この事件では我々の同業者が手足をちょん切られて殺されてるのよ、五人も。幽霊なんかよりも、人間の方がずっと恐いわ」

「大川泉はどこにいるんだろう」

「さあ。いずれにしても、恋人と一緒に逃げたのは間違いない。春日組より早く彼女を見つけ出さないと……この事件、お宮入りすることになるかもね。バンちゃん、悪いけどひとりで先に本部に戻ってくれる？　あたし、ちょっと寄り道したいとこがあるのよ」

「いいですけど、係長には……」

「あたしから電話しておくから。それでもしかしたら遅くなるかも知れないから、バンちゃん、出張報告出したら今日はあがりでいいわ。その代わり、ひとつ頼まれて欲しいの」

緑子は、ボストンバッグからビニールの袋を取り出した。

「悪いんだけどこれ、あたしの家に寄って母に渡してくれないかしら。達彦へのお土産」

「あ、これだったんですか、さっき新幹線の中で買ってたの」

「うん。お土産選ぶ暇もなかったからね。のぞみ号の模型。ごめんねバンちゃん」

「先輩のとこに寄るくらい、どうせ方向が一緒だからお安いご用ですけど。でも先輩、仕事だったら俺も手伝いますよ」

「私用なのよ。心配しないで、大したことじゃないの。係長には話してあるから」

緑子は坂上と別れると渋谷に出て新玉川線に乗った。桜新町の駅から住所表記を頼りに十五分ほど探し回って、ようやく、宮島静香が借りている独身者用マンションを見つけ出した。八階建ての、小綺麗《こぎれい》なマンションだった。

渋谷駅から義久にかけた電話では、まだ静香からの連絡はないと言う。午後になってもう一度香川がここに来てみたそうだが、相変わらず応答がなかったらしい。今訪ねてもまだ戻ってはいないだろう。

だが取りあえず緑子は、静香の部屋に行ってみることにした。

静香の部屋は四階だった。ベルを鳴らしてみたが、やはり応答はない。二分ほど待ってみて、緑子は諦めて帰りかけた。

その時、非常階段に通じるドアが半開きになっているのに気付いた。

直感だった。

緑子は廊下を走って非常階段に飛び出し、そのまま一気に屋上へと駆け上がった。

「宮島さんっ！」

屋上に出るなり、緑子は叫んだ。

「どこにいるの？　いたら返事して！」

風がきつくなっていた。冷たさが頬《ほお》を刺す。

緑子は屋上を見回した。さほど広くはないが、人影は見当たらない。あかりのないマンションの屋上は、遠く都心の瞬《まばた》きと頭上の月にかろうじて照らされている。

「宮島さんっ！」

緑子は再び叫んだ。

「いるんでしょう！」

緑子は金網が低く張られた屋上のへりへと走った。眼下を覗《のぞ》き込むと、眩暈《めまい》がしそうだった。八階しかないとは言っても、落ちれば即死だ。


静香は、いた。

寝間着なのだろうか、薄手のスウェットの上下を着て、破った金網の向こう側、建物のへりに幅二十センチほど突き出したコンクリートの上に立っていた。

裸足《はだし》のままで。


緑子は、心臓が爆発しそうになるのを無理やり押さえつけて、そっと、そっと足を進めた。

「風が強くなって来たから」

緑子は、明るい声を出そうとした。

「そのままだと風邪《かぜ》ひいちゃうわ。部屋に戻りましょうよ」

静香はゆっくりと振り返った。

緑子は、叫びそうになったのを必死で堪《こら》えた。

静香の顔は、絵の具でいたずら描きでもしたかのように、赤黒く腫《は》れ上がっていた。歯が折れているのか、半開きのままで閉じない唇は切れてめくれあがり、左目の瞼《まぶた》は腫《は》れてほとんど目を覆っている。右のこめかみは陥没しているかのように真っ黒だった。ただ、右の目だけが昨日までの静香の清楚《せいそ》な美貌《びぼう》をそのまま残して、潤んで光っている。

恐れていたことが起こった。

緑子は、足の裏から猛烈に湧《わ》き起こって来た怒りに震えだした拳《こぶし》をきつく握り締めた。

だが、緑子は微笑もうと努力した。

「あのね、さっき出張から戻って来たの。それで甘いものを少し買って来たから、一緒にどうかなと思って」

静香も微笑んだような気がした。

気のせいではないことを祈って、緑子はもう一歩前へと踏み出した。

「日が短くなったわね、本当に。まだ七時前なのに、真夜中みたい。あら」

緑子は頭上を見上げる振りをした。

「お月様がものすごく綺麗。空が澄んでるのかな、今夜」

「来ないで」

静香が低く言った。言葉は不明瞭《ふめいりょう》だった。

「お願い……来ないで」

「ええ」緑子は足を止めた。「行かないわ。だから宮島さん……こっちに来てくれる？」

「村上……さん」

静香は、今度ははっきりと笑った。

「わたし……あなたの言った通りだったのに……」

「宮島さん、ねえ、寒いわ。こっちに来て。部屋で一緒に食べようよ、生八つ橋」

「行けないの」

静香は小さく首を横に振った。

「もうそっちには、行けない」

「どうして？」

「だってあたし……あたし……もう……」

「お願い」

緑子は静かに言った。

「あたしをひとりにしないで」

「村上さんを……？」

「そうよ」

緑子は慎重に一歩前へ出た。

「あなたがそこから飛び降りたら、あたしはここでひとりぼっちになる。こんなに暗いのに……

……そんなの嫌よ」

静香は笑い出した。

「そんな馬鹿みたいなこと！　あたしのことなんてあなたに何の関係があるの？　あなたは家に戻って夕飯のおかずでも作ればいいじゃないの、子供や旦那さんの為に！　あたしは……あたしはもうおしまいなのよ。おしまいなの……もう生きてなんていられない……」

「それじゃ」

緑子はまた一歩だけ、足を出した。

「あなたが飛び降りたら、あたしも飛び降りることにする」

「そんな」

静香は緑子を睨《にら》んだ。

「あたしをからかっているのね」

「からかってなんていない」

緑子は、歩幅と距離を必死で計った。

「あなたがおしまいで生きていられないなら、あたしだっておしまいで生きていられないはずだもの」

「……どうして？」

「あなたと同じ目に遭ったから」

緑子は大きめに一歩足を出した。これで行ける！　いや、あと一歩……

「あなたと同じに」

緑子はじっと静香の目を見たまま、さらに一歩前を踏んだ。

「山内に犯されたから」

静香の右の目が見開かれたのと同時に、緑子は大きくジャンプして一気に静香のそばに寄り、静香のからだを抱いて破れた金網の手前へと一緒に倒れ込んだ。

反動で二人のからだは、コンクリートの上を転がった。

静香の髪から微《かす》かに悪臭が漂う。嘔吐《おうと》していたのだ……ずっと、嘔吐し続けて……

緑子は静香をきつく抱きしめた。

静香は、何が起こったのかわからない、というように暫《しばら》く緑子を見つめてから、堰《せき》を切ったように泣き出した。

3

緑子の腕の中でようやく静香が寝息をたて始めた。緑子は時計を見た。午後十時。抱いて背中をさすり続けていたせいで、緑子の左腕は痺《しび》れていた。

静香はずっと部屋にいた。だが香川が呼び鈴を押しても答えることが出来なかったのだ。一睡もせずに嘔吐し続け、静香はたった一晩でげっそりとやつれていた。

病院に連れて行った方がいい。しかし、静香は承知しようとしない。その気持ちはわかった。

つけてある。怪我《けが》はさほどひどくなかった。骨が折れているところはない。だが、顔だけを集中して痛め

緑子は、山内がどうしてそこまで静香を憎んだのか不思議に思った。緑子自身を襲った時、山内は必要最小限の暴力しかふるわなかった。女の抵抗心をなくし諦めさせるだけなら、これほど顔だけを痛めつける必要はない。

もしかしたら、手下にやらせたことなのかも知れない。

静香の話では、襲った男の顔はよくわからなかったと言う。地下鉄の駅から部屋に戻る途中で車の中に引きずり込まれ、意識を失った。気が付くと見知らぬ倉庫のようなところにいて、男が笑いながら静香を殴り始めたのだという。いきなりの最初の一発で左目を殴られ、視界がなくなって男の顔を確認する間もなく、立て続けに殴られた。そして……

失神から醒《さ》めた時、静香は、引き裂かれた着衣のままでマンションの部屋の前にいたらしい。

その後始末の手荒さも、山内の仕業らしくない。

緑子の時、山内はわざわざ緑子を着替えさせてからだに酒をふりかけ、酔い潰《つぶ》れているように見せかけた。すぐに警察に通報されることのないよう用心したのだ。着衣が破られ暴行の形跡が生々しいままの女が横たわっていたら、誰かが本人の意思とは関係なく警察に通報してしまう危険性が高い。いくら強姦《ごうかん》は親告罪とは言っても、初めに警察が介入してしまえば、被害者が告訴に踏み切る確率は俄然《がぜん》高くなる。

だが、これが偶然の痴漢の仕業ということはないだろう。命じたのは山内だ。

怒りが激しすぎてこめかみが痛くなり、吐き気がした。

麻生が何と言おうと、あいつは悪魔だ。人間ではない。

緑子の中であの夜に芽生えた殺意が、今はっきりと発酵し、湧《わ》き溢《あふ》れようとしていた。だがひとりで乗り込んで行って勝てる相手ではないこともわかっている。

告訴すればいいのだ。

自分と静香の二人があいつを告訴し、高安にどんな妨害をされても裁判を乗り切れば、多分あいつを刑務所に送ることが出来るだろう。

だが……

緑子はもう既に、その資格を失っている自分を知っていた。

昨年の三津田夫妻の悲劇の最中に、自分はあの男と取引をしたのだ。自分を犯した慰謝料として逃げていた元暴力団員を探させた。山内の一言で、その男は緑子のいる辰巳《たつみ》署に出頭して来た。

結局、自分のしたことは娼婦《しょうふ》と変わらない。

あのことを持ち出されれば裁判は勝てない。そして高安は、手段など選ばない。

緑子は、泣きたくなって静香の部屋の壁に背をもたせかけた。だが涙は出なかった。

小さくて品のいい屑籠《くずかご》が目についた。丁度、緑子のすぐそばにある。何気なく視線を移して、中に落ちているものに目がとまった。

取り出してみた。破られた写真。

手が震えた。

着衣を引き裂かれ、全裸に近い姿にされた静香の写真だった。陵辱の直後だということがわかるように、足を広げられている。

堪えきれなくなって緑子はバスルームに駆け込み、吐いた。

吐いても吐いても吐き気が消えない。


畜生！


緑子は、バスルームの床を拳で殴った。何度も何度も、殴り続けた。

涙の代わりに、口元から血が滴った。悔しさに食いしばった歯が唇を裂いた血。

緑子は決心して起きあがった。

このままで済ませることは絶対に出来ない。絶対に。

投げ出してあった写真の破片をもう一度手に取った。ポラロイドではない。あいつが自分で現像したのだろうか。

だがすぐに、普通の写真よりも紙が薄いことに気付いた。これは印刷だ。カラープリンタを使い、写真風に光沢の出る紙に印刷したものだ。そうするとこの写真は、デジタルデータ！

緑子は水で濡《ぬ》れた顔を直し、ベッドで眠る静香の顔を見た。

このままにしておけば、目覚めた時にまた、自殺をはかる恐れがある。

緑子は携帯電話を取り出した。

「菜々ちゃん！」

受話器の向こうから、妹の声が聞こえて来た。

「あら、お姉ちゃん。お母さんから出張だって聞いたけど」

「うん、そうだったんだけどね。ね、菜々子、今夜うちを空けること、出来る？」

「いつだって出来るわよ。どうせうちの主人、単身赴任みたいなものだもの」

「じゃ説明している時間がないんだけど、ひとつ頼まれてくれる？　何も聞かないで、今から言う場所に来て欲しいの」

「それはいいけど、いったい何？」

「だから何も聞かないで。いい？　大急ぎでお願い！」

「わかった。あ、そうだお姉ちゃん、昼間ね、葉子から電話があったの。葉子の旦那、渋谷に転勤になったんだって」

「渋谷？」

「そう、お義兄《にい》さんのとこ。明日から行くらしいよ。それがさ、捜査四課ってとこらしいの。四課って何するとこ？」

「組織犯罪の摘発。暴力団関係」

「ヤクザ関係なのか！　お母さん、また心配するだろうなぁ」

「大丈夫よ。今は暴対の方が大変で、四課は情報収集が主な仕事だから。じゃ、菜々ちゃん、急いで！　場所言うわね。新玉線の桜新町で降りて……」

菜々子が来るまでの一時間、緑子は静香の髪を撫《な》で続けた。静香のこれからの人生は、この出来事でどんな風に変わるのだろう。

緑子自身の人生は、義久との修羅《しゅら》で確かに変わった。負けたくない、そのまま沈んでしまいたくない一心で、緑子は走り続けた。だがそれが出来たのは、緑子の内部に元からある、ある種の憎しみのようなもののおかげだという気がする。

自分に普通の女の子としての生活を許さなかった身勝手な父への、抵抗。自分を見捨てて保身に走った明彦への、意地。

同僚にレイプされても警官を辞めなかった自分自身の中の業のようなものが、自分を支えたのだ。

だが静香にそうした業はあるのだろうか。

緑子は、赤黒く変色した痛々しい皮膚にあてるタオルを氷を入れた洗面器の水で絞りなおした。

静香に、それでも続けろ、戦えと言う勇気も資格も、自分にはない。むしろ、もう二度とこの清楚《せいそ》な百合《ゆり》のような女性がこんな目に遭わないように、刑事など辞めなさい、と言ってやりたい気がする。

だが緑子は、今度のことは静香自身が引き起こしたことでもあるのだ、と思った。静香は仕事で山内を追っていたわけではない。彼女の個人的な情念で山内と関わったのだ。

刑事を辞めても、彼女はこのままでは立ち直れない。

＊

驚いておろおろしている菜々子に後を任せて、緑子は夜の街に出た。

タクシーをとめ、新宿一丁目と告げる。イースト興業の場所は大体わかっていた。新宿御苑から四谷方向に数分の辺り、探せば何とか見つかるだろう。

緑子は、タクシーを降りてそれらしいビルを片端から確認した。

やがて、クリーム色の真新しい外壁が美しい八階か九階建てくらいのビルの前に、見覚えのある新宿署の刑事の姿を見つけた。マル暴だ。

ビルの前に停まっている黒い車は新宿署の公用車、車の外に出て煙草をくゆらせているマル暴刑事の白いYシャツの下には、防弾チョッキが透けて見えている。よく周囲を見回せば、もう一台警察の車があった。

どうしようか。

新宿署の刑事は緑子の顔を知っている。中に用があると言えば止められはしないだろうが、緑子の行動は報告されてしまうだろう。

暫く迷っていると、クリーム色のビルから事務員らしい女性がひとり、紙袋を抱えて外に出て来た。

暴力団関連の企業としては有名なイースト興業に、いったいどんな経緯で勤めることになったのだろう、と、緑子は興味を抱きながらその事務員の後をつけた。イースト興業の前にいた刑事達は、昇竜会の出入りだけを警戒しているのだろう、事務員には無関心だ。

女性事務員は、地下鉄に乗るつもりなのか駅の昇降口目指して小走りに歩いて行く。緑子は、彼女が階段を下りかけたところで追いつき、手帳をいきなり目の前に出した。

「ごめんなさい、ちょっと」

事務員は驚いた顔をしたが、警察手帳を突きつけられるのに慣れているのか、脅えてはいない。

「イースト興業の方ですね」

女性は頷いた。

「社長は今、社内ですか?」

「いいえ」

女性は頭を振り、紙袋を胸に押し当てる仕草をした。

「ご自宅です」

「その紙袋、社長に頼まれて?」

「そうですけど……いったい何、あんた」

刑事にあんた、と言えるのはなかなかの度胸だ。

「社長に用があるのよ。それ、あたしが届けてあげるわ」

「結構よ」女性はむくれた顔をした。「邪魔しないでくれる? これ届けたらやっと残業が終わるんだから。待ち合わせがあるのよ」

「だから、あたしが代わりに行ってあげるわ。若い女性をこんな時間までこき使うなんて、山内は大したトップじゃないわね」

「男女雇用機会均等法ってのがあるの、知ってる？」

「知ってるわよ。でもデートの約束がある女の子に書類を届けさせるなんてのは野暮だわ。自分で取りに来ればいいんだから」

「あんたの知ったことじゃないでしょ。あんた、女のくせにマル暴なの？」

「警察慣れしてるわね、あなた。もしかしたら、あなたの彼、組員？」

「どいてよ」

事務員は緑子を押しのけて階段を下りようとした。緑子は彼女の腕を摑んだ。

「遊びじゃないのよ、これは」

緑子は摑んだ腕をゆっくりと捻《ひね》った。

「あたしはどうしても山内に会いたいの、今すぐ。一緒に来るのよ。いい？」

事務員は緑子を睨《にら》んでいたが、緑子が少しずつ腕に力を増して行くと、顔を歪《ゆが》めて頷いた。

緑子は事務員の腕を引っ張ってまた外に出ると、タクシーを拾った。

車内では二人とも無言だった。事務員は終始頰を膨らませていた。

山内の自宅マンションは南青山にあった。外観はどちらかというと地味だが、造りの豪華さは、その天然石が敷き詰められたエントランスで充分にアピール出来ている。勿論《もちろん》、オートロック方式でセキュリティシステム付だ。

マンションから数メートルのところにも一台、警察の車がいた。だが車内の刑事二人は新聞を読んでいる。

緑子は、事務員の陰にうまく隠れるよう注意しながらエントランスを抜けた。

「余計なこと言ったら、腕を折るわよ」

緑子は事務員の腕を抱えたまま耳元で囁《ささや》いた。

事務員は山内の部屋番号をプッシュした。

「新井です。社長に頼まれたもの届けに来ました」

事務員が言った。

「あがって」

短い声がした。山内の声ではない。

緑子は心の中で舌打ちした。用心棒がいるのか、やはり……

カチッと音がして、ガラスのドアのロックがはずれた。

「もういいわよ」緑子は事務員の手から紙袋をもぎとった。「早くデートに行きなさい」

事務員は少し躊躇《ためら》っていたが、やがてサッとからだを反転させると、また小走りにエントランスを出て行った。

部屋は十一階、最上階にある。エレベーターを下りて、緑子は慎重に部屋番号を探した。だが驚いたことに、最上階のフロアには事務員がプッシュした番号以外のドアがない。一フロアが総て、山内の住居なのだ。

インターホンを押す指先が震える。応対に出る用心棒が自分の顔を知っていたらアウトだ。

ドアが開いた。長髪の、からだの大きな男。あの運転手！

万事休すだと思った。こいつは緑子の顔を憶《おぼ》えているに違いない。

だが男は顔色を変えなかった。緑子のマンションの駐車場で山内が緑子をなぶっていた間、この男は本当に後部座席をまったく見ていなかったのだ。

「これ?」

男が紙袋を受け取ろうとした。緑子は咄嗟《とっさ》に言った。

「あ、でもちょっとわからないところがあったので、社長に」

「そう」男は緑子の背中のドアに手を伸ばしてロックを確認した。「じゃ、中へ。社長は書斎にいるから」

緑子は靴脱ぎはどこだろうと見回した。だが玄関はフラットだった。外国式に靴のまま中に入るようだ。

意外と小振りの玄関を抜けるとすぐに廊下が九十度曲がっている。その角の先で、緑子は息を呑んだ。

見事な抽象画のかけられた待合室のような空間があり、小さな白いソファと真っ赤な絨毯《じゅうたん》が目に鮮やかだ。だがその部屋が何の為の部屋なのかは、ソファに座っているあまりにも場違いな服装をした二人の男で明らかだった。熱帯魚のような色合いのシャツを着た男達は、腕組みしたまま目を閉じている。その胸のポケットは銃で膨らんでいた。

緑子は、運転手についてゆっくりとその部屋を横切った。

部屋を出るとまた廊下があり、その廊下の先のドアを開けると、一転して素晴らしくクールな空間が広がっていた。

四十畳は充分にあるリビングルーム。大きなソファ数個はどれもシンプルにグレーで統一されているが、ひとつずつデザインが違う。観葉植物が少しある以外は、他にほとんど家具がない。ライトは総て埋め込みのダウンライト、大きなオーディオ装置が無造作に、薄いパープルの絨毯の上に置かれている。

そのリビングの奥に木製のドアがあった。

緑子は運転手に視線で促されてそのドアを開けた。

途端に、後ろから羽交い締めにされた。

「若《わか》」

運転手はまったく声の調子を変えなかった。

「雌鼠《めすねずみ》が入り込んだもので。どうします？」

山内は、パソコンから顔を上げた。緑子を見て、微《かす》かに片眉《かたまゆ》をあげて驚きを示したが、すぐにフフッと笑った。

「でかいネズミだな」

「新井の振りをしてました。書類も持って来てます」

「放してやれよ。デカだ」

運転手は緑子のからだを放した。

「刑事さんならそう名乗ってくれればお通ししたのに、なあ」

山内はまたキーを打ち始めた。

「書類」

緑子は前に進んで、パソコンの横に紙袋を置いた。

「わざわざどうも」

山内は顔を上げなかった。

「話があるのよ」

「悪いが、仕事中だ」

緑子は手を伸ばし、キーの上に掌を叩きつけた。

「話が、あるの」


「おまえさぁ」

山内はやっと緑子を見た。

「親しき仲にも礼儀ありって言葉、知ってる？　いくら俺とおまえの仲でもだ、お互い仕事が大事、だろ？　ハニー、わざわざこんな時間に逢いに来てくれたのはうれしいけどな、俺は忙しいんだ。わかるか？」

「あたしも忙しいのよ」

緑子は、上着の内側のポケットに入れてあったカッターナイフを取り出した。静香の部屋で見つけた小振りのものだった。

「何の真似なんだよ、いったい」

山内は椅子《いす》を少し引いた。

「この間の夜のことなら、おまえには感謝してるんだぜ。おかげであの頭のおかしいお嬢さんがつきまとわなくなったからな」

「だったら」

緑子はカッターの刃をゆっくりと突き出した。

「だったらどうして、彼女にあんなひどいことしたのよ！　あたしはあんたに頼んだはずよ。あの子には手は出さないでって。その代わり、あんたの頼みも聞いてやった。あの子があんたつけ回すの止めさせたわ。それなのに……あの子、死のうとしたのよ！」

「俺が、あのアマに何かしたってのか」

「とぼけないで！　あんた以外に誰があんなひどいこと出来るのよ！」

山内はクックッと笑った。

「あんた以外に誰があんなひどいこと出来るのよ、か。おまえらの得意技だな。おまえ以外に誰がやったってんだ、言ってみろ！　耳のそばで何度もそう怒鳴られたぜ。だけどよ、ハニー、そんなとんでもねぇ理屈を通して平然としてられる人種ってのは、世の中にデカだけだ。そうは思わないか？」

緑子は、山内の目を見た。嘘《うそ》を吐《つ》いているのかいないのか、山内の目は底なし沼のように表情がない。緑子には判断出来なかった。

「ともかく、そのぶっそうなものをしまったらどうなんだ、ハニー」

山内は顎《あご》で緑子の背中を示した。

「幼い子供残して逝くなんて心残りだろ？」

「チャカならしまうのね」

緑子は振り向かずに言った。

「あたしがそれを目にしたら、銃刀法違反であんた達を引っ張る口実になるわよ」

「おまえが生きてここを出られれば、の話だ、いずれにしてもな」

「外のマル暴に三十分貰《もら》って入ったのよ。時間が来てもあたしが出て行かなければ、彼等が踏み込むわ」

「嘘吐きはドロボウの始まりだ」

山内は緑子の目を見据えた。

「マル暴に話を通してんなら、どうして新井の振りなんかして忍び込む？」

「嘘かどうか賭《か》けてみる？　今あんた、大事な時なんでしょ。あんたが間違ってムショでも入ることになったら、組が危ないいんじゃないの？」

山内は瞬《まばた》きもせずに暫《しばら》く緑子を見ていた。山内の異様に回転の早い頭の中でどんな計算がされているのか。緑子は、ただ運を天に任せて待った。

「斎藤」

山内はにっこりして言った。

「気を利かせろよ。ハニーが二人きりにしてってさ」

緑子の背後でドアが閉まる音がした。緑子は安堵《あんど》で膝《ひざ》が崩れそうになるのを堪《こら》えた。

「ションベンしたいんなら行って来たらどうだ」山内がニヤニヤした。「今にもチビりそうな顔してるぜ」

「そういうの、好きなんじゃないの、変態」

「変態はお互いさまだ」

山内は組んだ長い脚をぶらぶらさせた。

「ゲイを誘惑するってのはルール違反だぜ、ハニー」

「何のことよ」

「すっとぼけやがって。おまえ、龍太郎と寝ただろ」

緑子はゾッとした。

麻生は監視されているのだ。この男に。

「参ったよな」

山内はパソコンの脇《わき》に置いてあった煙草の箱を手に取った。いつものメンソール。

「その手で来るとはな。おまえを甘く見てたぜ。警視庁一のあばずれだとは聞いてたが、そこまでやるとはな。わかったよ、ハニー。ごめんな、もうおまえを虐《いじ》めないから、龍太郎を返してくれ、なぁハニー」

山内は煙草をくわえたままゲラゲラ笑った。

「返してくれないなら、せめて仲良くしようぜ。いいか、ハニー、今度あいつとヤる時は俺も呼ぶんだ。三人でしようぜ、な？」

緑子は爆発した怒りで反射的にカッターを振り回した。

ピッと布が裂ける音がして、山内の左腕から血が滴った。

「下手クソ」

山内は笑い続けていた。

「チャカは扱えてもおまわりにドスは無理だな」

「おまえなんか」

緑子は山内のからだに飛び掛かった。

「殺した方が世の中の為よ」

カッターの刃を首筋に押し当てても、山内は笑うのを止めなかった。


壊れてる。

緑子は感じた。

この男は壊れてる。


「データを返せ」

緑子は刃を首の皮膚に添わせた。新しい血がつっと糸をひく。

「なんのだよ」

「あの子を写したデジカメだかなんだかのデータよ！」

「だから、何の話なんだ。あの小生意気なメスデカがどうしたって？　誰かにヤられて写真でも撮られたのか？」

緑子は刃をスッとひいた。血はポタポタと山内のシャツの胸に滴った。

「興奮するだろう」

山内が緑子の目を見つめたまま囁《ささや》いた。

「人を傷つけて血を流させると、興奮して来るだろう？　おまえはその手の女だ。顔にそう書いてある」

緑子の手が震えた。

「俺にはわかるんだ」

山内は自分で軽く頭を動かした。また一本、血の筋が浮き上がった。

「初めてムショ入って出てみたら、俺には何もなかった。寝るところも、金も、友達も、何もだ。しょうがないからジュクで腹の出た親父《おやじ》にケツ掘らせて暮らしてた。ある時、たまたま俺の寝た客が秘密クラブのオーナーでな、いい金になるから働いてみないかって誘われたんだ。秘密クラブってどんなとこかおまえ、知ってるだろ？　俺はあっという間に売れっ子になった。何でもやらせたし、どんな変態でも相手にしたもんな。毎晩毎晩、変態を慰めてやるんだ……縛られてやって、殴られてやって、蹴《け》られてやって、ションベン飲んでやる。そうやって、淋しい変態を慰めてやるのさ。ホモだってだけでも結構苦労するのにその上サドだのマゾだの、奴等は孤独なんだ。理解者を求めてる。俺はそんな奴等が好きだった。奴等は正直だ。自分に正直に生きてる。おまえ達はどうだ？　ヘテロでノーマル、それがそんなに偉いのか？　おまえは龍太郎と寝た時、自分が病気を治してやったとでも思ってたんじゃないのか？　だが教えてやる。おまえの本性は淫乱《いんらん》なサディストで、俺を血だらけにして股《また》を濡らすようなド変態だ。よく見てみろよ、ほら……綺麗だろう？　血がこんなに流れてる。俺は痛い、すごく痛くて泣きそうだ。何なら俺を縛ってみるか？　おまえ、ワッパ持ってんなら出せよ。人間の両手に金属の輪をはめて自由を奪う。おまえらおまわりが大好きなプレイだ。おまえらはそれが大好きなんだ。社会正義がどうしたって？　笑わせるな！」

山内は大きく頭を振った。

カッターの刃が皮膚を切り裂く感触がした。血が飛び散り、緑子の頬を濡らした。

「正義なんて関係ねえのさ。おまえらはただ、人間を虐げて屈辱を与えることが快感なんだ。人を捕まえて小突き回すことが楽しくてしょうがねえんだよ！」

緑子は、カッターを手から落とした。

山内の首から流れ出した鮮血が恐かった。

死への連想……山内がこのまま、自分の手で死ぬことへの恐怖が緑子を支配した。

「誰か来て！」

緑子は叫んで、山内の首筋の傷口に掌を押し当てた。

「お願い、早く！」

ドアが開いて斎藤が駆け込んで来た。

「救急車、救急車呼んで！　早く……」

斎藤は緑子を突き飛ばし、山内の首を見た。

「大丈夫だ」

山内は笑っていた。

「かすっただけだ」

斎藤は傷口を見てから山内の首を絞めるように掌で摑んだ。

「そうですね……じき止まるでしょう。深くはない」

緑子は膝をついていた。座ったままの山内の足元に。

「わかっただろう」

山内は、足先で緑子の肩を蹴った。

「おまえには人は殺せないんだよ。少なくとも、チャカがなけりゃな。チャカって奴は特別だ、あれがあればどんな善良な人間でも人は殺せる。だがな、チャカ以外のエモノを使うには頭ん中の線がキレちまわないと駄目なんだ。おまえはもうキレられない。ガキのいる女がキレるのは、ガキに何かあった時だけだ。ハニー」

山内が足先で緑子の顎を持ち上げた。

「あの宮島って女をヤッたのは俺じゃない。俺が指図したわけでもない。だがおまえは問答無用で俺を裁いた。このオトシマエはどうつけてくれる？」

「顔を」

緑子は、恐怖の余韻で溢《あふ》れ出した涙をふり飛ばす為に頭を振った。

「顔をめちゃめちゃに殴られて……ひどい写真まで撮られたのよ、あの子。だけどあの子は誰かに恨まれるような子じゃない……あんたが指図したんじゃなけりゃ……」

「若」斎藤が傷口を見た。「消毒しておいた方がいい」

「ああ」

斎藤は傷口から手を離して部屋を出て行った。血は止まっていた。

「顔を……？　拳《こぶし》でか？」

緑子は頷いた。

「だったら俺のやり方じゃないことぐらい、おまえならわかったろうが」

「だから……あんたが手下に言いつけて……」

「俺はそんな不細工なことはやらねぇよ。いいか、女を犯すのは殴るより効果的で安全だからだ、そうだろう？　顔が変わるほど殴ったら傷害罪になる。傷害罪は親告罪じゃない、警察がその気になれば女が告訴しなくても殴った奴はパクれるんだ。おい、あの女がヤられたのはいつだ？」

「ゆうべ」

山内は何か考えるような表情をした。それからパソコンの横の受話器を手に取った。


「よお。元気か？」

山内は今さっきのことなど何でもなかったように平然と会話を始めた。

「おまえ今どこだ？……ふーん、なら十五分で来れるな、俺んとこ。え？……何言ってんだ、来れるぜ、おまえなら、なあ。そうだ、来るんだ……頼むよ。おまえに逢いたいんだよ……破裂しそうなんだ。十五分だぜ、いいか？　それ以上待たせたら自分でカイちまうぜ。そんなの淋しいじゃないか。待ってるからな、必ず来い。いいな」

受話器を置くと、山内は立ち上がった。

「少し待ってろ。あの女をヤッた奴を見つけてやる。クソ、このシャツがいくらしたかおまえ、わかってるか？　おまえの一ヶ月の給料じゃ買えねえんだぞ」

「……ほんとに、あんたじゃないの？」

「俺はそんなに暇じゃねえんだ。特に今はな。あのアマには迷惑したけどな。あいつがくっついて来るおかげで、面が割れるんじゃないかってヒヤヒヤしたぜ」

「サラ金でお金借りた時？」

「そうだ。おまえにいいこと教えてやろう。神崎組が堅気《かたぎ》のローン会社を手に入れたって噂《うわさ》がある。だが表に立ってるのは神崎の関係者じゃねぇからまだ警察も知らねぇし、調べは入れたがもうひとつ実態がわからなかった。大手だが海外投資で大失敗していつ倒産してもおかしくない内情なのに、粉飾決算を繰り返して表沙汰《おもてざた》にならないようにしてたんだ。そこに神崎が目をつけた。俺はその噂が本当かどうか確かめたかったんだ。金を借りて返さないで粘ってみる。取立てに来た奴を締め上げて神崎の息がかかった奴だったら、噂は本当だってことになる」

「そんなこと、あんたがしなくても誰かにさせればいいのに」

「気晴らしに丁度いいんだよ。俺ってああいうカッコも決まると思わないか？」

山内が大笑いして緑子の肩をまた蹴った。

あの日、地下鉄で静香があとをつけていたことも、そして緑子がそれを止めたことも山内はちゃんと気付いていたのだ。

「ともかく、おまえは俺に着せたのが濡《ぬ》れ衣《ぎぬ》だったと証明された時にどうやって俺に詫《わ》びるか、それを考えとけ。土下座くらいじゃ済まさねぇからな。斎藤！」

消毒薬の瓶とタオルを持った斎藤が部屋に戻って来た。山内は瓶をひったくった。

「外のデカは動いたか」

「いいえ」

山内は薄ら笑いを浮かべて緑子を見た。

「女の嘘は可愛いぜ、まったくな。斎藤、もうじき田村が来る。俺達が寝室に入ったら中の音をこのアマに聞かせてやれ」

「はい」

「おまえ、ここんとこ女はご無沙汰《ぶさた》だろ。待ってる間退屈だったら、ヤッてもいいぜ。俺には女の味はわかんねぇけど、悪くなかったぜ、こいつ」

斎藤は緑子の腕を摑んで立ち上がらせた。

「じゃ、遠慮なく」

斎藤は緑子の背中を抱くようにかかえた。緑子の脇腹《わきばら》に、銃口の感触が当たった。

緑子は逆らわずに斎藤にかかえられて歩いた。広いリビングの反対側に二つのドアが見える。右側のドアを斎藤は開けた。

不思議な部屋だった。ソファがひとつ置かれているが、物置のようだ。小さなスピーカーと録音機のようなものも見える。

「そこに座って」

斎藤に言われて緑子はソファに腰掛けた。斎藤は銃口を緑子の脇腹にくっつけたまま隣に座った。

「無茶な女だ」

斎藤が片手で煙草の箱を取り出し、器用に一本くわえた。それからブックマッチを取り出し、これも片手で点火した。

「命知らずもたいがいにしないと、若だっていつも機嫌がいいとは限らないぜ」

煙が流れて緑子の髪にかかる。斎藤は煙草の箱を緑子の顔の前で振り、一本出した。

緑子はくわえた。斎藤が点火したマッチの硫黄《いおう》の匂いがツンと鼻をついた。

ゆっくりと一服して、緑子はようやく、からだの芯《しん》に残っていた震えが収まるのを感じた。

「若はあんたを気に入ってる。だから助かってるんだ。だが若は気まぐれだ。自分の力を過信するのはもうやめるんだな」

「悔しかったのよ」

緑子は、煙草を指で挟んだ。

「あの子は死のうとした。あんなこと、絶対許せないと思った」

「だが若がやったことじゃない。ゆうべは俺もずっと若のそばにいた。若が誰かに命じて女を襲わせたとしたら、俺が気付かないはずはない。まあいい、もうじき田村が来れば誰がやったかわかる」

「田村って、武藤組の？　あいつは売防法違反でムショじゃないの？」

「三ヶ月も前に出てるよ。高安が弁護して、管理売春程度のことで半年以上くらうことはまずない」

「……悪党！」

「誰が？　高安がか？」

「みんなよ。あんた達、みんな」

斎藤は笑った。

「まあ、その通りだな。だがあんただって偉そうなことは言えないだろう？　俺はあんたの顔を知ってる。あんたが上司の女房に刺されて左遷されるって噂を聞いた時、俺は同僚とあんたの顔を見物に行ったんだぜ。一課のデカ部屋に」

緑子は、驚いて斎藤の顔を見つめた。

「あなた……警官だったの？　あ……一課にいた……？」

「あんたの耳にまで噂は届いてるのか」

斎藤は大きな輪をひとつ吐き出した。

「山背係長から聞きました」

「ふん……さぞや笑ってただろ？」

緑子は首を振った。

「別にいいさ、奴等に笑われようとどうしようと」

「山内が魔法をつかったって」

「魔法？」

「薬物であなたのこと……」

斎藤は笑いながら、緑子の指先の煙草をつまんで自分の舌に押しつけて消した。

「確かに、最初はドラッグでやられた」

斎藤は緑子の脇腹から銃口をはずした。

「俺はイースト興業が裏に絡んだ不動産詐欺事件を追っていた。大がかりな事件で、被害総額は二十億円にものぼっていた。詐欺師は逮捕されたが、イースト興業に利益が流れていた事実がどうしても証明出来ない。イースト興業の情報が欲しかった。それで、イースト興業が経営している店に手分けして潜った。俺が派遣されたのは西新宿にあるバーだった。二課に配属されて間もなくて面が割れてる心配がなかったことと、学生の頃にバーテンのバイトしたことがあったんで選ばれたんだ。それと」

斎藤は緑子を見てニヤッとした。

「ホモっけがまるでないと自他ともに認めてたからな。ある晩、店が終わってから若がフラッとやって来た。若の顔を写真以外で見たのはそれが初めてだった。若はバーボンのストレートを浴びるように飲んでいた。そして、俺にも飲めとグラスを差し出した」

斎藤は楽しそうにククッと笑った。

「俺はちゃんと確認していたつもりだった。いつあのグラスにクスリが入れられたのか、今考えてもわからん。まるで手品だ……ともかく、気が付いた時には若にナニをしゃぶられてた。しかも俺はその時、自分が長い間待っていたのはこんな瞬間だったんだと思った……俺がどんなに自分自身を偽っていても、若にはお見通しだったんだ。俺は女を抱いて満足したことは一度もなかった。だがそのことを認めたくなくて、過剰にヘテロを装っていた。自分自身まで騙《だま》して。若に抱かれて、俺は心の底から、ホッとした。男を演じなくてもよくなったことに」

「男を……演じる……」

「あんた達女は、ずっと女でいられる。そのままで。だが男はそうはいかない。男である為に努力しなくちゃならない。その意味がわかるか？　男だから泣くな、男なら我慢しろ、男なら男らしく振る舞え、男なら女を守れ、男なら女を抱いて満足させろ……男にはしなくちゃならないことがあり過ぎるんだ。俺はうんざりしていたんだ、多分。若に溺《おぼ》れて泥沼に沈んでいく間、俺は幸せだった。破滅が来て、警視庁中の笑い者になっても、後悔はしていなかった。クソくらえと思った……何もかも。だが、執行猶予付判決で釈放されて裁判所を出た時、若が迎えに来てたのには驚いたよ。俺はただ、ハメられただけだと思っていたから」

「信じてるの？　あいつに愛されてるって」

「いいや」

斎藤はもう一本煙草に火を点けた。

「若が愛しているのは麻生だけだ。だが俺はこれで満足してる。若はいずれこの国の影のドンになる。俺はそれをこの目で眺めていたいんだ……出来ればこのまま、若のそばで」

「麻生さんはあいつを更生させるつもりなのよ……命がけで」

「時間の問題だな」

斎藤はフッと笑った。

「麻生もじき、こちら側の人間になる。その第一歩があの発砲だった。あんた、あの時麻生が若を守る為に撃った銃は、誰のものだったか知ってるか？」

「誰のもの？」

「やっぱり気付いてないんだな。あのリボルバーは若のものだ。あの時、先に撃とうとしたのは若だったんだよ。その銃を麻生がもぎとって自分で撃ったんだ。麻生は若の為なら人殺しだってする。そんな人間が、どうして若を更生なんかさせられる？　毒をもって毒を制すことは出来ても、毒を清めることは出来ない。麻生はもう負けてるんだよ……若の毒に。そのうち奴も気付くはずだ。今のまま突っ張って辛い思いをしているよりも、いっそこっちの世界で生きてしまう方が楽だってな」


「……違うわ」

緑子は頭を振った。

「違う！　麻生さんは……あいつに人殺しをさせたくなかったから、自分で撃ったのよ！」

「若はもう……何人も殺してる。ただ自分の手を汚してないだけだ。そのことを麻生だって知ってるよ。若は堅気にはならない……絶対に。若にとっては、堅気で生きることは敗北を意味する。この国の法律や司法組織に従って生きることは、自分に対して司法組織が与えた屈辱を認めることになるからだ」

「……本当のことなの？」

緑子は、斎藤の腕を摑んだ。

「十二年前の山内の逮捕が……」

「シッ！」

斎藤が緑子の口を手で塞《ふさ》いだ。

「田村が来た」

4

確かに、ドアの外で人声がした。だが造りが丁寧で壁が厚いこのマンションでは、リビングの話し声ははっきりとは聞こえない。

緑子はじっと耳を澄ませた。十分ほどもしてやっと、隣室のドアが開いてまた閉じる気配がした。

今度はやけに明瞭《めいりょう》に音が響き出した。目の前に置かれた小さなスピーカーから隣室の音が流れて来る。二人の人間が歩き回っているのが手に取るようにわかった。

「早くしろって」

山内の笑いを含んだ声が聞こえた。

「爆発しちまう」

「何考えてんだ、てめえ」

確かに田村の声だ。聞き覚えがある。

「シノギの最中だったんだぞ」

「ケチなシノギなんかやったって大した実入りはねぇだろうが」

「それでもやらなきゃなんねぇんだよ」

ベッドの上に飛び乗ったのか、ボン、という音がした。

「てめぇみてぇに若様に収まってる身分じゃねえんだ。とにかく不景気でよ、親父さんの機嫌が悪くて悪くて」

「おまえ、組替われば？　俺んとこ来りゃいいじゃん」

「簡単に言うんじゃねぇよ、そういうことをよ。親を替えるなんてこと出来るかよ。てめぇみてえに仁義もへったくれもねぇ経済ヤクザじゃねえんだからな、俺達は」

「かっこつけたって札ビラには勝てねぇくせに。おまえの兄貴、金がなくてベンツ売っちゃったって聞いたぜ。情けねえの」

「うるせぇな、畜生。ぶち込んでやるから後ろ向け」

歓声があがった。笑い声が交差する。まるで、子供がじゃれているようだ。

新宿のバーで山内と会った時、田村について山内が言った言葉を緑子は思い出した。


人間は、どん底ではい回っている時に親切にして貰ったことを忘れられない。


不思議な関係だと思った。愛とか何とかいうのとは勿論別なのだろう。以前に、田村は本来ヘテロだと田村の女が言っていた。田村にとっては、自慰と大して違わない行為なのだろう。

多分、風変わりではあるが、友情なのだ。山内と田村の繋《つな》がりは。

「なんだよ。この傷。ついたばっかみてえじゃねえの」

「雌猫にひっかかれた」

「またマメドロか？　おまえさぁ、女の抱き方、ほんと知らねえなあ。女ってのは泣かすより悦《よろこ》ばした方が面白いんだぜ」

スピーカーから流れて来る物音は次第に濃くなって行った。緑子は耳を塞《ふさ》ぎたい気分だった。そうした物音が嫌だというのではなく、人の秘め事を覗いている感覚があまりにも奇妙で、落ち着かなかったのだ。だが隣の斎藤はまったく表情を変えない。ゆっくりと味わうように煙草をくゆらしながら、ただスピーカーを見つめている。

嫉妬《しっと》は感じないのだろうか。

緑子には不思議だった。

明彦が見知らぬ女とタクシーに乗っていたという事実だけで、緑子は動揺した。それなのに斎藤は、愛した相手が隣室で他の人間とセックスしていて平気なのか？

それが自信なのかそれとも諦めなのか、いずれにしても緑子には理解出来ない。

喘《あえ》ぎや囁きが遠慮なく伝わって来る。甲高いが柔らかくなまめかしいその声は、女性そのものだった。首筋から血を滴らせても平然としていた男が発しているとは到底思えない。

やがて、営みが終息したのがわかった。

笑い声が起こり、まだじゃれている物音が続く。

「太ったぜ、やっぱりおまえ」

「しょうがねぇだろ。五ヶ月以上、三食きっちり食べて早寝早起きしてたんだからよ」

「シャブ抜いたせいだろ」

「やってねぇよ」

「ほんとか？」

「ほんとだって。きっぱりやめた」

「もう絶対やるなよ」

「わかってるよ。おまえこそ、酒やめねぇと持たねぇぜ。それよりよ、ちっと都合つく？」

「金より仁義が大事なんだろうが」

「てめえの我儘《わがまま》のせいで今夜のシノギがパーなんだぞ。その分保証してくれって言ってんだよ」

「いいけどよ、あの内職の方はどうなったんだよ」

「裏ビデオか？」

「CD-ROMのやつがあったろ。あれ結構いい稼ぎになるって言ってたじゃねえの」

「あれはダメだ。ヤバ過ぎ。モノホンのレイプってのはやっぱりまずいぜ」

「相当エグかったんだって？」

「おう。あれはやり過ぎだぜ。女をボコボコに殴っちまうんだもの。もうウチには持ってくんなって言ったんだけどよ、ゆうべもまた持ち込みやがったんだ、あのガキ。それがよお」

田村は思い出し笑いした。

「現役のメスポリだって言うんだけどよ」

緑子は緊張した。

斎藤がチラッと緑子を見て小さく頷いた。

「ほんとにメスポリだったの」

「わかんねぇ。ジュクのポリじゃなかったけどな、結構ハクいんだ、それが。どうせなら制服着てるのをヤッてるんならすごかったんだけどな」

「私服か。デカじゃねえのか」

「まさか」

田村はまた笑った。

「だとしたらお宝だ。俺が秘蔵してカクのに使いたいぜ。だけどよ、顔変わっちゃうくらいボカスカ殴ってんだぜ、あのガキ相当な変態だぜ」

「そのガキがヤッてんのか」

「違うって言ってるが間違いねえな、ありゃ。あのガキは絶対、ボクサー崩れだ。からだ見りゃわかる。いいのかなぁ、あんな狂犬みてぇな奴、野放しにしといてよ」

「どっかの組にいたんじゃねぇのか」

「だとしたら広島だな。無理して標準語使ってるが広島弁が混じる」

「名前とヤサ、わかるか？」

「なんだ、おまえんとこで拾うつもりかよ」

「ボディガードにどうかと思ってさ」

「危ないいんじゃないの。あいつパンチドランカーだぜ、きっと。キレると何するかわかんないぜ」

「でもCD-ROM作るくらいだからバカじゃないだろ」

「あのガキが作ってるんじゃねぇと思うがな。まあ好きにしな。えっと、名前は、三田村とか言ったたな。ヤサは確か、五反田の近く、戸越銀座《とごし》だった」

「連絡はどうやってつけてんだ？」

「携帯持ってやがる。ちょっと待ってな、俺の携帯に短縮入ってるから……」

衣類をいじるガサガサという音がして、ピッと電子音が聞こえた。

「これが番号だ」

斎藤がスピーカーのパワーボタンをオフにした。

「これでいいだろう。若の疑いは晴れたな」

斎藤が囁いて、緑子の腕を摑んだ。

「早くしろ。田村が帰る前にここを出ないとあんた、若に詫び入れさせられるぜ」

「あ」

緑子は呆気《あっけ》にとられた。どうして斎藤が自分を逃がしてくれるのかわからなかった。

「いいの？」

「何が」

「あんたが後でひどい目に遭わない？」

「アバラの一、二本は折られるかもな。だが若はすぐに機嫌が直るから心配ない。でも忘れるなよ。あんたは若に対してとんでもないことをしたんだ。いつかは借りを返さないとならないぜ」

斎藤に手を引かれて、緑子はリビングを駆け抜けた。用心棒が腕組みしたままうたた寝している小部屋を通り抜け、玄関を出ると斎藤が緑子の背中を押した。緑子はそのまま走ってエレベーターに乗り込んだ。

ドアが閉まる寸前に、斎藤がふざけて敬礼して見せるのが目に入った。

＊

三田村。

緑子は、タクシーで静香のマンションに戻る間、口の中で呟《つぶや》いていた。

どこかで聞いた名前のような気がするんだけど……

だが思い出せなかった。緑子は、せめて田村が山内に教えた携帯電話の番号がわかれば良かったのにと思った。しかしそれは贅沢《ぜいたく》な望みというものだろう。それどころか、五体満足で山内のマンションを出られたことだけでも奇跡に近い。

緑子は今更ながら、怒りに任せて軽率な行動をとったことを自覚した。

だが……悔しかったのだ。静香の変わり果てた顔と、裸足《はだし》で屋上のへりに立っていた彼女の心に抉《えぐ》られた傷を思うと、そのまま黙って夜を過ごすことなど出来なかった。

しかし結局は緑子もまた、してはならないことをし、犯してはならないミスを犯した。

山内の投げつけた言葉が鮮血の記憶と共に緑子の脳裏に甦《よみがえ》る。

正義なんて関係ねえのさ。おまえらはただ、人間を虐げて屈辱を与えることが快感なんだ。人を捕まえて小突き回すことが楽しくてしょうがねえんだよ！


タクシーの時計は午前三時前を指している。

緑子は、家に電話しようかと手にした携帯をまたしまった。もう、母も寝てしまっているに違いない。

静香のマンションに戻ると、うたた寝していたのか菜々子がキッチンの椅子に座って目をこすっていた。

「どう？」

「ずっと寝てる。だけどお姉ちゃん、お医者に連れて行った方がいいんじゃないの？」

「そうしたいんだけどね……本人が承知しないのよ。まあ怪我《けが》は顔だけみたいだから」

「ひどいことするよね」

菜々子が顔を歪《ゆが》めた。

「あれもヤクザ？」

「わからないわ、まだ」

「お姉ちゃん」

菜々子は、真剣な顔で緑子を見上げた。

「もう刑事なんて辞めてよ」

「菜々子……」

「タッちゃんが可哀想じゃないの！　仕事で忙しいくらいのことは仕方ないとしても、お姉ちゃんがあんな目に遭わされたりこの前みたいに怪我したりしたら……ねぇ、お姉ちゃん、真面目に考えて。お姉ちゃんにとって今いちばん大事なのは、タッちゃんなんだよ！　警察で働きたいなら、他にもっと安全な仕事もあるじゃない」

緑子は、小さく頷いただけで黙っていた。

菜々子の言うことは正論なのかも知れない。もし今緑子が感じているように、女としてこの仕事に就いている意味を見つけ出せないなら、無理して続けていることは結局、最愛の達彦の人生を犠牲にしてしまうことになる。


寝室に入ると、あかりを消した暗がりの中に小さな寝息が聞こえていた。

可愛らしいクマのぬいぐるみが枕元《まくらもと》におかれたベッドの中で、静香は眠っている。

緑子は膝をつき、静香の頭を撫《な》でた。

不意に静香が目を醒《さ》ました。

「……村上さん……」

「まだ朝まで時間があるわ。ゆっくり眠って」

「あ……でも村上さん、達彦ちゃんのところに帰らないと」

「いいのよ」緑子はそっと静香の髪を撫でた。「朝までここにいるわ。でも朝になったら出掛けないとならないけど。どうする？　ご実家に連絡してお母さまに来ていただく？」

「……本部には？」

「取りあえずあなたが見つかったことだけは係長に電話しておいたわ。あなたが無断欠勤したってすごく心配していたから。でもそれ以外はまだ。だけどね、宮島さん、係長には伝えないとならないと思うの……何があったのか」

「……はい」

「その上で、いちばんいい方法を考えましょう。あのね、それから」

「はい？」

「あなたを襲わせたの、山内じゃなかった」

静香の無事な方の目が見開かれた。

「……本当ですか？　でもどうして……」

「さっき、本人に会って確かめて来たの」

静香は暗さの中でじっと緑子を見つめた。

「そんな顔しないで。大丈夫よ、あたしはあの男と繋がってなんかいない。でもあの男があなたを襲わせたわけじゃないことは確か。あなた、三田村って名前に記憶ない？」

「……みたむら？」

「ええ。ボクサー崩れの男らしいわ。そいつがあなたを襲ったの」

「……わかりません。知り合いにはいないと思いますけど……」

「最近扱った事件の関係者にもいなかった？」

静香はじっと考えていたが、僅かに否定の素振りをした。

「そう……」

「村上さん」静香は毛布の中から手を伸ばした。「大丈夫だったんですか？　あんな……あんな男のところに行ったりして」

「何とかね。でも恐かった」

緑子は肩を竦《すく》めた。

「信じられないかも知れないけど、さっき屋上で言ったことは本当のことよ。あたし、あいつに……あたしがジュクにいた頃に起こった事件に大量のヘロイン絡みのがあってね、あいつはあたしがそのヘロインを横流ししたと疑ったの。それで……でも、あたしはそのことであいつを告訴しなかった。代わりに取引したのよ」

「取引……」

「ええ。ほら、三津田夫妻の事件、あれで。逃げていた春日組関係の男を探して出頭させろってあいつに言ったの……あたしへの慰謝料の代わりに。……呆《あき》れた？」

静香は何も言わなかった。

緑子は静香の額に手をあてた。

「熱はないね……さ、また眠って。それとも、何か食べたい？」

静香はまた小さく頭を振って目を閉じた。

冬の朝は遅い。

緑子は、静香のベッドに頭をもたせたまま、黒く沈んでいる窓を見つめた。

三田村……三田村。

確かに聞いたのだ、その名前を、それもつい最近。だが緑子の手帳に書き込まれた、事件捜査で話を聞いた人々の中にその名前はない。

とすると、直接は会っていないのかそれとも、会ってはいても話はしなかったか……

運転手！

緑子は頭を起こした。

そうだ、運転手だ！

山崎留菜《るな》が移動につかっている掛川エージェンシーの車を運転していた若い男を、中嶋は確かに、三田村、と紹介した！

車……白いワゴン車。

連続殺人の現場で目撃された車も白いワゴン車だった！

戦慄《せんりつ》と共に総《すべ》てが繋《つな》がり始めた。

広島訛《なま》りを隠した元ボクサー。

広島からやって来た無口なルナ。

その美しい月の女神は誰かに恋をしていた。誰に？……彼女を追って広島から出て来た元ボクサーに……?

緑子は携帯電話で義久の番号をプッシュした。

莢加

1

掛川《かけがわ》エージェンシーで臨時雇いの運転手をしていた三田村一也は、翌日の午後、宮島静香に対する暴行傷害容疑で指名手配された。

だが予想された通り、三田村はすでに姿を消していた。三田村が住んでいたアパートからは、女性を襲った記録が数点見つかった。いずれもデジタルビデオに撮影されていて、そこからCD-ROMに加工して裏ルートに流していたと思われる。三田村の狭い1DKは、ビデオ機器やCD-ROMを簡易制作する為の機械類、数台のパソコンで満杯だった。

緑子《りこ》は、静香の気持ちを思うといたたまれなかった。

静香はもう、登庁して来ることはないかも知れない。義久の手には静香からの退職願が届けられていた。

三田村がどうして静香を襲ったのか。

その理由が緑子にはわからなかった。勿論《もちろん》、偶然ではない。三田村は静香を刑事だと知って襲っていることを田村に話している。そうであれば、静香が連続刑事殺人の捜査本部にいることも知っていたはずだ。

だが静香に事情を聴いても、思い当たることはないと言う。実際、静香は捜査過程で三田村と接触したこともないし、静香が主要に担当していたのは蓼科《たてしな》の私生活周辺であって、山崎留《る》菜《な》関連ではなかった。

「バンちゃん」

緑子は、朝から塞《ふさ》いでいる坂上の肩を叩《たた》いた。

「行こう」

坂上は力無く頷《うなず》いた。

横浜に向かう車の中でも、坂上は無口だった。緑子も、どんな言葉をかけていいのか迷った。だが、高速にあがった時、坂上の方から口を開いた。

「俺《おれ》には何も、出来ないんですかね」

坂上は前を向いてハンドルを握ったまま、掠《かす》れて苦しそうな声で言った。

「こんな時……男に出来ることって何もないのかな」

「たくさんあるわ」

緑子は優しく言った。

「ただ、時期が大切ってことよ。今は彼女をそっとしておいてあげる時だと思うな」

「たまらないっスよ」

　坂上はハンドルを叩いた。

「どうしてあの人があんなことに……」

「バンちゃん」

　緑子は、坂上の肩に手をおいた。

「彼女の人生にとって本当に辛《つら》いのはこれからよ。今はまだ、三田村の容疑は暴行傷害だけになってるけど……ビデオがあった以上、三田村が逮捕されて起訴される時点では……三田村の犯罪の総《すべ》てについて起訴しようとすれば、彼女の告訴も必要になる」

「……あの人に……告訴させるつもりですか！」

「三田村が連続殺人と関係しているのなら、総てについて明らかにする必要が出て来るわ。どうして三田村が宮島さんを襲ったのかも含めて」

「そんな」

　坂上はまたハンドルを叩いた。

「先輩、そんなに簡単に言わないで下さいよ！　これ以上……これ以上あの人を苦しめるようなことは……」

「だからね、バンちゃん」

　緑子は坂上の腕に手をかけ、力を込めた。

「あなたの助けが必要になるのよ……あなたが彼女のこと、愛しているなら」

坂上は放心したように前を見つめたまま黙っていた。

恐らくは坂上自身、まだその問いを自分に向かって発したことはなかったのだろう。

宮島静香を愛しているか、と。

だが今坂上は、心に芽生えて育っていた感情と向き合っている。

緑子の家で素顔の彼女に触れて以来、心の中で少しずつ存在の大きさを増しつつあった静香を、愛し始めていたことと向き合っている……

*

「お電話を受けてから当時の報告書を確認してみたんですが」

神奈川県警港南署の交通課の田島警部補が、ファイルした書類を開きながら言った。

「確かにあの事故では、鹿島茨加さんの遺体は確認出来ませんでした。ですから死亡確認も出来なかったわけで、こちらの事故処理上は、生死不明のまま処理されています。事故に遭ったことは間違いないと判断されましたが」

「でもお葬式は出したと」

「葬儀に関しては法的な規制というものはありませんからね。遺体の処理には死亡確認が必要ですが、遺体がない状態で個人宅で葬儀を催すだけでしたら、勝手にして貰《もら》っても我々として立ち入る問題ではありません。もちろん、意図的な虚偽の葬儀などは民法上の問題が生じますが」

「法律的な生死についてはどのようになっているんでしょうか」

「えっと」田島は少し考えてから言った。「正式なことは戸籍の確認をしていただきたいんですが、一般的に申し上げますと、鹿島萊加さんの場合は失踪《しっそう》状態ということになりますね。ご存じのように失踪後七年を経過すれば家族の申請によって、死亡と同様の扱いに出来ます。ですがこのケースですと、事故に遭遇したことは確かだと思われますから、一般的な失踪ではなくて事故失踪、つまり、死亡している可能性が極めて高いケースであると判断することは出来ます。民法第30条の規定の（2）にありますが、戦地に赴いた場合や船の事故に遭遇した場合、或《ある》いは死亡している可能性が高い事故に遭遇した場合には、七年後ではなくてその事故の危機が去ったと見なされた一年後に、失踪宣告をすることが可能ですから。あ、いや、あなた方にこんな説明は……失礼しました」

「いいえ」緑子は微笑んだ。「事故の様子がわからなければ、どちらのケースなのかは我々には判断出来ませんから、助かります。つまり田島さんの判断では、事故失踪も認められるケースだと思われるわけですね」

田島は頷いた。

「鹿島さんの場合がどうだったかは、この資料からはわかりませんが、家族や近親者が申し立てを行っているとすれば、事故失踪が認められて失踪宣告が出されていてもおかしくはないケースですね。記録を読み上げましょうか」

「お願いします」

田島は書類を読み上げ始めた。

「平成三年四月十日、港南署管内横浜港第二埠頭《ふとう》A地区において発生した二輪自動車による横転、転落事故について報告する……運転者は品川《しながわ》区豊町五丁目××、飲食業店員中村ふみ子十九歳。目撃者の証言によると、同日午後十一時四十分頃、中村ふみ子運転の自動二輪車、二百五十cc、ホンダ製が同地区の埠頭内で他十数台の自動二輪車と暴走行為を繰り返したあげく、運転を誤って横転、横滑りして海中へと転落した。目撃者による一一〇番通報で港南署と港南消防署レスキュー隊が出動した。同深夜午前一時二十五分、運転者中村ふみ子が海中にて発見されたが既に死亡。翌朝午前七時過ぎ、転落した自動二輪車を海底にて発見、回収した。同二輪車には後部座席に他一名の同乗者があったとみられ、同夜暴走行為にくわわっていたと見られる数名を逮捕・補導して事情聴取した結果、同乗者は品川区旗の台四丁目××、美容師見習い鹿島莢加《さやか》十六歳と判明。引き続き鹿島莢加の捜索が続けられたが発見出来ず、四月三十日をもって捜索は打ち切られた。現場の事故検証により、横転時の状況は以下の通り推測される。中村ふみ子運転の自動二輪車は時速七十キロを超えるスピードで埠頭内をジグザグ運転またはUターンを繰り返すなど暴走した後、事故現場に置かれていた船舶用ロープ等と接触、横転、そのまま横滑りして海中に転落した。横転した際、同乗していた鹿島莢加はコンクリートの車止めに衝突していると見られ、車止め付近に鹿島莢加のものと考えられるA型の血痕《けっこん》が付着していた。中村ふみ子の死因は溺死《できし》、外傷は特にないことから、中村ふみ子は二輪車と共に直接海中に転落したと見られている……」

「血痕が付着……どのくらいの量だったんでしょうか」

「何も書いてないところからして、大した量ではなかったと思いますね。二輪の後ろに乗っていて横転と同時に弾《はじ》き飛ばされ、車止めに当たってから海に落ちた、というところでしょう」

「港湾内で潮の流れなども大して早くないのに、どうして遺体が発見されなかったんでしょう」

「海底にはいろんなものが溜《た》まってますからね。藻だって生えているだろうし、ゴミだの不法投棄された廃棄物だのでいっぱいなんです。そうしたものに引っかかってしまうと、台風でも来てかき回されない限りは、なかなか揚がって来ませんよ。それに大雨の後などで仮に遺体が浮き上がって来ても、そのまま湾の外に流されてしまえばもうおしまいです。二度と回収は出来ません」

「こちらの見解としては、やはり鹿島莢加さんはこの事故で死亡したと？」

「他には考えられません。海に落ちたとしたら絶望ですし、仮に鹿島莢加が海に落ちなかったとしたら、どうして保護されなかったのか。怪我《けが》をしているしまだ十六歳ですよ、ふらふら歩いて現場を立ち去ったとしても、どこかで必ず保護されているはずだ」

「ふらふら歩いて現場を立ち去る？」

　緑子は田島の方へ思わず身を寄せた。

「そんなことが可能な状況があったんですか？」

「可能性の話だけなら、そうです。まず現場で中村ふみ子と共に暴走していたグループの連中は、港南署員が到着する前にあらかた逃げてしまっていました。そして現場は大変に暗く、レスキュー隊が到着して照明で照らすまでは、現場がどうなっているのかわからない状況だったわけです。仮に鹿島莢加が海には落ちずにいたとして、パトカーが来る前に現場から立ち去ることは出来たでしょうし、その後も闇《やみ》に紛れて発見出来なかった可能性はあります。しかしですね、今も申し上げた通り、翌日になれば必ずどこかで保護されるなり、自分で連絡して来るなりしたはずですからね。まあ、鹿島茨加が歩いてどこかに消えたということは、考えなくていいことだと思いますよ」

「一一〇番通報して来たのは目撃者となっているようですが、氏名は？」

「確認出来ませんでした。一一〇番が発信されたのは現場から徒歩一分ほど離れたところにあった公衆電話で、通報者は名乗っていません。もしかしたら、近くで暴走行為を行っていた別のグループの人間ということも考えられますね」

「そんなグループがいたわけですか」

「補導したレディースグループの『曼珠沙華《まんじゅしゃげ》』のメンバーの話では、同日同時刻、埠頭から少し山下公園の方に寄ったあたりに、暴走族のグループがいたらしいです。地元のグループで『ＺＥＲＤＡ』という連中です。今は解散しちゃってますが、あの当時は最大勢力だったんじゃなかったかな」

「そのメンバーにも事故のことは？」

「リーダーというか、ＯＢとして影響力を持っていた男からは事情を聴きました。しかし埠頭での事故のことは知らないと言ってましたが。この男の言うことはある程度信頼出来ると思いますよ。ＺＥＲＤＡは警察との話し合いで自主解散したグループなんですが、この男が解散を決めてリーダーの説得にあたったようです。詳しいことは、暴走族対策係の誰かに聴いたらわかると思うんですが……えっと」

田島は交通課のフロアを見回して、私服の男に声を掛けた。

「前島さん、ＺＥＲＤＡのことだったらあんたに聴いたらいいのかな」

前島は頭を下げてから寄って来た。

「懐かしい名前が出てるんだな」

「平成三年のＡ埠頭での事故について知りたいんだそうだ」

「あの事故にはＺＥＲＤＡは関係してなかったろう」

「ああ、でもあの後、中嶋を呼んで事情を聴いたこと、あったろ？」

「中嶋？」

緑子と坂上は同時に顔を見合わせた。

「……中嶋という名前なんですか、その暴走族のＯＢは……」

「そうですよ、中嶋隆信。高校の時に横道にそれてゾクに入ったが、更生して大学を出て、今は芸能プロダクションにいるんじゃなかったかな。あの当時はもう中嶋も大学四年くらいだったが、ＺＥＲＤＡでの影響力は絶大でね、それだけ信望が篤かったってことだろうね。なかなか肝《きも》の据わった男だったな。グループの解散に同意して誓約書を出したんだが、その際にね、俺に向かって、男と男の約束だから今後二度と、グループの連中を不良扱いしたり差別したりしないでくれって、ものすごく真剣な顔で言ったんですよ。もう、あんな奴はなかなかいないよね、今のゾクはヤクザの手下みたいなのばっかだから」

2

山崎留菜は心なしか、緊張で青ざめているように見える。その留菜の背中を中嶋が優しく押した。留菜はドアを開け、スタジオの中へと踏み込んだ。

中嶋が緑子と坂上に合図した。緑子と坂上は、中嶋の後について、スタジオが見おろせる見学室のような部屋へと入った。

「大勝負だからね」

中嶋は独り言のように呟《つぶや》いた。

「これに勝てば、留菜はもう大丈夫だ」

「すごく緊張してるみたいでしたけど」

「そりゃ緊張しますよ。いちおう根回しはしてあるが、なにしろ全国放送の連続ドラマの主役ですよ。このオーディションに通れば、留菜は国民的スターになる」

「勝算はおありなんですね」

「勿論です」

中嶋は力強く頷いた。

「他の子はどれも、留菜に比べたら小物ですよ。留菜の女優としての才能は本物です。僕も最近ようやく、それを確信するようになりました」

「中嶋さんは」

緑子は優しく囁《ささや》いた。

「山崎さんのことが本当に大切なんですね」

中嶋は笑顔になった。

「大切です」

中嶋は、緑子の目を真っ直ぐ見ていた。

「今の僕にとっては、留菜が総てだ」

「でも……留菜さんがどんどん人気者になれば、いずれはあなたの庇護《ひご》の元を離れる時が来るんでしょう？」

中嶋は頷いた。

「その後は中嶋さん、どうされるおつもりなんですか？」

「さあ」

中嶋は、ゆっくりと頭を振った。

「わかりません。また別の金の卵を探し出して夢中になって育てるか、それともこんな仕事はすっぱり辞めてしまって、まったく別の人生を歩むか」

「失礼な聞き方になってしまうんですけど」

「何でもどうぞ」

「中嶋さんは……山崎さんをひとりの女性として意識されたことはないんですか？」

「それはつまり、留菜を抱きたいと思ったことはないのか、そういう意味ですか」

中嶋はおだやかに微笑《ほほえ》んだ。

「信じて貰えないかも知れないが、不思議なことに、ないんですよ。僕の意識の中では留菜は女ではない……僕の肉親、例えば妹のようなものなのかも知れない」

「あなたのお姉さまと初めてお会いした時、お姉さまがあなたについて言ったことの意味が、ようやくわかったんです」

「……姉の言ったこと？」

「ええ。中嶋敏江さんはあなたについて、変わり者だけれど悪い人間ではない、とおっしゃいました。でもその直後にあなたにお会いして、あなたが少しも変わり者のようには見えなかったので、不思議に感じました。失礼なんですけど、ご姉弟の仲があまりよろしくないのだなと解釈したんです。でも、お姉さまが言いたかったのはこういうことだったんですね。弟は元暴走族だった。けれど決して悪い人ではない。だから警察は、偏見を持たずにいて欲しい」

中嶋はじっと緑子を見て、それから笑った。

「やっぱりバレちゃいましたか。警視庁と神奈川県警は仲が悪いから大丈夫だと思ったんだけどな……いや、それは冗談です。別に僕は過去を隠したりするつもりはなかった。だが自分から自慢するような話でもないですからね」

中嶋はガラスの窓越しにスタジオを見下ろした。

オーディションが始まるのか、一列に座らされた可愛らしい女の子達の中に、留菜の小さな顔が見える。

「僕達姉弟には両親がいないんです。二人とも、僕が小学生の時に相次いで病死してしまいました。それから僕と姉とは、親戚《しんせき》をたらい回しされて育ちました。姉が高校二年の時に、レコード会社の公開オーディションに出て、そこで認められて演歌歌手としてデビューしました。すぐにヒット曲が出て、僕達は二人で暮らすようになった……それからずっと、僕は恵まれた環境の中で生活して来たんです。いいマンションに住んで、お手伝いさんがいて、欲しいものは何でも買って貰うことが出来た。僕はそれを総て、姉の力だと思っていました。姉は有名な歌手でレコードがたくさん売れているから、こんな暮らしが出来るのだと。だが本当はそうではなかったことを知ったのは、僕が高校に入った時だった」

中嶋は折り畳みのパイプ椅子を緑子と坂上の分も広げてくれ、自分もそれに座った。

「姉は確かに、ヒット曲を出しました。だが一発屋に近い状態で、すぐに人々からは忘れられてしまっていたんです。だが姉はプライドだけは高くて、演歌歌手にとっていちばんの収入源になるドサ回りの仕事を嫌がった。そんな状態では、収入はほとんどありません。それなのに僕達が贅沢《ぜいたく》に暮らして来れたのは総て……掛川潤一のおかげだったんです。姉は引退してから事業を起こして失敗した。だがそれも掛川社長に尻《しり》ぬぐいして貰った。僕は……そんな姉を軽《けい》蔑《べつ》しました。汚い女だと思った。それまで姉に対して抱いていた幻想が総て崩れたことに耐えきれなかった」

「それで、暴走族に」

「ええ。高校生なんてまだ頭の中は子供なんです。姉に迷惑をかけることが自分の正当性を主張することのように錯覚した。だがすぐに正気に戻りました。暴走族の世界も姉のやってることとあまり変わらないと気付いたんです。暴力団の使い走りのようなことをしたり、女の子を襲って輪姦《りんかん》したり……幼稚で卑怯《ひきょう》で、汚かった。でもZERDAだけはそんな奴等と一緒にならないようにと、僕は僕なりに筋を通したつもりです」

「県警の人が、あなたは肝の据わった男だったと感心してました」

「自慢にはなりません」

中嶋は照れたように肩を竦《すく》めた。

「僕が本当の意味で考え方を変えたのは、掛川社長に面と向かって会った時でした。僕が想像していたのとは違って、社長は精力的で、言葉には力と希望がこもっていた。この男の言葉なら信じてついて行ける、そう感じました」

「それで掛川エージェンシーに」

「ええ。バブルが弾《はじ》けて就職難が始まっていましたから、他に行くところが見つからなかったということもあるんですが」

「中嶋さん」

緑子は椅子の角度をずらして中嶋の正面を向いた。

「山崎留菜さんが芸能界に入られたきっかけというのは、あなたがスカウトしたことだと、事務所の方からお聞きしました」

「そうですよ。原宿を歩いてる留菜に声を掛けたのは僕です」

「あなたが事務所に入られた年ですね？」

「そうです。当時留菜はまだ、十四歳だった」

「ということは、中学生ですよね？　留菜さんのご両親はすぐに承知して下さいました？」

「いや」

中嶋は警戒するように目を細めた。

「留菜の両親は……」

「失踪中でしたよね、確か」

緑子は、捜査本部で義久から手渡された書類をゆっくりとショルダーバッグから取り出して中嶋の膝《ひざ》の上に置いた。

「山崎留菜さん……本名、伊藤美津絵さんの戸籍謄本です。お父様のお名前は伊藤孝さん、お母さまが伊藤美津子さん。美津絵さんがこのご夫妻のお子さんであることは確かに間違いないようです。ですが、この伊藤家について捜査本部で調べたところ、奇妙なことが判明しました。伊藤さんご夫妻は、平成二年の暮れに失踪しているんです。当時伊藤孝さんには、株式投資の失敗で億を超える借金があったことがわかっています。自己破産すると借金の保証人になってくれている人達に迷惑がかかると、随分悩んでいたそうです。平成二年暮れ、ご夫妻はひとり娘の美津絵さんを連れていなくなりました。ところが、その二年後、娘さんは芸能界にデビューされた」

「留菜の両親は、留菜だけを親戚の男に預けていたんだ」

「そのようですね。確かに、伊藤孝さんのご親戚の男性が、留菜さんの身元保証人になっています。ですが、留菜さんがそうした気の毒な経験をしていたことは、芸能界にはまったく知れ渡っていませんね。留菜さんのご両親として雑誌などでインタビューを受けている方々は、留菜さんとは赤の他人の、掛川エージェンシーが雇ったダミーだそうじゃないですか」

中嶋は、ゆっくりと腕組みした。

「別に法律に違反しているわけではないでしょう？　留菜の不幸な過去を売り物にするという手もないわけではなかったが、僕はそんな売り方はしたくなかったんだ。留菜にはあくまで、普通の幸せな家庭で育った、普通の女の子を通させてやりたかった。だからダミーを雇った。それが詐欺罪だとでも言いたいんですか」

「我々は、芸能人が過去を多少詐称していたとしても、そんなことは問題にはしません。政治家でしたら問題ですけれどね。けれど……他人の戸籍を買い取って使用するのは、これは話が違います。戸籍法に違反する立派な犯罪なんですよ」

「証拠は？」

中嶋は腕組みしたままだった。

「今はまだ、ありません」

緑子は微笑んだ。

「けれど、丹念に調べていけばきっとみつかると思います。あなたが、いえ、あなたの事務所の社長さんが、親友だった春日組の元幹部、韮崎《にらさき》誠一に頼んで、戸籍屋と呼ばれる闇の戸籍売買人から、多分……一家心中してしまった伊藤家の気の毒なお嬢さん、伊藤美津絵さんの戸籍を買い取ったこと。さらに伊藤美津絵の親戚の男に金を摑《つか》ませて、山崎留菜さんが伊藤美津絵であると装わせたこと。中嶋さん、確かに伊藤美津絵さんは失踪当時僅《わず》かに十二歳でした。けれど十二年間でも彼女がこの世に生きていた歴史というのは、簡単に消せるものではありません。小学校時代の同級生に、山崎留菜さんが実は伊藤美津絵さんだよと教えた場合、いったい何人が納得してくれるでしょうね？　僅かの間にまるっきり別人のように顔が変わってしまっていることに、みんな驚くのではないかしら」


「留菜は……整形手術を受けているんです」

中嶋は困ったような笑みを浮かべて言った。

「最近のアイドルタレントでは当たり前のことなんですよ。だから昔の同級生に顔がわからなくても不思議ではない」

緑子は、ゆっくりと頷いた。

「そうですね……山崎留菜さんが整形手術を受けられたというのはこちらでも確認いたしました。留菜さんの写真を、美容整形の専門家に見せたんです。すると、瞼《まぶた》と鼻、顎《あご》、額、それと歯に美容整形特有の特徴があらわれているという見解が得られました。確かに、今の芸能人ではまったく珍しいことではないとか。意外なことに、いちばん印象を変えることが出来るのは顎と歯なんだそうですね」

「留菜は歯並びがあまりよくなかったんです。顎が小さくて歯が未発達だった。整形外科で顎の形を整え、笑った時に見える総ての歯を一度削って外側にセラミックを被《かぶ》せるという特殊な美歯術を歯科医でやって貰いました」

「それと、一重瞼を二重にした」


中嶋は答えずに、スタジオに視線を落としていた。


「中嶋さん」

緑子は、もう自分の方は見ていない中嶋に向かって囁いた。

「平成三年四月十日。横浜でZERDAの集会に参加していたあなたは、怪我をして歩いていた鹿島莢加さんと出会った。そして……どうしてなのかわかりませんが、莢加さんを病院には連れて行かず、こっそりと保護した」

「……鹿島莢加って誰なんです？」

中嶋の声は静かだった。

「申し訳ないが、僕は知らないな」


緑子は、下腹から絞り出すように、重く言った。

「連続警察官殺害死体遺棄損壊事件の、重要参考人です」

中嶋の背中が、微《かす》かにひくりとしたように思えた。だが、目の錯覚だったのかも知れない。

「あれの犯人は、泉ちゃんなんだと思ってましたよ」

「大川泉さんも同様に重要参考人です。二人がどのように事件に関わっているのかは、二人の身柄を確保してみないとわかりません。大川泉さんはどこかに隠れてしまいました。でも鹿島茭加さんは……」

「留菜の番だ！」

中嶋は立ち上がって、ガラスに顔を押しつけた。

「頑張れよ、留菜……落ちつけ、落ちつくんだ。大丈夫だぞ……留菜、大丈夫だ。僕がここにいる……ここにいる」

「鹿島茭加さんは今、どこにいるんでしょうか。中嶋さん、あなたはご存じですね？」

中嶋は答えなかった。

3

「中嶋は否定を通してる。鹿島茭加という人物のことはまるで知らないとさ」

義久は、緑子が買って来た菓子パンをかじりながら言った。緑子は、坂上の分を袋から取り出した。

「中嶋が鹿島茭加と出会ったことを証明する手だてはありません。中嶋が認めるまで、粘り強くやってみるしかないですね」

「しかし、戸籍法違反容疑だけで長いこと拘置しておくのは難しいぞ。掛川潤一にも至急の帰国を要請したが、いずれにしても韮崎がもうこの世にいない以上、戸籍屋の存在を証明することは出来ないだろうからな。念のため、伊藤美津絵について血液型や身体的特徴などを小学校の記録から探らせたが、血液型はAで山崎留菜と一致するし、身体的特徴にも特筆するようなことはない。戸籍屋というのは顧客の要望と合致するような戸籍をちゃんと用意するものらしいから、親戚関係にあたっても、山崎留菜が伊藤美津絵ではないと証明出来るような事実は見つからないんじゃないかな」

「要は、山崎留菜自身が認めるかどうかですね。自分は伊藤美津絵ではないと。バンちゃん、食べなくちゃだめよ」

坂上は、緑子に言われて菓子パンに手を伸ばした。

「山崎留菜に関しては、これまで護衛についていた捜査員を念のためもう二人増やした。逃亡される恐れはまずないだろう。しかし、今の段階で山崎留菜を拘置することは無理だな。山崎留菜が拘置されればマスコミが大騒ぎする。隠れている大川泉……桜田鏡子の居場所がわからない今、マスコミが騒いだら鏡子の身が危険だ。しかしな、村上、もう既に遅いのかも知れないな。諏訪《すわ》は鏡子がとんでもない犯罪と関わっていると知っていると思う。元々麻雀《マージャン》で手に入れた程度の女だ、自分の身の危険を冒してまで庇《かば》うとは思えない。さっさと警察に突き出してせいせいするか、いっそ殺してしまって知らない顔を通すか……今まで諏訪が何も言って来ないところをみれば、後者の可能性は高いと思う」

「……本当に、鏡子を囲っていたのは諏訪なんでしょうか」

パンの端を口に入れたままで緑子は呟いた。

「どういう意味だ？」

「いえ……ただちょっと。諏訪という男についてわたしはあまり知りませんが、あれだけ大きな組の組長ですから、プライドは高いでしょうね？」

「そりゃそうだろう。大体がヤクザというのは、変にプライドが高い連中だから」

「そんな男が、自分が金で買い取って来た女にアルバイトなんかさせるものなのかしら。ちょっと耳にしたことがあるんですが、暴力団でも大幹部クラスになると、自分の女に店を持たせるのも嫌う連中は多いとか。女で稼ぐ、というのは、ランクが下の人間のすることだという感覚なんでしょうね。だとしたら、ましてアルバイトさせるなんてこと……」

「鏡子が望んだことだろう？　もし総てが村上の想像通りなんだとしたら、鏡子が、山崎留菜と関係する事務所で働くというのは偶然ではなかったはずだ」

「たとえ鏡子が望んだとしても、それを諏訪が許したというのが不思議なんです。それと京都で山東会にいた男から聞いた話では、鏡子を迎えに来たのは何とか興業という会社の社員だったと。諏訪の直接の関連で、興業、とつく法人組織はないと、さっき捜四の人から教えて貰いました。春日組の関係で、ナニナニ興業、といってまず思い浮かべるのは、イースト興業です」

「諏訪の女の出迎えをイースト興業の社員がしたとしても不思議はないさ。諏訪が山内に頼んだんだろう」

「そうですね……広島で松山と麻雀をしたという春日組の大幹部というのはまず、山内に間違

よりも、山内が大勝ちしたおかげで鏡子は諏訪のものになった」
「だから山内は、鏡子が買われて来ることになったいきさつをよく知っていたわけだ。という
いないでしょうし……」

「何だかまだ……見えていそうで見えませんね」

緑子はパンを缶コーヒーで流し込んだ。

「決定打がない」

「決定打とは言えないかもわからないが、明日の会議ではまた面白い報告が出るぞ。例の白いワゴン車だが、掛川エージェンシーの車で三田村が運転を任されていたトヨタのハイエース、あれの写真を目撃者全員に見せたところ、間違いないと証言した者が八人中五人出たそうだ。今日中に掛川潤一に対して、ハイエースの提出を求め、押収する。徹底的に調べれば、被害者の痕跡《こんせき》が見つかるかも知れない。それから三田村のアリバイだが、五件いずれも、犯行時刻の三田村のアリバイを証明する者が掛川エージェンシーにはいない。最終的には本人の供述を待たないとならないが、容疑は濃厚と見ていいだろう。宮島に対してした仕打ちを見ても、三田村に異様なサディズム的傾向があったことが窺《うかが》える。被害者に対して行った冒瀆的《ぼうとくてき》な破壊行為もそれである程度、説明がつくかも知れない」

「実際の行為を誰が行ったのかはともかくとして」

緑子は頭を振った。

「あの……遺体損壊にはシンボリックな意味付けがあったはずです。鹿島庄一の自殺と明らか

に連動しています」

義久は、苦しげに眉《まゆ》を寄せた。

「そうなんだろうな。しかし、三田村が手伝ったことは間違いないと思うよ。それからこれは掛川エージェンシーからの回答だが、三田村を臨時雇いとして採用した責任者は、中嶋だ。あ、それからもうひとつ。三田村のアパートで裏ビデオやCD-ROMの制作を手伝っていた男が見つかった。町田っていう大学生だ」

「大学生！」

「ああ。近頃の若い奴ってのはほんと、ドライというか善悪の判断がまともに出来ないというか……こいつはパソコンとかにやたら詳しい奴でな、自分でCD-ROMなんか作るのを趣味にしていたようなんだが、競馬場で三田村と知り合って誘われ、裏モノの制作に関わるようになったらしい。こいつは他にもインターネットで未修整のエロ画像なんか売ってかなり荒っぽく儲《もう》けていたんだとさ」

「高須！」

聞き慣れない声がして、緑子は振り返った。

背の高い、痩身《そうしん》の男が大股《おおまた》で入って来た。緑子も顔はよく知っていた……捜査四課の警部・及川だった。

及川は捜査四課のベテランで、東京の暴力団員で及川の顔を知らないのはよほどの新米だけだと言われているらしい。いつもビシッとしたスーツを着こなし、隙《すき》のない服装で、髪型まできっちりと決めている。剣道の達人で、日本選手権五連覇、世界選手権銅メダルという輝かしい実績を持っている。剣道に関しては今では第一線からは退いているが、それでも警視庁一の使い手だと誰もが認めていた。

「諏訪の女のリスト」

及川は高須の前に紙を一枚放った。

「及川さん自ら……どうもすみません」

「なんか、諏訪を引っ張れそうなネタでもあるのか」

「諏訪を直接というわけではないんですが……これで全部ですか？」

「なんだ、漏れてるとでも言うのか？　それが最新版だぞ。諏訪は糖尿で女は抱けないくせに、見栄張ってしょっちゅう、女を取り替えてる。情報を摑むのが結構大変なんだ」

「四人か」

「あれだけの組の組長だ、多すぎるという数でもないな。しかし気の毒に、その女達は大奥で上様に死なれたお中﨟《ちゅうろう》みたいなもんだ、なにせ使いモノにならないんだからな、諏訪は」

「諏訪が糖尿……」

緑子は、リストに目を通した。

「その話は、有名なんでしょうか」

「俺達が知ってるくらいだからな。だが自分で吹聴してるってことはないだろう」

「山東会の松山も諏訪が糖尿だということは知っていたと思われますか？」

「松山？」

及川の眼光が鋭く緑子を射た。

「おい、なんだって松山の名前なんかおまえらから出るんだ。高須、何か摑《つか》んでるんなら出せよ」

「山東会に直接関係する話じゃないんですよ。ただ、夏に春日《かすが》組の幹部連中が松山詣《もうで》したって話、聞いてますか」

「ああ。春日組は山東会と不可侵条約を結んだんだ」

「不可侵条約？」

「うん。山東会は昇竜会を吸収して東京に進出する予定でいたんだが、春日が待ったをかけた。昇竜会と結ぶのは勝手だが、春日のシマは絶対に荒らさないという条件を突きつけたんだな。さもないと、全面戦争も辞さないと」

「全面戦争！」

「ああ。こっちの得た情報によれば、そのくらい強い出方をしたらしい。勿論《もちろん》、あのへっぴり腰の諏訪にそんな度胸はない。筋書きを作ったのは山内と武藤だ」

「山内と武藤って……あの二人は犬猿の仲なんじゃ……」

「元々武闘派でならした武藤は、諏訪の弱腰なやり方が気に入らなかった。山内と反発し合っていたのも、山内が経済ヤクザで金のことしか頭にない男だったからだ。だがその山内が、戦争する覚悟で山東会と取引するというんで、単細胞の武藤は感動して山内の援護射撃に回った。山内の作戦勝ちだ。山東会としては春日の経済力が恐い。戦争が得意ではないとしても、金さえあれば性能のいいチャカを山ほど調達出来るからな。だが山東会が春日組を甘くみていたのは、春日ファミリーで唯一の戦争のプロ、武藤組が本家の若頭《わかがしら》である山内とうまく行っていないという情報を得ていたからに違いない。それが今度はがっちり手を握っていると知って、さすがの松山もビビったわけだ。結果として、春日組は何もしないでいながら、神崎と昇竜会の仲を裂き、神崎の弱体化を実現出来たことになる」

「神崎組がどういう関係があるんです？」

「簡単な話だ。山東会がいくら昇竜会を吸収して東京に出て来ても、そのままなら昇竜会のわずかばかりのシマしか手に入らない。だが春日と不可侵条約を結んだ以上、春日のシマは狙《ねら》えない。結果として、山東会は神崎組の利権を狙うことになる。山内ってのはまったく狡賢《ずるがしこ》い男だ。六月の末に広島に行った時も、松山は山内が気に入って、養子にならないかとまで言ったらしい。あの広島のドンが参っちまうってんだから、山内は本物なのかも知れんな」

「……本物」

「うん。あいつが先代の春日組組長に気に入られたという話はどこまで本当なんだか、俺は高安が仕組んだ芝居の可能性もあると思っていたんだ。だがどうやら、あのボウヤは本物の大悪党らしい」

「じゃ」

緑子は、頭の中に生まれたある仮説が壊れないようそっと転がしながら言った。

「六月に松山が春日の幹部を接待したという話ですけど」

「うん？」

「糖尿の諏訪に女をあてがうということは考えられます？」

「それはないことじゃないだろう。糖尿だって言っても勃《た》たないってだけで男は男だ、スケベ心はある。諏訪の好みそうな、小股《こまた》の切れ上がった半年増《はんどしま》であぶらののったようなのを用意するくらいの気は、松山だって利かせたろうさ」

「小股の切れ上がった……半年増」

「ああ」

及川はヘヘッと笑った。

「そのリストにある女はどれもそんな感じだ。なかなかいい好みしてるぜ、諏訪は」

「二十歳《はたち》そこそこくらいの女の子にはあまり興味は持たなかったと思います？」

「さあな、俺は諏訪と個人的に親しいわけじゃないからな。だがそれまで諏訪に囲われていた女で、そんな若いのはいなかったと思うが」

「山内は？」

緑子は頭の中の仮説が逃げないよう必死で言った。

「山内？」及川は一瞬おいて、笑った。「あの野郎はもっとお手軽だぞ。自分のボディガードにしてる連中と片っ端からヤってるって話だからな。あいつはわざわざ女を囲うなんて真似はしないだろう。野郎のひとりくらいはどっかに隠してるかもわからんが」

「……別荘は持ってますか？」

「山内がか？　持ってるよ。いくつかある。それがどうした？」

「係長」

緑子は義久を見た。

「あたし……勘違いしていたのかも知れません」

「勘違い？」

「ええ……思い違いを。そうだわ……それだと辻褄《つじつま》が合う……」

緑子は、黙ったままおとなしくパンを食べていた坂上を見た。

「バンちゃん」

緑子は坂上の腕を掴んだ。

「一緒に来て……早く！」


「村上、どうした？」

「鏡子がどこにいるか、わかったように思うんです」

「桜田鏡子が？」

「ええ。ともかく、イースト興業に行きます！」

*

「まさか直接乗り込むわけじゃないですよね」

坂上が心配そうに緑子の腕を掴んだ。

「及川さんに来て貰えば良かったのに」

「何も怖がることはないわよ」

「怖がってなんかいませんよ」

「ほんと？」

「ほんとです」

「じゃ、バンちゃん先に入って」

緑子に背中を押されて坂上はものすごい形相になりながらクリーム色の建物に近づいた。だがすぐに、停まっていた新宿署の公用車から背広姿の刑事が降りて来て近寄った。

「ちょっと君達」

緑子と坂上は立ち止まった。

「さっきから何をしてるのかな、こんなところで。このビルに何か用事でも？」

緑子はそっと、手帳をひっぱり出した。

「辰巳《たつみ》署捜査一課村上です。隣は新宿署捜査一課坂上。現在は連続警察官死体遺棄損壊事件の捜査本部におります」

「これはどうも。我々は新宿署捜査四課の者です。わたしは梶山《かじやま》といいます。が……坂上さん、そう言えばあんたの顔は見たことがあるな」

「松浦さんはお元気ですか」

緑子はにっこりして見せた。

「係長をご存じですか」

「ええ。わたしも新宿におりましたから」

「そうでしたか」

男はようやくリラックスした顔になった。

「しかし今日はまた、なぜここに?」

「山内練《れん》に聴取したいことが出来まして」

「山内なら、今は組事務所の方ですよ。何でしたら我々の方から、奴《やつ》に署へ出向くよう言いますが」

「あの、梶山さん、イースト興業には女性事務員というのは何名くらいいるんでしょうか」

「女性事務員ですか。アルバイトはわからないが、正式の事務員は五、六名じゃないかな」

「新井という名前の、髪を赤く染めた事務員はご存じですか」

「知ってます。山内の秘書のひとりでしょう。あの女の亭主は春日組の組員です」

「今、社内にいるでしょうか」

「さあ……我々は午前九時からここにいますが、新井の姿は見てませんから、出社しているとしたら中にいるはずですが」

「呼び出せませんか。彼女に話を聴きたいんです。出来れば、どこか社外で、イースト興業の人間に見られないところで」

梶山は頷いて、建物の中に入って行った。

緑子と坂上は新宿署の刑事に勧められて車の中に座って待った。

やがて、梶山が出て来た。

「二丁目の中通りにBONという喫茶店があります。そこで待っていて下さい。新井は五分ほど後から行くと思います」

「先輩、どうしてイースト興業の事務員なんか知ってるんです?」

中通りへと歩きながら坂上が訊いた。緑子は肩を竦《すく》めた。

「ちょっと、ね。それにしてもさすがにマル暴って、情報を持ってるわね。山内の秘書ともツーツーか」

「よく使ってますね、そんな秘書」

「わかっていて使ってるのよ。本当に大切な情報はそんな秘書なんかに漏らしたりしないんだわ。四課と暴力団の関係って、キツネとタヌキの化かし合いみたいな部分ってあるわね……あたし達の仕事と、ほんと、違うなぁ」

「そうですかね」

「そうよ。一課の強行犯って凶悪犯罪専門だけど、同じ凶悪でも暴力団の場合、相手の顔が見えているでしょ。四課は団員の家族の情報まで持っていて、何か起こるとまさに情報戦になる。でもあたし達の場合……犯人の顔は見えない。犯人についての情報もない。それを知ることから戦いは始まる。というより……それを知ることが総《すべ》てなのかも知れない」

「犯人について知ることが総て」

「うん。犯人はいったい、何を考えていたんだろう……どんな人生を送って来たんだろう……それを知ること」

BONは明るくて小綺麗《こぎれい》な喫茶店だった。夜になると独特の雰囲気を持つ異色の繁華街・新宿二丁目も、昼間はビジネスマン達がランチを食べる店や、喫茶店などしか開いていない、どことなくのんびりとした風情の街だった。

ランチの時間は過ぎていたが、坂上は菓子パンだけでは腹がもたないと思ったのか、カレーを注文した。食欲が出て来たのはいい傾向だ、と緑子はホッとした。

坂上がカレーをあらかた食べ終わった時、新井が店に入って来た。緑子の顔を見つけて大袈《おおげ》裟《さ》に嫌そうに顔をしかめた。

「あんただったの」

新井は緑子の正面に座った。

「冗談じゃないよ、仕事中なんだよ。梶山さんが話があるっていうから来たのに」

「梶山さんとは親しいのね」

「親しかねえよ」

新井はわざとらしくぞんざいな言葉を使った。

「あのダンナにパクられたんだよ、うちの亭主。二年もくらって先月やっと出たばっかだよ。生まれたばかりのガキがいたのにさ。ったく、血も涙もありゃしない」

「お子さんがいるの」

緑子は、メニューを開いて新井の前に出した。

「何でもどうぞ。あたしにもいるのよ、男の子。三歳になるの。保育園に預けてる」

「ふぅん。亭主もおまわり？」

「まあね。だけど大変だったわね、赤ちゃん抱えて、旦那《だんな》様がいないんじゃ」

「社長が雇ってくんなかったら、ソープにでも行ってなきゃなんなかったよ。組の為に入ったんなら面倒みて貰えるけど、喧嘩《けんか》だからさぁ……あのさ、これ頼んでもいい？」

新井はプリンパフェを指さした。

「どうぞ」緑子は頷いた。「あたしも食べよう。プリン大好きなのよ」

「こういう金ってさ、出るわけ？　捜査費用で」

「場合によりけりね。でもこれはあたしの奢《おご》り。先日のお詫《わ》びよ」

「そうだ！」

新井は口のまわりに生クリームをつけたまま緑子を睨《にら》んだ。

「そうだよ、あんた。あたし社長にすっごく怒られたんだからね、後で。社長が怒ると恐《こわ》いんだから」

「何か、ひどい目に遭わされたの？」

「遭わされなかったけど、今度おまわりに脅かされたくらいでドジ踏んだら、スカーレットに勤めさせるぞって言われたんだよ」

「……スカーレット？」

「うちの経営してるSMクラブだよ。そこで客のションベン飲ませてやるって。社長はほんとにやるんだから、そういうの。前にさ、バイトの女の子が経理から金盗んだことがあるんだ、そしたらその子、スカトロの裏ビデオに出させられたんだって。顔にゲロとかかけられてウンコ食べさせられたって……」

坂上がゴホゴホッと咳《せき》をした。新井はようやく、そこが昼間の喫茶店で、目の前にはプリンパフェがあるのだという状況を思い出したのか、口を噤《つぐ》んだ。

「とにかく、悪いのはあたしだわ。山内には、あなたを責めないでって言っておく」

「あんた、社長と仲いいの？……ねぇ、サクランボ食べないならちょうだい」

「仲は悪い」緑子は、サクランボを新井のプリンの上に移してやった。「でもあの男はあたしのこと、ハニーって呼ぶわよ」

新井は笑った。

「あたしも社長の顔はちょっと、好き。女っぽいけどぉ」

「寝たことあるの？」

「誰と？　社長とぉ？　まさかぁ」

新井はゲラゲラ笑い転げた。

「あのひと、ゲイじゃん」

「でも女の子囲ってるでしょ」

緑子は新井の反応を注意深く観察した。

「すごく綺麗な子。広島から来たの」

「ああ」

新井はまったく警戒していなかった。

「ルナかぁ」


坂上と緑子は、息を止めた。

「……ルナ？　そういう名前なの？」

「うん。自分で自分のことそう呼ぶよ、あの子。無口でボーッとした子。面倒みてやれって言われてさ、東京に来てから世話したんだけど、なんかあの子、おかしいの。性格がコロッと変わるんだよね」

「性格が……変わる？」

「そう。普段はさ、無口でおとなしくて、暗い感じなの。でもたまーに、妙に機嫌がいいことがあって、そんな時は自分のことルナって呼ぶのよ。ルナ、今ねぇ、彼にクッキー焼いてるのぉ、なーんて言っちゃって。だけどここんとこバイトに出てるとかで、あたしも世話に行ってないけどね。でもさ、社長、あの子抱いてないと思うよ」

「どうしてわかるの？」

新井はプリンの塊をコクッと呑《の》み込んでから、舌でペロッと口のまわりを舐《な》めた。

「ゲイがどんな風にナニするのか、面白そうだったからさ、訊いてみたの。社長ってエッチ、うまい？　って。そしたらあの子、すっごく怒ったのよ。枕《まくら》とかあたしに投げつけて。わんわん泣いて。で、あ、こりゃして貰ってないんだなってわかったってわけ」

「それなのにどうして、その子の面倒みてるのかしら、山内」

「さあ」新井は首を傾《かし》げた。「知らなーい」

「あのね」

緑子は、努めてさりげなく言った。

「その子、どこに住んでるの？」

「なによ、あんた」

新井は急に警戒した目つきになった。

「知ってるってさっき、言ったじゃないの」

「その子のことは知ってるわ。でも」

「それをあたしから聞き出そうとしたわけ？　やだっ！」

新井は立ち上がった。

「冗談やめてよ！　そんなことあたしがベラベラ喋《しゃべ》ったなんてわかったら、あたし、ほんとにスカーレットで働かされるよ！　だからサツってイヤなんだよ、嘘吐《うそつ》き！」

新井は椅子《いす》を蹴飛《けと》ばして店から駆け出して行った。

「おい、ちょっと待て！」

坂上が追いかけようとしたが、緑子は坂上の上着の裾《すそ》を摑《つか》んだ。

「いいわ、バンちゃん、いい。これ以上あの子に構うと、ほんとにあの子がひどい目に遭わされるかも知れない」

「だけど、桜田鏡子の居場所が……」

「山内が鏡子をどこに囲っていたにしても、もうそこにはいないわよ、鏡子は。でもここまで来たら、後は正攻法で行くしかないわ。山内をジュク署に呼んで貰いましょう」

「……鏡子がこっそり消されてしまうってことは……」

「信じるしかないわ」

緑子は、鏡子の涼やかな瞳と、恋をしている桜色に染まった頰《ほお》を思い出した。

「鏡子が愛した男が……ただの冷血漢ではないことを」

4

「大阪の井沢クリニックから回答があったみたいですね」

坂上がFAX用紙を緑子に手渡した。

「例の岩本洋二が長浜を去ってから勤めていた整形外科です。先輩の予想通り、平成三年の五月半ばに、岩本の執刀で、十代の女の子の整形手術が行われています。瞼《まぶた》、鼻、顎《あご》、額です」

「鹿島莢加《さやか》に間違いないわね」

「ええ。この時のカルテでは、患者名は高橋真紀子となっているみたいですが、偽名でしょう。保険診療ではなかったので、偽名でも問題は起こらなかったわけですが」

「中嶋隆信は、莢加を岩本のところに連れて行き、手術を受けさせ、新しい戸籍を与えて別人に生まれ変わらせた……」

「岩本のことを知ったのは、莢加が鏡子と連絡を取り合っていたからでしょうね」

「それ以外には考えられないわ。鏡子と莢加とは、幼い時に短い間一緒に過ごした時に芽生えさせた友情を、その後もずっと保ち続けていた」

「中嶋はなんだって、こんな手の込んだことを」

緑子は頭を振った。

「わからない……中嶋が総てを話してくれるのを待つしかないわね」

「中嶋は話しますかね」

「山崎留菜《るな》を守る為なら、舌を噛《か》み切ってでも喋らないと思うわ。山崎留菜は、中嶋の創り出した精緻《せいち》なガラス細工なのよ」


「しかし、あの最初の手紙の意味はこれで摑めましたね。ルナ、と名乗っていたのは桜田鏡子。そして、また一緒に暮らしたい、というのは、施設にいた短い間のことについて書いたものだった」

「だけどどうして鏡子は、あんな形でそれを山崎留菜……鹿島茨加に伝えようとしたんだろう？　鏡子と茨加とがずっと連絡を取り合っていたのなら、わざわざあんな手紙を送る必要はなかったはずよ」

「広島にいる間は連絡が途絶えていたとか」

「それは考えられるけど……でも……それに、グラシア。あの蝶《ちょう》のことはいったいどういう意味なのか」


「山内が来ましたよ」

梶山が緑子と坂上に声をかけた。

「取調室にしますか」

「お手数かけます。出来れば、事情聴取用の部屋をお貸しいただければ。令状がありませんので」

「高安はついて来てないから大丈夫ですよ、何やったって人権侵害だなんてほざかせませんから」梶山は笑った。「地裁で裁判があるんでそっちに行ってるはずです、今頃。先月俺達が挙げたルーレット賭博《とばく》の裁判でね」

梶山が用意してくれたのは小さな会議室のような部屋だった。梶山と、もうひとり四課の刑事が両側から挟むようにして山内の横に座っている。あいだにテーブルがあるので、緑子は内心、ホッとした。

「なんだ」

山内は片眉《かたまゆ》を少しあげた。

「村上警部補さんがお呼びだったんですか。それならそう言ってくれれば、着替えて来たのに」

「そのままで充分、お似合いよ。そのシャツも、あたしのお給料より高いの？」

「多分ね。ところで何なんですか、いったい。わたしも予定があるんですがね」

「お手間は取らせません。教えていただきたいことがあります」

「ほう？」

「あなたが生活の面倒をみていらした女性についてです。本名を、川越鏡子さんといいます。平成三年頃には京都で大川泉という名前で働いていたこともあります。そして同じ大川泉名で、つい先日まで、六本木のオフィス中嶋という事務所に勤めていたこともわかっています。ですが、突然失踪《しっそう》してしまい、行方がわかっていません。あなたが彼女の居場所について知っているのではないかと思ってここに来ていただきました。あなたは今年の六月に広島に行かれた時に鏡子さんと知り合った。そして、それまで鏡子さんの面倒をみていた山東会の松山氏から鏡子さんを譲り受け、東京に連れて来た。住まいを与え、世話係もつけて面倒をみていた。そのことに間違いはありませんね？」

山内は答えなかったが、軽く頷《うなず》いた。

山内があっさりと鏡子のことを認めたことに、緑子は驚いた。

「そうですか。それで、鏡子さんは今、どちらにいらっしゃるんですか」

「その質問に答える前に訊いておきたい」

山内は、組んでいた脚を組み替え、背筋をちょっと伸ばした。

「どうして警察が、彼女を探しているんだ？」

山内は緑子の方に身を乗り出した。

「あの子が連続デカ殺しの犯人だってのは、ほんとのことなのか？」

「そんな話、流れてるの」

「掛川さんから電話貰ったんだ。警察が泉の居場所を必死で探してるってな」

「犯人なのかどうかはまだ、はっきりしていません」

「女の仕事じゃないだろう」

「麻酔剤を使用していますから、女でも可能です。複数犯だった可能性もあります。山内さん、彼女がどこにいるのか話して下さい。お願いします」

「知らない」

山内は頭を振った。

「知らないってことはないだろう！」

坂上が立ち上がりかけたが、緑子が制した。

「彼女には身寄りがないのよ。東京には友達だっていないはず。あなたの庇護《ひご》を離れたら彼女は生きて行けないわ。それに、彼女があなたのそばを離れるはずはない。彼女は……鏡子さんは、あなたのことが好きなんだもの。そうなんでしょう？」

坂上が目を丸くして緑子を見た。

緑子は坂上に向かって、頷いた。

「我々は、鏡子さんが諏訪《すわ》組長の愛人として東京に連れて来られたと思っていました。そして組長の目を盗んで春日組の組員と恋仲になったと。だから今はその組員と逃亡していると考えました。でも、春日組の組員で、先日から急に姿を消したという人物が見つからなかった。諏訪組長の愛人のリストにも鏡子さんのことは載っていなかった。その代わり、宮島巡査部長を襲った三田村という男が広島出身であったことから、三田村が鏡子さんの愛人だった可能性が高いと判断しました。でもそれは見当違いでした」

緑子は、椅子を少し動かして山内に近づいた。

「鏡子さんはあたしに言ったことがあるの。彼は天才よ、彼に出来ないことは何もない……でも三田村という男は、およそそうした評価の似合うタイプではなかった。暴力で女性を徹底的に痛めつけることに性的興奮を感じ、またそれを撮影して商売にしているような男よ。しかも、その遣《や》り口は粗雑で、あまり賢い人間の仕業とは思えない。CD-ROMの制作なども町田という学生に任せていたようで、三田村にはそうした知識はなかったと思う。でもね、鏡子さんはあたしに、パソコンを教えてくれたのは彼、だとも言っていたの。彼女が愛していた相手は、そうした知識が豊富な男だったはず」

　山内は何も言わずに、じっと緑子を見ていた。

「あなたは広島で彼女と出逢《であ》った。彼女に飽きていた松山が、あなたへの接待として彼女を夜《よ》伽《とぎ》に出したのね。でもあなたは……彼女に、欲求は感じなかった。その代わり彼女の中に、自分を見たのよ」


「自分を、見た？」


「そうよ」

緑子は、瞬《まばた》きもせずに山内を見ていた。

「あなたと彼女とは、ある意味で……同じだった」

「俺と、ルナが同じ」

緑子は頷いた。

「あなたも彼女も、自分の力ではどうにもならない理不尽な出来事で、人生をねじ曲げられてしまった。あがいてもあがいても、そこから這《は》いあがることが出来ない。ただ運命に弄《もてあそ》ばれ、本当は自分が行き着きたいと思っている岸辺からどんどん遠くへと流されて行く……」

「おまえ」

山内は一度、瞬きした。

「龍に何を聞いた？」

「彼は、あたしには話せないと言ったの」

緑子は、溢《あふ》れて来た涙をそのまま頬に伝わせた。

「あたしは彼の側にはいないのよ。手伝いたくても、手伝うことが出来ないの」

「ルナはどこかに消えた」

山内は立ち上がった。

「本当のことだ。数日前に、あの子を住まわせていた部屋に行ってみたがいなかった。どこに行ったのかは知らない」

「心当たりは？」

山内は小さく首を横に振った。

「疑うなら、俺の持ってる家はどこでも好きに捜索してくれ。ルナがいたマンションの住所も教える」

山内は、胸のポケットから手帳を出すと一枚破り、そこに何か書き付けた。

「もし、もしあなたに連絡が行ったら、教えてくれる?」

「気が向いたらな」

「あの子、どこにも行くところがないんでしょう? このままにしておいたらきっと……」

「ルナを見つけ出すのはおまえ達の仕事だ。俺はあの子の人生には干渉しない。あの子が松山のところにいたくないと言ったから東京に連れて来た。それだけだ……じゃ、わたしは予定がありますので、これで失礼しますよ、刑事さん」

山内は出て行った。


テーブルの上に、一枚の紙切れが残っていた。

都内のマンションらしい住所とそして……これは何だろう?

http://……

グラシア

1

「いい部屋ですね」

坂上は広々としたリビングと、整然と並べられた淡い色をした調度に見ほれていた。

「センスいいよなぁ、ソファとか」

「やっぱり、血の繋《つな》がりってあるんだなって思うわ」

緑子は、ソファにかけられた僅《わず》かに銀色の混じったごく淡いピンク色のカバーを掌で撫《な》でた。

「何のことです？」

「うん……雛子《ひなこ》さんのこと思い出したのよ。香田雛子さん。彼女のお店って最高に素敵だった。女がね、欲しいなぁと思ってしまうような、そんな小物でいっぱいだったもの。この部屋もそうでしょう？　鏡子が居心地よく過ごせるように、あいつはこれを選んだのよ」

「あいつが選んだんですかね、ほんとに」

「きっとね。あたしあいつの住んでるとこに行ったことがあるの」

「うん。全然、こんな風じゃなかった。すごくクールなインテリアでね……だけど何ていうのかな、底のところが同じなのね。独特の感覚してる。雛子さんのセンスもそうでしょう？　とてもオリジナルなのよね。ほら、河原で弟が拾った石に蝶々《ちょうちょ》の絵を描いたって話、してたじゃない？　あれだって、考えたら七歳や八歳の女の子の感覚としては、随分変わってない？」

「……本当ですか！」

「そうですかね……それにしても」

坂上は書き物机の引き出しを開けた。

「どこに行っちゃったのかな、鏡子は」


緑子は、白い書き物机の上に置いてあるノートパソコンの液晶ディスプレイを開いた。

「さっきのあれ、見てみない？」

緑子は、山内が書き残したメモを取り出した。

「バンちゃん、どうやればいいか知ってる？」

「先輩は知らないんですか」

「持ってないもの、パソコンなんか」

「いいでしょうかね、持ち主に無断で使ったりして」

「構わねぇから、使え」

二人の後ろから、及川の声が聞こえた。

「畜生、こんなとこに女囲ってたのか、あの野郎」

「及川警部、四課でもご存じなかったんですか」

「盲点をつかれたんだよ」

　及川は笑った。

「あいつは野郎専門だと思ってたからな。女はいないと。気まぐれで若い女なんか囲うとはな、あいつも貫禄《かんろく》ついて来たってことか」

「気まぐれ……だったんでしょうか」

「なんだ、その鏡子とかいう女に本気だったとでも言うのか？」

「いいえ」

　緑子は、どう説明していいのかわからなかった。

「ただ……ここに鏡子を住まわせていたことが、山内の……良心の残り火だったような気がして」

　ソファの上の大きなクマのぬいぐるみが、悲しそうな顔をしているように緑子には思えた。

　鏡子は、このクマを連れて行きたかったんじゃないかな……

「先輩、インターネットに繋がりましたよ」

「あ」緑子はメモを坂上に手渡した。「これ、お願い」

　坂上は、キーを叩《たた》いた。

「うひゃ、重いな」

「重いって？」

「なかなか繋がらないってことですよ。アクセスが殺到していたり、サーバが小さかったりするとこうなるんです。これ、海外のサイトですね……サーバも小さそうだ。やっぱりこれ、アングラサイトでしょうかね……あ、出て来た」

画面が少しずつ現れた。

海外のサイトだというので英語が出て来るのかと思っていたが、そこに現れたのは漢字だった。


『体験告白　PART　4』


「わ、やばそうなタイトル」

「そうなの？」

「これって投稿サイトですよ。デジカメで撮った写真とか投稿するんです。えっと……なんだ、こりゃ。教師、芸能人、スポーツ選手、警察官！　職業別になってたら」

坂上は『教師』をクリックした。すると、小学校、中学校、高校、家庭教師、大学講師などの項目が出て来る。さらに『高校』をクリックすると、箇条書きのような文字がずらっと現れた。

「番号が振ってありますね。0001『放課後突然部室に呼ばれて……神奈川県・マコ』0002『追試の代わりに……東京都・エミ』……」

「これが投稿タイトルなのね」

「先輩、開けてみます？」

「開けてよ」

「知りませんよ……じゃ、これ」

画面に現れたのは、中年の男の顔だった。

「……なんだこりゃ」

「バンちゃん、何がっかりしてるのよ……あ、体験記か」

男の顔の横には、日記風の文章が並べられている。内容はポルノ小説顔負けのものだった。

「だけどこれ、この男。見て、名前から年齢、趣味、家族構成、学校名まで書かれてる。これ、本物なのかしら」

「……見せしめだな」

「見せしめ？」

「中学生のテレクラ強盗みたいなもんでしょう。立場を利用して女の子にスケベなことやった奴《やつ》をこうやって笑いモノにしてるんです。ほら、これが本当だとするとこいつ、相当ですよ。追試を受けたくなかったら胸を見せろって言ったらしい。こんな親父《おやじ》が教師じゃ親は安心してられませんね」

「……バンちゃん……表紙に戻して」

緑子は、トップページに戻ったところで、職業の並んだ中のひとつを指さした。

「これもおんなじだってこと?」

坂上はごくっと唾《つば》を呑《の》み込んだ。それからゆっくりと、『警察官』の項目をクリックした。

投稿タイトルが画面いっぱいに並ぶ。

「……どうします?」

「東京都の投稿を順番に開けて」

最初に現れた画面は、やはり中年の男の顔だった。

「ひでえな」

緑子の後ろから及川が呟《つぶや》いた。

「駐車違反で女脅してホテルに連れ込んでやがる」

「……どんどん開いて」

坂上がクリックを続けた。次々に男の顔が現れる。

「あっ」坂上が手を止めた。「こいつ、ジュク署の奴だ。万引きで捕まえた中学生を……」

「やっぱり、本物なのね、これ」

「恐ろしいシロモノにブチ当たったな。こんなものが表のマスコミに漏れたら……」

「及川警部、恐ろしいのはマスコミじゃなくて、こいつらだわ。こんな……恥知らずな……」

「あった!」

坂上が叫んだ。緑子は画面を見ながらからだが硬くなるのを感じた。

画面には、湯浅博史の、俳優のように整った顔が現れた。

「所属から趣味まで出てますね……ちょっと先輩、この、好きなタレントの項目見て下さい！」

「……柴野まり、山崎留菜《るな》」

緑子は頷《うなず》いた。

『……テレクラで知り合った時は刑事さんだなんて思わなかったけど、超かっこいいでしょ、ラッキー。だけど、あたしまだ十四歳だってこと言ってないの。どうしようかな、また会いたいな。だけどもしバレたら警察クビだよね、彼。だって未成年者と淫行《いんこう》だもーん。彼、独身寮にいるんだって。かっこいい独身の刑事と付き合いたいなら、ここをクリック！……』

「リンクが張ってありますね」

「リンクって、他のサイトに飛ぶのね」

「やってみますか」

坂上が、青字になっている『ここ』の部分をクリックした。画面が変わる。

『独身寮探検隊』

「……これが京都の島内さんが言ってたやつですね……警視庁寮の名前もある。川谷のいた寮がありますよ」

「開けてみて」

画面には、小さな顔写真がたくさん現れた。そのひとつをクリックすると写真が大きくなり、名前や年齢、所属、趣味などが表示される。

「川谷功一だ！」

坂上は写真のひとつを指さした。

「やっぱり好きなタレントの名前に山崎留菜が挙げられてる……変な項目がありますよ。『お味』だって。開けてみますか」

川谷功一の顔写真の下の『お味』と青字になった項目がクリックされると、大きな星印が四つ現れた。

「……ひでえ」

坂上が顔をしかめた。

「これ、テクニックの評価ですよ……あの時の」

緑子もほんの少し星印の下の文章を読んだだけで、それがどういう類《たぐい》の文章か理解した。

「こんなことまでネットで暴露されるなんて……最近の女って、残酷だ」

「男がこれまでして来たことを真似てるだけよ」

緑子は、ぽつりと言った。

「これをやってるのは多分、十代の女の子達。彼女達はただ、男達がしていることをそっくり真似てるだけだわ。そこらへんの本屋で普通に買える雑誌の中に、これとおんなじことがたくさん載ってるでしょ」

「でも投稿雑誌ってのは載せられる女だって承知してるんですよ！　自分から裸を載せたがる女だって多いんだし……」

「そんなこと、証明出来る？」

緑子は溜息《ためいき》を吐いた。

「歩道橋や電車の中でスカートの中を盗撮されたりトイレに隠しカメラ仕込まれたり、そうやって知らずに写されてしまった女性がみんな、自分のスカートの中身を雑誌に載せることに同意しているとでも言うの？　そんな……一部の女の子達が喜んでいるという事実だけを都合良く全部の女に当てはめて、好き勝手なことをする……ルール違反よ。そういうこと総て、男と女がこの社会で共存していく為のルールを破っていることになるのよ。子供達は大人のすることを見ている。そして真似る。彼女達は悪いことしてるなんて思ってない。誘いにのってスケベなことする男達をこうやって血祭りにあげることは、彼女達の倫理感覚では当然のことなのかも知れない」

「でも」

坂上は心なしか、涙ぐんでいるように見えた。

「湯浅だって川谷だって、相手の子のこと、好きだったかも知れないじゃないですか。男だからって……性欲だけで女を抱くわけじゃない。好きな女のそばにいて、その体温とか……息づかいとか感じているだけで幸せだったり、するんですよ！　それをこんな風に踏みにじられるなんて……俺、女が信じられなくなりそうだ」

「ともかく、連続殺人の被害者が全部このリンク関係で拾えるかどうか、捜査本部にURLを連絡して調べて貰いましょう」

緑子は頭を振って、パソコンの電源をオフにした。

「だけどこれで、なぜ蓼科《たてしな》が単独捜査なんて危険なことを始めたのか、理由がわかったわね。蓼科は多分、覚醒剤《かくせいざい》事件で知り合った中学生からこのサイトのことを聞いた。そしてこの、とんでもない内容に驚いていた。だけど、蓼科としてはどうしていいかわからなかったでしょうね。ここに書かれていることが全部事実だとしたらそれこそとんでもないけど、本当に事実なのかどうかは調べないとわからない。でも、調べるということ、つまりこうしたサイトの存在を当局に報告するということは、もしかしたら、ここに載せられている同僚達に破滅をもたらすことになる。蓼科は迷いながらも、そのままにしておくしかなかった」

「ところが、そのうちに湯浅が殺された」

「そう。しかも、蓼科が昔、叔父《おじ》さんから聞いていた鹿島父娘《おやこ》の悲劇を連想させる殺され方で。しかもその前に蓼科は、山崎留菜の写真集に、鹿島庄一の自殺と奇妙に重なる不思議な構図を見つけていた。蓼科は、殺された湯浅が、山崎留菜のファンだったということで、いくつかの事実が漠然と繋《つな》がることに気付いた。更に川谷功一が殺され、川谷もまた山崎留菜のファンであったことをこのアングラサイトで広められていたという事実から、事件の鍵《かぎ》が山崎留菜だと確信した。でも……このサイトのことは公《おおやけ》に出来ない。湯浅や川谷のしたことはさほど悪質ではなかったとしても、未成年者と関係を持ったことは醜聞には違いない。このことが世間に知られれば死者に鞭打《むち》つことになる。さらに、もっと悪質な醜聞の暴露が同時に世間に出ることになり、大変な騒ぎになってしまう」

「せめて証拠を摑むまでは、と考えたんでしょうね」

「ええ……空騒ぎして蓼科の狙《ねら》いがはずれだった時には、残す傷が大き過ぎるものね……でも、もうどうしようもない」

緑子は、黙ったまま煙草をふかしている及川の方を見た。

「しょうがねぇだろ」

及川は緑子の視線に気付いて頭を振った。

「身から出たサビだ。警官だって人間だからな、せこい奴もいればカスだって混じってる。だが制服と手帳があるせいで、それが世間からはよく見えないのさ。村上」

「はい」

「このURLは山内が教えてくれたってのは本当なのか」

「……はい」

「ふうん」

及川は煙草を消そうとしたが鏡子の部屋には灰皿がなかった。

及川は煙草を床に投げ捨て、フローリングの上で踏み潰《つぶ》した。

「おまえ、あの野郎と何か取引、したのか」

「取引ですか」

「そうだ。村上、こんなでっかいネタ、あいつがなんで俺達にタダでくれるんだ？　いいか、ここにあるネタは奴等にとって涎《よだれ》が出そうなものばかりだ。金だけでは抱き込めない警官を脅すには絶好の材料だろう？」

「わかりません……あの男が何を考えているのか」

「村上」

及川は緑子の前に立った。

「隠し事はするな」

「隠していません。本当に、取引なんてしていないんです」緑子は下を向いて付け加えた。「今度のことに関しては」

「そうか」

及川はまだ緑子を見たままで言った。

「まあいい。だがひとつだけ忠告しておく。おまえの亭主が今何をしようとしているか、おまえ、理解してるか？」

「……何を？」

「夫婦でも仕事の話はしないのか。まあそんなもんかも知れんな。安藤警視はな、渋谷《しぶや》から暴力団を一掃することを本気で考えてる。この、本気で、ってとこがミソだ。安藤さんは俺達と同じ、いわば叩《たた》き上げ。キャリア連中とは違って、いざとなったら何もかも失う覚悟が出来てる人だ。そういう人間が、奴等にとってはいちばん恐《こわ》い。春日《かすが》組は今のところ渋谷に手は出してないが、東日本連合会に所属している組はいくつかある。安藤さんのアキレス腱《けん》はたったひとつ……おまえと息子だ」

「……奴等がわたしを狙う可能性があると？」

「おまえと取引することで、抱き込もうとする可能性だ」

「わかりました」

緑子は言った。

「奴等と取引はしません」

「忘れないでいろ」

及川はニヤッとした。

「ヤクザはタダでものをくれたりはしないんだ。このURLの代金を山内が請求して来たら俺に言え。俺が値切ってやる」

及川は、それだけ言うと、もう一度部屋を見回して出て行った。及川にとっては連続刑事殺しの捜査などどうでもいいことのようだった。ただ及川はここを見てみたかっただけなのだ。

犯罪とは何なんだろう。

緑子は、及川の消えたドアを見つめながらふと思った。

連続刑事殺人は凶悪で反社会的な許しがたい犯罪だ。だが死者の数だけでみれば、その数は五人。写真家の大垣を含めても六人。

及川が刑事生命を賭《か》けて取り組んでいる組織犯罪、暴力団による死者は確かに、年間を通せば一般の殺人事件より遥かに多いだろう。だが、その論理で言えば、毎年一万人もの死者を出している交通事故はどうなる？

社会はなぜ、殺人という行為を交通戦争よりも憎むのか。

「先輩」

坂上の声で緑子は我に返った。

「こんなもの、ありました」

緑子がそばに寄ると、坂上は伏せたまま置かれている小さな写真立てを指し示した。

そっと起こしてみる。

鏡子が写っていた。幼い頃からなぜか写真を嫌い、カメラの前で笑ったことのなかった鏡子が、はにかみながら微笑《ほほえ》んでいる。背景には海がある。日付はなかったが、鏡子は半袖《はんそで》のTシャツ姿だった。

「江ノ島ですね」

坂上が、背景の左奥に小さく写っている島を指でさした。

緑子も、その島の姿にはなじみがあった。浜から細い陸で繋がった小さな円形の島。

とすればその写真は、今年のものだろう。鏡子の微笑みが撮影者が誰であるか教えてくれる。

さらに、写真の左端下には白く大型の車の後尾部分が僅《わず》かに写し込まれていた。

山内は、あの白いカウンタックに鏡子を乗せて江ノ島に遊びに行ったのだ。麻生が退院する時に迎えに来ていたあのカウンタックで……

「江ノ島」

緑子は呟いた。

「山内かイースト興業の所有する建物の中に、江ノ島近辺のものってあるのかしら」

「あいつは鏡子の居場所を知らないって言ってましたよね」

「それは嘘《うそ》じゃないと思うのよ。知っていて鏡子を隠しているなら、鏡子との関係についてもっとしらばくれて時間を稼いだはず。でも……鏡子には他に頼る人間はいない。最後には山内のところに戻るんじゃないのかな」

「山内はゲイなんですよね……抱いてくれない男なんかに、どうしてそんなに惚《ほ》れるのかなぁ」

「バンちゃん」

緑子は、写真をまたそっと伏せた。

「鏡子のこれまでの人生を考えたら、その答えはわかると思うわ……考えてみて……あなたも。あなたと、宮島さんとの将来の為にもそれって大事なんじゃないかと思う」

「俺」

坂上は緑子を見た。

「ずっと考えてるんです……上の空になっててすみません」

「そんなことないけど」

「でも考えないでいられないんですよ。考えても考えても、どうしたらいいのか、俺にはわからない。もう駄目なんですかね」

「駄目って？」

「彼女にとっていちばんいいのは、何もかも忘れることでしょう？　警察なんか辞めて、普通のサラリーマンとかと結婚して……俺の顔見たら彼女、思い出したくないこと思い出さないとならなくなるじゃないですか。俺達まだ……ほんとにまだ、何にも進展してなかったんです。俺の片思いなんだ……それなら俺が諦《あきら》めて、彼女をそっとしておいてやるのがいちばんいいのかも知れないって」


「バンちゃん」

緑子は、伏せた写真立てをそっと撫《な》でた。

「忘れることなんて出来ないのよ、女は……決して。忘れたと思って生活して行くことは出来てもね。本当の意味でそれを乗り越えることが出来るのは、誰かが自分のこと、総てをわかった上でそれでも愛してくれる……大切にしてくれるって実感出来た時……じゃないのかな。バンちゃん、あなた、待てる？」

「待つって……」

「彼女がもう一度、男性に対してからだを許せると思うくらい、心の緊張をほぐすことが出来るまで、待てる？　じっと、待てる？」

「待ちます」

坂上は、大きく頷いた。

「俺、待ちます」

緑子は微笑んだ。

「わかった。さ、バンちゃん、仕事しよ。彼女の為に、あなた、出世しないと」

緑子はリビングの隣の寝室に入った。ドレッサーの引き出しを開け、枕《まくら》の下を探る。

緑子の探していたのは日記の類《たぐい》だった。そんなものを鏡子がつけていたかどうかはわからないが、もし見つかればしめたものだ。

だが鏡子の寝室は綺麗《きれい》に片づけられていた。仮に日記が存在したとしても、彼女が持ち去ったに違いない。

ベッドサイドに電話機があった。リビングに電話がないのを不思議に思っていたのだが、それを見て緑子は納得した。ベッドに横たわりながらの長電話。緑子も昔は、好きだった。

鏡子は誰と長電話していたのだろう。

山内だろうか？

あの男が二十歳そこそこの女の子を相手に長電話しているところなど、まるで想像出来ない。だがあり得ないことではないと思った。

山内は鏡子に優しい。

短縮が三つ、設定されている。多分、00が山内の携帯電話だろう。ダイアル確認を押してみると、予想通り携帯を示す数字が現れた。

01はどこだろうか。市外局番がないので、都内のどこかだろう。試しにダイアルしてみた。

留守番電話のメッセージが流れる。

「こちらはオフィス中嶋です。ただいま都合により、休業いたしております。ご用の方はお手数ですが、FAXにてご用件を……」

なるほど。

02は……ダイアル確認は、また携帯電話の番号を表示した。こちらもPHSではないようだ。

00と02のどちらかが山内の携帯だとして、残りはいったい誰の電話なんだろう。

緑子は、試しに00をプッシュしてみた。

「はい」

すぐに、聞き覚えのある声がした。

「あの、田中さんですか」

緑子は咄嗟《とっさ》に口から出任せを喋《しゃべ》った。

「いいや」

「すみません、間違えました」

緑子は通話を切った。00は思った通り山内の携帯だった。02をプッシュする。

呼び出し音が長く聞こえた。緑子はじっと待った。

「はぁい?」

予想もしなかった若い女性の声に、緑子はどぎまぎした。

「あ、鏡子?」

この声にも聞き覚えがある……

「大丈夫? 警察はまだ気付いてないよね。あたしね、とうとう見つけたの! あの女刑事が写真見せてくれた時に、絶対この男だって思ったんだけど、名前がわからなかったでしょう？　でも今日ね、わかったのよ！　あたしのこと護衛に来てる刑事にさ、似顔絵描いて渡したら名前教えてくれたの。やっと見つけた……もう人違いなんかじゃないわ。彼よ！　今度こそ間違いなく、あたしのルナにあの男をあげるわ。彼女、今度はきっと満足してくれると思うの。これでおしまいよ、やっと終わる……長かった。これからあの男と会うわ。でも鏡子、今度は邪魔しちゃイヤよ。あなたが余計なお節介するから、あたしの周り、刑事だらけになっちゃったんだもの。やだ、鏡子、どうしたの？」

「あ」緑子はそっと言った。「あの……」

「なによ」

声が不機嫌になった。

「あなた誰？　鏡子じゃないの？　ちょっと、どうしてこの番号知ってんの、あんた。これ誰にも教えてないのよ。ねえ、ちょっと……」

緑子は通話を切った。

「バンちゃん！」

「どうしたんですか、先輩」

緑子は、ドアから顔を覗《のぞ》かせた坂上に思わず握ったままの受話器を突き出した。

「山崎留菜の携帯に繋がったの」

「そうですか」

坂上は緑子の手から受話器を取り上げて戻した。

「やっぱり山崎留菜は鹿島茨加《さやか》なんですね、鏡子と繋がっていたんだ。これで……」

「バンちゃん、変なの」

「変って何がです？」

「山崎留菜は鏡子のこと、鏡子って呼んでそれで、ルナのことはあたしのルナって……」

「先輩、何言ってるんです？　ちょっと整理してくれないと何のことか」

緑子は立ち上がった。携帯を取り出し、捜査本部を呼び出した。

「もしもし、村上です。誰？　星野さん……すみません、教えていただきたいんです。今、山崎留菜の見張りについているのは誰ですか？　連絡は取れます？……はい、わかりました。はい、待ちます……」

緑子はじっと息をとめて待った。

「……はい？　そうですか。わかりました。ありがとうございました」

「いったい、何があったんですか？」

「待って」緑子は電話を離さずに言った。「今、向こうから電話がかかって来るの」

「向こうって？」

「谷川さんか加藤さん。山崎留菜の見張りについてる」

三分ほどで緑子の携帯が鳴り出した。

「もしもし！」

「谷川です。村上警部補ですか。何のご用でしょうか」

「ごめんなさい、あの、山崎留菜は今？」

「CM録《ど》りでスタジオに入ってます」

「あなた方は中には」

「入浴シーンがあるとかで、追い出されました。シャンプーのCMなんだそうです。でも大丈夫ですよ、スタジオの入口にいますから」

「あの、あなたか加藤さん、山崎留菜に似顔絵見せてもらいました？」

「どうして知ってるんです？」

谷川巡査は驚いた声で言ってから、ククッと笑った。

「あの子、絵、巧《うま》いですね」

「その似顔絵、誰のものでした？」

「高須係長ですよ」

谷川は堪《こら》えきれなくなったのかケラケラと笑い出した。

「ほんと、そっくりでしたよ。あの子、どこで高須係長に会ったんですかね」

緑子は、全身の血が逆流したような気がした。

頰《ほお》がほてって眩暈《めまい》がして来る。

「山崎留菜は本当にそこにいるんですか？」

緑子は叫んでいた。

「お願い、確かめて！」

「ちょっと待って下さいよ、村上さん。中には入れないんですよ」

「緊急事態なのよ！　お願い、電話はこのまま切らずに、今すぐスタジオへ……」

「わかりました、確かめます。でも電話は繋いでおいても無駄ですから切りますよ」

「無駄？……どうして？」

「スタジオが地下にあるんです。我々は外部と連絡が取れるように、階段の上にいるんですよ。……もしもし、必要なら無線に切り替えますか？　村上さん、今、外ですか？　本部にいらっしゃるなら無線でもう一度こちらに……」

緑子は立ち上がった。

山崎留菜は、電話に出た。

もう、スタジオにはいない……

緑子は谷川との電話を切ると、義久の携帯を呼び出した。

「この電話は、只今電波の届かないところにいるか、電源が入っておりません……」

ボタンを押す指の動きがあまりにものろくてもどかしい。緑子は、もう一度今度は捜査本部を呼び出した。

星野ではなく、山背の声がした。

「山背係長！」

緑子は泣き声になっていた。

「高須係長は、どこにいらっしゃるんですか！」

「村上か？……どうした？」

「高須さんは……義久さんはどこ！」

「高須なら一時間ほど前に出て行ったぞ……おーい、誰か高須の行き先、聞いているかぁ？……メモがある？　持って来い！」

山背は受話器のそばでガサゴソと紙をいじった。

「……なんだこりゃ？」

「どうしたんです！」

「どうしたって、おまえから呼び出したんじゃないのか、高須のこと」

「……あたし？」

「ああ。『村上警部補と打合せる為、外出する。帰庁予定は三時頃。連絡は携帯へ』って書いてあるぞ。村上、高須と待ち合わせてるんだろう？」

緑子は震え出していた。

「山背係長」

「どうした？」

「高須さんが、義久さんが危険なんです」

「危険？」

「はい……至急、山崎留菜を探して下さい！　お願いします！」

「どういうことなんだ？　山崎留菜って、あのタレントだったら見張りをつけてあるはずだが」

「逃げたのよ！」

緑子は叫んだ。

「お願い、すぐ探して！　義久さんが殺される……ルナが欲しがっていたのは……あの人だったの」

2

「都内の緊急配備は終わった。山崎留菜は運転免許を持ってないらしいから、検問はタクシーを重点的にさせる」

山背は緑子を見た。

「CMを撮影していたスタジオは、道具部屋とドアで繋《つな》がっていたらしい。その道具部屋は天井が一階へ吹き抜けていて、内部の階段で裏口と通じていた。スタジオの構造を確認していなかった谷川のミスだ」

「いいえ」

緑子は呟《つぶや》いた。

「ルナの正体を見破れなかった、わたしのミスです」

「ルナの正体？」

「はい……山背係長、川谷功一の実家からFAXで送って来たという例の手紙は……」

「これだ」

山背はＦＡＸ用紙を緑子に手渡した。

「だが村上、川谷の遺品の中にこれがあるってこと、おまえはどうして知ったんだ？」

「捨てているはずはないと思ったからです」

緑子は用紙に目を落とした。


『はじめまして。突然お手紙さしあげてごめんなさいね。わたし、山崎留菜です。今度、わたしのファンクラブの入会キャンペーンとして、先着百名の皆さんに、わたしから直接お電話さしあげることになりました。あなたとお話し出来るのをとっても楽しみにしていますので、どうか「むーんらいと」会員になって下さいね！　よろしくね。

山崎留菜』

「ただの、勧誘だろう？　サインは自筆みたいだが、文面はワープロだし。こういうのってよく来るじゃないか。あなたに特別なお知らせです、とかいうダイレクトメール」

「でも山崎留菜のファンだった川谷功一にとっては、嬉《うれ》しいダイレクトメールだったと思いませんか？　留菜は、ネットの情報で自分のファンである刑事を選び、この手紙を出したんです。勿論《もちろん》、事務所にもファンクラブにも内緒で。そして留菜の思惑通りに会員となった川谷に、本当に電話した。……死のデートに誘い出す為に」

「……他の連中も同じか……」

「最初の三件の被害者については同じだと断言出来ると思います。運が良ければ、三人の被害者の遺品の中に、これと同じ手紙が見つかりますよ……係長、一刻の猶予もありません。中嶋隆信と会わせて下さい。山崎留菜が次の犯罪を犯すかも知れないと知れば、中嶋はきっと供述します。山崎留菜が行きそうな場所を知っているとしたら、中嶋しかいない」

「それはいいが、村上。いったい何がどうなっているのか、説明しろよ。俺にはまだ何が何だかわからん」

「まだ総《すべ》ては憶測の域を出ていないんです。ただわかっていることは、山崎留菜……いえ、ルナが刑事を次々と殺したのは、遠い記憶の中にあったひとりの男を探していたからです」

「山崎留菜が？　犯人は桜田鏡子じゃなかったのか？」

「桜田鏡子も犯人です。でも鏡子の殺人は恐らく、ルナを守る為に行ったことだったと思います。山崎留菜ではなく……カタカナでルナ、と書く名前を名乗っている少女を」

山背は怪訝《けげん》な顔で緑子を見ていたが、それ以上は質問しなかった。緑子自身、それ以上詳しく聞かれても答えられない。

総ては、彼女達の言葉を待つしかない。


義久との連絡はまったくとれなかった。

緑子は、留置されている中嶋隆信と話をする為に、山背と共に取調室に入った。

中嶋は疲れた顔をしていたが、緑子を見ると笑顔になった。

「村上さん」

「中嶋さん」

緑子は正面に座った。

「山崎留菜が、逃げました」

中嶋の顔に驚愕《きょうがく》があらわれた。

「護衛、いえ、監視の為についていた刑事をまいて、スタジオから脱出したんです。杉並のSUNスタジオです。道具部屋から裏口に出られるようになっていたんですね」

中嶋は放心したように頷いた。

「ああ……はい、あそこは……だがどうして、留菜は……」

「彼女は、最後のターゲットを見つけました」

「最後の？」

「そうです。中嶋さん、あなたは気付いていらしたんじゃないんですか？　山崎留菜さんが、連続刑事殺人の犯人だと」

中嶋が突然立ち上がり、拳《こぶし》で机を叩《たた》いた。

「冗談言うな！　留菜が殺人だと！　何の証拠があってそんなことを……」

「本当に気付いていらっしゃらなかったんですか？　まったく？」

緑子は真っ直ぐに中嶋を見た。中嶋も緑子を睨《にら》みつけていた。だがやがて、中嶋は崩れるように椅子《いす》に座った。

「……不可能なんだ……不可能だと思ったから、わたしは……」

「あなたは気付いていた。いえ、万が一、くらいのことは考えていらした。でも、四件目と五件目の事件が起こって、留菜さんではないと安心した」

緑子は、表が書かれた紙を机の上に置いた。

「先程、ラジオ局から送って貰《もら》った番組スケジュールです。十月の初めから山崎留菜さんは、定期ゲストとして毎週水曜日の深夜、この番組に出ていらっしゃったんですね……『ミッドナイト・トレイン』、毎晩午後十一時から翌朝の午前三時まで四時間放送されている深夜番組です。山崎さんが水曜日毎《ごと》に出演されていたのはその中で、午前一時から番組終了までの二時間でした。録音ではなく、生出演です。我々が初めて山崎さんにお話を伺った晩も、この番組に出演される前にホテルで休息されていた時でしたね。あの時、山崎さんは、食事と仮眠の為にホテルにいらっしゃった。中嶋さん、山崎さんはこの番組に出られる夜はいつも、あそこで仮眠をとられていたのではないですか?」

中嶋は黙っていた。緑子は続けた。

「つまり、山崎さんが寝ている間の数時間は、あなたは山崎さんと一緒にはいなかった。あなたは多分、その時間は会社に戻って溜《た》まっている仕事を片づけたり、自宅に戻られてプライベートな用事をされていたのでしょう。最初の殺人が起こった時は、勿論あなたは何も気付かなかった。けれど、第二、第三と事件が起こり、水曜日の殺人と世間が騒ぐようになると、あなたも不安になった」

「いいや」

中嶋はまた緑子を睨んだ。

「ただ水曜日に事件が起こってるってだけで、どうして留菜を疑わなくちゃならない必要がある？」

「それだけではなかったはずです。被害者がどのような有り様になっていたのかは新聞やテレビでご存じでしたでしょう？　あなたは、大垣輝弥《てるや》さんの写真集にあの奇妙な構図が使われたことで、あなたの大切な留菜さんが十二年前の記憶を取り戻したのではないかと恐れていたはずだわ！　そしてあんな殺人が起こり、しかも事件の起こる水曜日の晩には留菜さんのアリバイがない。あなたはそれらが偶然ではないと、少なくとも一度は思ったことがあったんじゃありませんか？　でも、第四の事件が起こって、あなたは心底安堵《あんど》された。なぜなら第四の事件は月曜日の晩に起こっていたからです。その晩は多分、留菜さんには確固たるアリバイがあり、あなたもそれを証言出来る状態だった。さらに第五の事件は金曜日の未明に起こった。あなたは、留菜さんが事件とは無関係だと思い、ホッとした」

「だから」

中嶋は用心深く言った。

「それで充分でしょう。留菜が殺人犯だなどという馬鹿げた想像は、それで充分否定出来るじゃないですか。それに」

中嶋は聞き取れないほどの小声になった。

「鹿島莢加などという人物は、わたしは本当に知らない」

「留菜さんがまた殺人を犯そうとしています」

緑子は静かに言った。

「今、わたしが知りたいことはひとつだけです。留菜さんがどこにいるのか。彼女は、長い間探していた男を遂に見つけました。彼女が殺したかったのは最初からその男だけだったんです」

「長い間、探していた……男？」

「そうです」

緑子は、祈るような気持ちで中嶋の目の奥を見つめた。

「山崎留菜さん……いいえ、鹿島茨加さんは大変に不幸な体験をした少女でした。十歳の時、父親の自殺を目撃してしまった。忘れてしまいたいほど辛《つら》い体験をした子供は、その辛い記憶を意識の下に押し込めようとします。その過程で、子供の脳は、そうした過酷な体験をしなかった自分、という別個の人格を創《つく》り出してしまうことがあるんです。茨加さんの場合も、その不幸な体験によって別な人格が形成されてしまったようなのです。ですがその第二の人格は、十二年前の事件直後にはさほどはっきりとは現れていなかった。多分、ごくまれに茨加さんの心を支配する程度だったと思います。ですから、周囲は誰も気付かなかった。たまたまある日、その第二の人格が茨加さんの心を支配していた時間に、ひとりの刑事と彼女は出逢《であ》いました。その第二の人格は、その刑事に強い執着を抱きました。十二年の歳月の間に、茨加さんの内部にいる第二の人格はどんどん成長し、いつの間にか茨加さん本来の人格を支配するようになっていた。そしてある時、その第二の人格は、長年抱き続けていたその刑事への執着を爆発させたのです。そのきっかけは、多分、大垣輝弥さんの写真集だったと思います」

「あの、写真はしかし、大垣さんが自分で撮ったものだし……」

「中嶋さん、正直に答えて下さい。大垣輝弥さんは山崎留菜さんに対してどのような感情を抱いていたとあなたには感じられましたか？　大垣さんが山崎さんにのめり込み、山崎さんの我《わが》儘《まま》なら聞き入れるようになっていた可能性というのは、あると思われますか？」

「それは……」

「その可能性もあると考えていいんですね？」

　緑子は、机の上に置いた両手を握り合わせた。

「あの構図は、留菜さんが自分で要求したものだったと、わたしは思います。例えば大垣さんは何か別のアイデアがあって電動ノコギリを用意していた。それを見た留菜さん……の中の鹿島莢加の第二の人格は、莢加本来の人格に対して、十二年前の事件を再現することを命じた」

「……何の為に？」

「多分、探し求めている男にもう一度会う為には、あの事件を再現する必要があるとでも考えたからでしょう。その男……その刑事は、莢加さんの父親の自殺に対して自分に責任があると考え、謝罪のつもりで莢加さんに会いに行ったんです。莢加さんの第二の人格には、事件についての記憶がありません。ですが、その刑事と事件とが結びついてるのだということは理解出来ていた。山崎留菜さんは、第二の人格の命ずるままに、事件を再現したかのような構図で写真を撮ることを大垣輝弥に頼みました。大垣輝弥は山崎さんに夢中だった。二人がいわゆる男女の関係であったのかどうかまではわかりませんが、二人きりで写真集の撮影をしていた数日間、大垣輝弥は山崎さんの魅力を写真で表現することに熱中し、山崎さんが提案した構図を嬉々《きき》として撮影したのではないか……あの写真集は素晴らしいものです。被写体に惚れ込んだカメラマンの仕事だと、素人のわたしにもわかります」

緑子は中嶋の言葉を待ってみた。だが中嶋は黙ったままだった。

「運命の歯車は回り始めました。写真集が発売される少し前に、広島にいた鹿島莢加の親友、桜田鏡子……戸籍上の本名は川越鏡子ですが、その彼女が上京して来ます。あなたもご存じの女性ですね？」

中嶋は黙ったまま、首を横に振った。

「そうですか？　ともかく、鏡子は東京に来て、ある人物に保護されて生活していました。鏡子は、親友である莢加といつでも会えるようなところでアルバイトしたいと考え、保護者の人物に頼んでオフィス中嶋に勤めます。中嶋さん、大切なことなので教えていただきたいんですが、山崎留菜さんがオフィス中嶋に行くことはあったんですか？」

「ありましたよ」

中嶋は、抑揚のない声で答えた。

「何度も行きましたよ……わたしが連れて」

「ひとりでは？」

「さあ」中嶋は薄笑いを浮かべた。「留菜はもう二十歳《はたち》ですよ。子供じゃない。わたしだって二十四時間見張ってるわけじゃありません。留菜は売れ出してますから、最近は完全なオフというのはなかったですが、半日オフとか、午前中はフリーとかいうことは時々ありましたからね。その時間に彼女がどこで何をしていたかまでは、わたしにはわからない」

「正確には、留菜さんは今年、二十二歳のはずです」

緑子は静かに言った。中嶋は抗議でもするように口を開けたが、すぐにまた閉じた。

「留菜さんは鏡子と会うことが出来たわけですね、オフィス中嶋で。それで仮説が成り立ちます……鏡子の保護者である人物は、パソコンなどに詳しい人物でした。退屈している鏡子にパソコンの扱い方を教えました。さらに、インターネットの楽しみ方や、面白いホームページなども教えたと思われます。その中のひとつに、警察官や刑事の個人情報を載せているページがありました。勿論、広報のようなものではなく、個人のプライバシーを勝手に暴露する、裏ホームページとかアングラサイトなどと呼ばれているページです。

ある日、オフィス中嶋で、葵加は鏡子からそのホームページを見せて貰った。そしてそのことを、ひとつの脳の中に自分と一緒に暮らしているもうひとつの人格、ルナに話しました」

「村上さん」

中嶋は緑子の目を覗き込みながら訊いた。

「あなたはどうして、留菜が多重人格だなどとそんなにはっきり言えるんですか。わたしは……いつだって留菜のそばにいた。そのわたしが気付かなかったのに、そんな、留菜の頭の中にまったく別の人間が住んでいたなどと……」

「あなたは気付いていたはずです」

緑子は静かに、低く言った。

「少なくとも、山崎留菜という女性が時々、人が変わったようになることには気が付いていた。でもあなたは、それが彼女の才能なのだと思っていた。違いますか？」

「……才能……」

「そうです。女優としての、稀有《けう》な才能です。わたし、一度山崎さんのドラマの撮影を見学させていただきましたよね。あの時、面白いことを発見しました。山崎留菜さんは、女優であるということに強いプライドと執着とを持っている、ある場面ではそう思えた。それなのにまた別の場面では、彼女は女優業だとかタレント業そのものにあまり興味を持っていないようで、何となく無気力だった。その落差があまり際立っていたので、面白いなと感じたんです。それは別の時にも思いました。山崎留菜さんは、大人びてしっかりとした、女優としての顔と、まるで幼く、投げやりで、我儘《わがまま》な幼い子供のような顔とを持っていた」

「そんなことは、よくあることだ！」

中嶋は笑った。

「あなた方は芸能人というと何か特別な存在のように思っているのかも知れないが、芸能人だって仕事を離れればごく普通の人間ですよ。ただ一流の芸人というのは、仕事に入った時には別人のようになる。それが才能というものなんだ。留菜もそうだった。確かに普段の留菜は、二十歳という歳《とし》から考えても子供っぽかった。だが一度カメラの前に立ちセリフを口にすれば、彼女は変わる。その変化は一流の女優には不可欠な才能なんだ。それを多重人格だなんて、そんな……」

「勿論、それだけではありません。実を言えばわたしも今日まで、山崎留菜さんの頭の中にもうひとりの女性が住んでいることを知りませんでした。でも……山崎さん自身がはっきりと言ったんです。ルナの探していた男が見つかった、その男をルナにあげる、と」

中嶋は激しく睨み付けるように緑子を見ていた。

緑子は、囁くように話し続けた。

「さっきの続きに戻りますね。山崎留菜……鹿島莢加さんから警察官の顔写真や個人情報が載っているサイトの存在を聞かされた莢加の第二の人格は、そのサイト情報によって探している男が見つかるのではないかと考えます。そして、莢加に命じてその探索をさせました。ですが、ここが肝心なのですが、莢加はその男のことをまったく知らなかったわけです。なぜなら、その男が莢加に会いに来た時には、莢加の精神を第二の人格が支配し、莢加本来の人格は眠っているような状態だったからです。莢加は第二の人格が示す特徴に合致していると思われる男をピックアップします。なぜ第二の人格が直接サイト情報を確認しなかったのか……それは今のところわたしにもわかりません。ですが、多重人格障害の症例には、ある人格が別の人格に様々なことを命じて実行させるというケースがよくあるようですね。莢加さんのケースでも、鹿島莢加本来の人格に対して第二の人格、つまりルナが、その支配を次第に強めて行ったのではないかと思われるんです。ともかく、莢加はルナの出した条件に合致した刑事を三名ピックアップし、彼等を山崎留菜のファンクラブに入会させました」

「……どうやって？」

「今ファンクラブに入れば直接電話で話せます、という手紙を出したんです」

緑子は、ＦＡＸ用紙を机の上に広げた。

「この手紙が、連続殺人の被害者のひとりの遺品の中にありました。これは『むーんらいと』公認のキャンペーンだったんですか?」

中嶋は暫《しばら》く文面を読んでいたが、やがて、顔を歪《ゆが》めて否定の素振りをした。

「こんなものは、知らない」

「そうでしょうね。荚加はサイトから刑事をピックアップする際に、山崎留菜のファンであるという条件を付けていたようです……第二の人格は、自分が探している男の方も自分を求めている、そんな風に思い込んでいたのかも知れません」


「おかしな話じゃないか」

中嶋が無理に笑おうとしてひきつった音を喉《のど》から発した。

「その第二の人格とかいう人物は、十二年前にその刑事の顔を見ているわけだろう? だったら自分が探している男かどうか、わざわざ呼び出さなくたってわかっただろうに」

「……その点が、わたしにもよくわからないのですが」

緑子は中嶋の顔をじっと見ながら頷《うなず》いた。

「想像することは出来ます。十二年前、ベッドの上で人間の写真を切り刻んでいた十歳の少女、荚加の第二の人格は、突然病室を訪れた男に初恋を感じた。だが男はほんの短い時間いただけで帰ってしまい、そして二度と彼女の前に現れてはくれなかった。彼女は、時々目覚めて荚加と入れ替わりに存在している時間ずっと、その男のことを考え続けた。男のイメージは彼女の頭の中でどんどん膨らみ、変化して行った。妄想の中で成長を遂げた理想の男、それは、もはや顔を持っていなかった」

「顔を……持っていない……？」

「ええ。現実のその刑事がどんな顔をしていたのか、彼女はもう憶えていなかったんです。ただ彼女は、その男の顔が他のどんな男の顔よりも素晴らしい、自分にふさわしいと思い込んでいるだけなんです。ですから彼女は、茨加本来の人格に対して、そんな自分の理想を条件として与え、男を探させた。ハンサムで若くて、そして自分のこと、つまり山崎留菜を好いている警視庁の刑事、それが条件でした。そしてその条件に当てはまってしまった気の毒な被害者が、湯浅さんであり川谷さんであり、安永さんだったわけです」

緑子は、ふうっと息を吐いた。

「ところが勿論、湯浅さんも川谷さんも安永さんも、彼女の初恋の相手ではなかった。彼女は現れた男達を、自分の求めていた男ではないという理由だけで……殺しました」

「そんな馬鹿な」

中嶋はほとんど泣き出しそうな顔で笑った。

「人違いだから殺してしまうだなんて、そんな……」

「彼女は初めからそのつもりだったんだと思います。麻酔薬と電動ノコギリを用意していたことから、彼女の殺意は明らかでしょう。もし人違いだったら、彼女はその男を生《い》け贄《にえ》にするつもりでいました。十二年前の事件を再現する為の、モデルに使うつもりでいたんです。或《ある》いは……人違いではなくてもそうするつもりでいたのかも……」

「それじゃまるで、彼女は殺人鬼じゃないか！」

「そうです」

緑子は唇をそっと噛《か》んだ。

「彼女は、殺人鬼です」

「そんな……」


「莢加さんの心の中に生まれたそのもうひとつの人格は、良心を持たない怪物でした。しかし彼女は莢加さんの心の中で十二年間、浅い眠りについていた。うつらうつらと時に目覚め、時に夢を見ながら。その夢の中で、彼女はたったひとりの男を愛し続けていた。そしてその相手もまた、自分を愛してくれているという妄想を育てていた。その妄想が最終的には殺人の引き金になった……」


「やめてくれ！」

中嶋が机を叩《たた》いた。

「何もかも、あなたの憶測じゃないか！　創り話じゃないか！　証拠はどこにもないだろう？　大体、あなた達は留菜とその鹿島莢加とを混同して話しているが、留菜の本名も戸籍もちゃんと揃《そろ》っているんだ、そんな、鹿島莢加とかいう行方不明の女が留菜だなんて、いったいどこにそんな証拠がある！」

「時間をかけて調べれば、きっと、山崎留菜さんが伊藤美津絵さんではないという証拠は、見つかります。あなたは……危険な橋を渡り過ぎました。鹿島莢加に新しい戸籍を買い与えただけならまだしも、その莢加を芸能人として世に出してしまったのは、大きな失敗だったのではないですか？　中嶋さん、今は時間がありません。あなたに、どうして、とは問わないことにします。ですが、一刻を争うんです！　留菜さんにこれ以上の罪を犯させない為に、彼女をすぐに逮捕しなくてはなりません。彼女は、いえ、彼女の中のもうひとりのルナは、求め続けていた男と今、会っている危険性が高いんです！」

「もうひとりの、ルナ……」

「そうです。漢字で書くのではなく、カタカナで、ルナ。中嶋さん、山崎さんは芸名を自分でつけられた。違いますか？」

中嶋はじっと、机の上に置いたままの自分の手を見つめていた。

緑子は、中嶋のからだを激しく揺すぶりたい衝動を堪《こら》えた。

こうしている一分、一秒が惜しい。

義久が危ない！

「中嶋さん！」

緑子は力を込めた。

「今ならまだ、総《すべ》てが遅いというわけではないんです！　殺人鬼ルナには良心はない。けれど、鹿島茨加さん、つまりあなたの山崎留菜さんには、ちゃんと良心があるはずです。茨加さんはルナに命じられ操られ、ルナを満足させる為に最後の殺人を実行しようとしている。けれど、茨加さんの心にある良心は、それに激しい抵抗を感じているはずです。ルナは求めていた男を手に入れてしまった後のことなど、多分何も考えていません。このままでは確実に、鹿島茨加さん本来の人格を道連れにして、ルナは破滅します。その前に救い出せれば……多重人格障害は病気なんです！　治療出来る病気なんです！　望みは……あなたの山崎留菜を救う望みはまだ、あるんです！」

「……わたしの」

中嶋はようやく、呟《つぶや》いた。

「姉の、別荘があります」

「どこに！」

「……茅ヶ崎《ちがさき》……姉の持ち物ではないんです。オフィス中嶋が所有していることになっています。元々は……イースト興業の建物で、オフィス中嶋が高額で買い取ったことにしてあって……」

「ここに、ここに書いて！　場所！」

緑子はFAX用紙を裏返し、ボールペンを載せて中嶋の前に押し出した。

中嶋が住所と地図を書く間、緑子は半腰になって待った。

「ありがとう」

緑子は、紙を摑《つか》んで取調室を出る時、中嶋を振り返った。

中嶋は蒼白《そうはく》な顔のまま、何かを見つめていた。

そこには存在していない、何かを。

3

サイレンを鳴らしながら高速を飛ばした。だが降りてからの一般道路の渋滞のせいで、中嶋が書いてくれた地図にある建物にたどり着いた時には、取調室を飛び出してから既に二時間半経っていた。

建物は、茅ヶ崎海岸から遠くない低い丘の上に建っていた。ゆるやかな坂を上って行くと、林の間から白い壁が見え出した。神奈川県警の車が既に数台、建物の前に停まっている。

別荘、というよりも何かの研究所のようだ、と緑子は思った。イースト興業はどうして、こんな都心から離れた場所の、味もそっけもない建築物を所有していたのだろう。

多分、誰かから奪い取ったものなのだろう。

緑子は、車を降りて建物の正面に近づいた。

「神奈川県警捜査一課の白川と言います」

背広姿の男が近づいて来る。

「さきほど警視庁には連絡しておきましたが、捜索いたしましたが、高須警部および手配中の容疑者は発見出来ませんでした」

「いなかったんですか！」

緑子は、名乗るのも忘れて叫んでいた。

「本当に？」

「建物の中には誰もいませんでしたよ。玄関は施錠されていましたが、緊急事態ということで開錠しました。内部は無人です」

緑子は走って建物の中に入った。

確かに、一階にも二階にも人の姿はなかった。一階はガランとした事務所のような部屋と、応接セットの置かれた部屋とに分かれている。二階には寝室が三つとバスルーム、ダイニングキッチンがあった。

「現在の所有者は東京のオフィス中嶋となっているようですが、三年近く前までは、内山経済研究所が使用していました」

「内山経済研究所？」

「ええ。バブル崩壊直前から本を出して人気になった、内山修次という若手の経済評論家の事務所だったんです。バブル崩壊を予測した人物として、一時話題になりましたよ。もっとも、内山修次はマスコミには一切顔を出さず、ずっとここにこもって仕事していたようですね」

「借金でも作ったのかしら」

「どうしてですか？」

「いえ……なぜ手放したのかな、と」

「そうですね、最近は内山修次の名前も聞かないから、自分で投機か何かに失敗してどっかに逃げたんじゃないかな」

緑子は、白川に案内されて一部屋ずつもう一度見回った。

坂上と手分けして寝室のクロゼットや台所の食器棚まで開けて覗《のぞ》いた。だが、義久の姿はなかった。

徒労感と絶望とが、緑子を襲った。

中嶋が教えてくれたここにもいないとすると、留菜はどこで義久と会っているのか。


「ありがとうございました」

緑子は、白川に頭を下げた。

「少し捜査したいのですが……令状が後からになるんですけど」

「持ち主の許可を得てらっしゃるなら我々は構いませんよ」

オフィス中嶋の代表者・中嶋敏江にはまだ連絡していない。だが緑子は、また白川に頭を下げると白手袋をはめて捜査にかかった。「バンちゃん、もう一度手分けしよう。あたし一階を受け持つから、バンちゃん二階」

坂上は頷いて階段を上って行った。

緑子は応接室から調べ始めた。

何を探す、というあてはない。だが、山崎留菜がいた痕跡《こんせき》だけでも見つかれば、その後どこに逃げたのかの手がかりも見つかるかも知れない。

応接セットは高価そうだったが、個性のない、よくあるスタイルと色だった。ソファクッションもひとつずつ叩いてみたが、異常は見つからない。

ごみ箱も空だった。

緑子は、かつては事務室だったらしい、がらんとした部屋に移動した。

大きめのテーブルがひとつ置かれているが、上には何も載っていなかった。椅子《いす》もない。ダンボール箱が二つ床に置かれている。蓋《ふた》は開いていた。覗いてみると、紐《ひも》でくくられた本が詰まっている。

事務室として使われなくなってからは、物置代わりにされているのかも知れない。本の題名を読もうと一冊取り上げたが、洋書だったので溜息《ためいき》と共に箱に戻した。

「すみません」

背後で声がした。白川がドアのところにいた。

「我々は引き上げさせて貰いますが、よろしいでしょうか」

「あ、どうもありがとうございました」

「いいえ。何かありましたら、県警本部まで連絡下さい」

白川はそれだけ言うと出て行った。

緑子は携帯を取り出し、山背を呼び出した。

「いたか！」

「いいえ……ここにはいないようです」

「いないか……」

「はい。中嶋に他に心当たりはないか至急聞いてみて下さい。もう少しここを調べたら、戻ります」

「わかった。高須からはまだ連絡がない。携帯も電源が切られたままみたいだ」

緑子は、電話をしまい、思わずその場にしゃがみ込んだ。

時間切れ。

不吉な予感が脳裏を掠《かす》める。

緑子はもう一度、部屋を見回した。

奇妙な建物だ。確かに、普通の用途で建てられたものとは思えない。経済研究所だったというが、住居を兼ねているところからして、個人的な研究機関、つまり事務所のようなものだったのだろう。しかしそれにしては、大きい。

内山経済研究所。内山修次……

……山内？

そうか！

緑子は立ち上がった。

そうに違いない。バブル崩壊を予測した謎《なぞ》の経済評論家。

あいつのペンネームだ。

だとしたらこの建物は誰かから奪い取ったものではなく、最初からあいつのものだった。きっと……設計も。


緑子は部屋を出て建物の玄関にまわった。外から建物全体を眺める。二階の窓に人影が動いている。坂上だろう。

緑子は建物の横手から裏に回ってみた。乗用車四台分ほどの駐車場があり、アスファルトで整地されている。その駐車場に面して建物のいちばん下部に排気口があった。

緑子は排気口に近づいた。しゃがみ込んでがっちりとステンレスの柵がしてある排気口に耳を近づける。

緑子が期待していた音が、確かに聞こえる！

排気システムが動いているモーターの音。


この建物には、地下室がある！


緑子はまた玄関に戻って建物の中に駆け込んだ。一階の廊下から各部屋を回り、地下室の入口を探した。だが、どこにも見当たらない。

さっきのがらんとした部屋に戻り、壁をひとつずつ眺める。どこかにあるはずだ、どこかに必ず、地下室に通じる入口が。

「バンちゃん！」

緑子は廊下に出て階段の上に向かって叫んだ。

「ねえ、こっちに降りて来て一緒に探して！　地下室があるはずなの！」

だが坂上の返事はなかった。聞こえないのだろうか？

坂上を呼びに上がる時間が惜しかった。

緑子は部屋に戻って、床に這《は》い蹲《つくば》った。

地下室の入口は隠されているのだ。この建物があいつの設計だとしたら、建設許可を得ていない違法な地下室を造ったとしても不思議ではない。暴力団はあらゆる方法で、銃や麻薬を隠す。

床は、寄せ木細工のように小さな板を張り合わせたフローリング張りだった。

緑子はスカートが埃《ほこり》まみれになるのも構わずに、膝《ひざ》で床を這いながら床板に掌を滑らせた。

緑子の前方に、さっき見つけた洋書の詰まった重いダンボールが置かれている一角があった。

なぜか、そこに視線がとまった。どうしてそこに目が行ったのだろう……

境目！

僅《わず》かに、五十センチ四方程度のその部分を囲むようにして、板と板の間に他よりも少しだけ太い境目がある！

「バンちゃん！」

緑子は大声で叫んだ。

「ちょっと来て！」

だが二階にいる坂上には聞こえないのか、返事がない。

緑子は這い蹲って、板と板の境目に指の腹を添わせた。

段差だ……間違いない。この部分の板ははずれる！

だがいくら這い回って掌で撫《な》でても、その板を上に持ち上げる為の突起が見つからなかった。

爪《つめ》をこじ入れようとしたが、爪が折れた。緑子は、重いダンボールをどけ、からだを床に投げ出すようにして爪で境目を引っかいた。指先から血が滲《にじ》む。肩から下げたままだったショルダーバッグの中から、小さな裁縫セットを取り出し、使えそうな道具は片端から試してみる。針、ハサミ、糸通し。ボールペンをねじ込もうともしてみた。しかし、ぴったりとくっついている境目に物をこじ入れることは出来なかった。

緑子は、拳《こぶし》で床を叩いた。

「誰かいるの！　いたら返事して！　この下に地下室があるんでしょう！　お願い、答えて！」

車の中にドライバーがあるはず。

緑子は立ち上がり、駆け出そうとした。その瞬間、足元がグラッと揺れた。

床がいきなり下に沈み、ぽっかりと開いた空洞の中に緑子の片足が滑り落ちた。そのまま強い力で足首が摑まれ、下へと引きずり下ろされる。

「やめてぇっ！」緑子は叫んだ。「バンちゃん、すぐ来て！　バンちゃん！」

だが、からだはずり落ち、緑子は腕だけで床のへりにしがみついた。それも間もなく、堪えきれなくなってはずれてしまった。

不意に、からだが投げ出された。足首を摑んで緑子をひっぱり下ろした誰かが、緑子を階下へと投げ捨てたのだ。

緑子は、瞬間、落下する感触をおぼえた。だが途端に、それは激しい衝撃となり、背中や尻、後頭部が痺《しび》れて感覚がなくなった。

白く濁り始めた意識の中で、緑子は、電灯に照らされた地下室の天井を見つめていた。

その中に、男の顔が現れた。

三田村……

4

「なんじゃ、わりゃ」

三田村はそう言ってから、緑子の腹部を足で踏みつけた。

「どうしたの？」

三田村の背後から、小さな顔が覗いた。

「知らん。こんなぁデカじゃ」

「うん」

山崎留菜《るな》……鹿島莢加《さやか》の顔に、不思議な笑みが広がった。

「この女だよ、村上って。あたしの彼を取り返しに来たんだ」

莢加……は、くくっと笑う。

「だめ。返してあげない。やっと見つけたんだもの」

緑子は、痺れた背中を必死で動かし、からだを起こそうとした。

「高須さんは……無事なの？」

緑子は、背中の痛みを堪えて訊いた。

「無事って？」

莢加はニヤッとした。

「決まってるじゃないの。ちゃんと、綺麗《きれい》なままとってある」

「危害はくわえてないわね！」

緑子は叫んだ。莢加の瞳が小さくなった。

「ナマイキ」

莢加は足先で緑子を蹴《け》った。

「この女、大嫌い。ミーちゃん、痛めつけて」

三田村は笑いながら、緑子の髪を摑《つか》んだ。

緑子は両腕を伸ばして三田村の腕を摑み、払いのけようとした。だが髪を引っ張られる痛さに自然と立ち上がっていた。

腹に衝撃が落ちた。続けて、左頰に雷のようなショックがあった。ゴン、と鈍い音がした。口の中で何かが壊れた。

三田村の攻撃は顔だけに集中した。左、右と両頰が交互に殴られ、口めがけて拳が炸裂《さくれつ》した。両眼にも衝撃は続く。すぐに、目の前が赤くなって何も見えなくなった。

緑子は、口の中に溜《た》まった血と折れた歯を吐き出そうとした。だがその余裕すらなく、また頰に割れるような打撃を喰《く》らう。

不思議なことに、痛みはなかった。顔の感覚がない。神経の総てが麻痺《まひ》している。

緑子は、成す術《すべ》もなく壊されて行くのをじっと耐えるしかなかった。逆らおうとして手を振り回しても、三田村のからだに触れることすら出来ない。

三田村の笑い声が大きくなって来る。

異様な興奮に包まれた三田村の狂気が、悪意の拳となって緑子を襲い続ける。

「ミーちゃん、やっちゃえ！」

萊加の楽しそうな声が叫んだ。

「殺しちゃえ！」

萊加……いや、それはルナだ、と緑子は感じた。今、鹿島萊加の精神は、ルナのものだ……

＊

瞼《まぶた》が開かなかった。

だが、顔にかけられたのがなま温かい水だとわかって、緑子は瞬《まばた》きしようとした。

その途端、目に強い刺激を感じた。それと共に、血の匂《にお》いに混じって悪臭が鼻を刺す。

男がゲラゲラと笑っている。

緑子はからだを捩《よじ》った。悲鳴をあげたかったのに、声はでなかった。

緑子の顔の上にかかっているのは、人間の尿だった。

かろうじて横を向き、緑子は掌で顔を覆った。

「なんだ」ルナの声がする。下品に笑っている。「まだ生きてるよ、こいつ。ミーちゃん、もっとやってよ」

「疲れた」三田村の声が、頭の上の方からした。「はぁ飽きたわ」

「ミーちゃんはスタミナがないね。クスリばっかりやってるからだよ」

「そんとなことより、はよしょうで。どうするんじゃ、あの男」

「あのまま持って行きたい」

「そがいなことができるか。どうせまた切り刻むんじゃろ、どっか一部だけにせい」

「イヤ！　あのまま持って行くの！」

「駄目じゃ！　わしゃデカなんか大嫌いなんじゃ。デカなんかみな、切り刻んで吊《つ》るしたったらええんじゃ。何でわしがボクシングできんようになったか、おまえも聞いたじゃろ？」

「デカに殴られて網膜剝離《はくり》起こしたからでしょ」

「ほうよの……ただちぃと酔っぱろうて、おまわりからこうただけじゃったのに、警察署に引っぱり込んで五、六人で殴りよって。わしはボクサーじゃ、喧嘩《けんか》で人は殴れん、そう思うて一発も返さんと我慢しとったんじゃ。なのに奴等、逆らわん思うて図に乗りゃあがって！　ボクシングできんようになってあんまり悔しゅうて、訴えようとしたけど無駄じゃった。みなでグルになって偽証しての、誰も殴っとらんいうて言いやがる！」

三田村の足が緑子の顔の上に落ちた。踏みつけられて、緑子は横を向こうとした。その口に、三田村の靴先がねじ込まれた。

「おまわりが嘘《うそ》つきよってええんか？」

三田村はまた笑い出した。

「そっちがその気じゃったら、こっちもやったるだけじゃ。デカなんかみな殺したる。ルナ、あの男もはよ刻もうで。また一本ずつ切り落とすんじゃ。手、足、チンポ、あんとに面白いこたぁほかにないわ。わしにまた、やらしてくれ」

「彼はダメなのよ」

ルナは楽しそうだった。

「今までのは間違ってたから、処理したけど、今度は間違いない。莢加のドジのせいで、手間がかかったわ。でもこの女が教えてくれたの……写真を莢加に見せてくれたのよ。莢加にやっと、あたしの探していたイメージが伝わった。あたしの計算通りよ。莢加の父親が殺されたみたいにして切り刻んで吊るしておけば、きっと彼が気付いてあたしの前に現れると信じてたの。ミーちゃん、お願い、彼を車に運んで」

「表はおまわりがおる」

「海岸の方に出ればいいじゃない。あっちに通じてることなんて警察は知らないんだから」

「この女はどうするんじゃ」

「放っておけばいいわ。もうすぐ死ぬわよ、このままで。どうせここからは出られないんだもん」

「ほいなら」三田村が緑子の足首を摑んだ。「やってから行こう」

「ダメ。そんな時間ない。ミーちゃん、代わりにあたしがしてあげるから、ね」


緑子は瞼を開こうと顔の筋肉に力を込めた。だが既に腫《は》れあがっている瞼は瞳の前を塞《ふさ》ぎ、ごく細く顔の前方が垣間見えるだけだった。

その線のような視界の中に、跪《ひざまず》いて夢中になって何かを舐《な》めているルナの横顔があった。顔を埋めている部分に、立ったままの三田村の古びたジーンズがある。

三田村の手がルナの髪をかき回していた。

数分も経たずに、ルナは立ち上がった。

「ミーちゃん、ご褒美あげたんだから、ちゃんと彼を運んでよ」

三田村は鼻歌を歌い出した。

「この女、このまんまで大丈夫じゃろか」

「そんなに心配なら、いいことがある」

ルナは、笑いながら何かを始めた。頭を起こせない緑子にはルナが何をしているのかわからなかった。

だが、鼻にまた、刺激臭が感じられた。今度は……灯油……

「燃やしちゃえばいいよ、この部屋ごと」

「地下室なんか、燃えるかのう」

「知らない」

ルナは笑い続けながら灯油を部屋中に振りまいている。

この地下室の換気装置の能力によっては、酸素不足で火が消えるかも知れない。だがそれは炎に焼かれるのと同じくらい確実に、死を緑子にもたらす。

緑子は、手足を動かして起きあがろうとした。だが無理だった。呼吸をするだけで精いっぱいなのだ。

緑子は諦《あきら》めた。もう、どうにもならない。たったひとつの希望は、二階にいた坂上が地下室の存在に気付いてくれることだけだ。坂上はどうしただろう？

「じゃあね、刑事さん、バイバイ」

ルナの声がした。三田村のジーンズが視界から消えた。

緑子はもう一度だけ、からだを起こそうと意識の中でもがいた。だがかろうじて脳の指令に従うことが出来るのは、肘《ひじ》から先の部分だけだった。

背中に力が入らない。背骨のどこかを損傷しているのかも知れない。

ルナは義久をどこに連れ去ろうとしているのだろう。

それがどこであるにしても……義久の命はそこで終わってしまうのだ、きっと。

ルナには良心がない。そして計算も、未来への希望も、明日もない。


この森からは出られなかった。

義久はあれほど、脅えていたのに。

彼には予感があったのだ。この森を覆っている悪意の総てが、自分に帰結してしまうことを、彼は無意識に悟っていた。

そして……義久を殺してしまうのは……あたしだ。

あたしがあの写真を留菜に見せたりしなければ。

泣きたかったが、顔の筋肉も瞼も、もう緑子の意思を汲《く》んではくれない。


だがその時、緑子のからだの中で唯一健全なままで機能している耳が、異様な物音を感じとった。

何かが引きずられている。床を伝って、擦れるような振動が緑子の耳の奥に僅《わず》かに響いた。

「何よ、どうしたの！」

ルナの声が意外に近くでした。まだ部屋を出ていなかったのか……

「それ、誰？」


「刑事」

……鏡子！

「二階にいた」

「やっぱり表は警察だらけじゃ。ルナ、あの男は置いてこ」

「いやっ」

三田村の声にルナの声が重なった。

「絶対、イヤっ、イヤイヤイヤぁ」


「もうやめてよ！」

鏡子が叫んだ。

「茨加はどこ？　茨加を出して！　これ以上茨加に人殺しをさせないで！」

ルナが狂ったような笑い声をあげた。

「鏡子、こうなったのもみんなあんたのせいなのよ！　あんたが余計なおせっかいしたから警察に気付かれたんじゃないの」

「違うわ！　違う！　余計なことしたのはあんたじゃないの。ミーちゃんに女の刑事を襲わせたり」

「失礼しちゃう！」

ルナは異様に明るい声を出した。

「あんたの為にやってやったんじゃないの。あの女があんたの彼をつけ回してるから、彼があんたに逢《あ》いに来てくれないんだって、茨加が言ってたわよ。茨加が、鏡子が可哀想《かわいそう》だから何とかしてよってあたしに頼んだのよ。だからミーちゃんにあの女を狙《ねら》わせたんじゃないの。ねぇ、ミーちゃん」

三田村がひきつったような笑い声をたてた。

「むちゃ面白かったでぇ、ひいひい涙流しよっての」

「ミーちゃん!」

鏡子が金切り声をあげた。

「ミーちゃんもう、そんな女の言うことききかないで!」

「偉そうに命令しないでよ。ミーちゃんはあたしのものなのよ。あんたなんかミーちゃんのこと捨てたくせに。せっかくあんたのこと追いかけて広島から出て来たのに、可哀想なミーちゃん!」

「ミーちゃん、お願い! そんな女のことは、もう……」

「わしゃ、もう泉よりルナのんが好きなんじゃ」

三田村が奇妙に静かな声で言った。まるで、鏡子に詫《わ》びてでもいるかのように、言葉の語尾が小さく頼りなくなった。

「……泉は、わしにさしてくれんかったじゃろ。わし、泉に惚《ほ》れとったのに。ルナはさしてくれるし、しゃぶってくれる。悪いの、わしゃ、ルナのんがええんじゃ、もう」

「ミーちゃん……」

「わしゃ、ルナと行く。二人での、島に行くんじゃ。伯方《はかた》ん近くに誰も住んどらん島を知っとる。わしんがたぁ漁師じゃったけぇ、わし、船も出せる。ルナと二人で暮らすんじゃ……はあ、ヤクザも刑事も、街もたくさんなんじゃ。みんな嫌いじゃ」

突然、銃声が響いた。

ドサッと人が倒れる音がする。

「鏡子！」ルナの金切り声がした。「ひどいっ、ミーちゃんに何するのっ！」

鏡子……拳銃《けんじゅう》……

「ミーちゃんはこの方が幸せなの」

鏡子の声はおだやかだった。

「ミーちゃんはもう、頭がおかしくなってたんだもの。ルナ、あんたも一緒」

「やれるものならやってごらん」

ルナの高笑いが聞こえた。

「あたしを殺せば、莢加も死ぬんだよ。あんたの大事な莢加もね」

「仕方ないわ」

「仕方ない？　あんた、莢加の為に、三人も殺したんじゃなかったの？　余計なおせっかい焼いてさ。あの蓼科《たてしな》って奴と玉本って奴、それに大垣。みんなあんたでしょ！」

「ミーちゃんにも手伝って貰《もら》ったわ」

「ひどーい」ルナはゲラゲラ笑い出した。「それなのにミーちゃんのこと、殺しちゃったんだ!」

「あんたが先に、ミーちゃんに人殺しの手伝いなんかさせたんじゃないの。ミーちゃんを誘惑して」

「違うもーん」

ルナはまるで、些細《ささい》なイタズラについて言い訳でもするように楽しそうに言った。

「最初の時、ミーちゃんには送って貰っただけだもーん。莢加に命じて、湯浅って奴に電話かけさせたのよ。ポスターの撮影で錦糸《きんし》公園に行きますけど、良かったら見学に来ませんかって。その前にも何度か電話して、休みの夜とか聞いてあったの。白い車がハザード点《つ》けて停まってます、それが撮影スタッフの車ですから、そこに来て下さいって。あたしミーちゃんに頼んで公園まで送って貰って、車の中であいつが来るの待ってたの。あいつ、車のそばで、他に誰もいないんで不思議そうな顔してた。あたし降りて行って」

ルナは心底楽しそうだった。

「いきなり抱きついてやった。麻酔薬染み込ませたハンカチ持って」

「それで……車の中であんなこと?」

「ううん。あたし、彼なのかどうか確かめたくて湯浅のこと、暫《しばら》く見てた。でも違う、違ってるってわかった! だから処理することにしたの。莢加の父親が殺されたのと同じ方法で。ミーちゃんに頼んで、湯浅を吊るして貰ったのよ。それから、莢加の父親と同じように、手足を全部切り落としたの。そしたらミーちゃんが」

ルナはくすくす笑った。

「おチンチンも切っちゃえって。ミーちゃん、デカに殴られた時、おチンチンもいっぱい蹴られたんだって。ミーちゃんの左のフクロ、潰《つぶ》れてるでしょ」

「ミーちゃん」

鏡子は涙声になった。

「アタマ、おかしくなってた。ボクシングで殴られ過ぎたんだって会長が言ってた……可哀想なミーちゃん……」

「殺したくせに！」

「どうせ死刑だもの！」鏡子が叫んだ。「あたし達みんな、死刑だもの！」

「あんたが蓼科を殺したから、警察にバレちゃったんじゃないの！」

「あいつ」鏡子は泣いていた。「事務所まで来たんだもの、だって。山崎留菜のファンだとかって嘘ついて。大垣のところにも行ったらしいし、みどり園にも……莢加が捕まったらどうしようと思って……心配で」

「変な人形なんか送ったりしてさ。わざとらしい！」

「ルナ、あなた、あたしの便箋《びんせん》盗んだでしょ！」

「知ーらない」ルナはあざ笑った。「事務所のあんたの机から便箋盗んだの、莢加だよ」

「嘘よ！　あたしあれ……グラシアの便箋、あれで手紙出そうと思ってたのに。グラシアのお誕生日に。なのに勝手に使って、莢加に手紙出したりして！」

ルナは笑い続けた。

「何よ、あんな便箋ぐらいでそんなに怒らないでよ。だって莢加が言うことときかなくなってたの。莢加ったら、あたしが話しかけても返事しなくなっちゃって。あたしのこと無視し出した！　だから、また一緒に暮らしたいって手紙書いたの。だけど二通目は知らないからね！　何がグラシアの為によ。あんたのグラシアがいったい、何の関係があるのよ！」

「莢加にならわかるわ」

鏡子は啜《すす》り泣き続けた。

「莢加は知ってるもの。あたしがどんなにグラシアのこと愛してるか」

「あれはあたしに宛《あ》てた手紙でしょう？　あたしに、あのバラバラの人形で我慢しろって書いてあったじゃないの。これ以上欲張るなって。余計なお世話だわ！」

「ああしなくちゃ警察は莢加を疑うと思ったのよ！　あれで警察は犯人を男だと思うでしょう？　山崎留菜のアタマのおかしいファンが犯人だって思ってくれると考えたのよ。だけど……グラシアの為に玉本を殺したというのは、本当のことよ。玉本はね、グラシアを苦しめたの。ずっと昔。蓼科を殺してホッとしていた時に、玉本の名前をネットで見つけた。あんたが生《い》け贄《にえ》を探していたあのページよ。丁度いいと思った。玉本はあんたの生け贄と条件がほとんど一致した。莢加のアリバイが成り立つように玉本を殺せば、一石二鳥だって思ったの」

「なんだ」

ルナが冷たく笑った。

「あんただって殺人鬼なんじゃない。あたしよりあんたの方がたくさん殺してる。まずあんたのお父さん。あんた、お父さんのこと階段から突き落として殺したでしょ。莢加から聞いたわよ」

「そうよ！」

鏡子の声は悲鳴に近かった。

「それがどうしたのよ！　あんな奴は父親なんかじゃない。ただのケダモノだった。せっかくあたし、施設に行ける、あいつから逃げられると思ったのに、あいつはあの夜、あたしを殺して自分も死ぬだなんて言い出したのよ！　冗談じゃない。だからあたし、あいつのこと突き落としてやった。まさか死ぬとは思ってなかったけど、大怪我《おおけが》でもして動けなくなればいいと思ったのよ。そうすればあたしは誰にも邪魔されずに施設に入れるもの」

「岩本のことはどうなのよ。あいつだってあんたが殺したんじゃないの？」

「あれは……ミーちゃん」

「ミーちゃん？」

「そう。あいつから広島のあたしのとこに手紙が来たの。開業したいからお金貸してくれって書いてあったわ。都合してくれないなら、爽加のこと世間にバラすって。困ってミーちゃんに相談したら、まかしちょれって……」

鏡子は泣き出した。

緑子は、首だけ横向きにして、もう一度瞼を開く為に力を込めた。

緑子の視線の先に、見覚えのある灰色のズボンがある。

坂上の、脚だ。

バンちゃん！

坂上はぴくりとも動かない。

あの床をひきずる音の正体は坂上のからだだったのだ。

生きていて……生きていて、お願い……


「……もういいわ。悪いのはあたしよ。だからあたしも死刑になる」

鏡子がしゃくりあげながら言った。

「でも……でも莢加は人殺しなんて出来る子じゃなかった。それをあんたが……」

「笑わせないで！　莢加は父親を殺したじゃないの！　それも首吊って死のうとしてるのを、ノコギリでバラバラにして！」


緑子は、ようやくはっきりと戻って来た意識の中で、ルナの言葉を考えていた。

鹿島庄一は間違いなく自殺だったはずだ。ノコギリの傷には生体反応がなかった、つまり、莢加が傷つけた時点でもう庄一は死んでいたのだ。


恐ろしい記憶違いだ。

鹿島莢加は、父親の死体を発見した時、あまりにも衝撃が大きすぎて事態を正確に認識する能力を失っていた。莢加は途切れた記憶を、勝手な想像で埋め、それを真実だと思い込んでしまった。自分が、まだ生きている父親をノコギリで切り刻んだという偽りの記憶に支配されて、茨加はもうひとつの人格を生み出してしまったのだ。その、あまりにもひど過ぎる記憶を消そうともがいたあげくに！

緑子は渾身《こんしん》の力を振り絞って寝返りを打った。視界が変化して、向かい合うように立っている二人の女と、緑子のすぐそばに転がっている男の死体とが見えた。

女達は緑子が寝返りを打ったのに気付いていない。緑子は、そっと腰を持ち上げ、胸をつけて這《は》った。からだを動かすと、痺《しび》れて感じなかった痛みが猛然と襲いかかり、激しい眩暈《めまい》がした。だが腹這いになったことで背中の麻痺《まひ》が取れたのか、腰と膝に力を入れることが出来た。

緑子は歯を食いしばって少しずつ、二人の女に向かって進んだ。

「ルナはあたしの中にいたのに」

鏡子は泣き続けていた。

「あたしがルナだったのに。あんたは自分に名前がないのが悔しくて、ルナって名前を盗んだのよ。あんたは何でもそう。何でも盗む！　茨加だってあたしの親友だったのに、あんたが盗んで自分の奴隷にしてしまった。だからあたし、ずっと言い続けたの。ルナなんて本当はいないのよ。あの子はただの幻。気にしないで無視していればどっかに消えちゃうのよって。茨加はわかったって言ってたのに。それなのに、あんたが人殺しなんか始めるから。茨加は脅えてた。いつかあんたが自分を殺してしまうんじゃないかって。あんたが探してる男を早く見つけて満足して貰わないと、いつかあんたが自分のこと殺してしまうって……」

「あははははは！」

背筋がぞっとするような笑い方だった。緑子は、思わずからだを硬くした。

「その通りよ！」

ルナが勝ち誇ったように叫んだ。

「荚加なんかもう殺しちゃったわ！　もうどこにもいないのよ、どこにも！　このからだはあたしだけのものよ。だってそうでしょう？　やっと彼を見つけたんだもの。彼と結ばれるのはあたしだけでいいわ、荚加なんて邪魔よ！　だってあの子、あの男をとうとう見つけたっていうのに、もうこれで満足しただろうから、二度と現れるな、なんて言ったのよ、このあたしに！　冗談じゃないわ、荚加があたしに命令するなんて、許せる？　いつだってあたしがあの子を助けてあげてたのに……あの子が海に落ちた時だって、あたしがあの女を蹴飛ばして沈めなきゃ、あの女にしがみつかれて一緒に溺《おぼ》れるところだったのよ！　あたしがいないとセリフだって憶《おぼ》えられないし、何も出来ないくせに。ミーちゃんだってもう邪魔になってた。あんたが殺してくれて助かったわ。何がルナよ、あんたのルナこそただの幻だったじゃないの。あんたは鏡子でいたくない時だけ、ルナになったつもりで惨めな自分を慰めてたのよ。あたし知ってるのよ……荚加が話してくれたの。あんた、お父さんにひどいことされてたんでしょう？　お父さんのおチンチン舐《な》めさせられてたんでしょう？　あそこにも入れられてたんでしょう！」

鏡子が絶叫した。

緑子は、床に耳を押しつけてその絶叫から逃れようとした。だが反対側の耳が、鏡子の慟哭《どうこく》を緑子の脳に流し込んだ。

鏡子がルナに飛び掛かった。二人は、緑子のすぐ目の前で床に倒れて転がった。

人間の叫びとは思えなかった。二つの甲高い金切り声がぶつかり合い、獣の吼《ほ》え声に変わった。

伸ばした両手を互いに絡め合わせ、相手の顔に爪《つめ》を立てようと四本の手が宙で踊っている。どちらかが相手に嚙《か》みついたのか、すさまじい悲鳴があがった。

緑子は四つん這いになって組み合ったまま転がっている二人のそばに近づいた。

ルナが優勢になった。鏡子のからだの上に馬乗りになって、鏡子の首を絞めている。

「死ねっ！」

ルナが叫んだ。

「おまえなんか死ねぇぇぇぇっ！」

「やめ……なさい！」

緑子は、折れた歯と大量の血を吐き出しながら叫び、後ろからルナに組みついた。

ルナの力はすさまじかった。暴れ回り、緑子の腕をはねのけて執拗《しつよう》に鏡子の首を絞めようとする。緑子は、両腕でルナのからだを包んだ。そのまま全身に力を入れて、ルナを押さえつけようとした。

　ズギュン！

　緑子の脇腹《わきばら》に熱波のような痛みが突き刺さった。

　抱きしめているルナのからだから力が抜ける。上半身をがっくりと傾けたルナの背中の向こう側に、小さなリボルバーを手にした鏡子の、涙に濡《ぬ》れた顔があった。

「あ……」

　緑子は、鏡子の顔を見たまま、自分の脇腹に手を当てた。温かく粘り気のある液体が、掌を濡らす。

　鏡子が、自分の上に乗っているルナと緑子とを押しのけるように足を動かし、半身を起こした。

　ルナのからだを斜めに貫通した銃弾が同時に緑子のからだを抉《えぐ》っていた。

「ごめんね」

　鏡子が囁《ささや》いた。

　緑子は、痛みで力の抜けた腕からルナのからだが滑り落ち、床にぐんなりと広がるのを呆然《ぼうぜん》と見ていた。次第に緑子のからだからも生気が抜けて行く。

緑子は横たわった。

温かな液体は、トクトクと音をたてているかのように脇腹から噴き出している。


「あたしの茨加」

鏡子は、目を閉じて動かなくなった鹿島茨加の髪を撫でていた。

「可哀想な茨加。お父さんを殺しちゃったのって茨加が言ったの。初めて会った時。あたしもよって答えた」

鏡子は、童女のように啜《すす》り泣いた。

「ずっと一緒に暮らしていたかった。でもすぐお別れになっちゃった。淋《さび》しかった。手紙はたくさん書いたわ。川越のお父さんやお母さんのこともいっぱい。茨加は喜んでくれた。良かったねって。茨加は美容師になるって書いてあった。美容師になって、いつかあたしの髪、カットしてくれるって。楽しみにしていたのに……茨加のせいじゃない。茨加はちっとも悪くなかったの。あの中村ふみ子って女のせいなのよ。中村の男に茨加が色目つかったって、茨加はリンチされたの。オートバイの後ろに逆さに縛りつけられて……顔が傷だらけになって髪の毛もほとんどむしれちゃってたって……。茨加が暴れたのは当たり前でしょう？　それで運転誤ったんだもの、中村の自業自得よ。だけど海に落ちた時、中村はバイクに足が引っかかってはずれなかったんだって。茨加は紐《ひも》がほどけてうまくバイクからはずれたけど……中村が茨加にしがみつこうとしたんで……思わず蹴飛ばしちゃったんだって。そしたら中村は、そのままバイクごと沈んだんだって」

緑子は、薄れてゆく意識を取り戻そうと、痛みに神経を集中した。

「でもそれだって、荚加がしたことじゃなかったのね。ルナがやったんだわ……荚加は逃げたいって言った。お父さんを殺して、今度は中村ふみ子を殺しちゃって。別人になるしかなかったのよ。だからあたしが岩本に頼んで手術して貰ったの。顔の傷も治さないとならなかったし」

鏡子はそっと、荚加の額に唇をつけた。

「だけど荚加は昔から可愛《かわい》かったもの。ほら、こんなにステキになった。女優さんよ、凄《すご》いじゃない？」

鏡子はゆっくりと立ち上がった。

「ごめんね、刑事さん。だけどあなたをここから帰してあげるわけには行かなくなった。このままみんなでここで死ぬの。そうすれば、誰も荚加がどこに行ったのか知らないままで済む。山崎留菜は殺人鬼なんかじゃなくて、みんなに愛されるスターのまま、消えて行くの」

鏡子は、何でもない、というように微笑《ほほえ》んだ。

「この地下室はね、一階からは入れないのよ。二階の寝室に隠しドアがあるの。凄《すご》いでしょう、これも彼の設計なのよ。まさか地下室に入るのに二階からなんて誰も思わないものね。だから大丈夫、誰もここまで入って来ないわ」

鏡子は緑子を見下ろしていた。

「ほんとにごめんなさい。もっと楽に逝かせてあげたいんだけど……弾がね、あと一発しか入ってないの。彼が護身用にくれたんだけど、いたずらしたらいけないからって弾を三発しか入れてくれなかったんだもの。でも代わりにいいものがあったから」

鏡子は、白いポリタンクを持ち上げた。

「臭いなって思ってたけど、ルナがこれを撒《ま》いてたのね。刑事さんだってこのままひとりぼっちで死ぬのを待つよりは、みんなと一緒の方がいいでしょう？　ひとりは、淋しいもの」

鏡子は、ポリタンクをルナ……鹿島莢加のからだの上で振った。透明な液体が流れ出して、莢加のからだを濡らす。

「お……ねがい、やめ……て」

緑子は、脇腹を押さえたまま肩で這いずった。

「やめ……」

「もしここが発見されても、黒焦げなら山崎留菜だってわからないわ」

鏡子は、空になったポリタンクを投げ捨てると、三田村の死体に屈《かが》み込んだ。上着を探り、使い捨てライターと煙草の箱を取り出す。

それからゆっくりと、一本抜き出して口にくわえ、ぎこちない動作で火を点けた。

不似合いだった。

鏡子の雛《ひな》人形よりも整って愛らしい唇には、煙草は似合わない。

「今度生まれて来る時は、あの蝶々《ちょうちょ》になるわ。初夏のいちばんいい季節だけ美しい羽をつけて翔《と》び回って、後は卵を産んで死んじゃうの。簡単でいいでしょう?」

煙草が、鏡子の指先を離れて莢加のからだの上に落ちた。音も立てずに柔らかな炎が莢加のからだを包んだ。

「さよなら」

鏡子が微笑んだ。

滲《にじ》んだ視界の中で、その微笑みはこの世のものとは思えないほど、美しかった。

もの悲しいほど軽く、短く、くぐもった銃声が聞こえた。

鏡子はゆっくりとくずれ折れた。

緑子は目を閉じた。

総《すべ》ての気力が、すぅっとひいてゆく。

終わるのだ。

この森からはとうとう、出られなかった。

達彦。

涙が溢《あふ》れて頰に流れた。

あなた。

＊

意識が揺れていた。

白い、何もない夢の底で、緑子はゆらゆらと揺れていた。

目の前に、あの蝶がいた。

パルナシウス・グラシアリス……

なぜか紺色の細い線で縁取られた透き通る羽の向こう側には、象牙色《ぞうげいろ》の艶《つや》やかな人肌が見えている。

その肌に触れてみたい。

夢うつつのような思考の真ん中で、その肌はとても綺麗《きれい》だった。

汗が光っている。

透明な水晶のように煌《きら》めきながら、汗は雫《しずく》となって流れ落ちた。

とても、暑い……

蝶がはばたいたような気がした。
この暑さの中で、いたたまれなくなって翔び立とうとしているのだろうか。
翔ばないで。
緑子は願った。
置いて行かないで。
蝶は動かなかった。
羽を広げたまま、雫に濡れていた。

長い夜の果て

1

達彦！

母の腕に抱かれている息子の顔を見て、緑子はようやく、生きていることを実感した。

達彦は脅えていた。無理もない。多分、自分はまだ、顔のほとんどを包帯に巻かれているのだろう。

毛布の下から手を伸ばした。

母が腰をかがめてくれた。緑子は、達彦の小さな手をしっかり握りしめた。

達彦が泣き出した。母は苦笑いして立ち上がった。

「また来るから。ゆっくりお休み」

母は言って、達彦の手を持ち、バイバイさせた。達彦はベソをかきながらも、バイバイ、と呟《つぶや》いた。

涙がとめどなく溢《あふ》れ出た。

生きていることの喜びが、緑子の全身をゆっくりと満たした。

*

口を開いて言葉を発することが出来たのは、救出されてから三日後だった。

顔面骨折と下顎骨《かがくこつ》陥没、右目は眼球に傷がつき、視力の低下は覚悟しなくてはならないらしい。背中から足にかけては広範囲に火傷《やけど》を負っていた。だが、いずれも命に関わる怪我《けが》ではなかった。

唯一重大だったのは、脇腹を銃弾がかすって出来た傷だった。出血はかなり多く、発見があと三十分も遅れていたら、どうなっていたかわからないと医者は言った。

緑子には、救出された時の記憶がまったくなかった。かろうじて憶えているのは、あの蝶と、汗に光る誰かの肌の断片だけだ。だがそれすら、幻覚か夢だったのかも知れない。

奇妙なことが二つあった。

緑子を救出したのは地元の消防団員だったが、火災の通報で現場に到着した時には、建物から煙はまだ漏れていなかったらしい。だが建物の隣の駐車場にあった地下室用の通風口から噴き出す白煙で、地下で火災が起こっていると予測出来たと言う。いったい、誰が通報したのか。

そしてもうひとつ。

緑子は、地下室にはいなかった。

消防団員は、玄関に寝ていた緑子を発見した。

どうやって自分はあの地下室から逃げ出したのだろう。

「大垣輝弥《てるや》が殺害された夜、桜田鏡子らしい女を、大垣のスタジオの近くで目撃したという目撃証言が出た」

山背が、緑子の毛布の上に小さな花束を置きながら言った。

「おまえさんの証言はいちおう裏付けられたな。湯浅、川谷、安永事件の主犯は山崎留菜《るな》、本名鹿島莢加《さやか》。共犯が三田村一也。そして蓼科《たてしな》、玉本事件と写真家大垣輝弥殺害の主犯は川越鏡子。こちらの方は三田村が関与していたのかどうかはっきりしないが、玉本事件の際にも例のハイエースが目撃されているらしいから、三田村が手伝ったと考えていいだろう。いずれにしても……全員死亡している為、書類送検で事件は終わる」

山背は、胸の上に置かれた花束に触れていた緑子の手をとった。

「とにかく、おまえさんが生きていてくれて、本当に良かった」

山背の手は、大きくて温かだった。

「義久さん……と、バ……ンちゃんは？」

顎《あご》に固定されたギプスで口がうまく動かない。だが、前夜に二時間近くかけて事件の全容について山背に供述したおかげで、コツは摑《つか》めていた。

「もう大丈夫だ。高須はクロロホルムの後遺症でまだ意識がはっきりしていないらしいが、坂上の方はかがされた量が少なかったので元気でいる。ただ、坂上は足に火傷を負っているんで、職場に復帰出来るには半月はかかるだろう。高須が入れられていた部屋には火はまわっていなかった。しかし二人とも眠っていたからあんなもので済んだんだな。酸欠状態になっていたみたいだから、意識があったら絶命していたかも知れない。それから、中嶋隆信は全面自供した。山崎留菜の戸籍はやはり不正取得したものだった。だが掛川潤一は関与していないんだそうだ。中嶋が、掛川の知り合いで事務所に出入りしていた韮崎《にらさき》に直接頼んだらしい」

「ど、うき、は?」

「鹿島茨加本人が望んだからと言ってる。中嶋は横浜港で怪我《けが》をしてずぶ濡れになった茨加と出逢い、自分のアパートに連れ帰ったそうだ。茨加は中村ふみ子を溺《おぼ》れさせた。生きていると名乗り出れば殺人罪に問われると思ったんだろうな。茨加に頼まれて、中嶋は茨加を京都の川越鏡子のところに連れて行った。鏡子は別れたばかりの岩本に頼んで茨加に整形手術を受けさせた。だがその時点では、戸籍を不正取得するまでのことは考えていなかったそうだ。しかし翌年中嶋が掛川エージェンシーに入社してすぐ、鹿島茨加は街で他の芸能プロの人間にスカウトされてしまった。茨加は芸能界に入りたいと言った。だが行方不明の身分のままでそんなことは不可能だ。中嶋は、他のプロダクションに任せることは出来ないと、茨加を掛川に会わせた。掛川が気に入って茨加はデビューすることになった」

山背は頭を振った。

「それにしても大胆なもんだよな。他人の戸籍で別人に成りすまして、芸能界にデビューしちまうんだから。茨加が望んだとしても、中嶋がどうしてそんな大博打《おおばくち》を承知したのか」

漠然とではあったが、緑子には中嶋の気持ちがわかるような気がした。

中嶋隆信は、姉のことが本当に好きだったのだ。そして自慢だった。姉が有名な歌手であるということが、幼くして両親に死に別れた中嶋にとって、大きな心の支えだった。それなのに、実際には姉が芸能界では成功出来なかったと知った時、中嶋はどれほど失望しただろう。

　自分の手で保護した鹿島莢加が芸能界に入りたいと言い出した時、中嶋は、失ってしまった心の支えを取り戻そうと思ったのではないか。


「戸籍の購入については韮崎に直接相談したと言ってる。掛川は知らないことだったわけだな。値段はアフターケア付で三千万だったそうだ」

「アフター……ケア……」

「うん。後々問題が起こったら解決するという約束だろうな。だが問題は起こらない。伊藤美津絵は多分、もうこの世にはいない。伊藤夫妻もだ。どっかで一家心中したんだろう。次に、玉本栄のことだが」

　山背は手帳を開いた。

「確かに十二年前、玉本は世田谷《せたがや》署にいた。龍さんが研修に出ていた時期と同じ時だ。だが村上、そのことと鏡子が玉本を殺したことが、いったいどう繋《つな》がるんだ？」

「い……つか、ご説明……でき、ると思います」

「そうか」山背は緑子を見たが、笑顔で頷《うなず》いた。「じゃ、その時を待つか」

グラシアの為に玉本を殺した。

そう、鏡子は言った。


あの蝶は夢ではない。


「凶器について。あの地下室から発見された電動ノコギリには、鹿島茨加と三田村一也の指紋がついていた。刃の形状の比較は依頼してある。ルミノール反応ははっきり出ている。鏡子が使った凶器はどこにあるのか、これから鏡子の住んでいたマンションその他は徹底的に捜索する。麻酔剤クロロホルムの入手経路について。これがちょっと意外なんだが、大垣輝弥の知人に病院を経営している男がいる。その病院で、九月にクロロホルムの紛失事件があったことがわかった。なくなった分量は約三百cc。これまでの六人の被害者と高須に坂上、計八人を眠らせるには充分な量だな。その薬剤が入っていたとみられる瓶の燃えカスが、鎮火した地下室から発見されている。えっと」

山背は手帳を閉じた。

「今のところこんなもんかな。ま、関係者がみんな死んじまった以上、事件の全容を完全に解明するのは困難かも知れん。あ、それから、本庁の捜四が山内を逮捕したぞ」

緑子は瞬《まばた》きした。

「よ、うぎ、は?」

「あの地下室が春日《かすが》組の武器庫として使われていた疑いがあるんだそうだ。あの内山研究所の建物は、地下通路で丘の裏側の民家と繋《つな》がっていた。その民家は春日組幹部の別宅で、数年前、そこに大量の銃が隠してあるとタレコミがあったそうなんだ。それで神奈川県警の捜査四課が捜索したんだが見つからなかったんだな。あの通路を通って研究所の地下室に運び込まれていたわけだ。おまえさんの予想通り、内山修次ってのはあいつのペンネームらしい。内山修次の本を出した版元にも事情を聴いてるとこだが、これまでの調べでは印税の振込名義人は内山になってるが、その内山名義の銀行口座を開設したのは山内だった。ま、しかし、銃に関しては肝心の現物がない以上、山内を起訴するのは難しいだろうな。捜四としては、何でもいいからこの機会に山内を取り調べる口実が欲しかったんだろう。俺も、便乗させて貰うことにした」

「便乗……」

「ああ。犯人隠匿で山内の逮捕状をとる」

「……かれ、は、知らない、と」

「そうかも知れないが、鏡子が自殺した銃は山内が与えたものなんだろう？　それをいつ鏡子に渡したのか、興味あるじゃないか」

緑子は、山背のおだやかな瞳の奥の鋭い光を読んだ。

……その可能性は、確かにある。

「それと、香田雛子、あの山内の綺麗な姉さんのところにルナの名でメールを送りつけた人物も、鏡子だとほぼ特定された。アドレスはいわゆるフリーメールアドレスとかいうやつで、タダで取得出来る奴だったんで、身元の確認にちょっと手間取ったが、アドレスを発行した会社に申し込みのデータを提出させたんだ。偽名は使っていたが、申し込みした人物の連絡先のアドレスからオフィス中島が割れたよ。あの事務所じゃ、メールなんてもの使えたのは鏡子だけだったからな」

グラシアを愛してあげて。


鏡子は、自分の愛した男の姉にそう訴えた。

緑子は今、グラシアに込められた二重の意味にやっと気付いた。

それはあの白い蝶であると同時に、やはり、自分、鏡の子のグラシアでもあったのだ。

愛して欲しいと……誰かに、心から愛して欲しいと切実に願っていた……


「いずれにしても、銃を女に与えたってだけで立派な犯罪だ。一年以上はムショに放り込んでおけるだろう。その間に、おまえの愛するご亭主が春日組を叩く。どうだ、なかなかいい連携プレーだろ？」

山背は笑って、緑子の手の甲を軽く叩いた。

「さて、あまり長い時間仕事の話なんてしてたら、安藤警視にどやされるからな。まあおまえさんは、後のことは心配しないでゆっくりからだを治すことだ」

「山背さん」

ドアを開けた山背の背に、緑子は囁《ささや》いた。

「あた、し……続け、ます」

山背はゆっくり振り返り、じっと緑子を見た。それから頷いた。

「わかった。おまえさんには、それが似合ってるのかも知れん」

＊

点滴に入れられた鎮痛剤のせいか、ほとんどの時間、緑子はうつらうつらしていた。

目覚めた時に、明彦の顔があった。


明彦はいつも黙っていた。黙ったまま、緑子を撫《な》でていた。

こんなに長い間、言葉ではなく見つめ合うことでお互いを確かめようとしたことは、もう随分なかった気がした。


この森は暗く、淋しく、寒かった。

ようやく抜け出した今になっても、緑子は自分の心がもう、この森に踏み込む前には戻れなくなったと感じていた。

緑子の信じていた正義、緑子が摑《つか》もうとしていた真実は、みな、ただの幻だったのかも知れない。

殺人鬼ルナ。

彼女をこの世に生み出したものは、悪意ではない。

明彦も義久も、被害者の為にそれが正義と信じて行動した。

人が人を捕まえ、裁くこと。それは、本当に可能なことなのだろうか?

何が真実であるのか、いったい誰にそれを決めることが出来るのか。

人は、神にはなれない。


緑子は指先で明彦の顎《あご》に触れた。

ずっと昔からその感触が好きだった、いつも同じところを剃《そ》り残している、髭《ひげ》。


浮気しちゃったの。

ごめんね。


言葉に出来ずに、緑子はいつまでもその髭を指の腹に押し当て、小さな痛みを味わっていた。

多分、明彦にも、言葉に出来ない「ごめんね」がある。緑子にはそれが感じられる。

あのひとは、誰?

それを聞けないことが、あたしに与えられた罰なんだろう。


明彦がかがんで、緑子の額に唇を当てた。

「あた、し」

睫毛《まつげ》に溜《た》まった涙がこぼれ落ちた。

「つづけて、も、……いい？」

明彦の唇が鼻の先に移動した。

「続けさせて、下さい……お願い」


明彦の髭が、また小さな痛みを緑子に与えた。

2

地検の廊下で、緑子は、及川に頭を下げた。

「勝手なお願いを聞いていただいてありがとうございました」

「俺が許可したわけじゃない。担当検事に礼を言ってくれ。だが村上、同席はさせて貰うぞ」

「結構です。ですが、もうひとつだけお願いがあります」

「口出しはするなってか。安心しろ、俺はおまえを監視するだけだ」

及川は笑った。

「裏取引されないようにな。それにしてもあんた、いい根性してるな」

「はい？」

「そんな顔になってもまだ続けるんだから、よっぽどデカが気に入ってるのか」

緑子は答えずに微笑《ほほえ》んだ。

もう、緑子に迷いはなかった。

あたしは続ける。続けなくてはならない。

それにしても、そんなにひどいかな?

緑子はドアを開ける前に、そっと顎の絆創膏《ばんそうこう》に触れてみた。確かに、随分と大きな絆創膏だ。傷は残るかも知れないと言われた。右目の視力も完全に回復するのは無理だろう。

ドアを開けた。後ろから及川が緑子の背中をそっと押した。

部屋の中には、冬の午後の頼りない陽射しが差し込んでいた。

柔らかなその光の中で、栗色の髪が金色に輝いて見える。

緑子は、山内を見つめた。

一ヶ月以上の拘置所生活も、慣れているのか、少しのやつれも見せてはいない。こざっぱりとした服装もいつものままだ。

担当検事の橋本が、緑子に椅子を勧めた。

緑子は、山内と向き合うように座った。及川は部屋の隅に立ったままだった。

「連続警察官殺人死体遺棄損壊事件の捜査に関連して、お話をお伺いしたいことがあります」

緑子は、ゆっくりと切り出した。

「ですが、この事情聴取はあなたの容疑と直接関係するものではありません。一連の事件の中で、玉本栄さん殺害の動機に関連して、確認しておきたい事柄があります。勿論《もちろん》、お話しいただくかどうかはあなたがお決めになって下さって結構です。よろしいでしょうか」

山内は黙ったままで頷いた。

「殺害された玉本栄さんは、十二年前、世田谷《せたがや》署捜査一課に勤務しておりました。一九八五年八月、世田谷署管内で発生した女子大生の強姦《ごうかん》未遂、傷害致傷事件の捜査に、玉本さんも参加していたことがわかっています。この事件であなたは逮捕され、懲役二年の実刑判決を受けて服役していますね。この時、あなたを逮捕した担当捜査官は麻生龍太郎当時警部補、玉本栄さんはあなたの取り調べにあたったことがあったと、世田谷署の事件記録に記載されていました。この点は、間違いありませんか」

山内は、瞬《まばた》きもせずにじっと、緑子の目の奥を見つめていた。

「間違い、ありませんか？」

緑子はもう一度言った。

山内は答えない。

「お願いがあるの」

緑子は、橋本の表情が変わるのを意識しながら、微笑んだ。

「シャツのボタン、はずしてくれない？」

橋本が啞然《あぜん》とした。

山内は無表情に、一番上だけはずしていたボタンの下に指をあてた。二番目のボタンがはずれた。

「もうひとつ……いえ、あと二つ」

山内は、フッと笑った。それから、器用に指を動かした。魔法のようにサッと、シャツのボタンが総てはずされた。

山内は左手の親指でシャツの左身ごろを引っかけ、つっと横に開いた。


パルナシウス・グラシアリスがそこにいた。

見事な線彫りの蝶が、青い傷痕《きずあと》で、艶《つや》やかな象牙色《ぞうげいろ》の肌の上に羽を広げている。

その細い脚は、小さな乳首の上にとまっているかのように、繊細だった。


グラシア。

鏡子の愛した、蝶。


「助けてくれて……ありがとう」

緑子は、こぼれた涙を唇で受け止め、しょっぱさに笑った。

「何のことだか」

山内は、窓の外を見た。

「いい天気だな……釣りがしたいな」

朽木《くつき》を流れる澄んだ川面に釣り糸を垂らしている、可愛《かわい》らしい顔をした小学生の幻が、浮かんで、消える。

「もう一度、お聞きしてもいいですか」

緑子は、山内の視線が窓を離れて自分のところに戻って来るのを辛抱強く待った。

「十二年前の事件のことを」


緑子は、待つ。


そう、待ち続けよう。

山内が自分から口を開くまで、いつまででも待とう。

心を白くして、耳を澄ませて、その声を聴こう。

そこからしか始まらないのだ。始めてはいけないのだ。

人が人を裁く、その大きな、矛盾に満ちたシステムの中で、最初にその仕事をする、それが刑事なのだ。

注意深く、真剣に、向かい合った人間の言葉を聴く。総てはそこからだ。

緑子は、なぜそうまでして刑事であり続けなくてはならないのか、それを自分が選んだのか、その答えと今、向き合っていた。

自分には、聴くことが出来る。出来るはずだ。

他には何の取り柄もなく、能力もなく、それでもあたしには、聴くことだけは出来るから。

だから。あたしは、この仕事を続ける。


聴く為に。

目の前にいるひとりの人間の言葉を聴いてあげる為に。


長い、長い夜の中で迷子になった、ひとりの気の弱い、優しい青年。

青年は夜明けを待っている。だが西へ西へと流れる雲のように、太陽に背いて夜の闇《やみ》へと逃げ込んで行く。

自分の背に犯罪者の烙印《らくいん》を押し、大切な兄を奪い、故郷を奪った太陽を、青年は憎み続けている。


長い、長い夜の果て。

途方もなく遠い夜明け。だが、明けない夜はない。
緑子の命を救ったあの蝶は、幻ではない。
今、目の前にいる。
山内の視線が、静かに緑子の上に戻る。
緑子は、今、刑事であり続けることを、新しく始めた。

了

解説

池波志乃

女刑事物、警察小説、性愛小説、恋愛小説――どれもしっくり来ない。

パターン化されたキャラクターによる捜査のプロセス、事件の解決だけを楽しむ現代版捕物帳ではないし、女刑事の赤裸な性生活を大胆に描く官能小説でも、一途な愛を美しく謳《うた》い上げた純愛小説でもない。

RIKO《リコ》シリーズは此等《これら》全てを含んだ、一人の女の人生ドラマである。それ故、未読の方は是非前二作『RIKO――女神《ヴィーナス》の永遠』『聖母《マドンナ》の深き淵』も読んでいただきたい。


上司との不倫から思わぬ事件を引き起こし、自ら招いた試練、男社会の警察組織での理不尽な攻撃、同僚によるレイプ、同性愛、裏切り、そして未婚の母に……。

主人公、緑子は立ち向っては倒され、心から血を流して逆襲し、乗り越えていく。その真摯《しんし》な生き様を見届けていただきたい。


緑子は、奔放で淫乱《いんらん》なのか？

高校生の貞操の——今や死語か——無さ。セックスは遊びであり、出来てしまった子供はゲームで生まれたキャラクターと変わらない。高校生が自宅で出産しても、親も学校も気付かない。ある「高校生の母親」は「同級生の父親」に、駅のホームで物のように赤児を手渡し、その幼い父親は邪魔だから捨てたと言う。

こんな記事にも驚かないほど、皆麻痺《まひ》してしまっている。

みんな見ない、聞かない、なかったこと——。

「女神《ヴィーナス》」「聖母《マドンナ》」「月神《ダイアナ》」——RIKOシリーズには、柴田の女への、母への想いが込められている。

柴田は、男達にも目を向ける。組織の中での葛藤《かっとう》、焦燥、猜疑《さいぎ》……。

緑子に振り回される男達も又、真摯で哀《かな》しく、いとおしい。

シリーズ三作目の本書『月神《ダイアナ》の浅き夢』の被害者は、なんと若く逞《たくま》しい刑事。手足、性器を切り取られ、此見《これみ》よがしに木に吊《つ》るされる。嘲笑《あざわら》うかのように刑事ばかりが次々と、同じ手口で残虐に殺《や》られていく。

仲間を殺られた怒り、見えてこないミッシング・リンクの恐怖、焦り——。

事件も動機も複雑な上、何人もの人生ドラマが入り組んで絡み合う。

猟奇事件を扱ったハードボイルドとしても秀作である。が、柴田作品はここからが違う。

刑事としての緑子、女として母としての緑子——。

働く女が必ず突当たる永遠のテーマで、緑子は揺れる。まして刑事という肉体的にも精神的にも苛酷《かこく》な仕事である。

臭いモノの蓋《ふた》を無理にでも開け、汚物の中に手を突っ込み、掻《か》き回し、自ら身を沈めて腐ったモノを取り出す。感謝もされず、攻撃さえされながら、芯《しん》まで腐っていないことを願い、洗えば綺麗《きれい》になることを信じて――。

あらゆる人の業《ごう》を見てしまう仕事、沢山の地獄を……。

愛する男といとしい子供。戦うことも、なぎ倒すことも、傷つけることも、傷つけられることも無い、穏やかな生活。そう、無理に働く必要もない。辞めてしまえばいい。穏やかな普通の家庭に、幸福の中に逃げ込んでしまえばいい、やっと見付けた天国に……。

思わず引き込まれてしまうほど緻密《ちみつ》に描かれている緑子の悩み、迷い、それに伴う家族とのしがらみを、これほど織り込んで猶《なお》、警察小説としての緊張感は失われていない。サスペンスとハードボイルド、この絶妙なバランス、匙加減《さじかげん》こそ柴田の真骨頂である。


このシリーズの中で起こる事件は、少年への性暴力、その裏ビデオによる脅迫、暴力団がらみの麻薬、売春、誘拐、連続殺人等だが、柴田は表に現われた事件そのものより、裏側に隠された数々の罪を告発する。その罪を犯すのは一人の人間、心の扉を開けてみれば――そこにテーマが見える。

男と女の愛、女と女の愛、男と男の愛、母性愛、自己愛、女の性《さが》、男の性《さが》……。

持っているものは同じでも、それぞれ違う愛と性。

溢《あふ》れるのか、滴るのか、迸《ほとばし》るのか、浸るのか、あるいは澱《よど》んでしまうのか。

一つ水路を間違えたらレイプになり、無理に汲《く》み出せば壊れてしまう。壊れた者は業《ごう》を負い、自身を兇器《きょうき》に変えてしまう。

緑子は全ての愛を迸らせ、人の業を全身で受けとめる。たとえ自分が傷ついても——。

柴田は逃げることも偽ることも許さない。

短編集『貴船菊の白』（二〇〇〇年三月、実業之日本社）には、七編の哀しくいとしい女の物語が描かれている。そのいくつもの女の情念が、ＲＩＫＯシリーズに凝縮されているかのようだ。

それにしても、柴田の中には一体何人の女が居るのか？

抜群の筆力、構成力で評論家諸氏、読み巧者を唸《うな》らせた青春ミステリ『少女達がいた街』、ＳＦ伝奇小説、『炎都』『禍都』『遙都《とと》』、インターネットを使った『ＳＦオンライン』への掲載、と柴田の才能は止まるところを知らない。

でも、私は『象牙色の眠り』や、情感を描いた数々の短編、そしてこのＲＩＫＯシリーズに惹《ひ》かれる。ページを開けば、女の涙と体液が滲《にじ》みでてきて……。

本書は、一九九八年小社より刊行された単行本を文庫化したものです。

月神《ダイアナ》の浅《あさ》き夢《ゆめ》

柴田《しばた》よしき

平成12年 5月25日　初版発行
令和6年 9月20日　24版発行

発行者●山下直久

発行●株式会社KADOKAWA
〒102-8177　東京都千代田区富士見2-13-3
電話　0570-002-301(ナビダイヤル)

角川文庫 11497

印刷所●株式会社KADOKAWA
製本所●株式会社KADOKAWA

表紙画●和田三造

ISBN978-4-04-342804-5　C0193

◆◇◇

角川文庫発刊に際して

角川源義

第二次世界大戦の敗北は、軍事力の敗北であった以上に、私たちの若い文化力の敗退であった。私たちの文化が戦争に対して如何に無力であり、単なるあだ花に過ぎなかったかを、私たちは身を以て体験し痛感した。西洋近代文化の摂取にとって、明治以後八十年の歳月は決して短かすぎたとは言えない。にもかかわらず、近代文化の伝統を確立し、自由な批判と柔軟な良識に富む文化層として自らを形成することに私たちは失敗して来た。そしてこれは、各層への文化の普及滲透を任務とする出版人の責任でもあった。

一九四五年以来、私たちは再び振出しに戻り、第一歩から踏み出すことを余儀なくされた。これは大きな不幸ではあるが、反面、これまでの混沌・未熟・歪曲の中にあった我が国の文化に秩序と確たる基礎を齎らすためには絶好の機会でもある。角川書店は、このような祖国の文化的危機にあたり、微力をも顧みず再建の礎石たるべき抱負と決意とをもって出発したが、ここに創立以来の念願を果すべく角川文庫を発刊する。これまで刊行されたあらゆる全集叢書文庫類の長所と短所とを検討し、古今東西の不朽の典籍を、良心的編集のもとに、廉価に、そして書架にふさわしい美本として、多くのひとびとに提供しようとする。しかし私たちは徒らに百科全書的な知識のジレッタントを作ることを目的とせず、あくまで祖国の文化に秩序と再建への道を示し、この文庫を角川書店の栄ある事業として、今後永久に継続発展せしめ、学芸と教養との殿堂として大成せんことを期したい。多くの読書子の愛情ある忠言と支持とによって、この希望と抱負とを完遂せしめられんことを願う。

一九四九年五月三日

角川文庫ベストセラー

RIKO—女神《ヴィーナス》の永遠— 柴田よしき

男性優位な警察組織の中で、女であることを主張し放埒に生きる刑事村上緑子。彼女のチームが押収した裏ビデオには、男が男に犯され殺されていく残虐なレイプが録画されていた。第15回横溝正史賞受賞作。

聖母《マドンナ》の深き淵 柴田よしき

一児の母となり、下町の所轄署で穏やかに過ごす緑子の前に現れた親友の捜索を頼む男の体と女の心を持つ美女。保母失踪、乳児誘拐、主婦惨殺。関連の見えない事件に隠された一つの真実。シリーズ第2弾。

少女達がいた街 柴田よしき

政治の季節の終焉を示す火花とロックの熱狂が交錯する一九七五年、16歳のノンノにとって、渋谷は青春の街だった。しかしそこに不可解な事件が起こり、2つの焼死体と記憶をなくした少女が発見される……。

月神《ダイアナ》の浅き夢 柴田よしき

若い男性刑事だけを狙った連続猟奇事件が発生。手足、性器を切り取られ木に吊された刑事たち。残虐な処刑を行ったのは誰なのか？ 女と刑事の狭間を緑子はひたむきに生きる。シリーズ第3弾。

ゆきの山荘の惨劇—猫探偵正太郎登場— 柴田よしき

オレの名前は正太郎、猫である。同居人は作家の桜川ひとみ。オレたちは山奥の「柚木野山荘」で開かれる結婚式に招待された。でもなんだか様子がヘンだ。これは絶対何か起こるゾ……。

角川文庫ベストセラー

角川文庫ベストセラー

金田一耕助ファイル2
本陣殺人事件
横溝正史

一柳家の当主賢蔵の婚礼を終えた深夜、人々は悲鳴と琴の音を聞いた。新床に血まみれの新郎新婦。枕元には、家宝の名琴〝おしどり〟が……。密室トリックに挑み、第一回探偵作家クラブ賞を受賞した名作。

金田一耕助ファイル3
獄門島
横溝正史

瀬戸内海に浮かぶ獄門島。南北朝の時代、海賊が基地としていたこの島に、悪夢のような連続殺人事件が起こった。金田一耕助に託された遺言が及ぼす波紋とは？　芭蕉の俳句が殺人を暗示する⁉

金田一耕助ファイル4
悪魔が来りて笛を吹く
横溝正史

毒殺事件の容疑者椿元子爵が失踪して以来、椿家に次々と惨劇が起こる。自殺他殺を交え七人の命が奪われた。悪魔の吹く嫋々たるフルートの音色を背景に、妖異な雰囲気とサスペンス！

金田一耕助ファイル5
犬神家の一族
横溝正史

信州財界一の巨頭、犬神財閥の創始者犬神佐兵衛は、血で血を洗う葛藤を予期したかのような条件を課した遺言状を残して他界した。血の系譜をめぐるスリルとサスペンスにみちた長編推理。

金田一耕助ファイル6
人面瘡
横溝正史

「わたしは、妹を二度殺しました」。金田一耕助が夜半遭遇した夢遊病の女性が、奇怪な遺書を残して自殺を企てた。妹の呪いによって、彼女の腋の下には人面瘡が現れたというのだが……表題他、四編収録。

角川文庫ベストセラー

夜歩く
金田一耕助ファイル7
横溝正史

古神家の令嬢八千代に舞い込んだ「我、近く汝のもとに赴きて結婚せん」という奇妙な手紙と佝僂の写真は陰惨な殺人事件の発端であった。卓抜なトリックで推理小説の限界に挑んだ力作。

迷路荘の惨劇
金田一耕助ファイル8
横溝正史

複雑怪奇な設計のために迷路荘と呼ばれる豪邸を建てた明治の元勲古館伯爵の孫が何者かに殺された。事件解明に乗り出した金田一耕助。二十年前に起きた因縁の血の惨劇とは？

女王蜂
金田一耕助ファイル9
横溝正史

絶世の美女、源頼朝の後裔と称する大道寺智子が伊豆沖の小島……月琴島から、東京の父のもとにひきとられた十八歳の誕生日以来、男達が次々と殺される！開かずの間の秘密とは……？

幽霊男
金田一耕助ファイル10
横溝正史

湯を真っ赤に染めて死んでいる全裸の女。ブームに乗って大いに繁盛する、いかがわしいヌードクラブの三人の女が次々に惨殺された。それも金田一耕助や等々力警部の眼前で――！

首
金田一耕助ファイル11
横溝正史

滝の途中に突き出た獄門岩にちょこんと載せられた生首。まさに三百年前の事件を真似たかのような凄惨な村人殺害の真相を探る金田一耕助に挑戦するように、また岩の上に生首が……事件の裏の真実とは？

角川文庫ベストセラー

金田一耕助ファイル12 悪魔の手毬唄　横溝正史

岡山と兵庫の県境、四方を山に囲まれた鬼首村。この地に昔から伝わる手毬唄が、次々と奇怪な事件を引き起こす。数え唄の歌詞通りに人が死ぬのだ！　現場に残される不思議な暗号の意味は？

金田一耕助ファイル13 三つ首塔　横溝正史

華やかな還暦祝いの席が三重殺人現場に変わった！　宮本音禰に課せられた謎の男との結婚を条件とした遺産相続。そのことが巻き起こす事件の裏には……本格推理とメロドラマの融合を試みた傑作！

金田一耕助ファイル14 七つの仮面　横溝正史

あたしが聖女？　娼婦になり下がり、殺人犯の烙印を押されたこのあたしが。でも聖女と呼ばれるにふさわしい時期もあった。上級生りん子に迫られて結んだ忌わしい関係が一生を狂わせたのだ――。

金田一耕助ファイル15 悪魔の寵児　横溝正史

胸をはだけ乳房をむき出し折り重なって発見された男女。既に女は息たえ白い肌には無気味な死斑が……情死を暗示する奇妙な挨拶状を遺して死んだ美しい人妻。これは不倫の恋の清算なのか？

金田一耕助ファイル16 悪魔の百唇譜　横溝正史

若い女と少年の死体が相次いで車のトランクから発見された。この連続殺人が未解決の男性歌手殺害事件の秘密に関連があるのを知った時、名探偵金田一耕助は激しい興奮に取りつかれた……。

角川文庫ベストセラー

金田一耕助ファイル17　仮面舞踏会　横溝正史

夏の軽井沢に殺人事件が起きた。被害者は映画女優・鳳三千代の三番目の夫。傍にマッチ棒が楔形文字のように折れて並んでいた。軽井沢に来ていた金田一耕助が早速解明に乗りだしたが……。

金田一耕助ファイル18　白と黒　横溝正史

平和そのものに見えた団地内に突如、怪文書が横行し始めた。プライバシーを暴露した陰険な内容に人々は戦慄！　金田一耕助が近代的な団地を舞台に活躍。新境地を開く野心作。

金田一耕助ファイル19　悪霊島（上）（下）　横溝正史

あの島には悪霊がとりついている——額から血膿の吹き出した凄まじい形相の男は、そう呟いて息絶えた。尋ね人の仕事で岡山へ来た金田一耕助。絶海の孤島を舞台に妖美な世界を構築！

金田一耕助ファイル20　病院坂の首縊りの家（上）（下）　横溝正史

〈病院坂〉と呼ぶほど隆盛を極めた大病院は、昔薄幸の女が縊死した屋敷跡にあった。天井にぶら下がる男の生首……二十年を経て、迷宮入りした事件を、等々力警部と金田一耕助が執念で解明する！

双生児は囁く　横溝正史

「人魚の涙」と呼ばれる真珠の首飾りが、檻の中に入れられデパートで展示されていた。ところがその番をしていた男が殺されてしまう。横溝正史が遺した文庫未収録作品を集めた短編集。

角川文庫ベストセラー

悪魔の降誕祭　横溝正史

金田一耕助の探偵事務所で起きた殺人事件。被害者はその日電話をしてきた依頼人だった。しかも日めくりのカレンダーが何者かにむしられ、12月25日にされていて――。本格ミステリの最高傑作！

殺人鬼　横溝正史

ある夫婦を付けねらっていた奇妙な男がいた。彼の挙動が気になった私は、その夫婦の家を見張った。だが、数日後、その夫婦の夫が何者かに殺されてしまった！　表題作ほか三編を収録した傑作短篇集！

喘ぎ泣く死美人　横溝正史

当時の交友関係をベースにした物語「素敵なステッキの話」。外国を舞台とした怪奇小説の「夜読むべからず」や「喘ぎ泣く死美人」など、ファン待望の文庫未収録作品を一挙掲載！

髑髏検校　横溝正史

江戸時代。豊漁ににぎわう房州白浜で、一頭の鯨の腹からフラスコに入った長い書状が出てきた。これこそ、後に江戸中を恐怖のどん底に陥れた、あの怪事件の前触れであった……横溝初期のあやかし時代小説！

新装版　人間の証明　森村誠一

ホテル最上階へ続くエレベーター内で黒人青年がナイフを胸に息絶えた。事件の裏には、苛酷な運命に翻弄される人間の弱さとエゴが生む悲劇があった――。映画化ドラマ化され大反響を呼んだ森村誠一の代表作。

角川文庫ベストセラー

新装版　青春の証明　森村誠一

新装版　野性の証明　森村誠一

人間の証明　21st Century　森村誠一

星の旗　(上)(下)　森村誠一

野性の条件　森村誠一

警官が襲われるのを目撃しながら見殺しにした男が、汚名をそそぐために警官に転職した。胸の内に深く傷を負った彼が青春をかけて証明しようとしたものとは!? 「証明」シリーズ第二作。

東北の寒村で起きた戦慄の虐殺事件。街じゅうが一族の支配下におかれ、警察も新聞社も占有されてしまった街に、一人の男が流れてきた。彼が野性を爆発させ、証明しようとしたものとは!? 傑作「証明」シリーズ。

金子みすゞの詩集から切り取った1ページと置き手紙を残し、女は消えた。数年後、1ページだけ切り取られた詩集を持った少女の母親が殺される。警視庁捜査一課・棟居弘一良は再び人間の宿業と対峙する!

元特攻隊員の木島を不幸が襲った。暴力団・大門組の犠牲となり、娘一家が心中。さらに若き日に愛した女性と生き写しの香子までもが毒牙に。木島はかつての戦友達を招集し、復讐を果たすことを誓うが……。

48歳の哀川は窓際族に追いやられたサラリーマン。だが、哀川はある夜美貌の女性を救ったことで人生が一変した。彼は己に眠る闘争本能を解き放ち、虐げられた者を守るために闇の巨大組織と対峙することになる。